Jaci Burton vit dans l'Oklahoma. Lorsqu'elle n'est pas en plein rush pour rendre à temps son prochain roman, elle tente de convaincre son mari de refaire la décoration de leur maison en suivant scrupuleusement les conseils d'une émission de télévision qu'elle adore. C'est également une inconditionnelle des histoires à l'eau de rose, et surtout des happy ends, que vous trouverez dans tous ses romans. Elle a déjà publié plus d'une soixantaine de titres, figurant régulièrement dans les listes des best-sellers du *New York Times* et de *USA Today*.

Du même auteur, chez Milady :

Les Idoles du stade :
1. *La Courbe parfaite*
2. *Le Coup sûr*
3. *Les Règles de l'engagement*
4. *La Ligne de touche*
5. *La Surface de contact*

Jaci Burton

La Surface de contact

Les Idoles du stade – 5

Traduit de l'anglais (États-Unis) par Élodie Coello

Milady Romance

Milady est un label des éditions Bragelonne

Titre original : *Thrown by a Curve*

Originellement publié par Berkley Publishing Group.

ISBN : 978-2-8112-1421-0

Bragelonne – Milady
60-62, rue d'Hauteville – 75010 Paris

E-mail : info@milady.fr
Site Internet : www.milady.fr

Je dédie ce roman à l'équipe extraordinaire de Summit Physical Therapy ; en particulier à Bret, le thérapeute chargé de soigner mon épaule pendant de longs mois et grâce à qui j'ai pu poursuivre mon travail. Vous accomplissez des miracles, et je vous suis reconnaissante de tout ce que vous faites. Un grand merci pour les exercices physiques, parfois douloureux mais toujours nécessaires.

Remerciements

À mon éditrice Kate Seaver et à mon agent Kimberly Whalen, qui s'investissent à chaque instant pour faire de chaque livre une bombe. Vous êtes mes anges gardiens. Merci mille fois.

Chapitre premier

Dans la salle de soins des Rivers de Saint-Louis, à voir les visages contrits de l'équipe médicale réunie autour de lui, Garrett Scott comprit qu'il y avait un problème.

Les regards du médecin de l'équipe et des différents thérapeutes chargés de soigner son épaule ces neuf derniers mois en disaient long : il n'était toujours pas question pour lui de retourner sur le terrain.

Garrett en avait assez. Il était fatigué de se faire masser, malaxer et manipuler dans tous les sens comme un rat de laboratoire. Son épaule ne montrait aucune amélioration et ne lui permettait toujours pas de lancer une balle. Sa carrière était fichue, et ce n'étaient ni les faux sourires ni les belles paroles – prétendument réconfortantes – qui le convaincraient du contraire.

— Allons travailler sur la poulie, proposa Max. Si nous ajoutons un poids supplémentaire…

— Non, ça ne changera rien. L'amplitude de mes mouvements a baissé, et les poulies, les balles pondérées, la thalassothérapie et tous vos exercices d'étirement n'y changeront rien du tout.

— Tu n'en sais rien, Garrett, objecta Max.

En tant que chef de l'équipe médicale, Max était respecté par tous, et chacune de ses suggestions était suivie à la lettre.

— Ta rééducation n'est pas terminée, et la saison n'a pas encore commencé, reprit-il. Rien n'est perdu.

Phil, le médecin de l'équipe, acquiesça d'un signe de tête.

— Max a raison. Laisse-toi plus de temps.

Le regard noir, Garrett les dévisagea tour à tour.

— J'ai dit non. Tout ça ne sert à rien, arrêtons de nous voiler la face.

Les médecins se mirent tous à protester d'une seule voix, mais le sportif faisait la sourde oreille. Il ne croyait pas une seconde à leur promesse de lui permettre de rejouer au base-ball dès le mois d'avril.

S'il était incapable de lancer une balle rapide jusqu'au marbre, à quoi bon lui donner des tapes dans le dos en lui disant que tout finirait par s'arranger ? Ce n'était que du vent. Des promesses stériles.

La seule personne à n'avoir pas encore ouvert la bouche, c'était la femme restée cachée derrière les autres. Ses cheveux étaient noués en queue-de-cheval, et elle portait le même uniforme aux couleurs de l'équipe que les autres médecins. Sa tablette tactile dans les mains, elle lui lançait un regard étrange, presque excédé.

— Vous, vous n'avez rien dit, lui fit remarquer Garrett sans la quitter des yeux. Qu'en pensez-vous ?

Prise de court, elle ramena sa tablette contre sa poitrine et balbutia :

— Moi ?

— Ouais.

— Je ne suis pas en charge de votre rééducation. Les autres médecins ici présents seront plus aptes à vous répondre que moi.

— Vous suivez mon dossier, n'est-ce pas ?

— Oui.

— Eh bien, qu'est-ce que vous en pensez ?

Ils se tournèrent tous vers elle et attendirent sa réponse.

Après une minute d'hésitation, elle haussa les épaules.

— Je pense que vos médecins ont raison : vous rejouerez bientôt.

En s'approchant de lui, la jeune femme permit à Garrett de l'observer de plus près. Le pantalon kaki de son uniforme ne la mettait pas en valeur, mais elle n'en était pas moins jolie. Elles n'étaient que deux femmes dans l'équipe médicale. Jusqu'à présent, Garrett ne les avait pas vraiment distinguées l'une de l'autre, sans doute parce qu'elles étaient toutes les deux brunes et ne faisaient jamais que passer pendant ses séances de rééducation avec Max et les autres médecins plus expérimentés. À présent, il pouvait définitivement distinguer celle-ci de l'autre, avec ces yeux bleus à s'y noyer et cette bouche sur laquelle il s'attarda pour de bon, maintenant qu'elle s'était décidée à l'ouvrir.

— J'ai le bras raide.

— Avec un comportement aussi puéril, ce n'est pas étonnant. Vos médecins savent ce qu'ils font, mais vous leur mettez constamment des bâtons dans les roues.

Ces mots eurent à peine le temps de sortir de sa bouche que, déjà, elle écarquillait les yeux d'horreur. À la manière dont Max croisait les bras, Garrett devina qu'elle l'avait agacé.

Lui, au contraire, ne le prenait pas mal. Il esquissa un sourire.

— Continuez.

— Pardon, je ne voulais pas vous blesser.

— Bien sûr que si, rétorqua Garrett. Ça fait des mois que vous observez en silence dans votre coin. Vous avez quelque chose en tête. Allez-y, lâchez-vous. (Elle se tourna vers Max qui secoua la tête.) Ne le regardez pas, s'insurgea-t-il. C'est à moi que vous devez dire ce qui ne va pas chez moi.

Avec un soupir, elle s'assit sur le banc à côté de Garrett, posa sa tablette sur ses genoux et tourna la tête vers lui.

— Très bien. Vous êtes un véritable calvaire pour les médecins et vous n'écoutez rien. Pour être honnête, personne ne veut travailler avec vous parce que vous refusez de guérir. La rééducation passe avant tout par le mental. C'est votre mauvaise volonté qui vous empêche de retourner sur le terrain.

Aïe!

Lorsque Garrett leva les yeux vers l'équipe de médecins, ces derniers détournèrent le regard.

— Je vois. (Il reporta son attention sur… – comment s'appelait-elle, d'ailleurs ?) Comment vous appelez-vous ?

— Alicia.

— Parfait, Alicia. Vous sentez-vous capable de me rendre mes capacités de lanceur ?

Elle lui décocha un sourire moqueur.

— Bien sûr que oui, si vous vous sortez les doigts du cul et si vous acceptez de collaborer avec moi.

Waouh ! Son culot était attachant. Garrett l'aimait bien. Elle était de loin la plus charmante des médecins du sport rassemblés dans cette pièce. Et puis elle sentait bon.

— Alicia ! tonna Max d'un ton sévère. Veuillez vous rendre au bureau, je m'occupe de Garrett.

En hochant la tête, Alicia quitta la salle de soins.

Garrett se mit à rire – pour la première fois depuis trop longtemps.

— Calme-toi, Max. Je l'aime bien. Elle dit ce qu'elle pense.

Dès que la porte fut refermée, Garrett ajouta :

— Je veux qu'elle s'occupe de mon dossier.

— Non, intervint Phil. Je suis ton médecin attitré et je m'y oppose. Max est le chef des médecins du sport. Il est le mieux placé. Alicia n'a pas son expérience.

— Je me fiche de son expérience. Elle a confiance en elle. C'est un médecin du sport au même titre que vous tous, non ?

— Oui, c'est exact, balbutia Max.

— Alors je veux lui confier ma rééducation.

— Ton bras vaut plusieurs millions de dollars, Garrett. Je refuse de le lui confier.

Garrett se leva et s'étira, puis se tourna vers Manny Magee, le coach des Rivers de Saint-Louis. Ce dernier était resté assis à l'écart, à observer la scène sans souffler mot.

— Cette équipe de bras cassés s'occupe de moi depuis des mois, et je suis toujours incapable de lancer une balle. Je veux faire un essai avec Alicia.

Manny se leva tranquillement et s'approcha d'un pas lent. C'était un homme rude et franc, Garrett savait qu'il irait droit au but.

— Si tu la veux, c'est parce qu'elle dit la vérité : physiquement, tu vas mieux, mais le problème, c'est que tu rejettes ta rééducation.

Même si Manny avait raison, Garrett avait des doutes. Ce dont il avait besoin, c'était d'un nouveau kinésithérapeute. Si Alicia – et sa langue, qu'elle ne gardait pas dans sa poche – était capable d'assumer cette responsabilité, la carrière du sportif aurait peut-être encore quelques années devant elle.

Garrett balaya l'assemblée du regard.

— J'ai besoin de changement. Jusque-là, ce qu'on fait ne donne rien. Un regard neuf pourrait m'aider.

— Un clown de cirque pourrait s'occuper de toi, je n'en ai rien à battre, soupira Manny. Tout ce que je veux, c'est te voir sur ton monticule le premier jour de match. Il faut que tu sois prêt pour le début de la saison. On a besoin de ton bras.

Et merde, merde, merde ! Alicia se massa le crâne pour chasser l'insoutenable migraine installée entre ses yeux, tout en comptant les minutes qui la séparaient du moment où son patron entrerait dans le bureau pour la licencier.

Voilà où la menait cette manie de parler sans réfléchir. Cette fois, elle avait frappé fort en dénigrant l'équipe médicale entière des Rivers de Saint-Louis en une seule phrase. *Quelle idiote !* Depuis qu'elle travaillait comme kiné, son patron s'était toujours montré satisfait de son travail. C'était le job de ses rêves. Pour ne rien arranger à l'affaire, son cousin Gavin jouait également dans cette équipe. Il ne le lui pardonnerait jamais.

Le pire dans cette histoire, c'était qu'Alicia était persuadée d'avoir raison. Garrett Scott était un lanceur hors pair. Certes, sa blessure était grave, mais, s'il se montrait coopératif, il n'y avait aucune raison de penser qu'il ne pourrait plus retrouver ses capacités. Malheureusement, c'était le pire patient du monde en termes de coopération. Il opposait une résistance à son traitement, il en contestait chaque étape, et il était parfaitement évident aux yeux d'Alicia qu'il ne faisait pas ses exercices quotidiens. Il était de ces athlètes persuadés d'être des surhommes sans avoir à faire le moindre effort, comme s'ils se disaient : « Après une blessure grave, un peu de rééducation, et la machine repart en quelques semaines. »

Mais non : les blessures graves ne cicatrisaient pas si facilement, et la virilité des sportifs ne pouvait rien y changer. La personne blessée devait également opérer un travail personnel. L'équipe de médecins avait fait du bon boulot ; de son côté, Garrett n'avait pas levé le petit doigt. Il avait baratiné ses médecins en plaisantant et en promettant toujours de faire mieux la prochaine fois. Puisqu'ils l'aimaient bien, ils s'étaient montrés confiants.

Ils n'y comprenaient rien.

Les traitements classiques n'avaient aucun effet sur lui, ce qui signifiait qu'il lui fallait une nouvelle méthode, un nouveau plan thérapeutique sur lequel elle avait travaillé pendant ses jours de congé. Alicia voulait soumettre son projet à Max et à Phil, mais ses procédés étaient trop expérimentaux, ils ne seraient jamais partants pour les tester, et encore moins sur Garrett.

Et puis tout cela n'avait plus d'importance puisqu'elle ne travaillerait plus pour les Rivers.

Mais quelle idiote ! Elle aurait dû garder ses commentaires pour elle et conseiller à Garrett de faire ce que lui ordonnait Max. Voilà ce qu'elle récoltait à ne pas garder sa langue dans sa poche et à faire de telles réflexions.

Elle leva la tête en voyant entrer Phil et Max, suivis de près par le coach et manager général des Rivers, Manny Magee.

Génial. Le coach les accompagnait. Elle n'avait plus aucune chance de garder son travail. Manny était réputé pour son caractère impétueux. Avant d'être mise à la porte, Alicia aurait même le droit de se faire remonter les bretelles.

Droite sur sa chaise, elle se tint prête à accepter la sentence avec professionnalisme.

Correction : si elle était réellement professionnelle, elle n'aurait pas dit à la star des Rivers de « se sortir les doigts du cul ».

— Alicia, dit Phil. Ce que vous avez dit à Garrett tout à l'heure…

— Oui, monsieur, je sais. C'était déplacé. Je suis sincèrement désolée.

— En fait, rectifia Manny, vous lui avez dit ce qu'il avait besoin d'entendre.

Elle le regarda un instant, estomaquée.

— Je vous demande pardon ?

— Ça fait cinq saisons que Garrett nous prouve qu'il est le lanceur parfait, expliqua le coach. On l'a cueilli à peine sorti de la fac. Il a passé seulement six mois en Triple A avant qu'on l'embauche. Depuis, il est là chaque saison, et avec la plus basse moyenne de points mérités de tous les lanceurs de la ligue. Il a gagné le trophée Cy Young deux années de suite. Il n'a raté presque aucun lancer la saison dernière et il détient depuis deux saisons le record des retraits sur trois strikes. C'est un joueur en or.

Alicia avait lu son dossier, elle savait tout cela. Mais l'entendre de la bouche de Manny l'aida à mieux comprendre.

— Il n'a jamais échoué.

Le coach acquiesça.

— Jamais. Il ne sait pas ce que ça fait. C'est pour ça que sa blessure à l'épaule lui a fichu un sacré coup, vous comprenez ? C'est un plaisir de travailler avec lui, il est adorable. Ne prenez pas son humeur noire trop à cœur. Dès qu'il sera remis, il redeviendra un bon garçon.

Le regard d'Alicia se posa sur Manny, puis sur Phil et enfin sur Max.

— Attendez. Je ne suis pas renvoyée ?

Max était tendu. La scène dans la salle de soins lui avait, semble-t-il, profondément déplu.

— Non, vous n'êtes pas renvoyée. Au contraire : nous vous confions la rééducation de Garrett Scott.

Et merde ! Décidément, voilà où la menait cette sale manie de parler sans réfléchir.

Phil et Max abordèrent les aspects pratiques de cette nouvelle affectation.

— J'ai l'intention de tester sur lui des méthodes peu conventionnelles, déclara Alicia.

Max sembla rechigner, mais, si elle ne lui expliquait pas tout de suite, elle pouvait dire au revoir à son nouveau patient.

— Écoutez, nous savons tous qu'il fait un blocage vis-à-vis du traitement. Et, oui, le problème se situe d'abord dans sa tête. Mais il est possible qu'il s'ennuie, tout simplement. Son corps entier est fatigué des exercices répétitifs que vous lui imposez. Laissez-moi faire un essai. Si j'échoue, nous changerons de tactique.

Max se tourna vers Phil.

— Nous n'avons pas pour habitude de fonctionner ainsi, admit ce dernier en haussant les épaules. Mais les thérapies alternatives ont parfois de bons résultats avec certains sportifs. Ça pourrait marcher.

— Nous vous laissons une chance, concéda alors Max. Je veux un rapport détaillé chaque semaine.

Excitée par la nouvelle, Alicia acquiesça.

— Oui, monsieur.

Lorsqu'ils furent partis pour laisser entrer Garrett, Alicia fut prise de sueurs froides. C'était une fan de la première heure. Après tout, l'équipe des Rivers représentait Saint-Louis, sa ville natale. Sans compter que Garrett était d'une beauté à couper le souffle. Son corps de dieu grec, avec ses cheveux de jais et ses yeux noirs et intenses, était une véritable œuvre d'art.

Depuis des années, Alicia se consacrait avec passion aux mécanismes du corps humain. Elle adorait l'univers des sportifs, et Garrett était parmi les meilleurs. Depuis le premier jour de sa rééducation, alors qu'il pouvait à peine lever le bras, elle avait souffert de le voir dans cet état, sans pouvoir faire quoi que ce soit pour l'aider.

À présent, il était tout à elle. La responsabilité était énorme.

— Alors, ils vous ont mis au courant ? demanda-t-il.

Elle déglutit.

— Oui. J'ai une question : pourquoi moi ?

Garrett haussa les épaules.

— Parce que vous m'avez tenu tête. Je ne veux pas qu'on me caresse dans le sens du poil. C'est ce qu'ils font tous : ils me bercent avec leur baratin. Vous êtes différente, je le sais.

Calme-toi, Alicia. Respire. Ce type incroyablement sexy reste avant tout ton nouveau patient.

— Effectivement, je suis différente. Je n'ai pas l'intention de vous baratiner mais de vous aider. Faites-moi confiance. Faites-vous confiance. C'est la première étape, et elle est décisive.

Après une courte hésitation, il sourit.

— Parfait. Votre planning sera débarrassé de tous vos autres patients pour que vous ayez du temps pour moi.

Alicia lui lança un regard sceptique.

— Je suis capable de travailler avec plusieurs joueurs en même temps, vous savez ?

— Je n'en doute pas, mais je veux que vous vous consacriez entièrement à ma rééducation.

Jolie preuve d'ego ! Elle n'en attendait pas moins d'un sportif célèbre, alors elle s'y ferait.

— Entendu.

— Quand commençons-nous ?

— Lundi. Puisque demain nous serons vendredi, je profiterai du week-end pour prendre le temps de me familiariser avec votre programme thérapeutique et d'en créer un nouveau à partir de là.

— C'est d'accord, lança Garrett en sortant son téléphone de sa poche. Donnez-moi votre numéro de portable.

Alicia le lui dicta.

— OK, parfait. Je vous appellerai dimanche pour qu'on s'organise. Ça vous convient ?

— Bien sûr.

Elle prit note du numéro du sportif dans le répertoire de son téléphone. Tandis que Garrett en faisait autant, il leva les yeux de l'écran pour les river aux siens.

— Alicia comment ?

— Riley.

— Vous êtes de la famille de Gavin ? s'enquit-il avec un sourire en coin.

— C'est mon cousin.

— Sans blague ! Vous avez décroché ce poste grâce à lui ?

Ce n'était pas le premier à lui poser cette question, qui avait toujours tendance à irriter la jeune femme.

— Non. J'ai décroché ce poste grâce à mes compétences en médecine sportive. D'ailleurs, je suis si douée que vous lancerez des balles rapides dès le premier match de la saison. Croyez-moi, Garrett : mon cousin n'a rien à voir avec ça.

Il éclata de rire.

— Quel caractère ! Je vous aime bien, Alicia.

La jeune femme n'arrivait pas à se décider quant à ce que cet homme lui inspirait : de l'attachement ou de l'agacement ? La question restait ouverte. Elle se dirigea vers la porte.

— Attention, Garrett. Vous m'aimerez beaucoup moins lorsque je commencerai à vous faire suer.

Chapitre 2

Alicia se gara devant la maison de son oncle et de sa tante. À en juger par les voitures qui bloquaient l'allée, elle arrivait la dernière. Pourvu qu'ils n'aient pas commencé à dîner sans elle. Elle était affamée. Durant une partie du week-end, elle était restée le nez dans le dossier de Garrett, à s'informer sur sa blessure. Le vendredi soir et le samedi, elle s'était attelée à la mise en place d'un nouveau programme thérapeutique, se libérant ainsi le dimanche pour profiter de sa famille.

Et puis elle n'avait pas vu Tara – la femme de son cousin Mick – depuis sa sortie de l'hôpital ; Alicia était folle d'impatience à l'idée de prendre le nouveau-né dans ses bras.

À peine eut-elle franchi le seuil que déjà, en entendant les cris du bébé, elle ressentit un pincement au cœur. Dans le salon, elle trouva Tara, sa mère et sa tante réunies autour d'une petite boule de couvertures bleues.

— Allez, c'est à mon tour. Faites place ! lança Alicia en retirant son manteau et en jetant son sac à main sur une chaise. Je veux porter le petit Sam.

Tara se retourna et lui adressa un sourire fatigué de mère comblée.

— Prends un ticket, ou tu vas devoir te battre avec sa grand-mère et sa tante Cara.

— Elles le voient plus souvent que moi, objecta la jeune kiné en se lavant les mains avec du gel antibactérien. S'il te plaît, tante Kathleen. Je suis sûre que tu campes à la porte de Mick et de Tara depuis que Sam est né, il y a trois semaines.

Kathleen poussa un soupir.

— Évidemment, qu'est-ce que tu crois ! Cela faisait tellement longtemps qu'il n'y avait pas eu de bébé dans la famille. Ce petit Sam, c'est la plus belle chose qui nous soit arrivée depuis que j'ai rencontré toutes mes belles-filles.

Elle fit un clin d'œil à Tara, qui prit place sur le canapé, puis tendit le petit Sam à Alicia. La jeune kiné le serra contre elle. Il était réveillé et l'observait de ses grands yeux curieux. Ses joues roses et ses cheveux noirs lui faisaient penser à Mick, mais il tenait également beaucoup de sa mère.

Elle s'assit près de Tara avec le bébé dans les bras. La jeune maman était au bord des larmes.

— Il est magnifique, lui murmura Alicia en caressant les joues rebondies de Sam.

Tara leur sourit.

— Je suis d'accord. C'est le portrait craché de son père.

Alicia examina l'enfant puis sa mère.

— Et le tien. Il tient sa bouche et son menton de toi, ça ne fait aucun doute.

— Tu crois ? Quand je le regarde, je ne vois que Mick.

— Oh, il te ressemble aussi, ne t'inquiète pas. Et il ressemble à Nathan.

Tara poussa un soupir.

— Nathan me dit la même chose. Il se donne un air détaché parce que c'est un jeune homme qui approche de l'âge adulte, mais avoir un petit frère le rend fou de joie. Lorsqu'il voit Mick se faire un sang d'encre pour le bébé, Nathan prend ça comme une autorisation d'en faire autant.

— Les mecs, tu sais.

— Tu as raison. J'ai encore du mal à croire que je suis la mère d'un nouveau-né et d'un grand garçon qui aura dix-huit ans l'an prochain. L'écart est énorme.

Avec un sourire, Alicia lui prit la main.

— C'est incroyable d'avoir une seconde chance et de tout recommencer à zéro, pas vrai ?

— Dit comme ça… Tu as raison, Alicia : j'ai beaucoup de chance.

Des larmes coulèrent sur ses joues.

— Oh, bon sang ! Encore ces fichues hormones.

— Et tu n'en as pas fini, l'avertit Kathleen entre deux éclats de rire. Je t'avais prévenue.

— Je sais bien, se désola Tara en tirant un mouchoir de la boîte que lui tendait la tante d'Alicia. Ma dernière grossesse remonte à si longtemps que j'avais oublié tout ça. Pauvre Mick ! Les neuf mois étaient déjà fatigants, et maintenant il doit supporter mon baby blues.

Alicia serra Sam tout contre elle.

— Mais regarde le résultat, lui dit-elle. Il ne doit pas s'en plaindre.

— Non, je ne m'en plains pas, rétorqua Mick qui, à peine arrivé, se dirigea tout droit vers sa femme pour l'embrasser et l'attirer contre lui. Tu peux pleurer autant que tu voudras et me crier dessus si c'est ce que tes hormones te poussent à faire. Peu importe, le jeu en vaut la chandelle. Regarde ce que tu m'as donné.

Avec un sourire de fierté, Mick admira son fils dans les bras d'Alicia.

— Ce que nous avons fait ensemble, corrigea Tara en dévorant son mari du regard.

— Tout cet amour et ces hormones de maman, ça me donne la nausée. Je devrais peut-être sortir respirer un peu d'air frais dans le jardin.

Alicia pouffa. Elizabeth, la femme de son cousin Gavin, était la meilleure pour briser l'ambiance larmoyante des réunions de famille.

— Salut, Liz.

— Salut, toi. Je vois que tu portes mon neveu dans tes bras. Ton tour est terminé.

Alicia se leva.

— Tu veux le tenir un peu ?

Liz lui prit le bébé.

— Pauvre chou ! Cet enfant n'aura pas une minute de répit lorsqu'il viendra aux réunions de famille, souffla-t-elle.

— Oh, tu crois ? s'immisça avec ironie la mère d'Alicia, en prenant Kathleen par les épaules. Bon, nous devrions aller surveiller le four.

— Tu as raison, Cara ; autant faire quelque chose d'utile, soupira Kathleen. De toute manière, ce ne sera pas à mon tour de tenir Sam avant un moment, maintenant.

— Tu le tiendras autant que tu voudras, maman, la rassura Mick. Ton aide est précieuse aux yeux de Tara, elle en a besoin. Comme tu peux le constater, elle a perdu les réflexes des jeunes mamans.

Alicia lança un coup d'œil à Tara, profondément endormie, la tête contre l'épaule de Mick.

— Oh, pauvre chérie ! s'émut Kathleen. Elle a encore passé une mauvaise nuit ?

— Oui. Sam a faim toutes les trois heures, et, puisqu'elle allaite, elle se lève chaque fois. Moi, de mon côté, je m'occupe de changer les couches, ajouta-t-il avec un grand sourire.

— Toi ? Enthousiaste à l'idée de changer des couches ? Qui l'eût cru ! se moqua Gavin en faisant son entrée.

Il observa l'enfant par-dessus l'épaule de sa femme.

— On dirait que tu as fait ça toute ta vie, ma chérie. Il est peut-être temps qu'on s'y mette, nous aussi.

— Pour que tu me mettes enceinte, il faudrait peut-être que tu restes dans une ville assez longtemps pour me sauter dessus, lui reprocha Liz.

— Je ne veux rien entendre ! s'exclama Kathleen. Viens, Cara. Allons préparer le dîner.

— Vous essayez d'avoir un enfant, pas vrai ? demanda Alicia.

Liz haussa les épaules.

— Pour le moment, on s'entraîne.

Gavin prit sa femme dans ses bras.

— C'est le meilleur moment.

— Je ne veux rien entendre, lança à son tour Mick, encore assis sur le canapé.

— Dommage, parce que tu es coincé ici avec ta femme endormie sur toi, le railla Gavin. C'est normal de dormir autant après la naissance ?

— Tu parles de la femme ou du bébé ? s'amusa Alicia en donnant à Gavin un coup de coude dans les côtes.

— Les deux dorment comme des loirs, répondit Mick, encore tout sourires.

Alicia poussa un soupir.

— Bon, je vais en cuisine aider maman et tante Kathleen. Où est Jenna ?

— Elle a appelé pour dire qu'elle et Tyler auraient un peu de retard.

Avec un hochement de tête, Alicia prit la direction de la cuisine.

— Où sont papa et oncle Jimmy ? demanda-t-elle ensuite aux deux femmes.

— Ils bricolent dans le garage avec Nathan, répondit sa tante avec un regard lourd de sens.

— Oh !

En d'autres termes, ils évitaient les femmes. Difficile de leur en vouloir : la maison était vite envahie lors des réunions de famille.

— Comment vont Cole et Savannah ?

— Très bien, répondit sa mère. Ils sont partis en vacances après la fin de la saison de football.

La dernière fois que j'ai eu des nouvelles, ils étaient à… Où était-ce déjà, Kathleen ?

— Tu m'as parlé de Sainte-Lucie, je crois. Où était-ce Saint-Thomas ?

La mère secoua son couteau en l'air et haussa les épaules.

— Je ne me rappelle plus. Ils ont pris quelques semaines pour visiter deux ou trois îles et se retrouver un peu seuls. Je n'en sais pas plus.

— Ça doit être amusant, dit la jeune femme en souriant.

Ils le méritaient. La saison des matchs avait été excellente mais éreintante. L'équipe de son frère s'était démarquée jusqu'à la finale du championnat, puis avait essuyé une défaite. Cole était furieux, mais il s'était parfaitement intégré à son équipe. Alicia était contente pour lui. Sa rencontre avec Savannah avait totalement chamboulé sa vie. Non seulement son aide sur le plan professionnel lui avait offert de belles opportunités, mais ils étaient tombés amoureux en cours de route. La petite sœur de Cole était ravie pour eux.

— Et ton travail, Alicia, ça se passe bien ? s'enquit sa mère en lui tendant un couteau et des tomates pour qu'elle l'aide à préparer la salade.

Cette famille avait une règle d'or, adoptée par tous : personne n'entrait dans la cuisine sans participer à la préparation du repas. Alicia se lava les mains et s'installa au-dessus d'une planche à découper.

— Mon travail ? Oui, c'est… intéressant.

Cara marqua une pause, la porte du four entrouverte.

— Dois-je comprendre que ça te plaît ?

— Bien sûr. J'adore ce travail. C'est encore mieux que ce que je croyais.

— Je suis ravie de l'apprendre.

Sa nouvelle affectation n'était pas un sujet qu'elle voulait aborder avec sa mère ou sa tante. Lorsqu'elle en eut terminé avec la salade, elle se rendit dans le couloir et tomba sur Liz. Alicia l'attrapa par le bras.

— Il faut qu'on parle.

— OK.

— Allons à l'étage.

— Tara est là-haut, elle nourrit Sam.

— Tant mieux. Elle peut écouter aussi.

La tête de Jenna apparut au bout du couloir. Elle retira son manteau et se frotta les mains, les joues rosies par le froid.

— Oh, des potins ! Je peux venir avec vous ? Rien de tel que jouer les commères sans prendre de gants ; après tout, laissons le froid dehors !

Alicia la prit dans ses bras.

— Bien sûr que tu peux venir !

— Super ! s'exclama Jenna. (Elle se tourna vers Ty.) Je te laisse tout seul, tu devrais rejoindre les garçons.

Ty hocha la tête et remonta le couloir.

— D'abord, je vais rejoindre une bonne bière.

En levant les yeux au ciel, Jenna suivit les autres en haut de l'escalier.

Liz frappa doucement à la porte de la chambre de tante Kathleen.

— Tara ? On vient envahir ton espace.

— Venez, les filles. J'allaite Sam.

Aussitôt dit, aussitôt fait : elles s'installèrent dans la chambre. Tara était assise dans le fauteuil à bascule, le petit Sam contre sa poitrine.

Alicia hésita en voyant la jeune maman bercer son enfant avec sérénité.

— Tu es sûre qu'on ne te dérange pas ?

— Pas du tout. Votre compagnie m'aidera à ne pas m'endormir.

— Alors d'accord, acquiesça la kiné avec un sourire.

— Bon. Que se passe-t-il ? demanda Liz.

— On m'a confié la rééducation de Garrett Scott.

Liz leva un sourcil.

— Garrett Scott ? Intéressant.

Sur le lit, Jenna roula sur le côté.

— Ce type est canon. Il s'est blessé à l'épaule, c'est bien ça ?

— Oui. Les traitements qu'il a suivis ces derniers mois n'ont rien donné.

— Et où est le problème ? demanda Tara.

— Il travaillait avec l'un des membres les plus expérimentés de l'équipe médicale. Plusieurs, même. Jusqu'au moment où j'ai ouvert ma grande bouche pour dire à Garrett de se sortir les doigts du cul et d'écouter un peu ce qu'on lui disait de faire.

Liz pouffa de rire.

— C'est tout à fait toi.

— Je sais. J'aurais dû me taire, mais c'est aussi sa faute : c'est lui qui m'a demandé mon avis.

— Donc tu t'es sentie libre de dire ce que tu pensais, se moqua Liz.

La kiné soupira.

— Oui. Et, en un claquement de doigts, voilà que Garrett me voulait pour thérapeute attitrée. Moi seule. J'ai cru qu'on me licencierait, mais, à la place, on m'a confié son dossier.

Jenna s'assit sur le lit et croisa les jambes.

— Waouh, quelle responsabilité ! C'est intimidant, non ?

Voilà pourquoi elle avait tellement besoin de ces filles : elles comprenaient immédiatement ce qu'elle ressentait.

— Pire qu'intimidant. Je suis terrifiée.

— Tu en es capable, Alicia, la rassura Tara en levant Sam au-dessus de son épaule pour le tapoter dans le dos. Tu sais ce que tu fais.

— Tara a raison, renchérit Liz en lui prenant la main. Nous en avons déjà parlé. Si tu as choisi ce domaine, c'est parce qu'il t'attire depuis toujours. Tu adores le sport et la médecine. C'est l'occasion rêvée de frapper un grand coup. En permettant à Garrett de retourner sur le terrain avec succès, tu feras un bond en avant dans ta carrière.

Troublée, Alicia les regarda les unes après les autres.

— Et si jamais je me plante ? Garrett est leur lanceur numéro un.

— Tu ne te planteras pas, rectifia Tara en souriant au rot discret de son fils. Tu maîtrises ton domaine, tu as été formée à ce genre de situations.

— Tara a raison, répéta Jenna. Tu vas guérir cette épaule et remettre Garrett sur son monticule de lanceur.

Liz fit « oui » de la tête.

— Aie confiance en toi. Et va lui botter les fesses.

Chapitre 3

Lundi, au point du jour, de petits flocons de neige tombaient du ciel, annonçant une énorme tempête plus tard dans la journée.

Typiquement le genre de climat qui provoquait des douleurs atroces dans l'épaule de Garrett. Alors, quand il arriva dans la salle d'entraînement des Rivers, il fut heureux de voir qu'Alicia était déjà arrivée.

Sa tablette dans les mains et ses cheveux noués en queue-de-cheval, comme d'habitude, elle portait le même uniforme hideux que toute l'équipe médicale. Pas de maquillage, mais un aspect banal. Sauf que cette fille n'était pas banale. Comment ne l'avait-il pas remarquée avant ? Ses problèmes l'avaient donc absorbé à ce point ? À présent, Garrett percevait la pointe de charme que possédait Alicia, malgré l'affreux uniforme et l'absence de maquillage.

Sa promesse de le refaire jouer y était sans doute pour quelque chose. Mais il n'y avait pas que cela. Il aimait l'étincelle dans son regard ; ses yeux lui rappelaient la couleur du ciel un matin d'été. Et cette bouche… Il aimait beaucoup la voir sourire. Si elle le faisait plus souvent, elle serait plus ravissante encore, Garrett en était persuadé. Pour une fois, il était agréable de voir une belle femme ni maquillée ni habillée comme pour une sortie au restaurant ou un après-midi de shopping, contrairement à celles qu'il fréquentait d'habitude.

En le voyant pousser la porte du complexe, Alicia vint l'accueillir.

— Bonjour. Prêt à vous mettre au travail ?

— Mon épaule est raide et endolorie. Ce temps n'arrange pas les choses.

Elle hocha la tête.

— Ne vous inquiétez pas. Nous réchaufferons votre bras et votre épaule avant d'entamer la séance.

Il lui emboîta le pas jusqu'à l'une des salles de soins.

— Retirez votre veste et installez-vous confortablement sur la table. Je vais chercher une compresse tiède. Si vous avez de la musique sur vous, vous pouvez la mettre en marche.

Heureusement que Garrett avait son lecteur MP3 ; visiblement, Alicia n'avait pas l'intention de lui faire la conversation. D'habitude, il parlait de tout et de rien avec les médecins pendant environ une heure avant de commencer la rééducation. Avec elle, ce serait différent.

Les écouteurs sur les oreilles, il alluma l'appareil et régla le volume. Alicia reparut, posa les compresses sur son épaule, puis baissa les lumières et quitta la pièce sans un mot.

Soit. Il s'en fichait, il n'avait pas l'intention de sympathiser, de toute manière. La chaleur apaisait déjà sa douleur ; il décontracta les muscles et se laissa immerger dans la musique.

Les dix minutes passèrent trop vite à son goût. Il n'était pas loin de s'endormir quand la kiné lui retira les compresses. Il frissonna. Tandis qu'il tendait la main vers sa veste, elle l'arrêta dans son élan.

— Vous n'en aurez pas besoin pour l'instant. Suivez-moi.

Elle l'accompagna jusqu'à la salle de musculation et le fit s'asseoir sur le vélo à bras.

— Grâce à cet appareil, vous vous réchaufferez vite. Je reviens vous voir tout à l'heure.

Après avoir réglé le minuteur sur cinq minutes, elle s'éloigna.

Encore une fois.

Très amusant, comme exercice. Heureusement, la télévision était allumée sur une chaîne de sports. Il se mit à pédaler avec les bras tout en regardant les informations des derniers matchs et observa du coin de l'œil Alicia, qui discutait avec Phil et Max dans le bureau. Ensemble, ils regardaient ce qu'elle leur montrait sur sa tablette. Ils hochaient la tête l'un après l'autre. Aucun doute n'était permis : ils parlaient de lui.

Quand le minuteur sonna, Alicia était déjà de retour.

— Prêt ? s'enquit-elle tandis qu'il descendait du vélo.

— Je suis prêt depuis longtemps.

— Tant mieux. Venez par là.

Elle l'emmena jusqu'au seuil de la porte.

— Levez les bras pour toucher le plafond.

Garrett se tourna vers elle.

— Pardon ?

— Levez les bras. Touchez l'encadrement de la porte.

Il s'exécuta. Son bras gauche s'étira sans peine, mais lever le droit était une autre affaire. Le lanceur fit la grimace.

— Ce n'est qu'un petit étirement, Garrett, un peu de courage. Essayez de tendre votre bras droit bien haut, en le gardant le plus près possible de votre oreille.

Derrière lui, Alicia observa le résultat en silence.

— Vous voyez quelque chose ?

— Oui. Vous pouvez baisser les bras. Remuez-les pour vous dégourdir. Maintenant, recommencez : on étire.

Il lui lança un regard par-dessus l'épaule.

— Ça n'a pas l'air de changer grand-chose.

— Voilà pourquoi vous êtes lanceur et moi kiné. Recommencez et comptez dix secondes à chaque tension.

Il haussa les épaules, mais il atteignit malgré tout le chambranle de la porte et enchaîna une série de cinq. Lorsqu'il eut terminé le cinquième étirement, il se sentait mieux. Alicia se plaça derrière lui et enfonça les pouces dans les muscles de ses épaules.

— Le côté droit est encore un peu raide, grogna-t-il.

— C'est logique, vous ne bougez pas assez. Étirez-vous plus souvent. L'immobilité encourage la formation de tissu cicatriciel. Votre problème vient à moitié de là.

Garrett se tourna pour la regarder droit dans les yeux.

— Et l'autre moitié ?

Elle tapota sa tempe.

— Le mental. Vous êtes persuadé que votre carrière est finie ; à cause de cela, vous bâclez vos exercices quotidiens. C'est parce que vous ne travaillez pas chez vous que votre épaule ne guérit pas correctement. Il faut y croire pour réussir.

Garrett n'appréciait pas la manière dont Alicia le cataloguait. Mais n'était-ce pas la raison pour laquelle il l'avait choisie ? Dès le début, elle avait tout compris et lui avait dit en face ce qui n'allait pas. Ce dont il avait besoin, c'était d'être bousculé.

Il mourait d'envie de retourner sur le monticule. À vingt-neuf ans, il lui restait encore de nombreuses années de lancers devant lui. Il ne laisserait pas cette fichue blessure mettre un frein à sa carrière. Mais son mental souffrait de cette longue période d'arrêt, et il ne savait pas comment le changer.

On lui avait toujours reconnu une qualité : le contrôle. Sur ses lancers, sur sa carrière, sur sa vie entière. Ce contrôle, il l'avait perdu l'année passée, et il était grand temps qu'il le récupère. Jusque-là, ce n'était ni l'équipe médicale ni les directeurs sportifs qui l'y avaient aidé.

Les thérapeutes avec lesquels Garrett avait sympathisé ne lui avaient apporté qu'une seule chose : le droit de se trouver des excuses pour ne pas guérir.

Des excuses, était-ce là ce qu'il voulait vraiment ?

Alicia était peut-être la clé. Elle était confiante, il devait s'en remettre à elle. Elle était son dernier espoir.

Après un instant passé à l'observer, Garrett se demanda jusqu'où il pouvait la provoquer.

— Vous n'êtes pas très grande.

— Oh, ne vous y fiez pas ! s'amusa-t-elle. Petite par la taille mais grande par l'esprit.

Le sportif appréciait sa force de caractère.

— Vous devez avoir des frères.

— Oui, un. Et des cousins. Vous ne me faites pas peur.

— Ce n'est pas mon intention.

— Allons marcher, proposa Alicia.

— Vous ne travaillez plus sur mon épaule ?

— Si, en temps voulu.

— C'est l'hiver, vous savez ?

Elle inclina la tête.

— Oui, je sais, et alors ? Vous avez peur d'attraper froid ?

— Non.

Garrett détestait le froid. S'il l'avait aimé, il aurait choisi de jouer au football.

— Tant mieux. Mettez votre anorak.

— Ça fait partie de mon traitement ?

— Non, mais j'adore me geler les fesses dehors et j'ai pensé que vous pourriez m'accompagner.

— C'est ça, faites la maligne, bougonna Garrett en enfilant son bonnet et son gros anorak.

— Je vais me gêner, rétorqua Alicia en enfonçant son chapeau sur la tête. Tout ce que nous faisons ensemble fait partie de votre rééducation. Allons-y.

Ils sortirent du bâtiment, et Garrett enfonça la tête dans ses épaules. La matinée s'obstinait dans la grisaille, et le vent soufflait fort ; il faisait un froid polaire. Ils remontèrent les marches qui menaient à la rue.

Les yeux levés vers le ciel, Alicia sautillait presque de joie.

— Il devrait neiger, aujourd'hui.

— Oui, maugréa Garrett. Ils ont annoncé au moins trente centimètres.

— Je sais, c'est excitant.

Son expression radieuse n'échappa nullement au sportif ; comme il l'avait imaginé, lorsqu'elle souriait son charme devenait beauté. Avec ses pommettes saillantes, Alicia avait un sourire si sexy qu'il en eut le souffle coupé. Il essaya de ne pas y faire attention, en vain.

— Vous aimez la neige, n'est-ce pas ?

— J'adore ça, admit-elle. Tous les climats me plaisent, d'ailleurs. Rien de tel que de se lover dans une couverture, armée d'une tasse de chocolat chaud et d'un bon roman à l'eau de rose pendant qu'une tempête de neige gronde dehors.

Voilà une image de plus qu'il devait à tout prix sortir de son esprit. Comment tomberait sa chevelure une fois dénouée ? En cascade de boucles noires sur ses épaules, sans doute. Le mieux pour parfaire le fantasme serait d'oublier la couverture et de la voir nue.

Mais la dernière chose à faire pour réussir sa rééducation, c'était bien de trouver sa kiné sexy. Une robe de chambre, des pantoufles, le visage couvert d'une mixture verdâtre et des bigoudis, voilà une vision qui devrait le calmer.

— Levez le bras et attrapez cette petite branche, dans l'arbre, dit Alicia.

Tiré de ses pensées, Garrett s'arrêta de marcher.

— Hum ?

— Cette branche, là-haut. Continuez de marcher, mais attrapez-la en chemin.

— Pour quoi faire ?

— Bon, j'ai compris. Observez.

Elle marcha devant lui et ralentit le pas en arrivant sous les branches basses d'un arbre. Là, elle leva le bras droit pour en attraper une et la tint un instant sans cesser d'avancer, avant de la relâcher.

Ah, d'accord !

— Vous voulez que j'étire l'arrière de mon épaule en attrapant les branches.

— Oui, mais ne tirez pas dessus. Faites-le doucement. Ralentissez une fois sous les arbres, marquez une pause et atteignez la branche jusqu'à sentir une tension.

— J'ai compris.

Il le fit une fois, puis deux, puis trois ; Alicia avait choisi une rue bordée de nombreux arbres.

— C'est bien plus amusant que les poulies.

— Malgré le froid de canard ? s'enquit-elle en souriant.

— Oui, malgré le froid de canard.

— C'est agréable de sortir du complexe. J'aime être dehors et prendre l'air. Et puis vous avez besoin d'un changement dans votre traitement. Votre esprit est embrumé, il faut que vous l'aériez.

— D'après vous, m'accrocher aux branches permettra de faire croire à mon corps – et à mon esprit – qu'il ne s'agit pas d'un traitement ?

Alicia se mit à rire.

— Non, vous n'êtes pas idiot. Vous serez toujours conscient que cela fait partie de la rééducation. Il s'agit simplement d'utiliser de nouveaux mécanismes.

Après un kilomètre et demi de marche, il sentait comme une amélioration dans son épaule. Alicia lui avait également fait tenir les branches en se penchant sur le côté puis en avant. Lorsqu'ils rentrèrent dans le complexe sportif, Garrett n'avait plus froid. Il retira son anorak et son bonnet, et partit chercher une bouteille d'eau dans la salle de repos.

Alicia le retrouva à la porte.

— Vous êtes prêt à commencer le vrai travail ?

La bouteille à la bouche, il se figea.

— Je croyais qu'on avait terminé.

— Ce n'était que l'échauffement. Maintenant que vos muscles et vos tendons sont chauffés, nous allons passer à l'étape supérieure.

— Je ne pense pas, non. Je commence à avoir mal à l'épaule.

La kiné se mit derrière lui et le poussa pour le faire avancer.

— On ne se dégonfle pas avec moi. Direction les poulies.

— Je croyais que les branches remplaçaient les poulies !

Devant la machine, Alicia ajusta les poids.

— Ça vous aurait bien arrangé, pas vrai ? Mais non. Trois séries de dix.

En regardant les poids, Garrett s'aperçut qu'ils étaient plus nombreux qu'à l'ordinaire. Il leva les yeux vers Alicia.

— Tout ce poids, ça ne risque pas d'abîmer mon épaule ?

— Aucun risque. Allez, soulevez. Je reste là pour surveiller.

Le lanceur commença l'exercice, persuadé qu'une douleur fulgurante finirait par lui donner raison.

Mais la douleur ne vint pas, ou pas plus que d'habitude pour une thérapie.

Et puis il trouvait l'effort plus supportable grâce à la présence d'Alicia, qui le motivait à poursuivre. Cela pourrait peut-être marcher, finalement.

Alicia devait bien reconnaître qu'elle était nerveuse. Pas seulement nerveuse mais totalement crispée, jusqu'à sentir une boule de nerfs se former entre ses omoplates tout au long de sa première séance avec Garrett.

La pression était énorme, elle n'avait pas droit à l'échec ; la carrière du sportif était en jeu. Si elle ne parvenait pas à guérir son épaule – qui ne devait pas seulement se remettre, mais retrouver la pleine possession de ses moyens –, elle perdrait sans doute son travail. Les équipes sportives, en particulier dans le base-ball, recrutaient les meilleurs médecins spécialisés. Tout au long de ses études à l'université puis à la clinique orthopédique, Alicia n'avait eu qu'une seule idée en tête : travailler pour les Rivers. Elle avait tout donné pour être la meilleure. Avant même d'avoir posé le pied dans une salle de cours, elle avait étudié l'anatomie et la physiologie du corps humain ; elle s'était d'ailleurs exercée sur les blessures de son frère et de ses cousins afin de comprendre au mieux les mécanismes des corps d'athlètes.

Cette thérapie, c'était ce pour quoi elle s'était entraînée pendant si longtemps. À présent, il était temps de faire ses preuves.

Elle installa Garrett sur la presse à cuisses afin d'apaiser son épaule et d'équilibrer la séance de musculation en entraînant l'ensemble de son corps. Son regard dévia vers les muscles du lanceur, tandis qu'il était allongé et soulevait un poids important en poussant avec les jambes. Tous ces exercices l'avaient réchauffé ; il était à présent torse nu et en short, ses cuisses pliées dans l'effort.

Si Alicia ne travaillait pas pour l'équipe médicale, elle tomberait sans doute sous le charme de ce bel étalon, comme ce devait être le cas de nombreuses femmes. Mais il était hors de question de craquer pour le lanceur, même si son regard de braise la faisait fondre et si son corps sculpté la faisait rêver.

Garrett Scott était son patient, et rien d'autre.

Il remit les poids en place et se redressa sur la table.

— Alors, Alicia, quelle expérience avez-vous du métier ?

— J'ai ce qu'il faut d'expérience thérapeutique pour vous soigner.

Il baissa le menton et leva les yeux vers elle.

— Je vois. Donc, des années et des années, j'imagine.

Ce n'était pas la première fois qu'un athlète la questionnait sur son niveau d'études et ses aptitudes professionnelles.

— J'ai un master en médecine du sport. J'ai travaillé comme interne et comme assistante auprès des meilleurs chirurgiens orthopédiques de la région. Ensuite, les Rivers m'ont embauchée. Cela fait sept ans que je suis dans le métier. Toutefois, si vous avez des doutes quant à mes capacités, vous êtes libre de…

Il leva les mains.

— Je vois. Sujet sensible.

— Eh ! Je vous rappelle que c'est vous qui me vouliez pour médecin attitré. Si vous avez changé d'avis, vous n'avez qu'à le dire, et je vous remets entre les mains de Max.

— Je n'ai pas changé d'avis.

— Parfait.

Elle s'empara de sa tablette et s'assit sur l'un des bancs. Elle était en colère, mais plus contre elle-même que contre Garrett. Ses nerfs étaient à vif, elle en était consciente, et son patient n'y était pour rien. Enfin, presque pour rien ; après tout, c'était lui qui l'avait mise dans cette posture en la désignant comme responsable de sa rééducation, entre tous les autres médecins.

— Pourquoi moi ?

Il fronça les sourcils.

— Pardon ?

— Pourquoi m'avoir choisie ? Vous saviez que les autres membres de l'équipe médicale sont bien plus chevronnés que moi.

— Je vous l'ai déjà dit : vous n'avez pas cru à mes bobards et vous m'avez expliqué comment vous me manipuleriez si vous étiez en charge de mon dossier.

— Je vois.

— Eh bien…, murmura-t-il en regardant son épaule, puis la jeune femme. Manipulez-moi.

L'allusion érotique qu'elle percevait à travers ces mots, Alicia s'en serait passée volontiers. Sans doute était-ce son imagination qui dénichait une note sexuelle là où il n'y avait rien du tout. Si seulement Garrett était un homme laid et déplaisant !

Son charme émanait même de son caractère grincheux et fainéant. Certains exercices épineux le rendaient pénible, mais elle pouvait gérer ses sautes d'humeur. Il se montrait aussi avenant, et physiquement il était à croquer. Alicia accepterait volontiers de poser les mains sur lui à des fins peu thérapeutiques.

Seulement voilà : une telle opportunité professionnelle ne se présenterait pas deux fois. Elle devrait donc oublier ses pulsions charnelles pour se concentrer sur son travail.

— Bon. La séance est levée ?

— Bien essayé, mais je n'en ai pas terminé avec vous.

— Mon épaule ressemble à une coquillette trop cuite.

— Ce n'est pas vous le médecin, alors gardez vos commentaires pour vous et soyez patient.

Sur ces mots, elle s'éloigna pour récupérer les élastiques et le ballon de gym, mais ce n'était qu'un prétexte pour couper court à la conversation. Un peu de distance lui permettrait de ne pas penser à lui sur un plan trop personnel. En apercevant les bandes élastiques, Garrett afficha un air sceptique.

— On devrait avoir dépassé ce stade, non ?

— Voilà pourquoi votre épaule peine à se remettre : vous bâclez le travail. Allez, on s'y met.

Non sans un soupir sonore, il finit par accepter. Elle choisit une musique calme pour installer une ambiance relaxante.

— J'aime les choses un peu plus brutales, marmonna Garrett, mécontent du choix musical de la jeune femme.

Elle s'efforça de ne pas tiquer. Pourquoi fallait-il qu'elle trouve une allusion sensuelle dans chacune de ses phrases ? Elle aimait les choses un peu plus brutales, elle aussi, mais sans aucun rapport avec la musique. Décidément, elle devait à tout prix cesser de se comporter comme une adolescente en crise de puberté.

— Cela vous apaisera. Vos muscles doivent se détendre, pas se crisper.

— Vous pourriez toujours me faire un massage, tout à l'heure.

— Si c'est une masseuse que vous voulez, je vous en appellerai une. Mais moi, je ne suis pas payée pour ça.

— Oh oui, appelez-moi une masseuse !

Tandis qu'il tirait sur les bandes élastiques, la jeune femme observa et prit des notes.

— Seulement si j'estime que c'est nécessaire.

— Vraiment ? Et comment vous pourrez le deviner ?

— Après la séance, je vérifierai l'état de vos muscles.

— Pourquoi refusez-vous de me masser ? Mes autres kinés le faisaient, eux.

— Tant mieux pour eux.

— Mais vous, ça ne vous dit rien de me monter dessus pour me masser. Ce serait trop intime, pas vrai ?

Cette fois, il n'y avait aucun doute : il faisait une allusion pure et simple au sexe. Elle lui lança un regard noir.

— On comprend vite à quels types de massages vous êtes habitué.

— Pardon ?

— Vous « monter dessus » ?

Garrett éclata de rire.

— D'accord, j'admets que je caricature. Mais je sais que tous les kinés font des massages. Sauf vous, apparemment.

En croisant son regard, Alicia ne sut dire s'il la taquinait, s'il la défiait ou s'il cherchait simplement à l'agacer. Finalement, elle décida de mettre cela sur le compte de sa blessure douloureuse et abandonna la partie.

— Ce n'est pas ce que j'ai dit, maugréa-t-elle.

— Ne mentez pas, je sais que vous êtes tous formés aux massages. C'est l'un de vos confrères qui me l'a dit.

— Oui, c'est vrai. Mais ce n'est pas notre spécialité. Personnellement, je rechigne à le faire, car je ne veux pas que mes patients me voient comme une masseuse.

— Parce que vous êtes une femme.

— Non, parce que j'ai travaillé dur pour être kinésithérapeute, pas masseuse.

— Là encore, sujet sensible à ce que je vois.

— Non, ce n'est pas un sujet sensible. Vous avez terminé votre série, passons à autre chose.

Elle lui imposa ensuite un parcours d'exercices sur des machines destinées à étirer la partie supérieure de son corps et à fortifier son épaule.

— Au début de la séance, vous m'aviez mis plus de poids, observa-t-il tandis qu'il tirait la poulie vers lui.

— Je sais.

En constatant qu'il ne soulevait que dix kilos à la série suivante, Garrett fronça les sourcils. Il voulut modifier la charge, mais elle l'arrêta dans son élan.

— C'est trop léger, insista le lanceur. Cet exercice ne sert à rien.

Alicia lui lança un regard réprobateur.

— Ce n'est pas vous qui décidez, que je sache. Faites une nouvelle série avec cette charge.

L'air renfrogné, il lui lança un regard noir, et elle eut l'impression qu'ils n'étaient pas loin de se disputer. Mais Garrett se redressa et enchaîna la série, comme elle le lui avait demandé.

— Vous êtes en forme, ajoutons un poids.

— Ah, enfin !

En tant que sportif de haut niveau, il était frustré ; elle le comprenait et s'abstint donc de répondre. Une idée lui trottait dans la tête. Elle ajouta cinq kilos après chaque série jusqu'à ce qu'elle le voie fatiguer.

C'était impressionnant. Et encourageant. Son épaule était capable de supporter plus qu'elle ne l'aurait imaginé, en tout cas sur la poulie.

— Maintenant, tirez sur le côté. Cela risque d'être plus douloureux.

— Je sais.

Là encore, elle commença léger, pour ajouter les kilos au fur et à mesure. Il ne soulevait pas autant que de face, et Alicia était plus attentive aux premiers signes de douleur. Lorsqu'il commença à faire la grimace, elle mit fin à la série et prit des notes.

— Je peux faire mieux. Maintenant que mon corps est chaud, je vois à quoi sert l'exercice. Ça ne fait pas si mal que ça, mon épaule le supporte.

— Nous allons arrêter là pour notre premier parcours.

— J'ai besoin de repousser mes limites, insista le sportif en lui emboîtant le pas vers les machines suivantes. Vous l'avez dit vous-même.

Elle s'arrêta de marcher et se tourna face à lui.

— Si vous vous blessez une nouvelle fois, vous êtes bon pour recommencer à dix kilos et manquer la saison. C'est ce que vous voulez ?

— Non.

— Très bien.

Tout le long du parcours suivant, ils débattirent sur le poids que Garrett était capable ou non de maîtriser. Alicia était intransigeante et ne le laissait soulever ni plus ni moins que ce qu'elle avait décidé, au grand dam du sportif.

— Nous avons terminé, déclara-t-elle finalement lorsqu'une heure fut passée.

— C'est tout ?

— Il n'y a pas si longtemps, vous vouliez arrêter.

Il réfléchit un instant.

— C'était tout à l'heure. J'ai trouvé un second souffle, maintenant. Je peux continuer.

— Nous avons terminé. Maintenant, je vais étirer vos muscles. Allez vous allonger.

— Ce n'est pas assez. Je veux continuer.

— Si, c'est fini pour aujourd'hui. Une fois que je vous aurai étiré, vous me supplierez de vous laisser tranquille jusqu'à demain.

— C'est ce qu'on verra.

Alicia lui décocha un sourire malicieux.

En se passant la main dans les cheveux, le lanceur s'allongea sur le dos, sur la table rembourrée.

Évidemment, Garrett savait que la rééducation ne produirait pas de gros bouleversements dès la première séance, car le but était d'avancer méthodiquement et efficacement. Mais, bon sang, il s'était attendu à un miracle !

Il n'en fallait pas moins pour lui permettre de retourner sur le monticule. Sa décision de travailler avec Alicia entraînait un enjeu important pour sa carrière. Ce n'étaient pas sa beauté physique ni son corps de rêve qui avaient guidé son choix, mais son instinct, ce qu'il avait senti au fond de ses tripes, au moment où elle lui avait dit ses quatre vérités.

À cet instant fatidique où elle se penchait sur lui, il retint sa respiration et croisa les doigts.

— Vous êtes prêt ? demanda la jeune kiné.

Il haussa les épaules.

— Bien sûr que oui !

Alicia lui fit lever les bras au-dessus de la tête, puis poursuivit avec les étirements auxquels il était habitué ; rien de bien douloureux, mais au contraire un moment très relaxant après une séance aussi intense. Garrett ferma les yeux et s'imagina sur son monticule, à lancer au frappeur une balle coupée avant d'entendre le coup de sifflet annonçant que le receveur avait intercepté le tir adverse.

Excellente idée : ses pensées devaient rester concentrées sur sa vocation, et s'il devait aller jusqu'à bousculer Alicia, voire l'attirer dans ses…

— Bordel !

Ses paupières s'ouvrirent d'un coup tandis qu'elle tirait son bras vers l'arrière, puis sur le côté. La douleur subite lui arracha une larme.

— Mais ça fait un mal de chien !

— Inspirez profondément, murmura-t-elle d'une voix calme, sans arrêter de torturer son bras.

Son degré de tolérance à la douleur était élevé, et il en avait connu des pires, mais, bon sang, ce que ça faisait mal !

— Que faites-vous ?

— Je déchire votre tissu cicatriciel et je vous force à repousser vos limites. C'est ce que vous vouliez, n'est-ce pas ?

— Ouais, mais je me disais…

— Chut, susurra Alicia en pliant le bras dans la position rotative typique du lanceur. Essayez de respirer doucement et de rester détendu.

— Combien de temps cela va durer ?

— Environ une demi-heure.

Une demi-heure de cette torture, et il en mourrait de douleur. Les dents serrées, il essaya de garder son sang-froid, comme un homme, un vrai, et de ne pas gémir pendant qu'elle triturait son épaule presque jusqu'à la déboîter.

La déboîter ? Bon, d'accord, il exagérait peut-être. Mais il aurait juré que les positions qu'Alicia imposait à son bras n'avaient rien de naturel. Et cette idée lui déplaisait.

La température de la pièce semblait augmenter en même temps que sa douleur. La jeune femme paraissait s'acharner sur son patient, et, si on lui avait proposé de mordre quelque chose, Garrett n'aurait pas dit non. Elle ne s'arrêta pas, même pas une minute, une seule petite minute, pour le laisser respirer, bordel ! L'opération dura jusqu'à le faire haleter comme s'il était sur le point d'accoucher.

— Racontez-moi le meilleur lancer que vous ayez jamais fait, demanda Alicia en le manipulant.

Ces mots lui firent oublier un instant sa douleur.

— Quoi ?

— Comment était votre meilleur lancer ?

Garrett prit une minute pour réfléchir.

— C'était contre Chicago. La neuvième manche était serrée. J'étais au lancer depuis le début du match et je commençais à fatiguer. Le coach a voulu me remplacer plusieurs fois, il pensait que je n'en pouvais plus, mais il a cédé. Je l'ai convaincu de me laisser sur le terrain.

Lorsqu'elle opéra un étirement plus sec sur son bras, il fit la grimace.

— Respirez profondément, lui dit Alicia d'une voix douce et réconfortante. La neuvième manche était serrée. C'était un match à domicile ?

Le souffle saccadé, Garrett pouvait difficilement parler ; elle relâcha alors la tension.

— Ouais. J'étais face au premier batteur. Il a renvoyé une balle directement au sol. Le deuxième frappeur l'a sortie au centre. Le troisième était un dur à cuire. Il maîtrisait le ricochet sur mes balles rapides. Malgré ça, je savais que je pouvais l'avoir à l'usure. Soit je jouais avec lui sur la durée, soit il me renvoyait mes balles tout droit en enfer. Mais j'ai tenu le coup et j'ai réussi à lui envoyer un missile. Ça l'a fichu en retrait sur trois strikes.

Alicia s'arrêta et l'observa un instant.

— Il est rare d'avoir encore autant de jus en fin de match.

Garrett sourit fièrement.

— C'est vrai. La demi-manche d'après, on a marqué un *run*, et on a battu Chicago.

— C'était un beau match.

— Yep.

Elle leva une main.

— Et ce fut une belle séance. Nous avons terminé.

Enfin soulagé, Garrett se releva pour s'asseoir au bord de la table.

— Merci.

La kiné adossa son patient contre le mur et lui posa une compresse glacée sur l'épaule.

— Dix minutes avec la glace, et je vous libère.

Grâce aux questions d'Alicia sur son match, les derniers étirements étaient passés beaucoup plus vite. En la regardant taper sur sa tablette, Garrett sentit qu'une part de lui la détestait pour cette horrible séance d'étirements. Une autre part, en revanche, ne savait pas encore quoi penser d'elle.

Elle leva les yeux et croisa son regard.

— Qu'est-ce qu'il y a ? Vous trouvez que j'y suis allée trop fort ?

— Non, c'était très bien.

Son épaule était encore douloureuse.

— Vous avez la mâchoire crispée, Garrett. Vous devriez essayer de vous détendre.

S'approchant de son patient pour retirer la glace, elle s'assit ensuite en face de lui.

— Progressivement, les séances seront de plus en plus éprouvantes. Vous pensez pouvoir le supporter ?

L'espace d'un instant, Garrett hésita à retourner se faire soigner par ses précédents kinés. Il était habitué à leurs méthodes. Cette séance avec Alicia avait été… différente. Et difficile. Pourtant, cette femme lui inspirait confiance. C'était pour cela qu'il l'avait choisie, et il devait s'y tenir.

— Vous êtes sûre que vos méthodes vont fonctionner ?

— Certaine.

— Dans ce cas, je ferai ce que vous me direz.

— Parfait. Si, plus tard, vous avez des courbatures, je vous frictionnerai.

Plus tard ? Les courbatures, il les sentait déjà !

— Je croyais que vous ne faisiez pas de massages.

En chemin vers la porte, elle lui lança un regard par-dessus son épaule.

— Pour vous, je ferai une exception, puisque vous avez l'air au bord des larmes. Travailler avec moi, ce n'est pas une mince affaire. Je vous avais prévenu : je ne vais pas y aller avec le dos de la cuillère, Garrett. Si vous souhaitez arrêter là, dites-le tout de suite, et nous ferons le nécessaire pour vous attribuer un autre médecin.

Elle attendit une réponse avec un regard de défi. Il aimait son audace et ne reculerait pour rien au monde.

— Si vous vous sentez à la hauteur, alors moi aussi. Je suis prêt.

Chapitre 4

Dix longs jours de rééducation venaient de passer : une éternité aux yeux d'Alicia.

Physiquement, Garrett s'en sortait bien. En revanche, il laissait des séquelles sur le mental de la jeune femme : les jérémiades de son patient commençaient à lui taper sur le système.

Soit elle le brusquait trop, soit elle le ménageait trop, mais, aux yeux du sportif, jamais rien ne convenait. Elle comprenait pourquoi les autres médecins l'avaient dorloté : c'était le meilleur moyen pour le faire taire. Il avait beau être sexy comme un dieu, elle brûlait d'envie de lui coller une bande de gros Scotch sur la bouche dès qu'il se présentait pour la séance.

Pire encore : depuis le début de la semaine, comme à chaque mois de février, tous les autres étaient partis pour leur entraînement en Floride, et elle se retrouvait seule avec Garrett.

Au début, Alicia pouvait se tourner vers les autres médecins en cas de doute et profiter de leur compassion, puisqu'ils étaient passés par là avant elle. Mais, depuis quelques jours, elle était seule. Phil et Max lui avaient fait promettre de les appeler en cas d'urgence ou de question concernant Garrett. Anna-Marie, également membre de l'équipe de thérapeutes et amie d'Alicia, restait disponible au téléphone si la jeune femme voulait se défouler.

Si Alicia l'avait prise au mot, elle l'aurait appelée chaque jour pour se plaindre de son patient.

Ce matin-là, par exemple, Garrett avait une heure de retard. Elle mit ce temps à profit en prenant de l'avance dans ses notes et sur son programme thérapeutique, mais, après une autre demi-heure d'attente, elle finit par composer le numéro de Garrett.

Ce dernier répondit d'une voix enrouée par le sommeil :

— Allô ?

— Cela fait une heure que je vous attends.

— Qui est à l'appareil ?

Alicia se retint de hurler dans le combiné.

— Votre kiné, répondit-elle calmement.

— Oh !

Il y eut un silence, puis un bâillement sonore.

— Désolé, Alicia. Panne de réveil.

— Sans blague. Et si vous rameniez vos fesses tout de suite ?

Second bâillement. Elle commença à taper du pied.

— Et si on remettait la séance à demain ? Mon bras me fait mal, ce matin.

— Je ne crois pas, non. Faites-vous un café et dépêchez-vous de vous habiller.

À l'autre bout du fil, elle crut entendre un ronflement.

— Garrett ?! Vous êtes toujours là ?

— Hum ? Oh oui ! Je serai là demain sans faute. Promis, OK ?

Puis il y eut un bip.

— Allô ? Garrett ? Garrett ?!

Elle regarda son téléphone.

— Le salaud !

Il lui avait raccroché au nez. Incroyable ! Son petit manège aurait peut-être fonctionné avec quelqu'un d'autre, en particulier avec des médecins ayant d'autres sportifs à gérer, mais pas avec elle. Pensait-il sérieusement qu'Alicia profiterait de sa journée pour faire les boutiques ou lire un livre ? Hors de question.

Puisqu'il avait demandé à travailler avec elle, il y aurait droit. Elle trouva l'adresse dans son dossier, enfila son manteau, prit ses clés de voiture et, une fois arrivée sur place, tambourina à sa porte d'entrée.

Garrett entendit comme un martèlement sourd qui résonnait dans sa tête. La veille au soir, il avait bu quelques bières mais aucun alcool fort ; rien ne justifiait qu'il ait la gueule de bois.

Il enfonça la tête sous son oreiller et entendit alors une sonnerie. Il chercha son téléphone portable à tâtons sous l'autre oreiller de son lit, le saisit et entrouvrit les paupières pour regarder le petit écran.

Non, il ne sonnait pas.

Encore ces fichus coups, sourds et répétés.

Et merde, quoi encore ?!

Il lui fallut plusieurs minutes pour comprendre qu'il s'agissait de sa porte d'entrée. Et de sa sonnette.

Des deux en même temps. Il remit la tête sous son oreiller. Qui que ce soit, il finirait bien par s'en aller.

Mais non. Une grêle de coups s'abattait sur la porte.

Merde !

Garrett roula sur le côté pour sortir du lit et enfila un pantalon de jogging. Il marcha lentement jusqu'à la porte et regarda par le judas.

— C'est une blague ?!

Il ouvrit la porte. Alicia était là, un grand sourire plaqué sur son visage.

— Bonjour, mon petit. Prêt pour la rééducation ?

— Hum, non. Je dormais.

Elle poussa la porte et l'ouvrit en grand.

— Plus maintenant. Alors autant vous habiller.

Incroyable ! Elle était venue jusque chez lui. Il n'avait qu'une envie : lui refermer la porte au visage. Mais bon, puisqu'elle était là…

— J'ai besoin d'un bon café.

Garrett tourna les talons. Des pas résonnèrent derrière lui tandis qu'il se dirigeait vers la cuisine, il en déduisit qu'elle était entrée.

Au moins, elle gardait le silence. Pendant que le café coulait, il sortit deux tasses, du lait et du sucre, puis se tourna vers elle.

Le regard d'Alicia dérivait discrètement vers son pantalon de jogging, vaguement accroché à ses hanches. Le sportif prit alors conscience qu'il s'était à peine habillé. Il avait juste enfilé un pantalon pour voir qui sonnait à la porte.

Ce détail n'avait pas échappé à la jeune femme. Pas plus que le regard discret qu'elle lançait à son jogging n'échappait au jeune homme.

Cela le fit sourire. Il croisa les bras en attendant que les yeux d'Alicia terminent leur exploration de ses abdos et de son torse. Lorsqu'elle croisa enfin son regard, elle se mit à rougir.

Pour Garrett, ce n'était pas désagréable.

Mais elle ne dit rien.

— Vous pourriez enlever votre manteau.

— Ce ne sera pas nécessaire. Je vous attends.

— Je dois prendre une douche.

Encore une fois, elle observa discrètement sa peau ainsi dévoilée. Un seul regard en coin de plus, et Garrett se retrouverait avec une érection… Alicia était mignonne dans son gros manteau d'hiver, son bonnet et ses gants, les joues encore rosies.

— Enlevez toutes ces couches de vêtements et prenez une tasse de café.

Dans un mouvement d'épaules, elle retira son manteau.

— Très bien, vous avez gagné.

Garrett se mit à rire en voyant les cheveux de la jeune femme se soulever à cause de l'électricité statique.

— Quoi ? lui lança la kiné avec un regard noir.

Il s'approcha d'elle pour aplatir ses cheveux, et son rire s'évanouit peu à peu.

— C'est à croire que vous avez mis les doigts dans la prise.

Affolée, Alicia chassa la main du sportif d'un revers de la sienne et se coiffa en queue-de-cheval avec l'élastique qu'elle gardait autour du poignet.

— Décidément, vous ne faites rien pour arranger ma journée.

Dans un soupir, Garrett servit deux tasses de café.

— Entre nous, c'est vous qui auriez besoin de retourner vous coucher. Vous êtes de mauvais poil.

— Vous avez raison. Je suis de mauvais poil à cause de votre légèreté sur un sujet que j'estime sérieux et important : votre rééducation et votre carrière.

— Votre tasse de café est sur le comptoir. Il y a du lait et du sucre si vous en voulez.

Il s'appuya contre le comptoir et sirota le liquide revigorant. Ensuite, une deuxième tasse lui apporta la dose de caféine nécessaire pour faire face à Alicia ce matin.

Cette dernière s'approcha, sucra son café et s'appuya à son tour contre le comptoir pour savourer sa boisson en silence.

Le silence. Garrett aimait beaucoup ce mot.

Il terminait presque sa deuxième tasse lorsqu'elle reprit enfin la parole.

— Vous croyez que ça m'amuse ?

À présent pleinement réveillé, le sportif se sentait d'humeur plus charitable.

— J'imagine que non. Mais ça ne vous aurait pas tuée, un jour de pause.

Elle reposa la tasse sur le comptoir avant de se tourner vers lui.

— Un seul jour suffit à faire la différence sur un traitement thérapeutique. J'ai étudié votre dossier, Garrett : il ne s'agit pas d'un seul jour. Vous vous êtes permis de nombreux écarts depuis votre blessure, et vos médecins n'ont rien fait pour vous en empêcher. Avec moi, ça n'arrivera pas. Si je dois camper sur votre paillasson pour vous sortir du lit à coups de pied aux fesses chaque matin, je le ferai. Si je dois emménager chez vous pour vous forcer à coopérer dans vos efforts sur le long terme, alors je le ferai. J'utiliserai tous les moyens possibles, pourvu que vous soyez sur le terrain avec une épaule en pleine forme dès le premier jour de la saison.

Maintenant qu'il était éveillé, Garrett pouvait entrer dans une joute verbale avec la jeune femme. Il se tourna vers elle.

— Fichez-moi la paix, je n'ai pas besoin d'une baby-sitter.

— Dans ce cas, ne vous comportez pas en enfant pourri gâté, mais en adulte qui assume ses responsabilités.

Le lanceur leva un sourcil et croisa les bras.

— Une seule panne de réveil, et je deviens un patient en échec ?

— Avant que je prenne le relais, vous avez annulé trente-quatre séances avec vos kinés.

— Vous avez compté ? s'étonna Garrett.

— Oui. Vous pouvez penser qu'une séance de plus ou de moins, ça ne change rien, mais trente-quatre séances, ça fait une sacrée différence. Voilà pourquoi vous n'observez aucun progrès. Voilà pourquoi vous n'êtes toujours pas de retour sur votre monticule, à lancer des balles. Avez-vous tenu ne serait-ce qu'une balle dans vos mains depuis votre blessure ?

Son point de vue était définitif, à présent : Garrett n'aimait pas cette femme. Son air d'intello à cheval sur le règlement lui tapait sur les nerfs.

— Répondez, Garrett !

— Non, je n'en ai plus touché depuis.

— Alors ne vous avisez plus de me poser un lapin et prenez votre rééducation au sérieux. Ensuite seulement, peut-être que votre épaule guérira.

Fatigué de se faire materner, Garrett se dirigea vers la porte de la cuisine.

— Je vais prendre une douche.

Elle lui emboîta le pas.

Dans le couloir, il s'arrêta net et se tourna vers elle.

— Vous comptez me suivre jusque sous la douche ?

Enfin un argument qui semblait faire effet ! Alicia se figea.

— Je vous attends là.

Garrett l'examina de la tête aux pieds. La seule pensée de la voir se déshabiller pour poursuivre leur dispute dans la cabine de douche manqua de provoquer chez lui une érection. Il devait à tout prix prendre ses distances avant de faire une bêtise, comme lui suggérer d'utiliser leur énergie dans une activité plus productive : le sexe, par exemple.

Là, elle serait vraiment furieuse contre lui.

Il pivota sur lui-même et partit dans sa chambre, où il retira son pantalon de jogging, puis se rendit dans la salle de bains. En faisant couler l'eau chaude, il poussa un profond soupir.

Depuis toujours, il détestait qu'on lui donne des ordres. Pourtant, le base-ball, comme tous les sports, dépendait d'un certain nombre de règles, y compris le poste attribué dans la rotation.

Bon sang, au rythme où il avançait, Garrett aurait de la chance s'il avait encore une place dans cette rotation. S'il ne guérissait pas, il pouvait dire adieu à son poste de lanceur partant ; or, il s'était donné beaucoup de mal pour le décrocher. Après tout, il pourrait bien finir remplaçant, à faire quelques lancers dans une manche intermédiaire si besoin. S'il relançait un jour.

Le pire scénario, pour Garrett, serait de passer la saison à rééduquer son bras dans des matchs de ligue mineure.

Il se passa le visage sous le jet d'eau et imagina l'effet que cela lui ferait. Dans ce métier, une fois que le joueur régressait d'un échelon, c'était définitif.

À regret, Garrett s'écarta du jet d'eau, se passa la main sur le visage, quitta la cabine et attrapa une serviette. Lorsque la buée eut enfin quitté le miroir, il observa un instant son reflet.

Et si Alicia avait raison, après tout ? Admettre une telle chose ne l'amusait pas, mais il était peut-être temps de prendre sa rééducation au sérieux.

Ou, en tout cas, de considérer l'éventualité de la prendre au sérieux. Il ne croyait pas aux miracles, loin de là, mais sa thérapie méritait qu'on lui donne une chance. Et sa kiné également.

En une minute, Garrett enfila des vêtements propres, passa un coup de peigne dans ses cheveux et rejoignit la jeune femme dans la cuisine. Alicia regardait la petite cour intérieure à travers la porte vitrée. Elle se tourna vers lui en entendant le bruit de ses pas.

— Bon, revenons à cette thérapie, lança le sportif.

Elle récupéra son manteau.

— Il était temps !

En souriant, il prit sa veste accrochée au dossier d'une chaise et se dit que, finalement, il aimait bien cette femme et son culot.

Une fois garés devant le complexe, ils sortirent de la voiture.

— Attendez, dit soudain Alicia tandis que son patient s'apprêtait à entrer dans le bâtiment.

— Quoi ?

— Vous n'avez rien mangé.

— Non. Pas eu le temps.

— Vous devez d'abord faire le plein de vitamines.

Garrett s'appuya contre la porte.

— Et perdre un temps précieux sur le programme de la journée ? Hors de question.

— Très drôle. Allez, venez.

Ils traversèrent la rue et se rendirent au *Denny's*. Alicia commanda une tasse de café et un jus d'orange, et Garrett un petit déjeuner complet.

— Vous ne mangez rien ? s'enquit-il.

— J'ai eu tout le temps de grignoter en vous attendant au complexe il y a deux heures.

— J'ai compris, je suis un salaud, bougonna le sportif en terminant son verre de jus de fruits.

Puisqu'elle ne répondait rien, il en conclut qu'elle était d'accord. D'ailleurs, elle devint silencieuse et se concentra sur sa tablette. Garrett se résolut alors à jouer à un jeu sur son téléphone portable.

— Vous êtes conscient que tout ce que nous faisons, c'est pour votre bien ? lança-t-elle soudain.

La serveuse lui apporta sa commande, et le lanceur attendit qu'elle soit repartie pour répondre.

— Une partie de moi en est consciente. L'autre partie aurait bien aimé dormir un peu plus ce matin.

— Cette seconde partie avait besoin qu'on lui remette les pendules à l'heure.

Il entama ses œufs brouillés.

— C'est pour ça que cette partie de moi ne vous aime pas beaucoup. (Il déglutit.) Pardon !

— Je n'ai pas besoin d'être appréciée par mes patients, Garrett. Je veux seulement que vous respectiez le programme.

— Justement, qu'est-ce que vous avez prévu pour aujourd'hui ? Comme d'habitude ?

Elle sourit.

— Non. Pour aujourd'hui, j'avais une idée plus amusante en tête.

« Amusante », hein ? Une thérapie, ce n'était jamais amusant.

Lorsqu'ils eurent terminé, ils retournèrent au complexe. Alicia s'arrêta près de sa voiture.

— Montez.

— On ne reste pas ici ?

— Pas aujourd'hui.

Garrett monta en voiture et attacha sa ceinture.

— Où allons-nous ?

Le regard droit devant elle, Alicia s'engagea sur la route.

— Pas très loin d'ici.

Les deux mains sur le volant, elle portait toute son attention sur sa conduite ; le sportif eut alors tout le loisir de l'observer en détail.

Ce matin, elle ne portait pas son uniforme habituel. Ce détail lui avait échappé lorsqu'elle avait débarqué chez lui sans prévenir.

— Vous ne portez pas l'uniforme ?

— Non.

En quittant la route, elle s'engagea sur le parking de ce qui ressemblait à un gymnase. Garrett prit alors conscience que ce n'était pas du tout un gymnase.

— Vous êtes sérieuse ? Une salle d'escalade ?

Alicia tourna enfin la tête.

— Pour faire travailler votre épaule, autant mêler l'utile à l'agréable.

Dans l'esprit du sportif, « travailler son épaule » et « agréable » ne pouvaient pas se retrouver dans la même phrase. Il sortit toutefois de la voiture et marcha à côté d'elle.

— Avez-vous déjà grimpé ? demanda-t-elle tandis qu'elle poussait la porte d'entrée.

Il ne savait pas à quoi s'attendre, mais certainement pas à une pièce immense aux murs parsemés de prises multicolores de toutes tailles.

— Hum, non ! Et vous ?

Alicia attrapa un porte-bloc posé sur le comptoir.

— Pour tout vous dire, oui. Ce sport est excellent pour travailler toutes les parties du corps, en particulier les épaules.

— Hé, Alicia !

Garrett se retourna et aperçut un homme tout en muscles, qui s'approchait derrière le comptoir. Alicia lui sourit.

— Salut, Dave.

— J'ai tout installé pour Garrett et toi. Salut, dit-il au sportif. Je m'appelle Dave.

— Enchanté, Dave, répondit le lanceur en lui serrant la main.

— Je suis fan des Rivers. Vous venez pour soigner votre épaule, si j'ai bien compris. J'espère que vous retournerez vite sur le terrain.

— Moi aussi.

Le moniteur lui tendit un autre porte-bloc sur lequel un formulaire précisait, entre autres règles de sécurité, que, s'il faisait une chute mortelle, la salle ne pouvait être tenue pour responsable. Garrett remplit puis signa le papier.

— Par ici, lui indiqua Dave.

Garrett suivit en silence Alicia et le moniteur, qui discutaient ensemble – ou plutôt, Alicia écoutait le moniteur parler et riait à gorge déployée. Garrett eut la désagréable sensation de tenir la chandelle. C'était idiot : Alicia et Dave n'étaient pas en rendez-vous galant.

Il n'en savait rien, après tout. Il ne connaissait rien de la vie privée d'Alicia. Dave pouvait bien être son petit ami, présent aujourd'hui pour l'aider avec son patient.

Si c'était le cas, ce type avait beaucoup de chance. Sans l'affreux pantalon flottant qu'elle portait d'habitude, cette femme avait un corps de rêve. Son legging de sport et son débardeur moulaient son corps comme ne l'avait jamais fait l'uniforme des médecins.

Elle était mince mais loin d'être maigre. De toute évidence, cette femme faisait beaucoup de sport ; ses membres étaient toniques, et elle avait juste ce qu'il fallait de formes.

— Très bien, Garrett. Venez enfiler un baudrier, lança Dave en l'aidant avec le matériel.

Alicia, qui n'avait besoin de personne, enfila son propre baudrier, puis s'approcha du lanceur.

— Vous grimpez avec moi ? demanda ce dernier.

— Évidemment, répondit-elle en souriant. Je serai à côté de vous pendant toute la séance pour observer votre épaule et m'assurer que vous ne vous blessez pas.

Elle l'accompagna vers l'un des murs et s'y appuya en levant les bras.

— Mais d'abord nous devons nous étirer.

Une fois l'échauffement terminé, Alicia posa le pied sur la première prise.

— Suivez-moi. Nous allons commencer doucement.

Garrett leva le menton et examina la hauteur du mur. Déjà, il sentait son épaule se réveiller à la seule pensée de l'effort que cela demanderait de monter jusque là-haut.

La jeune femme posa une main réconfortante sur son bras.

— Si vous voulez arrêter en chemin, nous arrêterons. Nous ne forcerons pas plus que nécessaire, d'accord ?

Il regarda à nouveau le sommet du mur, puis enfila ses gants et attrapa la corde.

— Je peux y arriver. Qu'est-ce que vous croyez ?

Les cinq premiers mètres furent vite montés, et Garrett sentit que l'effort était bénéfique à son épaule. Il devait bien admettre que c'était plus amusant que les exercices répétitifs habituels sur les machines du complexe. Toutefois, lorsqu'ils arrivèrent à mi-hauteur, le sportif transpirait déjà, et son épaule lui faisait un mal de chien, à croire qu'elle allait se déboîter toute seule. Alicia, en revanche, grimpait avec l'aisance d'une araignée sur sa toile, sans même être essoufflée. À la voir faire, on aurait dit que c'était facile. Elle était au-dessus de lui, s'accrochant d'un seul bras pour vérifier où en était Garrett.

— Comment ça se passe, en bas ?

Il grinça des dents.

— Très bien.

— Vous n'avez pas mal ?

Du revers de la main, il chassa la sueur qui perlait sur son front.

— Non, ça peut aller.

Alicia descendit quelques prises jusqu'à se trouver au même niveau que lui.

— Garrett, à la moindre douleur, vous devez vraiment m'en parler. Nous ne faisons pas ça pour nous amuser.

— Vraiment ? Je croyais que ce devait être « agréable ».

Une pointe d'impatience dans la voix, elle inclina la tête.

— Soyez franc. Comment vous sentez-vous ?

— J'ai mal à l'épaule.

Elle fronça les sourcils.

— Mal comment ? Beaucoup, pas beaucoup, un peu ?

— Je peux le supporter.

Posant la main sur son épaule, elle malaxa le muscle endolori.

— Ce n'est pas si tendu. Vous êtes sûr de vouloir continuer ?

— Ouais.

— D'accord. Dites-le si vous n'en pouvez plus.

— Reprenons. On verra bien.

La jeune femme esquissa un sourire en coin.

— Vous aimez les défis, n'est-ce pas ?

— On reste là à papoter ou on grimpe ce fichu mur ?

— C'est reparti.

Placé sous Alicia, Garrett devait bien admettre que sa position lui convenait très bien ; il avait une vue imprenable sur les fesses et les jambes sublimes de la jeune femme tandis qu'elle poursuivait son ascension. Son débardeur moulant découvrait le dessin de ses épaules finement sculptées.

Il aurait bien aimé la voir nue, pour apprécier pleinement les formes de son corps.

Avec quelques bons arguments, il devrait pouvoir la convaincre de troquer son uniforme immonde pour ce type de vêtements de sport, bien plus agréables à regarder.

— Ça va toujours ?

— Oui, tout baigne.

Ils avaient passé les trois quarts de la voie. La jeune femme elle-même commençait à s'essouffler, et Garrett n'avait plus aucune sensation dans l'épaule. Lorsqu'il tendait la main vers une prise, rien ne lui assurait qu'il pourrait s'y hisser. Pourtant, il était hors de question d'abandonner la partie. Si Alicia en était capable, il devait l'être aussi.

Elle marqua une pause en attendant qu'il se rapproche, grâce à une prise plutôt bonne à laquelle il s'accrocha. En poussant sur ses pieds, Garrett soulageait son épaule ; mais il ne l'avouerait jamais à sa kiné.

— Vous tremblez. Votre épaule vous fait mal ? s'inquiéta-t-elle.

— Ça, pour faire mal, elle fait mal. Mais on est bientôt au sommet, je m'en sortirai.

Rassurée, elle poursuivit son ascension et se retrouva vite au-dessus de son patient, du côté gauche. Levant les yeux vers elle, le lanceur rassembla ce qui lui restait de forces pour garder le rythme. Le pied d'Alicia glissa alors sur une prise précaire, et, malgré le baudrier et les cordes qui assuraient leur sécurité, Garrett tendit le bras par réflexe et la rattrapa de justesse par la taille.

— Merde ! jura-t-elle en se plaquant contre le mur.

— Tout va bien ? souffla le jeune homme, la tenant toujours fermement contre lui.

— À force de ne jamais glisser, je finis par me prendre pour un petit singe. D'habitude, ce genre de choses ne m'arrive jamais.

Elle tremblait encore, et Garrett préféra la maintenir près du mur malgré la douleur qui commençait à saisir son autre bras. Il tiendrait le coup.

— Respirez doucement, lui dit-il. Prenez le temps, rien ne presse.

Levant ses grands yeux bleus, elle posa sur lui un regard empli d'une intensité qui n'avait rien à voir avec la peur du vide.

— C'est moi qui suis censée prendre soin de vous.

— Peut-être, mais moi, je n'ai pas glissé, rétorqua-t-il avec un sourire en coin.

— C'est ça, faites le malin. En tout cas, merci de m'avoir rattrapée.

— Avec votre baudrier et la personne qui vous assure en bas, vous ne risquiez rien.

— Je sais, mais ce n'est jamais rassurant de glisser à une telle hauteur. Je suis contente que vous m'ayez retenue, même si vous n'auriez pas dû… Votre épaule aurait pu en souffrir.

Il fronça les sourcils.

— Pour moi, hors de question de vous laisser tomber ou pendre à votre baudrier, ou je ne sais pas quoi encore. Il peut arriver beaucoup de choses.

Alicia sembla réfléchir à ces mots, puis, prenant soudain conscience qu'il la serrait contre lui, elle s'écarta doucement.

— Tout va bien, maintenant. Si ça ne vous dérange pas, nous pourrions redescendre. Qu'en pensez-vous ?

— Avec plaisir. Mon épaule n'aurait pas tenu bien longtemps de toute manière.

Même s'ils prenaient leur temps, la descente se révéla bien plus facile que la montée. En attendant de toucher le sol, Garrett garda les yeux rivés sur Alicia au cas où elle glisserait encore. Elle descendit avec aisance, mais sans se précipiter comme lors de son ascension.

— Tu vas bien ? s'inquiéta Dave lorsqu'ils eurent posé le pied à terre.

— Très bien, le rassura Alicia avec un grand sourire. J'ai glissé. Heureusement que Garrett m'a rattrapée.

— Tu ne risquais rien, tu sais. Nous étions là pour t'assurer, balbutia le moniteur.

Garrett perçut une pointe d'agacement dans sa voix. Il croisa les bras et s'efforça de ne pas faire le fier ; certes, elle ne risquait rien, mais il était ravi d'avoir été celui qui l'avait prise dans ses bras. À cause de cette fichue blessure, cela faisait des mois qu'il ne s'était pas senti utile. Si Alicia était tombée à sa droite, il ne l'aurait sans doute pas rattrapée. Toutefois, son bras endolori avait supporté leur double poids.

Aux yeux de Garrett, c'était une première victoire.

— Tout allait bien, je le sais, répondit Alicia. Avec le baudrier, je ne serais jamais tombée. Seulement, ça m'a rassurée de pouvoir m'accrocher à Garrett. C'est mon héros du jour.

Elle se tourna vers le sportif et posa une main sur son bras.

— Encore merci.

— Avec plaisir.

Le sourire aux lèvres, le lanceur s'éloigna pour laisser Dave et Alicia ranger le matériel. Lorsqu'elle eut terminé, elle récupéra son sac, et ils s'en allèrent.

— Alors, qu'avez-vous prévu ensuite ? lui demanda Garrett.

— Nous retournons au complexe. Je dois examiner votre épaule et y poser des compresses froides.

— OK.

Ils prirent le chemin du complexe, puis, une fois dans le bâtiment, elle installa son patient sur l'une des tables rembourrées.

— Étirez doucement votre bras et vérifiez jusqu'où vous pouvez aller.

— Pas d'autres exercices pour aujourd'hui ?

Elle secoua la tête.

— L'escalade a suffisamment sollicité votre épaule, vous ne croyez pas ?

Bien sûr que si, il était entièrement d'accord, même s'il n'était jamais sûr de ce qu'elle lui réservait pour la suite.

Après avoir brièvement étiré le bras, Garrett admit volontiers que la compresse froide lui faisait beaucoup de bien. Alicia s'assit sur le banc à côté de lui et prit des notes sur sa tablette.

— Je me suis bien amusé, aujourd'hui.

Elle leva les yeux et sourit.

— Tant mieux. Votre bras a acquis un nouvel angle de tension, vous êtes en bonne voie.

— Peut-être… Nous pourrions remettre ça, qu'en pensez-vous ?

— Bien sûr, répondit-elle, visiblement surprise.

Garrett n'avait aucune idée de ce qu'elle prévoyait de lui faire endurer par la suite, mais, après les mois d'exercices répétitifs qu'il avait dû se farcir, toute méthode nouvelle était la bienvenue.

Chapitre 5

Lorsque Garrett rentra chez lui, Alicia resta au complexe pour ranger la salle de soins et réviser les notes prises en cette fin de séance. Une séance qui n'aurait jamais eu lieu si elle n'avait pas couru après son patient.

Malgré une matinée chaotique, la journée s'était plutôt bien déroulée. Garrett pouvait se montrer pénible au moment de se mettre au travail, mais, une fois lancé, il se donnait corps et âme.

À la salle d'escalade, il fallait bien admettre qu'elle s'était bien amusée. Tout en suivant les progrès de Garrett, elle avait apprécié de s'adonner ainsi à l'un de ses sports favoris. Puisque la grimpe était un excellent exercice pour son épaule et qu'il semblait apprécier cette activité, ce n'était pas plus mal.

Peut-être cette thérapie ne serait-elle pas si difficile, après tout.

Ou peut-être Alicia devait-elle arrêter de croire au père Noël.

Elle n'était pas née de la dernière pluie. Certes, la journée s'était bien déroulée malgré un mauvais départ. Pour autant, la partie était loin d'être gagnée. Le dossier de Garrett était clair : sa rééducation serait laborieuse. Chaque jour, elle devrait le surveiller de très près si elle voulait parvenir à le faire rejouer d'ici au mois d'avril.

La pression devenait énorme.

Une petite conversation au téléphone avec Anna-Marie devrait la remettre d'aplomb. Au bout du fil, l'autre thérapeute raconta avec entrain à quel point toute l'équipe s'amusait en Floride.

La jalousie monta au nez d'Alicia. Ils profitaient tous d'un soleil radieux et d'une ambiance festive tandis qu'elle était coincée là, dans un froid polaire, avec un patient qu'elle avait dû traquer ce matin-là comme un grizzli en haute montagne.

Son téléphone se remit à sonner. Sur l'écran, la jeune kiné fut rassurée de voir apparaître le nom de Phil.

— Bonjour, Alicia. J'appelle pour prendre des nouvelles de Garrett.

Elle lui fit son rapport détaillé sur les progrès du jeune sportif.

— Il vient encore au complexe à reculons, si je comprends bien.

— En quelque sorte, oui. Malgré cette matinée un peu rude, la journée a été fructueuse. Sa rééducation est en progrès. Dommage que le temps ne soit pas au rendez-vous : le froid le rend un peu raide et grognon. S'il faisait plus chaud, je pourrais lui faire faire des activités en extérieur, et ça changerait tout.

— Vous marquez un point. Emmenons-le en Floride. Vous ferez du bien meilleur travail ici.

— Quand devons-nous vous rejoindre ?

— Le plus tôt possible. Allez trouver Garrett et organisez le voyage ensemble. Ne le quittez pas d'une semelle, Alicia. Son rétablissement est notre priorité. Planifiez le trajet, l'équipe le prendra ensuite en charge.

— Très bien. Je vais lui en parler. Merci.

Elle raccrocha puis composa aussitôt le numéro de Garrett. Cette fois-ci, il décrocha.

— Quoi ? Vous voulez déjà remettre le couvert ?

La jeune femme ne put s'empêcher de sourire.

— Non, je vous laisse tranquille jusqu'à demain.

— Quelle chance ! Dans ce cas, pourquoi est-ce que vous m'appelez ?

— Je viens de parler à Phil. Il nous suggère de les rejoindre en Floride pour poursuivre votre rééducation dans de meilleures conditions climatiques.

— L'idée me plaît ! Quand est-ce qu'on part ?

— Le plus tôt possible. Souhaitez-vous en parler au téléphone ? Nous devons décider des dates d'aller et de retour, réserver les billets et les chambres d'hôtel, et organiser le programme de votre thérapie à suivre sur place.

Garrett marqua une pause.

— Ouais, il faut faire tout ça. Écoutez, j'allais commander une pizza. Vous pourriez venir la partager avec moi, et on discuterait de tout ça à ce moment-là, plutôt que par téléphone.

Dîner chez lui ? Cela semblait très… intime. Après tout, ce nouveau patient accaparait tout son temps, donc un dîner ne changerait pas grand-chose.

Ainsi, elle pourrait observer la réaction de sa blessure après les efforts de la journée.

— D'accord. À quelle heure dois-je venir ?

— Disons 18 heures ?

— Je serai là.

En raccrochant, Alicia se mordit la lèvre : ce matin-là, la vision de Garrett torse nu au saut du lit ne l'avait pas laissée indifférente. Le choc de le voir ainsi dans toute la splendeur de sa virilité avait fait obstacle au cours de ses pensées. Elle en avait presque oublié ce qu'elle faisait chez lui.

Cette image restait encore gravée dans un coin de sa mémoire.

Garrett Scott était l'incarnation même du mot « sexy », et elle poserait volontiers ses mains sur son corps de rêve. Elle en avait eu l'occasion, d'ailleurs. Hélas, elle avait dû se contenter de son épaule.

En terminant ses différentes tâches de la journée, Alicia décida qu'elle devait se vider l'esprit de ces pensées obsessionnelles. La seule partie du corps de son patient digne d'intérêt devait rester son épaule. Le reste dépassait les limites imposées par son métier.

Avant de se rendre chez Garrett, elle rentra chez elle prendre une douche et changer de vêtements ; elle opta pour un jean slim noir, des bottes et un pull. Pourquoi rentrait-elle chez elle ? Il n'était pas important de choisir d'autres vêtements et de sentir bon ; il s'agissait d'une simple mise au point sur un voyage professionnel planifié autour d'une part de pizza. Dépitée de constater qu'elle se comportait en adolescente, elle chauffa pourtant son fer à lisser, se maquilla et choisit une paire de boucles d'oreilles.

Garrett lui ouvrit la porte. Ouf, il était vêtu de la tête aux pieds ! Les pensées d'Alicia avaient suffisamment dévié comme cela… Son treillis et son tee-shirt moulant à manches longues mettaient en valeur la forme de ses muscles. Des muscles sur lesquels elle promènerait volontiers les mains.

Tu frises la limite du professionnel, Alicia !

Exact : l'épaule et seulement l'épaule. C'était décidé, elle ne regarderait plus son corps de rêve de toute la soirée – à peine un coup d'œil à ses fesses musclées lorsqu'il passa le seuil.

Elle poussa un soupir.

— Je vous trouve… différente, remarqua Garrett en récupérant le manteau de sa kiné.

— Je ne porte pas cet uniforme tout le temps, vous savez.

— Oui, je l'ai remarqué pendant notre séance d'escalade. Vous devriez le porter moins souvent, cet uniforme.

Elle inclina la tête sur le côté. Il avait « remarqué » ?

— Installez-vous dans le salon, continua-t-il en accrochant le manteau dans la penderie du couloir. Je vous sers quelque chose à boire ?

— Non merci. Je conduis, tout à l'heure.

— Ah, très bien ! Je vais commander une pizza. Vous aimez le pepperoni ?

— Hum… Je suis végétarienne. Une trois-fromages ira très bien.

Il prit un air surpris.

— Sans blague ? Une trois-fromages, c'est noté.

— Si vous voulez, prenez-en avec de la viande. Ça ne me dérange pas de trier.

— Non, j'aime les pizzas aux trois fromages. Je vous sers un soda ? J'ai du thé glacé, mais je peux aussi vous faire un café.

Alicia s'assit sur le canapé.

— Du thé glacé, c'est parfait. Mais ne vous dérangez pas, je peux me servir, si vous voulez.

Garrett lui adressa un sourire en coin.

— Je devrais m'en sortir, Alicia. Du sucre ?

— Non, je l'aime nature. Merci.

En s'imposant à l'improviste le matin même, la jeune femme avait été si préoccupée par Garrett torse nu et par sa thérapie qu'elle n'avait pas pris le temps de regarder autour d'elle. À présent qu'elle se sentait détendue, elle prit le temps de découvrir les lieux.

Waouh ! La maison était magnifique. Le salon était spacieux ; la télévision murale grand écran occupait l'espace, branchée sur un système de son multicanal, et – d'après les boîtiers rangés sur l'étagère – permettait de longues sessions de jeux vidéo. La pièce était subtilement nuancée de tons marron et gris taupe, ce qui offrait à l'ensemble un air masculin. Le plancher massif ajoutait au caractère chaleureux de la maison, et les tapis étendus un peu partout semblaient disposés au hasard, mais Alicia devinait que l'agencement était finement calculé.

Quelqu'un d'autre s'en était occupé. À moins que Garrett ne cache des talents de décorateur d'intérieur.

— Vous avez pensé la décoration vous-même ?

— Hein ? balbutia-t-il, en revenant chargé d'un plateau avec les boissons. (Il regarda autour de lui.) Oh, ça non ! Si j'avais dû m'en charger, je mangerais sur une table de camping les fesses par terre ! Une fille au magasin de meubles m'a recommandé une architecte d'intérieur. C'est elle qui a tout fait.

— Elle a fait du très bon travail, observa la kiné. J'ai été surprise de découvrir un lieu aussi cosy en sachant que vous viviez seul. Les hommes que je connais vivent presque tous dans des appartements.

Dans un rire, Garrett s'assit à côté d'elle sur le canapé.

— J'aime les grands espaces. En termes d'appartements, j'ai assez donné. On s'y sent à l'étroit.

— Avec votre carrure, on peut comprendre que vous n'aimiez pas les plafonds bas.

— Et vous ?

— Je vis en appartement. Je ne suis pas un grand mec baraqué, moi. Ça me convient.

Le sportif promena son regard sur elle, avec l'intérêt d'un homme qui observe une femme qu'il trouve séduisante. La température ambiante sembla soudain grimper de quelques degrés.

— Non, il est certain que vous n'êtes ni baraquée… ni un mec.

Elle éclata de rire.

— C'est sûr. Mais j'ai vécu avec une armoire à glace, et, vous pouvez me croire, partager une minuscule salle de bains avec son grand frère, ce n'est pas une partie de plaisir. En comparaison, mon appartement actuel est un véritable château.

— J'ai vécu la même chose à l'université. Quatre mecs en colocation : plus jamais ça !

— J'ai connu la colocation, moi aussi. Nous étions quinze filles pour une salle de bains.

Garrett fit la grimace.

— Je vois d'ici les centaines de bouteilles de shampooing éparpillées partout.

— Oui, mais on s'en sortait, rétorqua Alicia avec un petit rire. Comment vous êtes-vous retrouvé en colocation ?

— C'était un dortoir réservé aux athlètes. Ça aurait pu être pire.

— Vraiment ? Vous avez eu de la chance. Vous êtes allé à l'université d'Oklahoma, pas vrai ?

— Ouais, marmonna le lanceur en s'adossant au canapé, sa boisson à la main. Maintenant que j'y pense, mes anciens colocataires organisent bientôt un week-end pour se retrouver. Je ne les ai pas vus depuis longtemps.

— Vous comptez y aller ?

Il haussa les épaules.

— Je n'y ai pas vraiment réfléchi. Je passe mon temps à penser à mon épaule, ces derniers jours.

— Vous devriez. Retrouver vos anciens camarades de fac, ça vous ferait du bien.

— C'est possible.

Un silence s'installa tandis qu'il buvait une longue gorgée. Alicia prit note de la manière dont ses muscles bougeaient. *Simple déformation professionnelle*, songea-t-elle. Pour elle, observer le corps des athlètes faisait partie de son travail : elle devait s'assurer qu'ils ne présentaient aucun signe de blessure et n'avaient besoin d'aucune manipulation pouvant déceler quelque faille corporelle. Avec Garrett, elle se fit pourtant à l'idée qu'elle aimait simplement le regarder… et regarder son corps.

Elle secoua la tête pour chasser ce type de pensées.

— Je vois que vous hésitez. Depuis combien de temps n'avez-vous pas vu vos amis ?

— Je ne sais pas. Je vous l'ai dit : ça fait longtemps.

— Dans ce cas, vous devriez y aller. Je sais que j'adore sortir avec mes anciennes copines.

Garrett eut un petit rire.

— Vous êtes bien une fille !

— Quel est le rapport ?

— Ressasser le passé, c'est un truc de filles. Nous, les mecs, on n'aime pas ça. On préfère aller de l'avant.

— Épargnez-moi ce genre de discours. Lors de nos retrouvailles, les garçons sont venus aussi et ils ont passé d'excellents moments. Dites-moi la vérité : qu'est-ce qui vous retient ?

Lorsque le sportif se mura dans le silence, Alicia eut une révélation.

— C'est à cause de votre blessure, n'est-ce pas ? Vous préférez retrouver vos amis en vainqueur, mais pour l'instant vous avez le sentiment d'avoir échoué.

Garrett plissa les yeux.

— C'est faux. Je viens de vous dire que je n'y pensais plus à cause de ma rééducation et du temps qu'elle me prend. C'est tout.

Elle n'en croyait pas un mot.

— Vous avez réussi, Garrett. Votre carrière est exemplaire, aujourd'hui encore.

— Non, c'est du passé.

— Arrêtez ça. Si jeune, vous avez déjà remporté le trophée Cy Young à deux reprises. Franchement, ça ne vous donne pas envie de fêter ça avec vos amis ?

— Dans le domaine du sport, votre valeur dépend de la saison en cours. Le passé n'a plus aucune importance.

Son défaitisme donnait envie à Alicia de lui donner un coup de poing dans l'épaule – la gauche, évidemment, car elle n'oserait pas frapper sa blessure.

— On croirait entendre un journaliste. Vous regardez trop les émissions de sport. Parmi les sportifs que vous connaissez, combien ne sont jamais parvenus jusqu'en ligue majeure ? Vous avez joué dans la cour des grands, et avec un talent remarquable. Ne laissez pas votre blessure décider de votre sort, alors qu'il ne s'agit que d'un minuscule obstacle sur votre parcours.

Garrett observa la jeune femme d'un regard insistant. Elle était bonne oratrice, mais il n'était pas sûr de pouvoir la croire. Il en avait envie, mais la kiné ne savait pas de quoi elle parlait. Dans ce milieu, un sportif au sommet de sa gloire pouvait chuter dans l'opinion publique en un claquement de doigts ; sa réputation dépendait des dernières prouesses sportives qu'il avait accomplies, or Garrett n'avait pas lancé de balle depuis le mois d'août de l'année précédente. Ce n'était pas seulement son équipe qui évaluait ainsi ses capacités, mais également les médias. Et les supporteurs.

Et ses amis.

Bon, d'accord, ses amis ne porteraient aucun jugement sur sa réussite professionnelle – ou son échec. C'était d'ailleurs la raison pour laquelle ils étaient encore ses amis. Cependant, Garrett se jugeait lui-même, et c'était déjà trop. D'ailleurs, il n'avait pas envie de se justifier.

— Pour quand sont prévues ces retrouvailles ?

— Je ne sais pas. Ce mois-ci, je crois. Ce n'est pas important.

La jeune femme soupira.

— Donnez-moi la date, Garrett.

— Non, mais c'est pas vrai ! Je vous dis que je ne sais pas. Gray, mon ancien colocataire, a dû me donner la date dans un e-mail.

— Vous n'avez aucun moyen de vérifier ? dit Alicia en levant les yeux au ciel.

— Si, j'ai Internet sur mon téléphone.

— Allez le chercher et trouvez-moi cette date.

— Pourquoi est-ce que ça vous intéresse ?

Elle esquissa un sourire.

— Prenez cela comme une étape de votre rééducation. Allez chercher votre téléphone.

Son sourire la rendait jolie. Vraiment très jolie. Et cette beauté effaçait toute possibilité de voir cette kiné comme une sorte d'Attila le Hun. C'est pourquoi il se leva et partit récupérer son portable posé dans le couloir, puis compulsa ses e-mails en revenant s'asseoir sur le canapé.

— En fait, c'est ce week-end. Trop tard, nous devons partir pour la Floride.

Il lui tendit le téléphone pour lui faire lire l'e-mail. Alicia parcourut le message, puis releva la tête.

— Ce n'est pas trop tard. Notre départ pour la Floride serait seulement décalé de deux jours. Vous devriez y aller. Tous vos amis sont joueurs de base-ball ?

— Non, il y avait des sportifs de toutes les disciplines dans notre dortoir, raconta Garrett.

— Fascinant. Et combien d'entre eux sont passés professionnels ?

Garrett sourit ; cela faisait longtemps qu'il n'avait pas pensé à eux. Il serait agréable de rattraper le temps perdu.

— Dans le noyau dur de notre bande, tout le monde.

La kiné leva un sourcil.

— Vraiment ? Incroyable. Vous éveillez ma curiosité : j'ai bien envie de connaître ces gens, maintenant.

Un silence s'installa, pendant lequel le sportif se mit à réfléchir. L'idée était ridicule, il était hors de question pour lui d'y aller. Toutefois, s'il devait changer d'avis…

— Vous m'accompagneriez ?

Son invitation sembla stupéfier la jeune femme. Il n'était pas moins surpris de l'avoir faite.

— Quoi ?

Maintenant que c'était dit, Garrett y voyait un sens.

— Mais oui : venez avec moi. Je vous présenterai à eux.

— Hum… Non, je ne pense pas. Enfin, si, vous devriez y aller. Vous passerez un excellent moment, et c'est l'occasion rêvée de reprendre contact avec vos amis.

— C'était votre idée.

— Je sais, mais mon idée, c'était de vous faire accepter l'invitation, à vous...

La gêne qui se dessinait sur son joli visage la rendait attachante ; on aurait dit un lapin figé devant les phares d'une voiture. D'habitude, elle avait le chic pour le mettre mal à l'aise. Cette fois, les rôles étaient inversés, et ce n'était pas plus mal.

— Je vous rappelle que vous ne devez pas me quitter d'une semelle. Pour cette réunion, vous n'allez tout de même pas me laisser passer trois jours sans avancer sur le programme thérapeutique, si ?

Alicia ouvrit la bouche pour répondre, mais la referma aussitôt.

Parfait. Il l'avait bien eue, sur ce coup-là.

— OK, vous marquez un point.

Garrett ne s'obstinait dans un conflit que s'il estimait ses efforts justifiés.

— Où est-ce que cette fête a lieu, d'ailleurs ?

— Loin, mais pas tant que ça. Dans un chalet au centre de l'Oklahoma. En passant par l'autoroute, c'est gérable. Nous pourrions poursuivre la rééducation dans la salle de gym du chalet. Je sais qu'ils sont équipés avec du matériel dernier cri.

Songeant à cette idée, Alicia pencha la tête sur le côté.

— C'est d'accord.

La sonnette d'entrée retentit, et Garrett se leva pour récupérer la pizza livrée. Ils dînèrent dans la salle à manger tout en planifiant le programme du week-end, puis celui de leur séjour en Floride.

— Je vais devoir commander certaines machines pour des exercices spécifiques. Et j'aimerais beaucoup avoir accès à une piscine.

— Ma maison en bord de plage a une piscine creusée. Nous pourrions l'utiliser.

— Pardon ? fit Alicia. Votre maison en bord de plage ?

Il afficha un sourire fier.

— Je la loue à un couple d'amis. Les hôtels, ce n'est pas mon truc. J'y ai suffisamment droit pendant la saison des matchs. La pré-saison, je préfère la passer dans une maison.

— Je peux le comprendre.

— Si vous le souhaitez, vous pouvez y passer un peu de temps aussi. Il y a une dépendance.

La jeune femme pesa le pour et le contre. Elle pensait loger dans le même hôtel que l'équipe médicale, mais il était plus logique de rester auprès de son patient, en particulier si la maison bénéficiait d'une dépendance.

— Très bien, ça me va. Nous pourrons ainsi nous rendre au complexe d'entraînement ensemble.

— Bonne idée, mais il y a également une salle de gym dans la maison, avec tout le matériel nécessaire.

— Vraiment ?

Elle s'empressa de prendre des notes sur sa tablette.

— Quel genre de matériel ? Je ferai en sorte de commander ce qui nous manquera.

Pendant qu'il lui dressait une liste, elle prit encore quelques notes.

— Je pense que ça va fonctionner, déclara Alicia. J'appellerai simplement Phil pour lui expliquer pourquoi nous repoussons notre départ. Il pensait que nous les rejoindrions sur-le-champ.

— Appelez-le.

— Maintenant ?

— Pourquoi pas ? Si mon voyage en Oklahoma leur pose un problème, ils vous le diront. Si oui, je leur ferai changer d'avis.

Alicia poussa un soupir.

— Vous parvenez toujours à vos fins, n'est-ce pas ?

— Non, pas toujours. Mais lorsque c'est le cas je ne m'en plains pas.

Son téléphone en main, elle composa le numéro de Phil. Puisqu'il était le médecin de l'équipe, il aurait le dernier mot. Garrett avait vu juste : le décalage de leur date de départ ne posa aucun problème, et le médecin se montra ravi d'apprendre qu'Alicia accompagnerait son patient en Oklahoma pour poursuivre la thérapie.

Une fois qu'elle eut raccroché, elle reposa le téléphone.

— C'est arrangé.

— Tant mieux, souffla Garrett en s'adossant à sa chaise.

— Comment est-ce que vous réagissez quand vous n'obtenez pas ce que vous voulez ?

— Vous croyez réellement que tout me tombe du ciel ?

— On dirait bien, oui.

Il secoua la tête.

— Franchement, ma belle, si tous mes désirs se réalisaient, à la seconde où je vous parle je serais en Floride à m'entraîner aux lancers.

La jeune femme posa une main réconfortante sur la sienne.

— Je vous promets que je vous aiderai à lancer à nouveau, Garrett.

Il baissa les yeux sur cette main, qui semblait minuscule au-dessus de la sienne. Comment de si petites mains pouvaient-elles lui infliger une telle douleur dans l'épaule ? Il plongea alors les yeux dans ceux de la kiné.

— Dans ce cas, je continuerai d'y croire.

Elle soutint son regard.

— Vous devez me faire confiance. Je ferai tout ce qui est en mon pouvoir pour vous remettre en selle.

Le ton grave que prenait sa voix, légèrement rocailleuse, et la douceur de ses doigts posés sur le dos de sa main le firent frémir de désir. Il avait envie de jouer avec le sous-entendu sensuel qu'il pouvait percevoir dans cette phrase, mais, bon Dieu, il n'était plus un adolescent, et il valait mieux que ça. Déjà victime d'une attirance physique envers sa kiné, il venait en plus de l'inviter à passer le week-end avec lui.

Garrett retira sa main et entreprit de débarrasser la table.

— Vous avez payé la pizza, laissez-moi au moins ranger tout ça.

Avant même qu'il ait le temps de protester, Alicia enleva les assiettes et jeta le carton vide. Tandis qu'elle faisait la vaisselle, Garrett s'appuya contre la cuisinière et la regarda faire.

— Je peux m'en charger, vous savez ?

Avec un sourire, elle lui lança un regard par-dessus son épaule.

— Moi aussi. Ce ne sont que deux assiettes et un saladier.

Lorsqu'elle eut terminé, Alicia se sécha les mains à l'aide du torchon puis les posa sur le bord de l'évier.

— Bien. Voilà qui est fait.

— Merci pour la vaisselle.

— Merci pour la pizza.

Elle inclina la tête pour lui lancer un regard déconcertant qui donna envie à Garrett de l'embrasser. Il se sentit dur à la seule idée de la pousser contre le comptoir et de presser son corps contre le sien. Le désir l'enflamma d'un coup. Mais que faire d'une telle pulsion ?

À voir les yeux soudain plissés d'Alicia, elle venait de comprendre à quoi il pensait. Elle se mordilla la lèvre, ce qui ne fit qu'exciter Garrett un peu plus.

La kiné reprit sa respiration en frissonnant.

— Je devrais y aller. L'organisation de ces deux voyages va me prendre un certain temps.

De toute évidence, elle était plus habile que lui pour maîtriser cette situation embarrassante. Ou bien elle avait les idées plus claires.

Il fit un pas en arrière.

— Très bien.

Il n'avait jamais vu une femme prendre la fuite aussi rapidement. Elle attrapa son manteau au passage.

— Je vous appelle demain. Encore merci pour le dîner.

Alicia sortit de la maison à une vitesse presque surhumaine, en lui faisant « au revoir » de la main pendant qu'elle se précipitait dans sa voiture.

Sur le pas de la porte, Garrett la regarda s'éloigner et profita de l'air frais pour apaiser le flux de son sang encore bouillonnant.

Tu n'es qu'un idiot, se reprocha intérieurement le sportif. La dernière chose dont il avait besoin, c'était bien de s'engager dans une relation ambiguë avec Alicia. Elle ne devait rien incarner d'autre qu'une kiné à ses yeux.

Mais non, il avait fallu qu'il l'invite en week-end.

Génial.

Chapitre 6

Encore une malheureuse conséquence de sa grande gueule.

Si Alicia n'avait pas poussé son patient à reprendre contact avec ses anciens amis, elle aurait eu un week-end de congé. Au lieu de cela, elle travaillerait non-stop. De plus, elle passerait quarante-huit heures en compagnie d'un homme qu'elle connaissait à peine, pour rencontrer un groupe de personnes qu'elle ne connaissait pas du tout.

Elle allait s'amuser comme une folle.

Tout bien réfléchi, n'était-ce pas la vérité ? Depuis toujours, elle saisissait chaque occasion de vivre une aventure ; elle n'aurait qu'à accueillir celle-là comme un nouveau départ vers l'inconnu. Et puis son travail de kiné ne s'arrêterait pas une minute tant que le bras de Garrett ne lui permettrait pas de reprendre son poste de lanceur. Il l'avait taquinée sur le fait qu'elle devrait le suivre partout ; il ne croyait pas si bien dire.

Vraiment, la pression devenait pesante.

Comme si cela ne suffisait pas, l'autre soir dans sa cuisine, Garrett lui avait lancé un regard qui allait bien plus loin que la simple relation de patient à médecin, avec quelque chose de personnel, d'intime, comme s'il avait voulu l'embrasser. De son côté, Alicia n'avait pas pu s'empêcher de lui rendre un regard aussi lourd de désir, soudain prise d'une envie d'alchimie physique qui dépassait de loin sa fonction médicale. Si elle n'avait pas pris ses jambes à son cou, elle aurait été capable de faire une grosse bêtise. Comme laisser Garrett l'embrasser, par exemple.

Un simple baiser qui les aurait menés à la catastrophe.

Mais qui aurait aussi été vraiment très agréable. Quand elle se trouvait face à Garrett, elle avait les yeux comme irrésistiblement attirés par sa bouche. Lorsqu'il faisait la moue, sa lèvre inférieure donnait une envie folle à Alicia de l'embrasser. Elle rêvait de la mordiller tout en caressant sa joue, à peine recouverte d'une barbe de trois jours.

Quel effet cela lui ferait-il de sentir cette courte barbe frôler l'intérieur de ses cuisses ?

Déjà, sa température corporelle grimpait en flèche. Alicia s'autorisa un bref coup d'œil en direction du sportif alors qu'il ralentissait devant la barre de péage. Cela faisait huit heures qu'ils roulaient ; elle était fatiguée, ne sentait plus ses fesses à force d'être assise et se désolait de voir Garrett si désespérément silencieux depuis le début du voyage.

Et puis ses fantasmes sur la bouche du beau lanceur n'arrangeaient rien à l'affaire.

— Comment va votre épaule ? demanda-t-elle, fermement déterminée à ramener ses pensées vers des fins plus professionnelles.

Il regarda vaguement dans sa direction avant de reporter son attention sur la route.

— Bien, merci.

— Voulez-vous que je prenne le relais ?

Il eut un petit rire.

— Non merci. Je peux conduire jusqu'au bout.

— Ne jouez pas au mec viril avec moi. Nous pouvons partager le volant.

— Si c'est pour que je me ronge les sangs à chaque intersection, je préfère le garder.

Sa remarque surprit la jeune femme.

— Vous êtes déjà monté en voiture avec moi. Vous avez pu constater que je conduis très bien.

— Vous conduisez comme une grand-mère.

— Pardon ?! C'est faux !

Garrett se mit à rire.

— Si, c'est vrai. Vous êtes tout attentive, vous respectez chaque limitation à la lettre et vous gardez les mains à 10 h 10 sur le volant.

Il se moquait d'elle. Mais comment lui en vouloir ? Il était si sexy, avec ses lunettes de soleil et son corps d'athlète confortablement installé derrière le volant de son 4 × 4. Elle-même était habituée aux petites voitures depuis toujours, et les sièges en cuir, le système audio haute définition et le GPS intégré lui donnaient un sentiment de luxe dont elle n'avait pas l'habitude. Puisque Garrett était si réticent à l'idée de la laisser conduire, Alicia se renfonça dans le siège et profita du paysage.

Le sommeil la rattrapa vite, et elle s'assoupit ; elle avait mal dormi, et il avait fallu se lever tôt pour le départ. Lorsqu'elle rouvrit les yeux, Garrett se garait sur le parking d'une station-service. Tandis qu'il faisait le plein, elle sortit de la voiture, s'étira et partit chercher quelque chose à grignoter. Garrett la rejoignit et choisit également une boisson et des paquets de gâteaux.

Alicia se permit un regard dans le sac de courses du jeune homme.

— Des chips et des barres de chocolat ?

— Pour la route, c'est l'idéal, déclara Garrett en remontant en voiture.

— Ce n'est pas très équilibré.

Il ouvrit le sachet de chips.

— En attendant de prendre un vrai repas en ville, ce n'est pas mal, rétorqua-t-il en posant le sachet près du frein à main. En plus, je veux bien partager.

L'odeur des chips lui donnait envie, même si ce n'était pas ce qu'elle préférait. La faim l'emporta, et elle plongea la main dans le sachet. Par gourmandise, elle en mangea un certain nombre avant de lécher le sel resté sur ses doigts.

D'un coup d'œil, elle s'aperçut que Garrett n'avait pas manqué la scène. Dans ses yeux, on ne lisait pas le dégoût d'un homme choqué de ne pas la voir utiliser une serviette en papier ; au contraire, il s'agissait plutôt d'un regard trahissant l'envie de la voir faire la même chose à son sexe. Ce qui amena Alicia à penser au sexe de Garrett. Son ventre se contracta, ses tétons durcirent, et elle crut sentir la température de l'habitacle grimper de plusieurs degrés.

S'emparant d'un mouchoir en papier, elle s'essuya les mains et détourna le regard vers le paysage qui défilait derrière la vitre, mais son esprit ne cessait de divaguer. Elle ferma doucement les yeux et laissa apparaître sur ses paupières l'image de ses doigts glissant dans la bouche sensuelle de son patient.

Ensuite, ils inverseraient les rôles, et elle approcherait les doigts de Garrett de sa bouche… Ce qui lui fit encore penser aux lèvres de cet homme. Le problème des longs voyages, c'est qu'ils laissaient à l'imagination tout loisir de courir ; or celle d'Alicia était particulièrement fertile. En chemin, Garrett aurait le temps de se plaindre de la voir se lécher les doigts ; il pourrait même réclamer de le faire à sa place. Ensuite, elle se pencherait vers lui et frôlerait sa lèvre inférieure ; puis il sortirait la langue pour caresser le bout de son doigt. Il lui dirait que sa peau avait bon goût, et elle répondrait qu'elle avait envie de goûter à la sienne, mais ailleurs, plus bas. Le souffle court, Alicia sentit la pointe de ses seins se presser contre son tee-shirt.

Elle laissa échapper un petit gémissement.

— Quelque chose ne va pas ?

Elle rouvrit brusquement les yeux et tourna la tête vers Garrett.

— Quoi ?

— Vous avez… grogné, je crois. Vous avez mal quelque part ?

— Oh non ! balbutia-t-elle en se grattant la tempe. Un léger mal de tête, rien de grave.

Il fronça les sourcils.

— Vous devriez prendre un Doliprane.

— Oui, vous avez raison.

Bon sang, quelle idiote ! Terminés les fantasmes en voiture.

Concentre-toi, Alicia.

Un mal de tête ? Ben voyons ! Alicia pensait au sexe, c'était évident. Garrett savait parfaitement faire la différence entre une femme qui avait la migraine et une autre en proie à ses fantasmes. Les paupières closes, Alicia s'était presque tortillée sur son siège, et le sportif commençait à avoir une érection.

Il ignorait à quoi elle pensait, mais, à force de la voir lécher le bout de ses doigts salés pour ensuite remuer à côté de lui les yeux fermés, Garrett était au bord de l'implosion.

Cette idée de voyage était décidément très mauvaise. Alicia le rendait fou, et ils étaient encore loin de leur destination. Le week-end s'annonçait long.

Il n'aurait jamais dû accepter cette idée de retrouvailles entre amis et encore moins proposer à sa kiné de l'accompagner. Il lui faudrait d'abord expliquer à tous ses anciens copains pourquoi il n'était pas à l'entraînement en Floride avec les autres, et il lui faudrait ensuite présenter Alicia à tout le monde.

Il n'avait jamais présenté aucune fille à ses copains. Une fois le sujet de sa blessure abordé, la présence d'Alicia serait justifiée. Il leur expliquerait qu'elle était chargée de sa rééducation, et cela suffirait. Au moins, il ne leur amenait pas de petite amie.

Comme ses copains étaient tous des célibataires et de grands fêtards, la présence d'une épouse ou d'une petite amie gâcherait l'esprit de ces retrouvailles entre camarades de fac.

En se passant la main dans les cheveux, Garrett songea au cauchemar qui l'attendait.

Enfin, il se gara devant le chalet. Il n'était pas venu depuis très longtemps. Le lieu n'avait pas changé. Il y régnait toujours cette atmosphère de country club, avec ses pelouses parfaitement tondues et ses haies taillées au carré. La façade du bâtiment lui avait toujours fait penser à un château, à cause de ses pierres apparentes et de ses tourelles. La première fois qu'il était venu, il s'était presque attendu à entrer par un pont-levis.

— C'est incroyable ! souffla Alicia en sortant de la voiture.

— Ouais, je sais.

Garrett avait cessé de compter le nombre de fois où il était venu ici avec Gray, dont le père était membre du club.

À l'intérieur, il faisait frais, et Alicia referma sa veste et croisa les bras par-dessus. La saison de golf n'ayant pas encore commencé, le lieu devait rester calme encore quelques jours. Seuls quelques irréductibles s'entraînaient sur le gazon toute l'année, à part les jours de neige, jusqu'à enchaîner leurs dix-huit trous.

Garrett observa un groupe de ces golfeurs invétérés, qui se dirigeait ainsi vers le green sans se soucier de la température extérieure. Certains portaient même des tee-shirts à manches courtes. Lui qui préférait le climat estival ! Garrett avait hâte de partir en Floride.

Il s'adressa au comptoir pour réserver deux chambres voisines.

— Merci pour la chambre, dit Alicia lorsqu'il lui tendit la clé. Comme elles sont adjacentes, cela me simplifiera les choses si jamais vous avez besoin de moi.

En haussant les épaules, le lanceur ne put songer à la manière dont, effectivement, il pourrait faire appel à ses services, mais il chassa ces pensées parasites en apercevant Gray qui s'approchait d'un pas rapide.

Les choses sérieuses pouvaient commencer.

Alicia s'arrêta net en voyant un homme plus que séduisant prendre Garrett dans ses bras pour une chaleureuse accolade. Le regard de braise de son patient était irrésistible, certes, mais ce type-là ! *Waouh !* On l'aurait cru tout droit sorti d'un magazine. Il avait un menton haut, ses traits fins et ses yeux marron à s'y noyer, et il pouvait facilement passer pour le propriétaire du lieu. L'inconnu était aussi grand que Garrett, et sa silhouette à la fois élancée et musclée rappelait également celle du lanceur. Son pantalon taillé sur mesure et son polo moulant mettaient en valeur chacune de ses formes, en particulier celles de son dos et de ses bras.

— Je ne pensais pas que tu viendrais, lança-t-il. Tu ne devrais pas être en Floride ?

Garrett fit la moue.

— Je me suis blessé à l'épaule. Ma rééducation n'est pas terminée.

— Ah, exact ! J'en ai entendu parler. Désolé pour toi, vieux. Ça craint.

Le regard du jeune homme dériva vers Alicia, et il lui décocha un sourire qui lui donna des frissons jusque sous la plante des pieds.

— Et qui est cette jeune femme ?

— Ah oui, pardon ! Alicia Riley, voici Gray Preston.

Il lui serra la main.

— Enchanté, Alicia.

— Tout le plaisir est pour moi, Gray.

— Alicia est ma kinésithérapeute.

Le sourire de Gray devint plus séduisant encore.

— Est-ce que c'est un nom de code pour…

Alicia éclata de rire.

— Non, je suis vraiment kiné. Je travaille pour les Rivers.

Étonné, Gray se tourna vers son vieil ami.

— C'est sérieux ? L'équipe finance ce genre de trucs ? Tu ne t'embêtes pas !

— Espèce de salaud, soupira Garrett.

— Je croirais entendre mon père.

— Ton père est un con.

Gray lui assena une tape dans le dos.

— Décidément, voilà pourquoi je t'adore. Allez poser vos affaires, mettez-vous à l'aise. Trevor a déjà ouvert le bar, il devient donc l'attraction principale du lieu.

— Tu l'as dit, acquiesça le lanceur en riant. Où est Drew ?

— Il n'est toujours pas arrivé.

— OK. À tout à l'heure.

Garrett accompagna Alicia jusqu'à l'ascenseur, puis appuya sur le bouton du premier étage.

— Gray est un personnage intéressant, remarqua-t-elle.

Il hocha la tête.

— Ouais, il est le fils du sénateur Mitchell Preston.

En sortant de la cabine, la jeune femme lui lança un regard en coin tandis qu'ils remontaient le couloir.

— J'ai entendu parler du sénateur, dit-elle. Un type loyal, qui a la tête sur les épaules. Son fils semble tenir de lui.

— Pas du tout, attendez de le connaître un peu mieux et vous verrez, rétorqua Garrett avec un petit rire. Voilà votre chambre.

— Oh, très bien ! Je vais défaire mes valises et me changer. Je vous retrouve ici dans un quart d'heure ?

— Parfait.

Alicia referma la porte derrière elle, posa son sac et installa ses produits de beauté dans la salle de bains. Elle opéra ensuite quelques retouches de maquillage, se recoiffa puis se choisit une nouvelle tenue.

Puisqu'ils passeraient la soirée au bar, elle opta pour un jean, une chemise à manches longues et sa paire de bottes. Le plus sobre et modeste possible serait sans doute le meilleur choix.

Lorsqu'elle sortit de sa chambre, Garrett n'était pas encore là, alors elle frappa à sa porte. Il apparut dans l'embrasure.

— Pardon du retard ! J'ai pris une douche.

Ses cheveux encore humides bouclaient aux pointes. Alicia ne put se retenir de respirer l'odeur fraîche de son gel douche ; cette odeur lui donnait envie d'enfouir le nez dans son cou. Au lieu de cela, elle recula d'un pas.

— Ce n'est rien. Vous êtes prêt, ou dois-je attendre dans ma chambre ?

— Non, je suis prêt.

Il referma la porte de l'ascenseur derrière eux puis marqua une pause en contemplant la jeune femme des pieds à la tête. Troublée, elle baissa les yeux à son tour, les sourcils froncés.

— Qu'y a-t-il ? Ma tenue pose-t-elle un problème ?

— Hum, non. Elle vous va bien.

Soulagée, elle poussa un soupir.

— Merci. Ne sachant pas à quoi m'attendre, j'ai opté pour une tenue simple et décontractée.

— C'est parfait. Allons-y.

Décidément, Garrett se comportait de manière étrange. La longue route l'avait sans doute fatigué. Peut-être se sentait-il mal à l'aise.

— Nous devrions travailler sur quelques étirements, aujourd'hui. Ne serait-ce que pour dégourdir votre épaule.

— OK, mais plus tard.

— Nous perdons déjà un temps précieux.

— Je ferai en sorte de gémir de douleur pour vous rappeler que vous devez vous occuper de moi.

Elle partit d'un petit rire.

— Faites donc cela, mais ne vous inquiétez pas : je ne risque pas de vous oublier. C'est l'unique raison pour laquelle je suis ici. Cela vous aurait-il échappé ?

— Exact. Même si Gray croyait qu'on vous avait engagée pour une tout autre raison.

— Oui, pouffa Alicia. D'ailleurs, c'est assez drôle. Vous m'imaginez en call-girl, franchement ?

Il l'observa un long moment.

— Vous pourriez facilement le prétendre.

— Pas avec mon pantalon de yoga et ma queue-de-cheval.

Tandis qu'ils sortaient de l'ascenseur au rez-de-chaussée, Garrett s'arrêta net.

— Vous n'êtes pas consciente de vos atouts, Alicia.

Prise par surprise, elle lui lança un regard étonné.

— Je ne sais pas si je dois le prendre mal ou me sentir flattée.

— Soyez flattée.

Posant la main au creux de ses reins, il guida la jeune femme le long du couloir aux murs de lambris sombre. Le bar était encastré tout près de grandes portes vitrées qui menaient sans doute au terrain de golf.

Le comptoir, séparé du reste de la salle par une cloison, était peint d'un subtil mélange de beige et de bordeaux. Cette pièce respirait autant le luxe que le reste du chalet, avec ses tables en chêne massif, ses box alignés le long du mur et ses tables de billard. Des télévisions accrochées au-dessus du bar et dans plusieurs coins de la pièce diffusaient des matchs de divers sports en direct. Cet endroit faisait penser au

Riley's, le bar de l'oncle et de la tante d'Alicia, mais en plus chic. Derrière le comptoir en bois massif, deux barmans portaient des chemises à manches longues – et scrupuleusement repassées – sous des vestes de costume. L'élégance incarnée.

Ce n'était pas le genre de bar qu'Alicia avait l'habitude de fréquenter. Pas une cacahouète ne venait souiller le sol. D'ailleurs, elle était certaine de pouvoir manger à même le carrelage tant il était propre.

Dans l'un des box, Gray était occupé à discuter avec d'autres hommes. En habituant ses yeux au manque de lumière, Alicia se demanda ce qu'elle faisait là. Le groupe se leva en voyant Garrett et la jeune femme approcher. Elle eut la sensation de s'imposer au milieu d'une séance photo pour un magazine de mode. Certains d'entre eux, plus séduisants les uns que les autres, lui décochèrent un sourire ravageur.

Elle aurait dû mieux s'habiller et porter un semblant de parfum. Vraiment, elle ne se sentait pas à sa place.

— Garrett Scott et son emploi du temps de ministre ! Nous ferais-tu enfin l'honneur de ta présence ? lança l'un d'eux avec un petit rire en tendant une main chaleureuse.

Garrett la serra.

— Je suis surpris de te voir ici, Trevor. Je te croyais pris par un shooting photo pour une publicité ou un magazine féminin.

Soudain, Alicia comprit pourquoi ce visage lui semblait familier. La plastique de rêve de

Trevor Shay était tout simplement affichée partout : sur les panneaux publicitaires, dans les journaux, sur la carrosserie des bus ou encore à la télévision. Ces dernières années, cet apollon était la coqueluche des médias, car il jouait à la fois au football et au base-ball à un niveau professionnel. Sans compter sa réputation de coureur de jupons.

Trevor esquissa un sourire fier.

— Ouais, bon. J'ai pris mon week-end pour boire une bière avec vous, les gars. Alors ne commence pas à m'emmerder.

Son attention se porta enfin sur Alicia.

— Oh, pardon ! Je ne voulais pas être grossier.

— Ce n'est rien. Enchantée ! Je suis Alicia Riley.

— Trevor Shay. C'est un plaisir. Vous êtes donc la... petite amie de Garrett ?

— Sa thérapeute, corrigea-t-elle.

Trevor leva un sourcil.

— Sa thérapeute ? Tu as un complexe d'Œdipe, Scott ?

— Mais non, idiot. C'est ma kinésithérapeute. Elle travaille pour les Rivers.

— Ah oui, j'oubliais ! Tu as fichu ton épaule en l'air parce que tu es nul.

Garrett secoua la tête.

— Je ne vais pas m'abaisser à répondre à tes conneries et je ne commenterai pas l'incapacité de certains d'entre nous à faire un choix définitif entre deux sports.

Trevor eut un petit rire.

— Ouais, et dans le lot certains sont assez doués pour en pratiquer deux à la fois.

— L'espoir fait vivre, mon pote, soupira le lanceur en levant les yeux au ciel. Où est Drew ?

— Il n'a pas pu venir, il a match ce soir, répondit le mannequin. Il vous fait savoir qu'il vous est défendu de parler dans son dos en son absence et que vous pouvez tous aller vous faire voir.

— Donc, on va parler de lui toute la soirée, en conclut Garrett. Et en mal.

— Tu as tout compris, plaisanta Gray en levant son verre.

Le sportif présenta ensuite sa kiné aux autres convives. Heureusement, Alicia avait bonne mémoire pour retenir les noms et les visages.

— Serrez-vous un peu, p'tits cons, pour qu'on puisse s'asseoir.

Une fois qu'ils furent installés dans le box, Garrett se pencha vers la jeune femme.

— Je préfère vous prévenir : ces types sont des rustres. Vous n'entendrez pas que des jolis mots, ce soir.

— Ouais, acquiesça Gray. Et n'hésitez pas à vous joindre à nous, Alicia. Surtout si c'est pour balancer sur Garrett.

La jeune femme se mit à rire.

— Oh non ! J'ai seulement l'intention d'écouter et de prendre note du maximum d'éléments possible. Plus tard, je pourrai vendre un livre de potins sur la vie privée des sportifs.

— Je l'aime bien, déclara Gray à Garrett. Elle fait autant la maligne que nous.

Le sourire aux lèvres, la kiné commanda une boisson auprès du serveur – lui aussi tiré à quatre épingles – qui s'était approché de la table. Elle demanda un soda.

—Allez, Alicia ! Profitez-en pour vous détendre et vous amuser, la taquina Trevor. Ici, se détendre, ça veut dire commander un alcool fort.

—Comment voulez-vous que je prépare mon futur livre à succès si je suis soûle ? Je préfère un soda.

—Rabat-joie, marmonna le mannequin. Vous êtes la seule femme présente ce soir, comment est-ce que vous voulez qu'on profite de vous si vous ne buvez pas ?

—Vous ne profiterez pas d'elle, rétorqua Garrett avant de commander lui-même une bière.

—Je croyais qu'elle travaillait pour l'équipe ?

—C'est le cas. Et ça veut dire : pas touche. Je suis sérieux, Trevor.

Au fond d'elle, Alicia fut touchée de cette soudaine fermeté protectrice, même si elle savait bien que Trevor plaisantait et que Garrett ne faisait que défendre une employée de son équipe. Et non une personne qui lui appartenait en propre.

—Il est évident que vous n'êtes pas liés que par le travail, observa l'autre en sirotant sa bière et en lançant des regards complices à ses compagnons.

— Tu as peut-être raison, renchérit Gray en trinquant avec Trevor. Mais, si tu as tort, ça veut dire que la demoiselle est disponible. Alors, mademoiselle, seriez-vous célibataire ?

Qu'était-elle supposée répondre à cela ?

— Hum… Oui.

Garrett se tourna vers elle.

— Prenez la fuite tant qu'il est encore temps. Après un week-end entier avec ces gros malins, allez savoir dans quel état vous serez.

— Dans quel état ? Je vais te le dire : elle sera raide dingue de moi, claironna Trevor en remuant les sourcils. Les femmes ne me résistent pas, tu le sais.

— Eh, c'est moi le plus riche – et le plus charmant – de la bande, alors bas les pattes, intervint Gray avec un petit sourire destiné à Garrett. Deux jours avec moi, et elle te jettera comme une vieille chaussette.

Alicia ne put s'empêcher d'éclater de rire.

— Les gars, je vous rappelle que je suis ici en tant que médecin. Il n'est pas question de charmer ni de jeter qui que ce soit.

— Hum, hum ! fit Trevor, en portant sa bouteille à ses lèvres.

Il regarda un instant Alicia, puis Garrett, et but une longue gorgée de bière avant de reprendre :

— Si vous le dites. Mais faites attention, je vous ai à l'œil, tous les deux.

Elle tourna un regard amusé vers son patient.

— Au secours !

Il leva les mains.

— Je n'y peux rien. Ces idiots sont mes amis.

Mais elle remarqua son clin d'œil discret.

Le week-end promettait d'être amusant. Et plutôt intéressant.

Les raisons pour lesquelles Garrett n'avait pas voulu venir étaient nombreuses. La première d'entre elles était son état : il se sentait inutile parce qu'il ne pouvait pas jouer. En face de lui, ses amis, tous d'excellents sportifs, étaient au sommet de leur carrière. Et ils le méritaient. À l'université, Gray, Drew, Trevor et Garrett étaient très proches. Depuis leur première année jusqu'à la fin de leur cursus, ils ne s'étaient jamais séparés. Le dortoir qu'ils partageaient avait fait d'eux un groupe aussi soudé que des frères. Puisque Garrett était fils unique, ces types lui servaient de famille et savaient tout de lui. Le bon comme le mauvais.

Cela lui manquait de ne plus passer de temps avec eux, mais la vie suivait son cours. Tous les jeunes du dortoir n'étaient pas devenus sportifs de haut niveau, mais c'était le cas de ceux qui avaient partagé la chambre de Garrett. Une belle surprise pour chacun d'entre eux. Les garçons avaient toujours su reconnaître leur chance ; hélas, cela avait un coût : ils s'étaient tous éparpillés aux quatre coins du pays. Gray s'était lancé dans la course automobile, Drew dans le hockey sur glace, et Trevor jonglait entre base-ball et football. Se dégager du temps libre pour tous se retrouver relevait presque du miracle. Ce week-end de retrouvailles avait impliqué de gros sacrifices pour certains d'entre eux.

— Comment va ton épaule ? demanda Gray tandis qu'ils dévoraient des steaks dans la salle de réception du chalet.

— Tu devrais poser la question à Alicia. C'est elle, l'experte de ma rééducation.

La jeune femme leva les yeux de son bol de soupe.

— Son épaule fait de jolis progrès.

Trevor eut un petit rire.

— Je ne veux pas de réponse toute faite. Franchement, est-ce que Garrett pourra rejouer cette saison ?

— À mon avis, c'est un excellent lanceur. Il pourra le redevenir s'il travaille aussi dur à sa rééducation qu'il le faisait au lancer.

— Oh ! s'exclama Trevor en se tournant vers son vieil ami. On dirait qu'elle te met au défi, mon vieux.

— Ouais, elle essaie de me motiver. D'après elle, je dois – je cite – « me sortir les doigts du cul » et faire de réels efforts si je veux guérir.

Il pointa sa fourchette en direction de la kiné.

— Un matin où j'essayais de sécher la thérapie, elle est venue jusque chez moi taper à ma porte.

— Tu plaisantes ? s'émerveilla Gray.

— Non, c'est sérieux. C'est une dure à cuire, sous ses airs innocents.

— Mon écurie aurait bien besoin de quelqu'un comme vous, la complimenta Gray. Pour gagner les courses auto, il nous faudrait un bon coup de pied au derrière. Si je paie le prix fort, ça vous intéresse ?

— Eh ! s'insurgea Garrett.

Alicia rit doucement.

— Non, je suis très bien là où je travaille actuellement. Mais j'y réfléchirai. Merci, Gray.

— Sérieusement ? s'exclama Garrett en fronçant les sourcils.

Avec un haussement d'épaules, Alicia lui décocha un sourire coupable.

— Pour évoluer dans ce métier, il faut étudier chaque opportunité, vous savez.

— Cette femme est impitoyable, déclara Trevor. Je crois que je suis amoureux.

— Amoureux ? Tu ne sais même pas ce que ça veut dire, le charria Gray. Pour toi, impossible de rester avec une femme plus d'une semaine.

— C'est vrai. Mais, si je devais tomber amoureux, ce serait de quelqu'un comme Alicia. Elle est belle, talentueuse, intelligente et intraitable. Tout à fait mon genre.

— Je ne suis pas intraitable, se défendit la kiné en riant.

— Je n'en suis pas si sûr, rétorqua Garrett. J'ai droit à vos séances de rééducation, donc je sais de quoi je parle.

— Vous leur donnez une fausse image de moi. J'ai un véritable cœur d'artichaut, bougonna-t-elle en battant des cils.

— Quelque chose me dit que c'est un mélange des deux, observa Trevor. Ce qui la rend encore plus attirante à mes yeux.

— Surveille-la, Garrett. Un de ces jours, on finira par te la voler sous ton nez.

Garrett dévora un morceau de viande sans répondre au commentaire de Gray. Cela ne leur ressemblait pas de s'emballer autant pour une femme. Au contraire, il aurait juré que, en amenant Alicia, il allait les mettre en rogne. Au lieu de cela, ils accueillaient la jeune femme à bras ouverts et semblaient même tomber sous son charme.

Garrett ne comprenait pas. Enfin… Bien sûr, elle avait un corps de rêve. Et un visage de poupée. Ainsi que de longs cheveux soyeux, des jambes de mannequin et des fesses à croquer. Elle était intelligente, et son sens de l'humour ferait fondre n'importe quel homme sur terre.

En buvant une interminable gorgée de bière, Garrett s'efforça de garder à l'esprit qu'Alicia n'était ni sa femme ni sa copine. Ce n'était pas même une relation d'un soir. Leurs rapports étaient strictement professionnels, et elle n'était là que pour lui torturer l'épaule.

Rien de plus.

Chapitre 7

— Nous devrions nous pencher sur votre épaule, fit remarquer Alicia tandis qu'ils retournaient à leurs chambres.

Il était plus de minuit, et la joyeuse troupe était restée au bar, à raconter des anecdotes de la fac. Garrett avait passé une excellente soirée. Après quelques bières et cette longue journée, il tombait de sommeil.

— Pas ce soir. Je suis épuisé.

Elle toussota avec insistance.

— Garrett, ma présence ici ce week-end n'est due qu'à une seule chose : vous devez poursuivre votre rééducation une fois par jour sans exception. Je parie que vos muscles sont tendus.

Elle avait raison : son épaule lui faisait mal, mais il était hors de question de l'admettre.

— Je sais qu'il est tard et je ne compte pas vous imposer de longs exercices. Mais, sans étirements ce soir, demain matin vous souffrirez le martyre.

— Bon, très bien.

— Une fois que vous vous serez changé, ouvrez la porte qui sépare nos chambres. Je viendrai pour les étirements.

Lorsqu'elle eut refermé sa porte, Garrett entra dans sa chambre et ôta sa chemise pour ne garder qu'un pantalon de sport. Il ouvrit ensuite leur porte commune, s'étira un instant puis s'assit sur le bord du lit.

Alicia apparut quelques minutes plus tard. Elle-même avait changé de tenue et opté pour un legging et un tee-shirt qui moulait sa poitrine avec insolence.

Mais non, ce que portait sa kiné n'intéressait pas Garrett, évidemment.

Et pourtant si. Il ne pouvait s'empêcher de prêter attention aux moindres faits et gestes d'Alicia. Et à ce qu'elle portait. Lorsqu'elle se pencha vers lui, il respira son parfum musqué, qui lui donnait envie d'attraper sa chevelure et d'enfouir son nez dans son cou.

— Vous avez bien fait de retirer votre chemise. Je vais pouvoir appliquer de l'huile de massage sur votre bras et le malaxer ensuite pour permettre au produit de pénétrer les tissus en profondeur. Ensuite, j'irai remplir le seau de glace pour refroidir vos muscles.

Le sportif fit la grimace.

— J'ai hâte.

Elle lui sourit.

— Vous ne devriez pas, mais, au moins, cela fera du bien à votre épaule.

— C'est parti. Finissons-en.

— Allongez-vous sur le dos, au bord du lit, pour que je puisse manipuler votre bras. Je vais commencer par appliquer une compresse chaude avant de vous étirer.

Garrett s'allongea et tendit le bras droit dans le vide. Alicia s'agenouilla et posa la compresse tiède sur son épaule. Il tourna la tête vers elle, l'air surpris.

— Vous comptez m'étirer le bras comme ça, à genoux par terre ?

— Oui.

— Ce n'est pas très confortable, pour vous.

— Si, ça ira très bien. J'ai travaillé dans des positions bien pires. Croyez-moi : ce n'est pas moi qui vais souffrir, c'est vous.

Cette remarque le fit sourire.

— Si je comprends bien, je ne devrais pas m'inquiéter pour vous.

— Exactement.

— OK. J'espère que vous aurez d'atroces courbatures.

Alicia éclata de rire.

— Voilà, vous avez tout compris.

— Vous avez passé une bonne soirée ?

Elle s'assit sur ses talons.

— À ma grande surprise, oui.

— Pourquoi à votre « grande surprise » ?

— Disons que je ne m'attendais pas à ce que vos amis soient si… gentils et drôles.

— Ah bon ? À quoi est-ce que vous vous attendiez ?

— Je ne sais pas. Ce n'est jamais facile de se retrouver dans un lieu inconnu avec des gens inconnus. C'était votre réunion, vos amis. Moi, j'étais une sorte d'intruse, et cela aurait pu être gênant. Après tout, vous aviez amené une femme qu'ils ne connaissaient pas, et ils auraient pu mal le prendre. Ils ont été adorables et très accueillants. J'ai beaucoup aimé leur sens de l'humour.

— Je suis ravi qu'ils vous aient plu.

— Oui, vous avez des amis en or. Vous devriez les voir plus souvent.

— Oui, maman !

— Eh ! s'indigna-t-elle en lui donnant un léger coup de poing.

— Vous savez, nous ne pouvons pas nous voir souvent à cause de nos emplois du temps de sportifs. Enfin, à cause des leurs.

— À cause du vôtre aussi, Garrett, dès que je vous aurai assez torturé pour que vous puissiez reprendre du service.

— Reprendre du service ? Ce n'est pas pour demain. En revanche, je suis d'accord pour appeler ce que vous faites de la torture.

Elle pouffa doucement.

— Une fois que j'en aurai fini avec vous, vous retournerez jouer sous les applaudissements d'un public en folie.

Garrett n'en demandait pas plus.

Après avoir retiré la compresse, Alicia commença petit à petit à étirer son bras. Elle avait raison : les muscles étaient tendus, et plus elle le malaxait, plus c'était douloureux. N'y tenant plus, Garrett crispa les mâchoires tandis qu'elle manipulait son bras dans les positions les plus improbables. Des gouttes de sueur perlèrent sur son front.

Mais, lorsque Alicia en eut fini et partit chercher la glace, Garrett constata qu'il se sentait déjà bien plus détendu. Il pouvait tendre son bras plus loin qu'avant. Pour la première fois depuis longtemps, il sentit l'espoir renaître en lui.

— Et voilà.

Alicia avait glissé la glace dans des poches de tissu et elle les positionna sur l'épaule du sportif, qui s'était redressé contre la tête de lit.

— Merci pour ce que vous faites. Mon bras va beaucoup mieux.

— Je vous en prie, c'est normal, répondit la jeune femme en se séchant les mains sur une serviette de l'hôtel. Vous sentez une amélioration ?

— Oui.

— Gardez la glace pendant dix minutes. Après, vous pourrez la jeter. Je reviendrai demain matin pour en remettre.

— Vous partez ?

— Oui, je suis épuisée, répondit-elle avec un sourire en coin. Dès votre réveil, si vous n'avez rien de prévu avec les garçons, j'aimerais que nous nous rendions à la salle de gym pour un échauffement complet de vos tissus musculaires.

— Il n'y a rien de prévu, non.

— Tant mieux. Aux alentours de 8 heures, ça vous va ?

— Oui, ça me paraît bien.

— Alors à demain. Bonne nuit, Garrett.

— Bonne nuit, Alicia.

Elle referma la porte qui séparait leurs chambres. En silence, Garrett attendit le bruit du loquet qui éviterait à la jeune femme tout risque d'intrusion.

Mais elle ne verrouilla pas la porte.

Cela le fit sourire, même s'il ne savait pas vraiment pourquoi.

Le lendemain matin, Alicia était une véritable tornade d'efficacité. Après une demi-heure sur le tapis de course, puis une demi-heure supplémentaire sur le vélo, elle le fit enchaîner avec du lever de poids et des exercices d'étirement. Garrett était trempé de sueur et en plein effort, lorsqu'un homme apparut.

Alicia cligna des yeux de surprise, car l'inconnu ressemblait beaucoup à Garrett : assez grand, les cheveux noirs et ébouriffés, et un regard de braise. Un grand sourire aux lèvres, l'homme s'approcha d'un pas assuré, avec un sourire en coin.

— T'as une sale tronche, lança-t-il en s'arrêtant à côté du patient.

Garrett leva les yeux.

— Merci.

— C'est ta dominatrice ? Est-ce qu'elle te martyrise toujours au saut du lit ?

— Ouais. C'est mon nouveau programme de rééducation, et je l'adore. Drew Hogan, je te présente Alicia Riley, ma kinésithérapeute.

Drew lui tendit la main.

— Salut, Alicia. Quelqu'un qui parvient à arracher des larmes à Garrett mérite toute mon amitié.

Elle secoua la tête.

— Enchantée, Drew. Maintenant, veuillez partir et nous laisser terminer notre séance de torture quotidienne. Sauf si vous voulez être le suivant sur la liste.

Il agita l'index puis se tourna vers son vieil ami.

— Je l'aime bien, lui dit-il. Tu devrais l'épouser, ou au moins passer une semaine de sexe torride avec elle. Et si vous me rejoigniez pour le petit déjeuner après votre… hum… séance ?

Garrett regarda Alicia en attente de son accord.

— Avec plaisir, répondit-elle. Il nous reste encore une demi-heure de travail. Nous pourrions nous retrouver dans une heure.

— Parfait. Rendez-vous au restaurant.

Les yeux rivés sur Drew qui s'en allait, Alicia se mit à rire.

— C'est une force de la nature, celui-là.

Garrett s'empara d'une serviette et s'essuya le visage.

— Je vois que vous l'avez cerné.

Une fois la séance terminée, ils rejoignirent chacun leur chambre pour prendre une douche.

Au restaurant, Drew les attendait en discutant avec Trevor et Gray.

— Où sont les autres ? lança Garrett en tirant une chaise pour Alicia.

Sans plus attendre, le serveur apparut pour leur apporter du café.

— Lincoln, Hull et Ted se sont levés tôt pour une partie de golf matinale, l'informa Gray.

Alicia regarda par la fenêtre. Le soleil était déjà levé, mais il ne devait pas faire plus de quatre degrés.

— De véritables mordus de golf, observa-t-elle.

— Forcément, sinon ils ne joueraient pas par un froid pareil, fit remarquer Trevor. Pour moi, hors de question de sortir mon club à moins de vingt degrés.

— Chochotte ! le taquina Gray.

— Je ne te vois pas non plus sur le green pour faire un *foursome*, rétorqua l'autre.

— J'avais du travail, ce matin. Je n'ai pas le temps.

— Menteur ! Tu ne voulais pas te geler les bijoux de famille, c'est tout.

Fier de sa remarque, Drew poussa Gray du coude.

— Et puis tu pourrais en avoir besoin ! C'était qui, cette bombe sexuelle avec toi quand tu donnais tes interviews ?

Le menton haut, Gray ne put retenir un sourire.

— Je ne vois pas de qui tu veux parler.

— Enfin, bref. Quelle que soit ta victime du moment, tu as besoin d'un équipement en bon état de marche.

Gray but une gorgée de café.

— Je n'ai pas de bombe sexuelle en vue, contrairement à ce que Drew semble croire. J'ai trop de travail, contrairement à Garrett ici présent, qui a emporté de quoi bosser mais aussi de quoi s'amuser.

Garrett leva les yeux au ciel.

— Je vous ai déjà expliqué le rôle d'Alicia. Croyez-moi, c'est uniquement professionnel.

— C'est vrai, acquiesça Drew. Ce matin, à la salle de gym, je l'ai vue faire pleurer Garrett de douleur. Elle le tenait par là où je pense, mais seulement au sens figuré.

Alicia sourit au clin d'œil de Drew.

— Je ne pleurais pas, je faisais de la rééducation, rectifia Garrett. Et si Alicia me tenait par là, crois-moi, je serais au courant. Et ce serait au sens propre.

Excédée, la jeune femme poussa un soupir.

— Vous êtes toujours comme ça entre vous ?

— Oui, admit Gray. Depuis la fac, c'est toujours pareil. C'est une sorte de compétition sportive.

— Et je gagne chaque fois, ajouta Garrett.

— Dans tes rêves, Scott, rétorqua Drew. Combien de fois est-ce que tu t'es retrouvé à payer ta tournée ?

— Pas si souvent que ça. Parce que je gagne.

Trevor se pencha à l'oreille d'Alicia.

— Moi, je ne paie jamais les bières. J'attends simplement que ces débiles se lancent des vannes jusqu'à ce qu'il y ait un perdant, et je profite de la tournée.

— Je t'ai entendu, maugréa Garrett.

En riant, Alicia s'adossa à son siège pendant que les autres s'envoyaient des piques. Elle avait le sentiment de retourner à l'université, dans les soirées de fraternité. Les conversations tournaient autour de qui avait tort, qui avait raison et qui était le meilleur dans tel ou tel domaine. En tout cas, il était évident que Garrett passait un excellent moment. Alicia en était ravie. Il avait besoin de se détendre. Ce week-end entre amis lui permettait de retrouver son mental, ingrédient indispensable au bon déroulement de son rétablissement.

— Je ne sais pas ce que vous avez prévu pour le reste de la journée, bande d'imbéciles, mais moi, je vais faire visiter la ville à Alicia. Respirer autre chose que votre nuage de testostérone, ça ne lui fera pas de mal.

Alicia se tourna vers lui.

— Pardon ?

— Tu l'emmènerais loin de *ça* ? s'indigna Drew en pointant son torse du doigt.

— Oui, en particulier de toi.

— Amusez-vous bien, lança Gray. Mais revenez à l'heure pour la partie de poker, ce soir.

— On ne manquerait ça pour rien au monde, le rassura Garrett.

Il se leva de sa chaise et tira celle de la jeune femme.

— Que faites-vous ? demanda-t-elle.

— Je vous emmène vous amuser un peu.

Elle s'arrêta dans le couloir.

— Pourquoi ?

— Parce que vous vous ennuyez.

— Pas du tout. Et, même si c'était le cas, je ne suis pas votre petite amie, Garrett. Vous n'avez pas besoin de me distraire. Je suis ici pour votre rééducation. Si je m'ennuyais, je n'aurais qu'à monter dans ma chambre pour travailler sur mon programme ou lire, ou encore regarder la télévision.

— Oh, quel programme passionnant !

— Arrêtez ça tout de suite.

— Non, c'est vous qui arrêtez. Je me sens déjà assez coupable pour vous avoir traînée jusqu'ici. Laissez-moi au moins vous faire passer un bon moment en vous faisant visiter la ville.

Elle poussa un soupir.

— Vous ne préférez pas plutôt rester avec vos amis ? C'est pour ça que vous êtes venu, n'est-ce pas ?

— Je les vois assez comme ça, croyez-moi. Et puis ça ne nous prendra pas des heures. On va faire un tour à Bricktown, un quartier sympa d'Oklahoma City, et puis on ira dans la galerie marchande.

Ces derniers mots captèrent l'attention d'Alicia.

— Il y a une galerie marchande ?

— Oui. À moins que vous ne préfériez un centre commercial normal. Il y en a un aussi qui est pas mal.

— Non, j'aime beaucoup faire du shopping. La galerie marchande ira très bien.

Il appela l'ascenseur.

— C'est noté, nous irons là-bas.

Alicia retrouva sa chambre, enfila son pull et ses bottes, puis ramassa son sac à main et rejoignit Garrett dans le hall d'entrée. Elle était si excitée à l'idée de se promener en ville que c'en était presque ridicule ; elle n'était encore jamais allée à Oklahoma City. D'ailleurs, c'était un État qu'elle ne connaissait pas du tout. Elle avait l'impression de partir à l'aventure.

— Je vous trouve toute pétillante, lui fit remarquer Garrett, tandis que le voiturier leur avançait le 4 × 4.

— Oui, je sais, c'est ridicule, admit Alicia en s'installant sur le siège passager.

— Dites-m'en plus.

— J'adore voyager. Cela fait partie des privilèges liés à mon poste au sein de l'équipe. J'ai toujours hâte de prendre la route. Quand j'étais petite, nous n'avions pas beaucoup d'argent. Tous mes amis partaient en vacances tout l'été et passaient leur temps à raconter leurs voyages, alors que, pour nous, le camping dans la région était la seule option. (Garrett étouffa un rire.) Ce n'est pas drôle.

— Je le sais bien. Mais vous racontez ça avec une grimace. On dirait que vous venez de boire du jus de chaussette.

— Voilà, c'est exactement ce que je ressentais ! s'exclama-t-elle en le pointant du doigt. Imaginez mon aigreur lorsque ma meilleure amie rapportait un bronzage sublime de son séjour en Floride avec ses grands-parents. Moi, j'étais couverte de piqûres de moustiques, parce que j'avais passé mes vacances dans un camping pourri à deux heures de route de chez nous.

— Pauvre petite !

— Pauvre con !

Il secoua la tête.

— Quelle vulgarité, Alicia ! Je vais me plaindre à votre patron.

— Allez-y, je vous en prie. Mais rappelez-vous que c'est moi qui masse votre épaule. Votre rééducation peut se révéler beaucoup plus douloureuse que prévu.

— Et maintenant du chantage ! s'exclama Garrett en lui lançant un regard.

Elle leva le menton.

— Je suis prête à tout pour sauver ma peau.

— J'en apprends de plus en plus. Et vous qui semblez tout innocente !

— Ne vous fiez pas aux apparences.

— Hum, dommage !

Cette fois, il posa sur elle un regard insistant qui la fit frissonner. Était-ce le chauffage de la voiture qui se mettait enfin en marche ? Ou ce regard de braise qui lui donnait envie de retoucher son rouge à lèvres et de refaire son chignon ? Typiquement un comportement de fille. De fille en plein rendez-vous galant. Ce qui n'était pas le cas du tout.

Plus ils roulaient, et plus Alicia aimait Oklahoma City. C'était une ville aérée, moins encombrée que la plupart des grandes métropoles qu'elle connaissait. Elle lui rappelait Saint-Louis, où elle habitait et qui lui plaisait tant.

Garrett commença par l'amener dans la galerie marchande. Lorsqu'il eut garé la voiture, Alicia se tourna vers lui et posa la main sur son bras.

— Vous n'avez pas idée du pétrin dans lequel vous vous mettez.

Le sportif éclata de rire.

— J'ai déjà emmené ma mère faire du shopping. Je devrais pouvoir m'en sortir.

— Très bien. Mais je vous aurai prévenu. Je suis une véritable tornade, plus rien ne m'arrête. Et je ferai toutes les boutiques.

— C'est parti.

Dans la galerie marchande, de nombreuses promotions étaient affichées en vitrine. Alicia était aux anges : elle raffolait des soldes. Lorsqu'ils eurent parcouru la moitié des boutiques, la jeune femme était déjà chargée de quatre sacs remplis de chaussures et de vêtements ; dès qu'un sac venait s'ajouter aux autres, Garrett s'empressait de le lui prendre des mains.

— Vous êtes sûr que ça ne vous dérange pas de porter mes affaires ? s'inquiéta-t-elle.

— Pas du tout. Continuez, ne vous en faites pas pour moi.

— Vous êtes un spécimen rare. Les mâles de votre espèce ne sont pas censés aimer le shopping.

Il éclata de rire.

— Vous vous amusez, n'est-ce pas ?

— Eh bien… oui !

— Alors ne vous inquiétez pas. Pourvu que les gens s'amusent, je n'en demande pas plus.

— OK, souffla-t-elle avec un haussement d'épaules.

Dès qu'Alicia essayait un vêtement, il donnait son avis. D'ailleurs, il était plutôt doué ; il approuvait d'un hochement de tête ou désapprouvait en faisant la grimace, et toujours avec le sourire. Il n'était pas de ces hommes impassibles qui trouvaient « joli » tout ce qu'elle essayait.

Les vendeuses se pâmaient presque devant Garrett. Ce type frôlait la perfection : il portait ses paquets, était beau comme un dieu et donnait son avis d'expert avec intérêt. Que demander de plus ?

Hélas, elle devait mettre un terme à ce joyeux après-midi shopping. Garrett devait s'ennuyer à mourir, et puis le but premier du week-end était de le forcer à passer du temps avec ses amis, il était grand temps qu'ils les rejoignent.

— Vous n'avez pas faim ? demanda-t-elle lorsqu'ils sortirent d'une boutique au coin de la rue qui bordait le parking.

— Non, pas vraiment. Et vous ?

— Je suis affamée. Nous n'avons pas arrêté une minute depuis des heures.

Il sourit.

— J'avais remarqué. Vous ne plaisantiez pas en disant que vous êtes accro au shopping. Vous pourriez donner des cours sur l'art de faire chauffer une carte bleue.

— Allons manger un morceau, décida-t-elle en le prenant par le bras.

Mais Garrett s'arrêta net.

— Attendez, vous n'avez assiégé que la moitié de la galerie marchande.

— Tant pis pour la colonisation de ce nouveau territoire ! s'exclama-t-elle en souriant. Je survivrai à cet échec. Je préfère déjeuner.

— Je connais un super restaurant de hamburgers.

Elle le regarda du coin de l'œil.

— Ils ont des soupes et des salades aussi, ajouta Garrett.

— Tant mieux. Adjugé pour les hamburgers.

Le temps était si magnifique que Garrett décida d'emmener Alicia à Bricktown, une sorte de village commercial où les boutiques et les restaurants fleurissaient à vue d'œil. Une rivière y zigzaguait, et l'on pouvait se déplacer en taxi fluvial d'un quartier à l'autre. Aux yeux de la jeune femme, l'endroit était magique. Ce devait être encore plus grisant l'été, lorsque les rues étaient peuplées de touristes venus se prélasser en terrasse après avoir visité les sites alentour.

— C'est incroyable, lâcha-t-elle une fois installée dans le restaurant.

Leur table leur donnait une vue imprenable sur la rivière, et le soleil illuminait son visage à travers la vitre. Alicia se sentait bien. Elle se tourna vers son patient.

— Merci pour tout…, mais je me sens tout de même un peu coupable.

Il but une gorgée du thé glacé que venait de lui apporter la serveuse.

— Pourquoi ?

— Parce que vous deviez passer le week-end avec vos amis.

— Correction : je devais passer le week-end à faire tout ce qui me passait par la tête. J'ai eu envie de vous offrir un bon après-midi de shopping. Est-ce que ça vous a plu ?

Sa limonade à la main, Alicia s'adossa à sa chaise et sourit comme un chat comblé par la chaleur de l'été.

— Oui, beaucoup.

— Parfait. Maintenant, oubliez votre culpabilité et profitez de votre repas.

— D'accord.

Il secoua la tête d'un air désolé.

— Ah, les femmes…

— Fermez-la.

Alicia ne manqua pas de voir le petit sourire qu'il dissimula en baissant la tête ; ce fameux sourire en coin, associé à un regard magnétique auquel elle résistait de plus en plus difficilement, provoquait d'étranges vagues au creux de son estomac. Et aussi plus bas.

La salade géante qu'elle avait commandée fut aussi délicieuse que les frites qui l'accompagnaient ; Alicia sortit du restaurant repue et épuisée.

— Une sieste ne serait pas de refus.

— Reposez-vous dans la voiture sur le chemin du retour.

— Non, ça ira.

— Soyez tranquille, je ne profiterai pas de vous pendant votre sommeil.

Elle tourna doucement la tête vers lui et ne put réprimer un sourire.

— Ce n'est pas ce que je voulais dire.

— Méfiez-vous quand même, je pourrais mater vos seins.

Cette fois, Alicia éclata de rire.

— Vous êtes imprévisible, Garrett.

— Vraiment ? Tant mieux.

Chapitre 8

De retour au chalet, Garrett déposa Alicia, ainsi que sa montagne d'achats, dans sa chambre. Encore fatiguée, elle décida de se reposer un moment avant de le rejoindre.

Pendant ce temps, il passa quelques coups de téléphone, se prélassa devant la télévision, puis descendit retrouver Gray, Trevor et Drew au bar. Tous les trois avaient profité du temps qui s'était réchauffé pour disputer une petite partie de golf.

— Tu as manqué un moment d'anthologie, lança Trevor en faisant signe au serveur de leur apporter des bières.

Garrett prit une chaise pour s'installer avec eux.

— Vraiment ? Vous avez tous été géniaux, j'imagine.

— De véritables dieux du golf, acquiesça Drew en décapsulant sa bière. C'était le match de nos vies.

Ils mentaient, c'était évident. Mentir au sujet de leurs prouesses au golf était devenu une sorte de tradition.

— Dommage d'avoir raté ça, plaisanta Garrett.

— Et vous, comment s'est passée votre journée ? s'enquit Gray.

— J'ai amené Alicia à la galerie marchande. Ensuite, on est allés au restaurant.

Gray leva un sourcil.

— Tu as fait les boutiques ? Ça devait être passionnant…

Drew tenta le tout pour le tout :

— Tu es sûr que ce n'est pas ta petite amie ? Si vous étiez en couple, c'est elle qui porterait la culotte.

— Ah ouais ? Qu'est-ce qui te fait dire ça ?

— Elle n'a qu'à claquer des doigts, et tu accours aussitôt.

— Je ne suis pas d'accord.

— À tout moment, si elle t'impose une séance de rééducation, tu acceptes sans broncher, pas vrai ?

Il s'enfonça dans sa chaise.

— Si, c'est vrai. Après tout, ma carrière est entre ses mains.

— En plus, tu l'as amenée ce week-end, renchérit Trevor. Qui a eu cette brillante idée ?

— Moi, en fait.

— Oh !

Tout en réfléchissant, Trevor but une longue gorgée de sa bière.

— N'empêche… Franchement, du shopping ?

— Je voulais l'éloigner de vous et lui faire visiter la région. C'était ma façon de la remercier d'avoir accepté de m'accompagner.

— Elle est pourtant payée pour ça, rétorqua Gray.

Garrett haussa les épaules.

— Gray a raison : elle porte la culotte, ricana Drew en se tournant vers les autres. Soit il a déjà couché avec la kiné, soit il en a tellement envie qu'il lui lèche les bottes.

Garrett poussa un soupir. Ils étaient tous persuadés d'avoir raison. À quoi bon essayer de les faire changer d'avis ? S'ils voulaient à tout prix croire qu'il y avait quelque chose entre Alicia et lui, tant pis pour eux. Garrett ne pourrait rien y faire.

— Et si on parlait plutôt de toi ? suggéra-t-il en pointant Gray du doigt. Comment s'appelait ce mannequin avec qui tu sortais, déjà ? Son prénom me faisait penser à une vitamine. Ce n'était pas Niacine ?

— Nisema, corrigea l'autre.

— C'est son vrai prénom ? s'étonna Trevor. On dirait une marque de crème hydratante.

— Nous avons rompu il y a quelques mois. Nos carrières ne collaient pas.

Drew afficha un air perplexe.

— Depuis quand les sportifs et les mannequins ne vont pas ensemble ?

— Elle était tout le temps en voyage pour des shootings, et j'étais très pris de mon côté. Avec le temps, nous nous sommes aperçus que nous ne nous manquions pas tant que ça. Nos carrières ont trop d'importance à nos yeux. Nous avons donc préféré arrêter là. Ça n'a pas été très dur.

— Elle doit gagner autant que toi, voilà pourquoi elle n'a pas posé de problèmes.

Drew décocha un sourire bête à Gray.

— Non, je pense qu'elle gagne beaucoup plus, corrigea l'autre. C'est plutôt moi qui devrais regretter cette rupture.

Garrett éclata de rire.

— Mais bien sûr ! Comme si tu pouvais un jour regretter l'absence d'une femme !

— Pourquoi pas ? Ça pourrait arriver, se défendit Gray avant de marquer un silence. Bon, d'accord. Peut-être pas.

— Pour moi, tu es celui d'entre nous qui ne se mariera jamais, ne serait-ce que pour faire enrager ton père. Lui qui désespère de prolonger la « dynastie Preston », depuis que tu ne veux plus reprendre le flambeau de sénateur, fit remarquer Garrett.

— Sur ce coup-là, tu n'as pas tort, approuva Gray avec un petit rire. La politique, c'est pas mon truc.

— Tu préfères les moteurs bruyants et le cambouis sur tes mains, approuva Drew. Quand je pense que tu te dirigeais vers le base-ball, à l'université. Mais comment est-ce que tu t'es retrouvé dans la course automobile ?

— Je sens que c'est une histoire passionnante. Puis-je me joindre à vous ?

Levant les yeux, le lanceur découvrit sa kiné, qui se tenait juste derrière lui.

— Vous vous êtes bien reposée ? demanda-t-il en se serrant sur le côté du box pour lui laisser une place, avant de faire signe au serveur d'approcher.

— Oui, très bien. J'ai beau adorer faire les boutiques, je ne le fais pas souvent. Notre promenade m'a vite épuisée. Cette petite sieste était la bienvenue. (Elle se tourna ensuite vers Gray.) Reprenez votre histoire, j'aimerais en savoir plus sur votre parcours entre le base-ball et la course automobile.

Le coureur haussa les épaules.

— Il n'y a pas grand-chose à ajouter : j'ai commencé par une bourse d'études de base-ball, j'ai fini par vivre de la voiture.

— Le base-ball, ça ne vous plaisait pas ?

— Si, j'adorais ça.

Alicia fronça les sourcils.

— Je sens venir un « mais ».

Le serveur les interrompit, et ils commandèrent tous leurs boissons.

— J'ai joué au base-ball pendant mes quatre années d'études, reprit Gray. Certaines équipes professionnelles voulaient même me recruter. Mais, au fond de moi, j'aimais la course automobile et je passais mes jours de congé à conduire. Le père d'un ami participait à des courses, et je les aidais à préparer leurs voitures. Dès que je pouvais, je courais avec eux. Un week-end, mon pote était malade, et j'ai grimpé en voiture à sa place. Je suis arrivé deuxième. J'ai perdu d'un cheveu. Ça a été une révélation. Je ne pensais plus qu'à me poster derrière un volant et à arriver premier. Le base-ball passait après sur ma liste de priorités. À partir de ce moment-là, j'ai su que je ne jouerais jamais en ligue majeure. C'était la course ou rien, et ça ne m'a pas quitté.

— Et ça faisait enrager ton père, précisa Garrett.

Gray afficha un petit sourire.

— Ouais, mais ce n'était qu'un avantage parmi tant d'autres.

— Il n'aimait pas te voir jouer au base-ball non plus, si je me rappelle bien, intervint Trevor.

— C'est vrai. Cette bourse à Oklahoma, ça ne l'enchantait pas. Il voulait que j'étudie le droit à Harvard, ajouta Gray en faisant la grimace.

— Son père était furieux lorsqu'il a refusé la bourse de Harvard, précisa Drew. Le droit et la politique sont des domaines dans lesquels les Preston baignent depuis des générations.

Alicia parut consternée.

— Vraiment ? Vous avez décroché une bourse pour Harvard ?

— Comme je vous le disais, reprit Gray avec modestie, le base-ball était mon principal intérêt, à l'époque.

— J'en déduis que vous ne vouliez pas devenir avocat.

— Ah ça, non ! La bourse qui m'a permis de me lancer dans des études de sport m'a également tiré des griffes de la famille Preston. Je me suis enfui aussi loin que j'ai pu.

— Depuis, papa a coupé les ponts, conclut Drew avec un sourire avant de boire une gorgée de bière.

— Ouais, et c'est tant mieux.

Alicia écarquilla les yeux.

— Il a coupé les ponts avec vous ?

— Oui. C'est la meilleure chose qui me soit jamais arrivée. Sans ses menaces de me couper les vivres, je me suis enfin senti libre de faire ce que je voulais.

— Ouais, comme nous autres, pauvres ratés, s'exclama Trevor en riant. « Pauvres » est le mot le plus approprié !

— Tu t'es parfaitement débrouillé sans ton père, pas vrai ? fit Garrett.

— Carrément ! Aujourd'hui, j'ai ma propre écurie.

Toutefois, Alicia perçut comme une pointe de solitude et de tristesse dans le regard de Gray. Elle qui aimait tant sa famille osait à peine imaginer combien cette rupture devait le faire souffrir.

— Vous joindrez-vous à nous pour une partie de poker, Alicia ? lança Garrett.

— Oh, je ne voudrais pas m'imposer !

— J'entends par là que vous savez jouer, ajouta Trevor en souriant et en se frottant les mains.

— Disons que je me débrouille.

— Parfait, je suis prêt à voler tout votre argent, déclara Garrett.

Ils quittèrent le bar pour la salle de jeu ; c'était une pièce plus calme, privée, où officiaient même des croupiers professionnels.

C'était incroyable.

Les boissons furent servies, les cartes distribuées, et Alicia se garda bien de dévoiler ses talents de joueuse. Le poker était l'une des activités traditionnelles lors des réunions de famille des Riley. Depuis toute petite, et plus encore depuis ses études, elle savait bluffer et ne comptait plus ses victoires, même si elle n'avait pas le niveau des pros de Vegas.

En seulement deux heures, elle parvint à amasser un nombre important de jetons sous le regard agacé de quatre hommes blessés dans leur orgueil.

— C'est à croire que vous passez vos week-ends dans les casinos de Vegas ! bougonna Trevor en terminant sa bière, avant de faire signe au serveur de leur apporter une seconde tournée.

Confortablement installée sur sa chaise, Alicia afficha une mine impassible, habituelle lors de ses parties de cartes, et examina sa main. Deux valets et un as. Le croupier posa un autre valet sur la table. Intéressant.

— Ma dernière partie remonte à la fac, je dois être un peu rouillée.

— Ben voyons, grogna Garrett en cédant de nouveaux jetons pour surenchérir.

Lorsque le croupier sortit un as, elle lança elle aussi quelques jetons, le visage toujours impassible, et attendit de voir la réaction de ses adversaires. Gray se coucha, les autres suivirent.

— Tapis, déclara la jeune femme en poussant les piles colorées jusqu'au milieu de la table.

— Merde ! jura Drew en jetant ses cartes face cachée sur les jetons.

— Je me couche aussi, soupira Trevor.

— Moi, j'attends de voir, déclara Garrett en faisant également tapis. Montrez-moi.

— Full aux valets par les as.

— Merde ! Brelan de reines, s'écria le lanceur en découvrant ses cartes.

Les autres se moquèrent ouvertement de leur ami.

— Est-ce que tu as fait exprès d'inviter Alicia à notre partie de poker ? Tu savais qu'elle nous plumerait tous ?

— Si j'avais su qu'elle était si douée, je ne lui aurais rien proposé, se défendit Garrett. Vous avez vu ma main ? Trois reines !

Le sourire aux lèvres, Alicia attira à elle tous ses nouveaux jetons.

— Merci, les gars.

La partie fut interrompue lorsqu'ils décidèrent de manger : les garçons optèrent pour des steaks et Alicia pour une délicieuse salade au tofu et aux noix. Ils reprirent ensuite le poker, et elle s'efforça de ne pas les sortir de table trop vite. À leur grande surprise, ils récupérèrent un peu de leurs gains. Pas tout, mais un peu. Elle gagna tout de même haut la main.

— Vous êtes vraiment douée, admit Drew.

La joueuse haussa les épaules.

— J'y passais des heures à la fac, et ma famille n'est pas trop mauvaise non plus.

— Ça doit être dans les gènes, soupira Garrett.

Cela faisait sept heures qu'ils jouaient. Alicia finit par se lever de table et se posta derrière la chaise de Garrett, puis posa les mains sur ses épaules. En enfonçant légèrement les doigts, elle sentit que ses muscles étaient tendus.

— J'ai beaucoup aimé vous soutirer tout votre argent, mais il est temps pour moi d'abuser de votre ami avant de tomber de fatigue le nez dans mes cartes.

La joyeuse troupe se mit à rire, à les siffler et à les huer, et Alicia leva les yeux au ciel.

— Salauds ! les insulta Garrett en se levant à son tour.

— Et si on venait coller notre oreille à votre porte ? suggéra Drew.

— Vous pouvez même entrer et nous regarder faire, rétorqua Alicia avec un petit rire.

— Garrett, tu savais que ta nana était une exhibitionniste ? lança Drew au jeune homme qui s'éloignait déjà.

Une fois seuls, ils se dirigèrent vers les chambres.

— Il faut les excuser, commença-t-il. Quoique, non, ne les excusez pas. Ce n'est qu'une bande d'imbéciles.

Elle éclata de rire.

— Des imbéciles très drôles et attachants.

— Oui, c'est vrai. Vous avez été parfaite, merci pour tout.

— C'est normal. J'ai passé une excellente soirée, admit-elle en glissant sa clé dans la serrure. Je récupère une compresse chaude et de l'huile de massage, et je vous rejoins.

— OK.

Alicia changea de tenue pour se mettre à l'aise, rassembla ses affaires, puis frappa à leur porte commune. Déjà torse nu et en pantalon de jogging, Garrett lui ouvrit. Cette vision provoqua chez la jeune femme des frissons auxquels elle commençait presque à s'habituer. Il était de plus en plus difficile pour elle d'ignorer l'effet qu'il lui faisait.

— Vous êtes comme des frères. Est-ce que ça a toujours été le cas ? demanda-t-elle tandis qu'ils attendaient que la compresse fasse effet.

Se positionnant plus confortablement contre la tête de lit, le dos contre le mur, Garrett laissa échapper un petit rire.

— Non, pas toujours. Au début, on n'était qu'une bande de mecs gonflés de testostérone, qui passaient leur temps à rouler des mécaniques. Imaginez notre première année de coloc… Il nous a fallu un certain temps pour nous habituer les uns aux autres.

— À voir comment vous vous entendez aujourd'hui, vous n'avez pas dû mettre si longtemps.

— C'est vrai. Lorsqu'on vit en communauté, ça passe ou ça casse. Nous avons tout simplement dû apprendre à vivre ensemble.

— Oh, je ne sais pas, Garrett. Puisque vos familles étaient à des kilomètres, vous ne pouviez compter que les uns sur les autres. Les liens ont dû vite se créer.

Il l'examina un moment.

— Vous êtes sacrément perspicace.

Alicia haussa les épaules.

— Moi aussi, j'ai connu la fac. J'ai vécu le même type d'expérience. Sur un campus, on a la sensation d'être parachuté sur une autre planète. Pour que la solitude ne l'emporte pas, il faut se trouver une bouée de sauvetage : moi, je me suis accrochée à ma colocataire. Les premiers mois, nous étions inséparables. Cette amitié dure encore aujourd'hui. Ça devait être pareil pour vous. Et puis, comme vous êtes tous sportifs, vous aviez énormément en commun, et cela a dû cimenter votre amitié.

Garrett fit « oui » de la tête.

— Vous avez sans doute raison. Sans eux, je n'aurais jamais réussi ma première année.

Elle retira la compresse puis étira le bras de son patient.

— Je sais bien. C'est fou comme les amitiés peuvent nous changer.

À l'affût de la moindre grimace de douleur, Alicia enfonça peu à peu les doigts dans ses muscles. Lorsqu'il plissa les yeux, elle insista sur l'endroit pour rendre le tissu cicatriciel plus souple.

— Vous le faites exprès, grogna-t-il.

— Pardon ?

— Dès que vous trouvez un endroit douloureux, vous insistez pour me faire encore plus souffrir.

— Vous me croyez vraiment capable de ça ?

— Bien sûr que oui, fit Garrett en lui lançant un regard en coin. C'est en faisant mal aux autres que vous prenez votre pied.

Elle éclata de rire.

— Dans ce cas, j'ai choisi le métier idéal, n'est-ce pas ?

— Le sadisme, ça fait partie des critères pour devenir kiné ?

— Oh, mais oui ! J'adore vous voir souffrir sous mes doigts, c'est terriblement excitant.

Suspicieux, il la regarda avec insistance.

— Vous êtes sérieuse ?

Alicia leva les yeux au ciel.

— Bien sûr que non. Hélas, la douleur est également signe de progression vers la guérison. Dès lors qu'un endroit en particulier vous fait mal, je m'y attarde pour déchirer le tissu cicatriciel et détendre votre épaule.

— Et moi qui pensais que vous ressentiez un plaisir sexuel quand vous torturiez vos patients…

— Ce serait une sacrée aubaine pour moi d'être dans ce métier, lança-t-elle avec un clin d'œil avant de reporter son attention sur sa blessure.

Elle cessa de maltraiter Garrett, le laissant en sueur et la mâchoire crispée.

— Ça vous fait plaisir, je le sais.

— J'aime mon métier, mais ce n'est pas votre souffrance qui fait mon bonheur, Garrett. Ce que je trouverai gratifiant, ce sera le résultat de notre travail accompli.

Du plat de la main, elle massa l'épaule endolorie de son patient pour la débarrasser de ses tensions.

— À savoir : Garrett Scott qui reprend son poste de lanceur, en conclut le jeune homme.

Elle acquiesça.

— Exactement. C'est ce qui importe le plus à mes yeux. Vous pouvez vous asseoir.

Garrett roula sur le côté et reposa la tête sur sa main, le coude enfoncé dans le matelas.

— Ce doit être le meilleur moment : la fin de la partie, quand vous pouvez laisser repartir un sportif qui a terminé sa rééducation.

— Oui. J'ai hâte d'arriver au jour où vous n'aurez plus besoin de moi et où vous serez à nouveau capable de lancer.

— Ce jour-là, nous n'aurons plus à nous revoir.

Elle sourit.

— Vous devez vous languir. Finie, la torture.

— Je ne sais pas, Alicia. Finalement, je prends l'habitude de vous voir chaque jour.

La jeune femme laissa échapper un petit rire.

— Je ne vous crois pas. Vous avez hâte qu'on en finisse, je le sais.

Elle lui tendit la main pour l'aider à se lever du lit. Il la saisit, mais ne se releva pas ; Alicia fut stupéfaite lorsqu'il l'attira sur les draps et roula tout contre elle.

— Garrett, qu'est-ce que vous faites ?

— Je ne sais pas encore.

Il caressa doucement le ventre d'Alicia, et elle songea qu'il devait sentir son cœur s'emballer. Le mieux serait de chasser la main baladeuse et de ficher le camp ; elle était son médecin, cette proximité n'était pas correcte, et encore moins sur le lit de son patient.

Mais, bon sang, la douceur de cette main sur son ventre, le contact de sa hanche contre la sienne la magnétisaient, et elle était incapable de s'écarter. Son envie de caresser sa joue à peine recouverte d'une barbe de trois jours était presque irrésistible. Il y avait tant de parties de son corps sur lesquelles elle voulait promener ses mains, mais qu'elle n'avait pas le droit de toucher… Pourtant, le voilà qui lançait les hostilités.

Il s'arrêta, s'attendant sans doute à ce qu'elle proteste, le repousse et bondisse hors du lit.

Mais elle n'en fit rien. Cet instant d'intimité délicieuse réalisait les fantasmes les plus enfouis que Garrett lui avait inspirés.

Une impatience sensuelle implosa en elle lorsqu'il se pencha pour frôler ses lèvres des siennes. Rongée par le désir, Alicia glissa une main derrière la nuque du jeune homme et le maintint fermement, pendant qu'il explorait sa bouche d'une langue impérieuse qui lui imposait de s'ouvrir à lui tout entière.

C'était si bon ! La fermeté et la douceur de son baiser la faisaient flotter sur un nuage d'extase érotique. Elle aurait pu se perdre dans les bras de Garrett.

Elle se mit à trembler.

Non, c'était mal, et cela changerait tout entre eux. Il risquait de perdre sa concentration, et elle pouvait perdre son emploi.

Lorsqu'elle posa une main sur son torse pour l'écarter, Garrett rompit leur baiser.

— Arrêtez, susurra-t-elle, à peine capable de dire ce mot qu'elle ne voulait pas prononcer. Arrêtez.

Garrett se leva d'un bond, la laissant apercevoir une très belle érection, dont elle aurait tant aimé profiter... Mais il lui tendit la main et l'aida à se lever à son tour. En un instant, c'était terminé.

— Excusez-moi, murmura le sportif en se passant la main dans les cheveux. Je ne sais pas ce qui m'a pris.

Elle rabattit son tee-shirt sur ses hanches.

— Ne vous excusez pas, nous étions deux sur ce lit. Toutefois, c'était une erreur, et vous savez aussi bien que moi pourquoi.

Elle se dirigea vers leur porte commune et s'arrêta à mi-chemin, incapable de lui faire face.

— Merci d'être si galant.

Lorsqu'elle se retourna, il était juste là, la main posée sur le mur à côté du visage d'Alicia. Ils étaient si proches qu'il aurait suffi que la jeune femme fasse un pas pour toucher ce corps dont émanaient des vagues entières de testostérone. Si Garrett s'approchait d'une poignée de centimètres, leurs bouches se rencontreraient. Perdue, elle ne sut dire si elle en avait envie ou non.

Oh, mais à qui allait-elle faire croire ça ? Bien sûr qu'elle en avait envie. Elle avait envie de lui. S'il l'embrassait encore, cette fois elle ne ferait rien pour l'en empêcher.

Tout proches d'elle, les yeux de Garrett brillaient d'une flamme de désir.

— Ne vous méprenez pas, Alicia. Je ne suis pas galant. Sur ce lit, je savais pertinemment ce dont j'avais envie. Et j'ai toujours envie de vous.

Alicia prit une profonde inspiration, tiraillée entre ses désirs et sa raison. Elle se faufila sous le bras de Garrett.

— À demain, souffla-t-elle.

Il ne fit pas un geste et hocha simplement la tête lorsqu'elle referma la porte derrière elle. De retour dans sa chambre, Alicia reposa le front sur cette porte fermée.

Oui, c'était à elle de se montrer raisonnable. Quelle poisse !

Pour la première fois de sa carrière, elle détestait profondément son métier.

Chapitre 9

Alicia l'avait échappé belle avec Garrett, mais elle préférait penser à autre chose : sa rééducation, par exemple, dont la prochaine étape les menait en Floride. Enfin une bonne nouvelle. L'hiver était derrière eux, et il était grand temps de ressortir les vêtements légers rangés au fond de son armoire. En d'autres circonstances, Alicia serait surexcitée à l'idée de partir au soleil à la fin du mois de février, mais c'était un voyage professionnel, pas des vacances.

Elle séjournerait dans la dépendance que Garrett réservait à ses invités et resterait ainsi près de lui chaque jour. Ils travailleraient ensemble et dormiraient à quelques mètres de distance. Après le malencontreux événement de l'autre jour, ces détails de logement deviendraient source de complications. Alicia savait qu'elle devrait imposer une distance entre eux, pour que Garrett comprenne que son rétablissement demeurait sa priorité.

En partant deux jours avant elle afin de mettre la maison en ordre, le lanceur offrait à sa kiné un moment de répit. Il lui avait promis de poursuivre sa rééducation au complexe avec Max. Alicia profita de cette pause pour faire les boutiques, préparer ses valises et rendre visite à sa famille. L'avant-veille au soir, elle était partie dîner chez ses parents, afin de leur dire au revoir avant son départ. Aujourd'hui, elle s'apprêtait à déjeuner avec Tara, Liz et Jenna avant de sauter dans l'avion.

Tara avait insisté pour que le repas se fasse chez elle ; Alicia se demanda d'ailleurs comment elle ferait pour s'organiser avec le nourrisson.

La jeune maman se débrouilla comme un chef, en dressant une table avec trois salades composées différentes et des mini-sandwichs.

— Mais comment fais-tu pour tout gérer ? Vraiment, ça me dépasse, s'émerveilla Alicia en embrassant Tara.

— Jenna et Liz m'ont aidée.

— Ne dis à personne que j'ai aidé à faire la vinaigrette ou je t'égorge, menaça Liz en riant.

— Motus et bouche cousue, promit Alicia.

Elles s'assirent et entamèrent leur repas, pendant que Sam dormait dans le couffin installé dans le salon.

— Comment va-t-il ? demanda Alicia.

L'envie la démangeait d'aller chatouiller le bébé et de le prendre dans ses bras, mais elle savait bien qu'il fallait laisser les bébés dormir si l'on ne voulait pas se faire poursuivre par une mère à bout de nerfs armée d'un rouleau à pâtisserie.

Tara poussa un soupir.

— Il est parfait. J'ai beaucoup de chance. Sam dort bien, il mange à sa faim et il est en excellente santé. Que demander de plus ?

— Quelle chanceuse ! fit Liz. Ce petit sort tout droit de *La Petite Maison dans la prairie*, c'est à peine s'il pleure.

— Crois-moi, tu n'es pas là lorsqu'il pleure. Ses poumons sont en très bon état, j'ai eu l'occasion de le constater !

— Dans ces cas-là, tu passes le relais à Mick, pas vrai ? supposa Jenna. Dis-moi que c'est ce que tu fais.

— Évidemment, répondit Tara avec un clin d'œil. Ce ne serait pas drôle si je ne laissais pas un homme grand, beau et viril s'occuper de bébé qui pleure.

— Les cris lui fendent le cœur, c'est ça ? demanda Jenna.

— Un véritable artichaut.

— Ah, je le savais ! s'écria Jenna. Les hommes redeviennent de véritables bébés dès qu'il s'agit de… eh bien, de bébés.

— Comment va le tien, d'ailleurs ? intervint Alicia.

— Un ange, répondit la jeune femme en lançant un grain de raisin dans sa bouche.

— Regarde ses yeux, fit Liz, d'un air moqueur. Moi, j'en conclus que tout se passe bien au lit.

— Ne parle pas de sexe, se lamenta Tara. J'ai l'impression que ma dernière fois remonte au siècle dernier.

Liz lui tapota la main.

— C'est l'un des inconvénients d'avoir sorti une boule de trois kilos de ton ventre.

— Un jour, ce sera ton tour, rétorqua la jeune mère avec un regard noir.

L'autre haussa les épaules.

— Je ne veux pas y penser.

— Quoi ? Est-ce que tu es enceinte ? demanda Alicia.

— Non, pas encore. Comme je te le disais, on s'entraîne. Pas de pression. La phase d'entraînement nous convient parfaitement.

— Si tu le dis, marmonna Tara. Dès que tu seras enceinte, je veux être la première à le savoir.

Liz leva les yeux au ciel.

— Ne t'inquiète pas, tu le seras. Dès que le petit spermatozoïde de Gavin entrera dans mon ovule, tu seras tenue au courant, à toute heure du jour ou de la nuit.

— Les filles, je mange ! fit remarquer Jenna avec une grimace.

— Petite nature ! se moqua Tara en buvant une gorgée de thé glacé. Raconte-nous un peu cette histoire de Floride, Alicia. Tu as tellement de chance de fuir notre hiver interminable !

— Je suis purement et simplement jalouse, déclara Jenna.

— J'ai hâte, répondit Alicia. Mais c'est un peu angoissant puisque c'est pour le travail. La rééducation de Garrett représente une lourde responsabilité. Je dois lui faire retrouver la forme.

— D'après les photos et les vidéos que j'ai vues de lui, il m'a l'air plutôt bien « en formes », se moqua Jenna. Il est sexy, non ?

— C'est un véritable canon, confirma Liz. Je connais bien Victoria Baldwin – l'agent de Garrett – et, puisque nous sommes amies, j'ai souvent eu l'occasion de rencontrer son protégé.

— Veinarde ! grogna Jenna.

— Ne te plains pas, la reprit Tara. Je te rappelle que tu as Ty.

Jenna reprit un grain de raisin.

— C'est vrai, il me rend très heureuse. Ce qui ne m'empêche pas d'apprécier la plastique des autres hommes. Comme Garrett Scott.

— Tu as bien raison, déclara Liz. Le jour où je ne pourrai plus me rincer l'œil sous prétexte qu'un bel homme partage mon lit, la vie ne vaudra plus la peine d'être vécue.

— D'après vous, est-ce que les hommes parlent des femmes comme nous parlons d'eux ? s'amusa Tara.

— C'est évident, fit Liz. Lorsque nos mecs sont en voyage pour un match, si une poupée siliconée au décolleté plongeant et à la jupe au ras des fesses entre dans le bar de leur hôtel, croyez-moi, ils ne se priveront pas de la regarder. Ils ne la toucheront qu'avec les yeux, OK, mais il faudrait qu'ils soient aveugles pour s'en passer.

— Tu as raison. Nous aussi d'ailleurs, jusqu'au jour où on sera trop vieilles pour s'intéresser aux hommes, soupira Jenna. (Elle se tourna vers Alicia.) Et toi ? Est-ce que tu profites de ton métier pour promener tes mains sur le corps parfait de Garrett ?

Tous les regards se tournèrent vers la kiné, qui marqua une pause, sa fourchette de fruits à mi-chemin de sa bouche.

— Hum… Bien sûr que non, c'est mon patient.

Liz plissa les yeux.

— Qu'est-ce que tu veux dire ? Tu n'en profites pas pour tripoter les parties les plus intéressantes de son corps ?

— Ça ne me viendrait même pas à l'esprit.

Tara pouffa de rire.

— À ta place, ça me viendrait tout de suite à l'esprit. Chaque fois que j'aurais à faire courir mes doigts sur son épaule, je serais tentée de les amener plus bas. Comme dans son pantalon.

— Ma pauvre, tu es vraiment en manque de sexe.

Tara baissa la tête.

— Je sais, Liz. J'ai honte.

— Menteuse ! se moqua Jenna. Tu n'as pas honte du tout. Tu penses déjà au moment où mon frère rentrera et où tu pourras lui sauter dessus pour assouvir tes pulsions sexuelles… Et je n'arrive pas à croire que je viens de dire ça !

Sa belle-sœur éclata de rire.

— Tu es pardonnée. Et puis tu as parfaitement raison : ça fait trop longtemps, et je suis folle amoureuse de Mick.

Au fond d'elle, Alicia était ravie que la conversation se soit détournée d'elle et de Garrett. Qu'aurait-elle pu leur dire ? Qu'elles avaient raison et que des parties de son corps autres que son épaule captaient tout son intérêt, sans qu'elle sache quoi faire pour y remédier ?

Peut-être qu'en parler aux filles était la meilleure solution. Elles lui donneraient leur avis. Cela dit, si l'on prenait en compte le sujet de conversation à l'honneur ce jour-là, Alicia avait sa petite idée quant à l'avis de ses amies.

Il fallait tenter le tout pour le tout.

Si seulement c'était si simple !

— Donc, je vais aller en Floride rejoindre Gavin. Si tu y vas, on pourrait se voir là-bas, non ? lui demanda Liz.

— Tout à fait ! Tu vas habiter avec lui dans sa maison sur la plage ?

— Et comment ! s'exclama l'autre avec un grand sourire. Intimité et isolement : un véritable tête-à-tête. Croyez-moi, on va pas beaucoup dormir.

Jenna poussa un soupir.

— Je devrais arrêter de venir à nos réunions entre filles.

— Tais-toi, Jenna, grommela Liz. Tu adores nos conversations et tu nous adores tout court, on le sait.

— Tu as raison, je vous adore. Peut-être que je vais me mettre à vous raconter mes ébats avec Ty dans tous les détails, alors !

— Tu crois réellement que ça va nous mettre mal à l'aise ? se moqua Tara.

Jenna soupira encore.

— Non, c'est vrai. Ah, vous m'énervez !

— Attends de savoir la dernière position qu'on a essayée, Gavin et moi, renchérit Liz.

Toutes en chœur, elles éclatèrent de rire.

— J'abandonne, maugréa Jenna. Si seulement Savannah était là ! Elle n'est pas amoureuse de mon frère, elle.

— Non, elle est amoureuse du mien, rétorqua Alicia. Et leur vie sexuelle ne m'intéresse pas le moins du monde.

— Oh, viens par là ! Toi, au moins, tu me comprends.

— Tu sais que tu n'es pas à plaindre, pouffa Alicia.

Jenna fit la grimace.

— Je te déteste.

Lorsque le déjeuner toucha à sa fin, Sam se réveilla de sa sieste. S'ensuivit un concert de « Oh ! » et de « Ah ! » autour du petit garçon, qu'Alicia put porter dès que Tara eut terminé la tétée. Ce bébé était de plus en plus beau à ses yeux. Rassasié, il levait ses grands yeux vers elle ; la kiné était persuadée qu'il lui souriait. Dans un soupir, elle se tourna vers la maman.

— Il est magnifique.

La mère ne put retenir un sourire.

— Je suis d'accord avec toi. J'ai encore du mal à prendre conscience de la chance que j'ai. Ma vie avec Mick est un véritable conte de fées.

Alicia sentit les larmes monter.

— Il a beaucoup de chance aussi, tu sais. Nous sommes toutes ravies de t'avoir au sein de notre famille.

Les yeux de Tara se mouillèrent à leur tour.

— Merci.

— Bon, les filles ! intervint Liz. Si notre petite réunion se transforme en festival de larmes, je m'en vais sur-le-champ.

Jenna se leva.

— De toute manière, je dois retourner au bar. Ce n'est pas que le sentimentalisme me dérange. C'est toujours un plaisir de pleurer avec vous, les filles.

— Je dois partir aussi, dit Alicia en rendant délicatement Sam à sa mère. Je n'ai pas terminé de préparer mes valises.

Après avoir dit au revoir à Tara et l'avoir remerciée pour le repas, elle sortit avec Jenna. En arrivant à sa voiture, garée derrière celle d'Alicia, cette dernière marqua une pause.

— Au fait, lança-t-elle, tu t'es défilée au moment où on parlait de Garrett, ça ne m'a pas échappé.

Faisant mine de ne pas comprendre, la kiné fronça les sourcils.

— Pardon ?

L'autre s'adossa à sa voiture, les bras croisés.

— Je te rappelle que je suis la reine du déni. Avec Ty, j'ai perdu un temps précieux parce que je ne voyais pas ce qui était sous mon nez. As-tu, oui ou non, des sentiments pour Garrett ?

Alicia pouvait tout nier en bloc, évidemment, mais cela ne lui apporterait rien. Elle n'avait aucun secret pour sa famille. Les filles étaient les meilleures amies dont on puisse rêver pour garder un secret.

— Pour tout te dire, il se passe quelque chose entre nous. Une sorte d'alchimie indescriptible. Mais, pour moi, c'est terrifiant. Mon travail consiste à le remettre sur pied, pas à le faire grimper aux rideaux. Tu vois ce que je veux dire ?

— Oui, je vois tout à fait : tu as peur de perdre ton travail.

— Et qu'il perde le sien. Je dois le pousser à guérir de sa blessure, pas à m'enlever mon pantalon.

Jenna se mit à rire.

— Oui, mais s'il est détendu ? Et le sexe est connu pour ses vertus apaisantes. Ce ne serait pas un avantage pour sa rééducation ?

Alicia lui lança un regard noir.

— Tu ne m'aides pas, Jenna.

Avec un clin d'œil, la jeune femme ouvrit la portière de sa voiture.

— Amuse-toi bien en Floride, cousine.

Dès son arrivée en Floride, Alicia se procura une voiture de location et partit rejoindre Garrett dans sa maison de vacances. Elle dut résister à la tentation de s'arrêter au bord de la plage pour quelques heures de détente. Le climat local était à l'opposé de celui qu'elle venait de quitter : un vrai bonheur. Sur la route, elle anticipa le changement radical de température en retirant son manteau, son pull, ses chaussures et ses chaussettes, et baissa la vitre pour respirer l'air marin de la côte que longeait l'autoroute.

Elle finit par se garer devant la maison du sportif et sortit ses bagages du coffre de la voiture. Garrett apparut sur le seuil en short et débardeur, le teint déjà hâlé.

Le sourire généreux dont il la gratifia lui fit un nœud à l'estomac, qu'elle s'efforça d'ignorer.

— Vous avez fait bon voyage ?

Il lui prit ses valises et les apporta jusque devant la porte.

— Oui, merci. Vous êtes déjà bronzé.

— Vraiment ? Il faut dire que je cours sur la plage deux fois par jour depuis mon arrivée.

— Bonne idée.

Il l'invita à entrer.

— Je vais vous faire visiter.

Alicia crut se trouver au paradis. La maison, de plain-pied, était un charmant meublé aux grandes pièces ouvertes façon loft, le sol était fait de parquet et de marbre, et il y avait assez de fenêtres pour passer sa vie à les nettoyer. Le lieu était à la fois lumineux et cosy. Le climat hivernal l'avait tellement fatiguée qu'elle n'avait qu'une envie : s'allonger sur un transat de la terrasse derrière la maison et bronzer pendant un mois entier. Elle se tourna vers Garrett et s'efforça, une fois encore, d'ignorer les muscles de ses bras, de ses mollets, de… – oh, bon sang, tant de peau dévoilée, c'en était étourdissant !

Finalement, il valait peut-être mieux travailler avec lui en hiver. Cela dit, elle devait bien l'admettre, Alicia savait déjà ce qui se cachait sous les couches de tissu, en tout cas pour le haut du corps, et elle avait passé un certain temps à fantasmer sur la partie inférieure. Une chose pourtant fortement déconseillée…

Ces derniers jours, elle avait également beaucoup songé à ce baiser qu'ils avaient échangé. Et pourtant elle avait juré ses grands dieux d'éliminer à jamais ce souvenir de son esprit.

Fermement décidée à mettre un terme à ces pensées parasites, la kiné se tourna vers Garrett.

— C'est magnifique. Vous venez ici tous les ans pour l'entraînement ?

Il posa les valises au sol.

— Oui, chaque printemps. Je connais bien les propriétaires. Ce sont de grands supporteurs de base-ball, alors c'était facile de m'entendre avec eux.

— C'est pratique.

— Cette maison est parfaite pour passer les vacances. Malheureusement, il arrive que les propriétaires me jettent dehors s'ils veulent venir assister à quelques matchs au printemps.

— Aïe, c'est dommage !

Garrett éclata de rire.

— C'est leur maison de vacances, après tout. Pas la mienne.

Et elle n'était pas en vacances, songea Alicia. Elle n'était là que pour le travail. C'est pourquoi, en poursuivant sa visite des lieux, elle reporta son attention sur la salle de gym. La pièce était immense et comportait toutes les installations qu'elle avait commandées pour la rééducation de son patient.

— Belle salle de sport.

— Merci. Nous avons fait livrer tout ce dont vous aviez besoin. Les propriétaires étaient d'accord. À partir de cet été, ils prévoient de transformer l'endroit en salle de yoga ou de méditation, quelque chose comme ça.

— Parfait.

— Mais il y a un problème.

Surprise, elle lui lança un regard interrogateur.

— Ah bon, lequel ?

— La dépendance a été rasée.

La déception lui fit une boule au ventre : elle devrait dormir à l'hôtel. Dommage, elle aurait tant aimé se prélasser sur la magnifique terrasse en bois.

— Oh !

Garrett s'appuya contre le mur.

— Ouais, je n'étais pas au courant au moment de réserver la maison. Puisqu'ils ne l'utilisaient pas, Bill et Margaret – les propriétaires – ont tout simplement démonté la cabane. Ils aimeraient installer à la place un jardin bio ou un truc du genre.

Alicia croisa les bras.

— Dans ce cas, je vais me réserver une chambre d'hôtel.

Le sportif sembla hésiter.

— Écoutez, Alicia. Il y a quatre chambres dans cette maison. Vous pourriez loger dans l'une d'elles. Par exemple, il y en a une qui a sa propre salle de bains. Ça reviendrait au même que si vous aviez dormi dans la dépendance, sauf que vous êtes dans la maison au lieu d'être dans le jardin. Toutefois, si ça vous met mal à l'aise, je comprends.

Ouf, elle se sentit soulagée. Les allers et retours de l'hôtel à la maison auraient constitué un véritable problème d'organisation. La solution de Garrett lui plaisait beaucoup plus.

— Non, c'est une bonne idée. Je ne suis pas mal à l'aise du tout.

— Vous en êtes sûre ? Si vous préférez l'hôtel, je ne vous en voudrai pas.

— L'hôtel ne serait pas pratique. Surtout si vous êtes ici ; ça nous gênerait tous les deux.

Il acquiesça.

— Vous avez raison. (Il marqua une pause.) Alicia, je tiens vraiment à m'excuser.

La jeune femme savait très bien pourquoi Garrett tenait à s'excuser. Mais, s'ils voulaient tous les deux tourner la page et se concentrer sur l'épaule du sportif, il leur faudrait bien passer outre leur gêne mutuelle. Alicia décida de prendre les choses en main.

— Tout va bien, Garrett. Ne vous inquiétez pas. Et si on continuait la visite ?

De toute évidence, le jeune homme se sentit rassuré. Il récupéra les bagages de son hôte.

— Les chambres sont par là.

Après la salle de sport, il restait encore plusieurs pièces. Décidément, cette maison était immense, avec ses trois grandes chambres d'amis et la chambre principale, si belle qu'Alicia en eut le souffle coupé. Les teintes chaudes de la décoration lui plaisaient à tous les niveaux. L'immense lit, avec son cadre blanc et son ventilateur de plafond, était une invitation au sommeil et offrait une vue incroyable sur l'océan. La salle de bains attenante était, elle aussi, un vrai spectacle. Les deux murs de la cabine de douche portaient des jets d'eau, comme à l'italienne, et la baignoire appelait à prendre un bon bain moussant.

Mais il s'agissait de la chambre de Garrett.

— Vous pouvez dormir ici, si vous voulez, proposa-t-il.

Elle leva les yeux.

— Non, c'est votre maison. Votre chambre. Vous avez déjà dormi là ces dernières nuits, vous vous êtes installé.

Il rit doucement.

— Je dors n'importe où.

— La baignoire de cette salle de bains sera parfaite pour votre rééducation. Et la douche également. Moi, je ne suis qu'une employée, pas une invitée.

— Si, une invitée qui mérite la plus jolie chambre.

Elle croisa les bras.

— Je refuse de dormir dans cette chambre, c'est catégorique. En tant que médecin, j'exige que vous tiriez profit de cette superbe douche et de cette baignoire qui fait tant envie.

Garrett poussa un profond soupir.

— Vous êtes têtue.

— C'est vous qui êtes têtu. Mais, croyez-moi, lorsque je vous forcerai à détendre vos muscles dans cette salle de bains, vous m'en remercierez.

— Est-ce que vous arrivez toujours à avoir le dernier mot ?

Elle afficha un sourire fier.

— Pas toujours, mais cette fois-ci j'y compte bien.

— Je jette l'éponge.

Garrett l'installa dans l'autre grande chambre de la maison, qui possédait sa propre salle de bains. Et puis la vue sur l'océan y était aussi époustouflante. La décoration mauve pâle était charmante et donnait une sensation d'espace. Mais qui étaient donc les propriétaires de cette maison ?

Des gens riches, manifestement.

La jeune femme déballa ses affaires, enfila un corsaire et un débardeur moulant, puis rejoignit Garrett sur la terrasse.

Malgré sa blessure, il était très en forme. Il n'avait jamais arrêté ses exercices, ce qui était une bonne chose. La forme physique était primordiale pour un bon rétablissement.

Mais ce n'était pas suffisant : Garrett devait également garder espoir et se montrer positif. Alicia pourrait alors lui permettre de redevenir le battant qu'il était avant de se blesser à la coiffe des rotateurs.

Elle s'avança à côté de lui et respira la fraîcheur de l'air marin, tournée vers la maison.

Ce serait un nouveau départ. Ils retrouveraient leurs rôles respectifs et s'y tiendraient pour le bien de leurs carrières.

Du coin de l'œil, Garrett ne put ignorer la façon dont les seins de la jeune femme tendaient le tissu de son tee-shirt au rythme de sa respiration.

Il était là depuis deux jours déjà et, malgré l'organisation de son arrivée et sa mise au point avec Phil et Max, il ne pouvait nier qu'il avait pensé à elle. Le baiser qu'ils avaient échangé dans le chalet en Oklahoma ne l'avait pas quitté, et il avait rejoué la scène dans sa tête des dizaines de fois : la bouche d'Alicia qui lui avait rendu son baiser, la manière dont son corps avait réagi à ses caresses et s'était pressé contre le sien, comme si elle en demandait plus que ce que Garrett lui offrait. Dès qu'il repensait à ce jour-là, il se sentait aussitôt durcir.

Il ferait mieux de ne plus y penser.

Son intuition lui assurait qu'Alicia n'apprécierait pas d'apercevoir une érection à cet instant précis. Depuis son arrivée, elle s'évertuait à reconstruire entre eux des barrières d'indifférence, ou d'intérêt strictement professionnel. Entre elle et lui, il n'y avait rien et il n'y aurait jamais rien.

Garrett savait bien que la guérison de son épaule resterait leur souci premier. Coucher avec sa kiné – une employée des Rivers, qui plus est – serait une erreur tactique, sans compter qu'elle risquerait de perdre son poste. Garrett n'était pas un salaud, il était conscient que son travail était ce qui comptait le plus aux yeux d'Alicia et il n'avait pas l'intention de le remettre en question.

Et puis, une de perdue, dix de retrouvées. S'il voulait vraiment passer du bon temps avec une femme, il avait l'embarras du choix. Il n'aurait qu'à s'amuser de son côté et à laisser Alicia tranquille.

— Je tiens à vous préciser que Max m'a fait subir une séance de rééducation musclée ce matin.

Elle tourna enfin la tête vers lui.

— Je vous dis ça, reprit-il, au cas où vous auriez encore envie de me torturer. Vous commencez à être connue pour votre sadisme, maintenant.

Alicia esquissa un sourire.

— Je n'ai qu'une idée en tête pour le moment : aller au bord de l'océan. Nous ne reprendrons les séances que demain matin. Le décalage horaire m'a trop fatiguée pour aujourd'hui, je ne veux même pas y penser.

— Tant mieux. De mon côté, je me disais qu'on pourrait aller dîner. Ensuite, pourquoi pas se promener sur la plage ?

Le regard perdu vers l'océan, elle hocha finalement la tête.

— Je meurs de faim, et « ventre affamé n'a pas d'oreilles ». Allons manger.

— OK.

Leur ping-pong verbal avait beaucoup manqué à Garrett. Il aimait beaucoup la façon dont elle le provoquait. Elle était si jolie, il adorait ses répliques caustiques, et, bon Dieu, son parfum était… si envoûtant. Elle avait aussi une poitrine qui…

— Qu'est-ce que vous faites ?

Il cligna des yeux.

— Pardon ?

— Vous me reluquez.

— Vraiment ?

Oui, vraiment.

— Oui. Et vous feriez mieux d'arrêter.

En effet, il ferait mieux d'arrêter. Mais il n'arrêterait pas. Qu'elle soit employée par son équipe ou non, elle n'en restait pas moins une femme au corps de rêve, et elle était exactement son genre. Garrett ne pouvait pas s'empêcher de le remarquer.

— Bon. Vous aimez les pâtes et les fruits de mer ?

Alicia lui lança un regard suspicieux.

— Les pâtes, j'adore ça. Mais pas les fruits de mer : je suis végétarienne, vous avez oublié ?

Il sourit.

— Non, mais je vous testais pour voir si vous n'aviez pas changé d'avis depuis la dernière fois.

Levant les yeux au ciel, la kiné poussa un soupir.

— Vous pensez que je devrais me changer ?

Cette question lui offrait l'occasion de la regarder librement.

— Non, ce que vous portez ira très bien.

Ils montèrent tous les deux dans la voiture de location de Garrett et longèrent la plage jusqu'au centre-ville. Un restaurant sur la jetée proposait les meilleurs plats de fruits de mer qu'il ait jamais goûtés.

— Ce n'est pas un endroit chic, il est même plutôt basique, l'avertit Garrett en se garant dans la rue.

— Je me fiche du style. Ce que je veux, c'est manger.

Il était 17 heures passées, et le sportif avait si faim qu'il trouvait l'attente interminable. Il n'avait pas déjeuné, et la séance de Max lui avait fait brûler de nombreuses calories. Une telle journée sans manger, ce n'était pas supportable pour un type costaud comme lui.

Ils prirent place à une table près de la fenêtre et profitèrent ainsi des derniers rayons de soleil de la journée.

Dès que la serveuse apparut, ils se jetèrent sur les menus et parcoururent la liste de plats à une vitesse inouïe. Alicia devait avoir aussi faim que lui, car elle commanda elle aussi son plat en même temps que sa boisson.

— Comme ça, peut-être qu'ils nous serviront plus vite, expliqua la jeune femme avec espoir dès que la serveuse fut repartie avec les commandes.

— S'ils apportaient déjà du pain et de la salade, ce serait l'idéal.

Elle eut un petit rire nerveux.

— Ça me gêne un peu de devoir me jeter sur la nourriture comme ça. Mon estomac gargouille si fort que vous devez l'entendre.

— Le mien fait déjà trop de bruit, il doit le couvrir. Je suis désolé, Alicia. J'aurais dû penser au repas dès votre arrivée. On aurait pu aller tout de suite au restaurant.

— Je suis une grande fille, vous savez. Et puis cette maison au bord de la plage m'a tellement émerveillée que je n'ai même plus pensé à me nourrir. C'est toujours pareil.

— Qu'est-ce qui est toujours pareil ?

— Dès que mon attention est fixée sur quelque chose, j'en oublie de manger.

— Cela explique que vous soyez si mince.

Elle fit « oui » de la tête.

— Il y a de ça, et j'ai un métabolisme rapide. Je cours souvent, je fais du yoga – j'adore le yoga –, sans compter que ma mère est encore fine pour son âge. Ce doit être dans les gènes. J'ai beaucoup de chance.

À peine la serveuse leur apporta-t-elle les salades et le pain que tous deux se ruèrent dessus. Évidemment, la conversation s'arrêta pour un court instant. Une fois sa faim légèrement apaisée, Garrett retrouva ses qualités d'homme sociable.

Il s'enfonça dans sa chaise et observa Alicia. La jeune femme termina son assiette sans en laisser une seule feuille et accompagna le tout de trois tranches de pain.

— Vous disiez vrai. Quel appétit ! s'étonna-t-il.

Elle avala sa dernière bouchée puis termina avec un verre d'eau.

— Attendez de me voir attaquer le plat principal.

Il éclata de rire. Les femmes sans complexe étaient bien plus séduisantes à ses yeux. La confiance apportait un charme sexy. De toute évidence, Alicia assumait pleinement son corps ; en tout cas, c'est ce qu'elle laissait paraître.

Lorsque son plat de pâtes aux légumes fut servi, elle le dévora avec le même appétit, ce qui permit à Garrett d'engloutir sans retenue son crabe et son homard.

Enfin repu, il s'adossa à nouveau, s'essuya la bouche et les mains, et but une gorgée de thé glacé.

— Parlez-moi un peu de votre famille, Alicia.

La requête surprit visiblement le médecin.

— Ça relève du domaine privé, non ?

— Allez. Nous ne sommes pas des robots et nous passons nos journées ensemble. Dites-m'en plus sur vos proches.

— Mes parents sont extraordinaires. Ils s'aiment comme au premier jour et ils m'ont toujours soutenue dans ma carrière. Mon frère, Cole, est footballeur chez les Traders, et mon cousin Mick joue pour San Francisco. Il est marié, et sa femme a un grand garçon, déjà adolescent. Ils viennent d'avoir un bébé.

Pour ce qui est de Gavin, vous le connaissez, puisqu'il joue dans votre équipe.

— Une vraie famille de sportifs !

— Oui.

— C'est pratique. Est-ce qu'il vous est arrivé de tester vos exercices de kinésithérapie sur vos cousins ?

Elle esquissa un sourire en coin.

— Oui, lorsqu'ils me laissaient faire, mais c'était rare. Ils préféraient les massages. D'ailleurs, pour eux, ce métier consistait uniquement à faire des massages.

— C'était ce que je croyais aussi.

— Tant qu'on n'est pas concerné par la kinésithérapie, on ne sait pas vraiment en quoi ça consiste.

— Vous avez sans doute raison.

Garrett régla l'addition que lui apportait la serveuse. Ils quittèrent ensuite le restaurant et retournèrent à la maison.

— Et si nous faisions cette promenade que je vous proposais tout à l'heure ? demanda Garrett.

Après un instant d'hésitation, Alicia répondit :

— Avec plaisir. Ça me fera du bien après ce copieux repas. Attendez une minute, je vais chercher mon pull.

Elle revint avec un sweat-shirt à capuche.

— Je n'ai pas trouvé mon pull. Pourtant, je croyais l'avoir pris.

— Nous pourrons toujours faire du shopping, si vous voulez. Il y a un centre commercial à quelques kilomètres d'ici.

— Vous me proposez encore de faire les boutiques ?

— Je n'y tiens pas plus que ça, mais, si vous avez besoin de quelque chose, ça ne me dérange pas de vous emmener.

Elle secoua la tête.

— Je vous trouve bizarre.

Garrett lui ouvrit la porte donnant sur l'arrière de la maison, et ils descendirent jusqu'à la plage. Alicia enfila son sweat-shirt.

— « Bizarre », c'est-à-dire ?

— Les hommes n'aiment pas le shopping. Ce n'est pas dans leurs gènes.

— Je vous propose seulement de vous conduire au centre commercial, je n'ai pas dit que je ferai les boutiques moi-même.

— C'est tout de même gentil de votre part.

Tout en se promenant au bord de l'eau d'un pas nonchalant, Garrett lançait des coups d'œil discrets vers Alicia.

— Comment dois-je le prendre ? Jamais aucun homme ne vous a accompagnée pour faire du shopping ?

— Non.

Elle enfonça les mains dans la poche de son sweat-shirt.

— C'est un truc de fille, ajouta-t-elle.

— Je trouve que vous avez beaucoup d'a priori, fit remarquer le lanceur avec un rire. Dans les boutiques, vous voyez des hommes, de temps en temps, non ?

— J'imagine que oui.

— Des hommes avec des femmes ?

— Oui. Seulement, moi, je ne suis jamais allée faire les boutiques avec un homme. Sauf avec vous, bien sûr.

— Tant que vous ne m'obligez pas à vous choisir un vernis à ongles…

Elle lui lança un regard amusé.

— Hum, je n'attends pas ce genre de choses de vous.

— Dans ce cas, je viendrai, histoire de vous prouver que les hommes ne sont pas toujours plantés devant la télévision, une bière à la main.

Alicia s'arrêta de marcher et leva le menton.

— Nous ne sommes pas ici en vacances, Garrett. Nous devons nous concentrer sur votre blessure.

— Vous n'allez tout de même pas malaxer mon épaule vingt-quatre heures sur vingt-quatre.

— Non, vous avez raison. Toutefois, mettez-vous dans la tête que nous profiterons de ce séjour pour mettre les bouchées doubles.

Le ton qu'elle prit à cet instant donna des frissons à Garrett jusqu'au bas-ventre. Certes, elle devait incarner un médecin à ses yeux, mais dans son sweat-shirt trop grand et son corsaire qui moulait ses fesses rebondies il avait du mal à ne la considérer que comme sa kiné. Il s'apprêtait à passer quelques jours avec cette magnifique demoiselle, tous deux seuls dans une grande maison. Et il repensait à ce fameux baiser…

— Vous recommencez, maugréa Alicia.

— À faire quoi ?

— À me regarder.

Garrett secoua la tête.

— Maintenant, je n'ai plus le droit de vous regarder ?

— Pas avec ces yeux-là.

Sur ce, elle reprit sa promenade.

Garrett ne se priva pas du spectacle que lui offrait sa croupe sublime.

Il avait beau être son patient et elle sa kiné, il n'en restait pas moins un homme. Et elle avait vraiment des fesses à croquer, qu'il aurait un mal fou à ignorer.

Chapitre 10

Après une longue réflexion, Alicia décida que le meilleur moyen de forcer Garrett à arrêter de la regarder comme il le faisait – il faut dire que cela l'enflammait de désir des pieds à la tête – était de se pencher sur sa rééducation le plus tôt possible.

Il semblait avoir oublié combien la thérapie pouvait être rude. Combien Alicia pouvait être rude. Une piqûre de rappel devrait mettre définitivement un terme à ses regards brûlants.

En se faisant détester par Garrett, Alicia parviendrait à se faire voir comme une sorte de démon, et c'était là une chose indispensable : elle appréciait un peu trop les œillades de son patient.

Après leur promenade, la veille au soir, elle était rentrée dans sa chambre afin de terminer son programme thérapeutique. Au bout d'un moment, elle s'était endormie sur ses papiers, encore habillée, et s'était réveillée ce matin en travers du lit. Au réveil, elle avait mis quelques minutes à retrouver ses esprits et à savoir où elle était.

Sans doute le résultat d'un lit confortable combiné au décalage horaire.

Elle prit une douche, s'habilla et se rendit à la cuisine pour faire du café. Tout en regardant le liquide couler, elle tapota le comptoir du bout des ongles et respira cette délicieuse odeur. Sa tasse enfin dans les mains, elle but une première gorgée avec un soupir de plaisir.

— C'est bon ?

Elle leva les yeux. Garrett était là, appuyé contre le mur.

À voir son survêtement, son tee-shirt sans manches et ses baskets, il revenait d'un footing ; il était en sueur, et ses cheveux encore humides bouclaient sur sa nuque. Elle sentit son estomac se nouer en posant les yeux sur les muscles de ses bras.

Jusque-là, elle avait pu gérer la situation parce qu'elle ne le voyait qu'au complexe, mais vivre avec lui et passer chaque minute de chaque jour en sa compagnie, c'était une tout autre histoire.

L'envie la prit de lui demander de s'en aller, mais elle n'avait aucune raison valable, si ce n'est celle de le trouver sexy au-delà de la limite du raisonnable.

— Oui, c'est très bon. Je vous en sers une tasse ?

— Ce dont j'ai très envie, c'est d'un verre de jus d'orange.

— Je vous en sers un.

L'occasion était parfaite pour lui tourner le dos un instant, le temps de sortir un verre et de le remplir.

— Merci.

L'instant de répit fut de courte durée : Garrett était juste derrière elle, si proche qu'elle sentait presque les vibrations de son corps arriver jusqu'à elle.

Alicia sentait, respirait profondément son odeur, le parfum musqué d'un homme après l'effort, qui était loin de la repousser, bien au contraire. Elle opérait une alchimie sexuelle qui empêchait presque la jeune femme de lever les yeux vers lui.

La kiné n'était pas du genre à se défiler, mais Garrett Scott était au cœur de son travail. Si elle levait les yeux vers lui, ce serait comme scier la branche professionnelle sur laquelle elle était assise. En tant que médecin de moindre importance dans l'équipe des Rivers, elle devait faire ses preuves. Or, se laisser séduire par son patient serait la preuve de son incompétence.

Elle s'écarta du comptoir.

— Je pensais préparer une omelette pour le petit déjeuner, dit-il. Vous êtes végétarienne, mais est-ce que vous mangez des œufs ?

Elle se força à se retourner.

— Oui. Voulez-vous que je m'en occupe ?

Garrett laissa échapper un rire.

— Non, je m'apprêtais à cuisiner moi-même. À moins que ça ne vous dérange.

— Hum, ça ne me dérange pas, non.

— Tant mieux, fit-il en reposant son verre dans l'évier avant de sortir une poêle du comptoir. Je vais me faire cuire du bacon, j'espère que vous ne le prendrez pas mal.

Sa remarque fit sourire Alicia.

— Si vous ne me forcez pas à en manger, je m'abstiendrai de crier au scandale. Promis.

— C'est noté. Allez travailler, je m'occupe de tout.

— Comment est-ce que vous saurez ce dont j'ai envie ?

— Je vous fais des œufs. J'y ajouterai des légumes. Et puis, à côté, vous aurez des fruits coupés en tranches. Vous voudrez du yaourt ?

Elle soupira. Cet homme frôlait la perfection. C'était définitif : elle devait garder ses distances avec lui.

— Oui. Tout me paraît parfait, mais je peux vous aider quand même.

— Je contrôle la situation, Alicia.

Il l'avait convaincue ; elle partit donc dans sa chambre récupérer sa tablette et revint travailler sur la table de la cuisine. Pourtant décidée à avancer sur son programme thérapeutique, elle eut du mal à se concentrer alors que Garrett s'affairait autour d'elle. Un homme aussi sexy dans une cuisine ? C'en était presque insoutenable. Il cassait des œufs, découpait des fruits, et elle le trouvait plus appétissant que le bacon sur le feu – ce dernier dégageait d'ailleurs une délicieuse odeur, bien qu'Alicia soit végétarienne. Elle regretta presque d'avoir abandonné la viande cinq ans plus tôt.

Au bout d'un moment, elle n'en put plus de ne rien faire et se leva, remplit deux verres de jus de fruits et mit la table. Le petit déjeuner était prêt, et Garrett remplit les assiettes.

Ils s'installèrent et se mirent à manger. L'omelette était divine.

— Vous êtes doué pour la cuisine.

Il secoua un morceau de bacon au bout de sa fourchette.

— Vous serez surprise de découvrir ce dont un homme est capable lorsqu'il est forcé de se débrouiller tout seul.

— Triste vie, n'est-ce pas ?

— Oui, vous devriez me plaindre.

— Bientôt, vous m'avouerez que vous étiez à la rue et que vous deviez fouiller dans les poubelles pour vous nourrir. Vous me direz que vous n'avez survécu que grâce au système D et que c'est en vous révélant prodige du base-ball que vous avez décroché une bourse d'études. C'est bien ça ?

— Ah, vous avez lu l'article du *Time Magazine* sur moi. Et moi qui pensais vous impressionner en vous racontant mon parcours ! Vous avez tout gâché.

— Ah, ah ! Soyons sérieux une minute, proposa Alicia. Parlez-moi un peu de votre famille. Je suis sûre que vos parents vous ont élevé dans l'amour et que votre enfance est aussi barbante que la mienne.

Avec un rire, Garrett engloutit une fourchette d'omelette puis de longues gorgées de jus d'orange.

— Ouais, c'est tout à fait ça, répondit-il finalement. Il ne s'est pas passé grand-chose.

— Je suis profondément déçue.

— Oui, je vois que vous avez la larme à l'œil, répliqua le lanceur avec un petit rire.

— Si je comprends bien, vous avez connu une enfance heureuse avec deux parents amoureux comme au premier jour. Sans aucun scandale à l'horizon.

Il mordit dans une tranche de melon.

— C'est tout à fait moi. L'ennui incarné.

Après avoir achevé son assiette, elle la poussa de côté.

— Ce n'est pas ce que j'ai lu. On dit que vous aimez faire la fête, que les femmes tombent à vos pieds et rêvent de porter votre enfant, mais que vous restez un célibataire obstiné, voire endurci. Malgré votre popularité auprès de la gent féminine, vous n'avez connu aucune relation sérieuse alors que vous allez avoir trente ans.

— Bientôt la retraite, je sais. Autant me pendre tout de suite.

— D'habitude, poursuivit Alicia, les sportifs dans votre genre se pavanent au bras d'une célèbre actrice ou d'un mannequin.

— Pourtant, me voilà seul et sans attaches.

— Vous êtes peut-être gay.

Il leva un sourcil et la fit fondre d'un seul regard.

— Donnez-moi une heure dans votre lit, et je vous prouverai que cette théorie ne tient pas.

Le corps entier de la jeune femme s'embrasa. Elle était consciente que ce n'était pas correct de le provoquer comme ça, mais leur conversation était si amusante et si facile… Vu la manière dont Garrett la titillait, elle ne résistait pas à l'envie de répondre. Tant pis pour les barrières qu'elle s'était évertuée à dresser. Ce seul commentaire avait suffi à annihiler en un instant la distance professionnelle qui les séparait.

La façon dont il avait prononcé ces mots, tout en plongeant le regard dans le sien avec un air de défi, emplissait l'esprit d'Alicia d'images sensuelles de ce qu'il pourrait lui faire pendant cette heure dans son lit.

Elle se rendit compte à cet instant de l'interminable désert sexuel qu'elle traversait. Entre la fin de ses études, l'obtention de son diplôme, les stages et son travail, le sexe était passé au second plan. Ainsi, il n'était pas surprenant que son corps – et son esprit – réclame les caresses du premier bel homme avec qui elle se retrouvait enfermée. Ces dernières semaines, Alicia et Garrett avaient passé beaucoup de temps ensemble, et leur relation tournait autour du corps d'athlète du patient. L'attirance physique était donc une étape toute naturelle de leur relation.

Dommage que son travail lui interdise de toucher à l'homme en question et à ses muscles magnifiques.

— Alors ?

Elle redescendit sur terre et s'aperçut qu'il avait toujours son regard de prédateur posé sur elle.

Clignant des yeux plusieurs fois, elle s'évertua à chasser les pensées lubriques qu'il venait de lui inspirer.

— Alors quoi ?

— Vous voulez que je vous prouve mon hétérosexualité, oui ou non ?

— Hum, non. Bien sûr que non.

Garrett éclata de rire.

— Je le savais. Il ne vous reste plus qu'à me croire sur parole.

Elle le croyait déjà : il l'avait déjà prouvé en l'embrassant passionnément. Le souvenir de sa virilité restait profondément imprégné dans sa chair.

Garrett se leva et débarrassa la table. Encore troublée par ses pensées, Alicia l'aida avec les assiettes puis l'écarta de son chemin pour faire la vaisselle.

— Vous avez cuisiné, je m'occupe de nettoyer.

— C'est d'accord. De toute manière, j'ai besoin de prendre une douche.

Lorsqu'il quitta enfin la pièce, elle poussa un soupir de soulagement. Son absence permettrait peut-être à son pouls de ralentir la cadence. En revanche, cela ne changerait rien à la tension qu'elle ressentait au bout de ses seins et dans son bas-ventre. Ce soir, dans sa chambre, elle remédierait aux besoins de son intimité ainsi provoqués.

Garrett lui prêterait peut-être sa douche aux jets massants. Un seul de ces jets dirigé vers son sexe, et elle était certaine d'atteindre l'orgasme en un clin d'œil.

Là encore, la vision de Garrett nu sous la douche se mit à l'obséder. Elle se voyait le rejoindre sous le jet d'eau, glisser une main autour de son membre et le masser doucement tout en s'élevant elle-même jusqu'à l'extase.

Alicia était prête à parier que son sexe, comme le reste de son corps, était imposant et que Garrett savait précisément s'en servir. Tout en passant les mains sous l'eau chaude pour y rincer une assiette, elle laissa ses pensées vagabonder jusqu'à se demander comment réagirait le membre du lanceur tandis que l'eau ruissellerait sur leurs deux corps enlacés.

Les mains du jeune homme empoigneraient ses fesses pour la coller contre son érection. Elle écarterait alors les jambes pour le laisser explorer sa féminité, et il la plaquerait contre le mur de la douche.

Leurs ébats seraient à la fois intenses et exaltants. Elle serait consumée de désir et emportée par le plaisir.

Son intimité se crispa de manque et d'envie ; Alicia se rapprocha du comptoir de la cuisine, au bord de l'implosion. Il aurait suffi d'une légère caresse pour qu'elle se libère de son désir… Mais elle avait les mains mouillées, et Garrett pouvait sortir de la douche à tout moment. Elle refusait de prendre un tel risque. Seule dans la maison, elle n'aurait pas hésité une seconde. Elle aurait glissé sa main humide dans son short et aurait rapidement remédié au problème. Dans l'état dans lequel elle se trouvait, atteindre l'orgasme aurait été un jeu d'enfant.

En terminant rapidement la vaisselle, elle aurait sans doute le temps de se précipiter dans sa chambre et de s'enfermer à double tour une minute ou deux. Puis elle en profiterait pour se pencher sur la rééducation de son patient au lieu de fantasmer sur son imposant…

— Je me sens beaucoup mieux.

Alicia fit volte-face, renversant de l'eau par terre au passage.

— Quoi ? Je fais seulement la vaisselle.

Le sourire aux lèvres, il entra dans la cuisine.

— Je vois ça. Puis-je vous aider ?

— Non, il ne me reste plus qu'une poêle.

Pourquoi rougissait-elle ainsi ? Garrett ne devinerait jamais les fantasmes qu'il venait de lui inspirer, elle pouvait donc se détendre. La kiné termina la vaisselle et se sécha les mains.

— Je vais… hum… me brosser les dents. Je reviens tout de suite.

Il leva les yeux, tranquillement assis sur le canapé.

— D'accord.

Alicia remonta rapidement le couloir et s'enferma dans sa chambre.

Deux minutes. C'était tout ce dont elle aurait besoin pour se soulager de cette tension. Une fois détendue, elle pourrait cesser de penser à lui et redevenir la jeune femme calme et raisonnable qu'elle était, au lieu de cette hystérique au bord de la nymphomanie.

Reprenant doucement sa respiration, elle s'allongea sur le lit et passa les mains dans son short.

Elle était encore brûlante de désir, et le seul toucher de ses doigts sur son sexe déclencha un spasme dans ses hanches. Malgré la distance qui séparait la chambre du salon, où se trouvait Garrett, elle étouffa ses gémissements. Il n'entendrait sans doute pas un seul cri, mais il pouvait très bien quitter le salon, et Alicia préféra garder le silence en promenant le bout de ses doigts sur sa peau sensible. Les paupières closes, elle s'imagina Garrett la poussant contre le comptoir de la cuisine, lui retirant son short, puis plaquant ses lèvres sur son sexe brûlant.

— Oui, murmura-t-elle tout bas. Oui, juste là.

La bouche de cet homme était divine, et elle rêvait d'en jouir ainsi pleinement. Tout en se caressant, elle se mordit la lèvre et se sentit approcher de la frontière de l'extase, les talons plantés dans le matelas. Elle ralentit pourtant le rythme, juste quelques secondes, pour savourer son fantasme : Garrett enfonçant deux doigts en elle tout en faisant courir sa langue contre son clitoris. Et, lorsqu'elle inséra ses doigts dans son sexe, elle ne put retenir un gémissement. Elle laissa échapper un autre cri de délice quand elle atteignit l'orgasme, sa main profondément enfoncée en elle, sa paume frottant contre son clitoris.

Les vagues de plaisir repartirent doucement, et elle resta un instant allongée, le souffle encore court.

Ses pulsions étaient assouvies, mais pas son désir, pas ce besoin vital de sentir le corps de Garrett.

Et merde ! Garrett regrettait déjà d'être revenu à sa chambre. S'il était resté au salon, il ne serait pas passé dans le couloir, devant la porte de la chambre d'Alicia ; ainsi, il n'aurait pas entendu le gémissement qu'elle avait clairement poussé, et il n'aurait pas deviné qu'elle se masturbait.

En une poignée de secondes, son sexe s'était durci comme la pierre. Et, comme un fichu voyeur, au lieu de lui céder un instant d'intimité, il avait collé son oreille à la porte pour en entendre plus. Ainsi, il avait perçu ses soupirs, ses murmures et ses halètements pendant l'orgasme.

Jamais de sa vie il n'avait entendu une scène aussi délicieuse ni aussi excitante. Dès qu'il y eut des signes de mouvements, il se précipita dans le salon et constata qu'il aurait mieux fait de se rendre dans sa propre chambre pour soulager son érection. S'il ne voulait pas la croiser dans le couloir avec une bosse bien visible dans le pantalon, il ferait mieux de réagir vite. Alicia n'était pas idiote ; elle comprendrait très vite qu'il avait tout entendu.

Il était donc là, coincé dans le salon, avec un oreiller sur les genoux, et se sentait parfaitement idiot.

Ce n'était jamais bon d'écouter aux portes.

La meilleure solution était de respirer profondément en réfléchissant à des choses négatives ; la rééducation, par exemple. Et l'éventualité de ne plus jamais pouvoir lancer une balle. D'abandonner son équipe et ses fans.

Effectivement, ces tristes pensées réduisirent ses idées sensuelles à néant.

Alicia sortit de sa chambre, l'air aussi innocent que possible. Mais Garrett avait connu de nombreuses femmes et il leur avait procuré de nombreux orgasmes. Les joues roses et le regard fuyant de la jeune femme ne pouvaient pas le tromper.

— Désolée, marmonna-t-elle en regardant ailleurs. J'ai profité d'être dans ma chambre pour finir de déballer mes affaires.

L'amertume grandit peu à peu en lui face à son attitude rayonnante, qui semblait lui crier : « Je viens de jouir et pas toi. »

— J'espère que la chambre vous a inspirée.

Elle inclina la tête sur le côté.

— Pardon ?

— Je veux dire… J'espère que la chambre vous plaît. Est-ce que les placards sont assez grands ?

— Oh oui, elle est vraiment plaisante.

En effet, Alicia semblait y avoir pris du plaisir.

Elle posa les poings sur les hanches.

— Bon, vous êtes prêt ?

Garrett serra le coussin contre lui.

— Laissez-moi respirer quelques minutes.

Les sourcils froncés, elle vint s'asseoir à côté de lui.

— Vous avez mal ?

Si elle savait !

— Non. Je voudrais simplement attendre de digérer mon omelette. Ça vous dirait d'aller marcher un peu ?

— Excellente idée. Ce sera une manière de vous échauffer. Je vais mettre mes chaussures.

Aux yeux de Garrett, pas besoin de s'échauffer : il était déjà brûlant. S'il n'arrivait pas à arrêter de penser au sexe, il n'était pas près de quitter ce canapé.

Heureusement, lorsque la jeune femme fut de retour, il était parvenu à reprendre le contrôle de son corps et de son imagination débordante.

— Prêt pour la promenade ?

Garrett était prêt pour une dizaine d'autres activités, et elles impliquaient toutes de voir Alicia nue dans ses bras. Mais aucune ne se réaliserait dans l'immédiat, et il ferait mieux de se vider l'esprit de ce type de fantasmes. Et puis il n'avait pas envie de se battre avec une nouvelle érection.

— Oui, allons-y.

Chapitre 11

Après la séance de rééducation, Alicia s'était installée à la table pour travailler ses notes pendant que Garrett regardait un film, assis dans le canapé. En réalité, il ne tenait pas en place : il s'était levé plusieurs fois pour se servir à boire ou grignoter quelque chose. Pour le déjeuner, ils s'étaient préparé des sandwichs, mais Alicia restait tout de même à table afin d'avancer sur son programme.

— Allons dîner dehors, suggéra Garrett.

En levant les yeux de sa liseuse, la kiné s'aperçut que le soleil commençait effectivement à se coucher.

— Bonne idée.

— J'ai besoin de prendre l'air.

Elle reposa sa liseuse sur la table.

— Où voulez-vous aller ?

— Vous aimez la cuisine italienne ?

Le médecin pouffa.

— Je suis à moitié italienne, donc j'adore.

— Tant mieux. Enfilez une robe : après, il se pourrait qu'on sorte en boîte.

Un silence.

— Hum…, fit Alicia.

— Quoi ?

— Vous êtes sûr que c'est une bonne idée de sortir tous les deux ?

Garrett eut un petit rire.

— Et pourquoi pas ?

— Parce que je travaille pour l'équipe.

Tout de même, il devait bien être conscient des limites à ne pas franchir.

— Et alors ? Moi aussi, je travaille pour l'équipe.

— Exactement. Et cette équipe est en ville, je vous le rappelle.

Il fronça les sourcils.

— Où voulez-vous en venir ? Si nous passons du temps ensemble en dehors de ma rééducation, est-ce que cela implique forcément un conflit d'intérêts ?

— Oui, on risque de le prendre comme ça.

Il s'approcha d'elle.

— Vous seriez mal à l'aise à l'idée de sortir avec moi ? Si vous préférez rester seule, nous pouvons toujours dîner séparément : moi en ville et vous ici, ou ailleurs.

Avant de poursuivre, il s'appuya contre la table.

— Je ne vous ai même pas demandé si vous aviez quelqu'un, un homme qui n'apprécierait pas de me voir rôder dans les parages. Est-ce que c'est pour ça que vous m'avez repoussé, l'autre jour, à Oklahoma City ?

— Non ! lâcha-t-elle en écarquillant les yeux. Non, ça n'a rien à voir, je n'ai pas de petit ami. Je n'ai personne. Seulement, je ne voulais pas mettre en péril nos carrières respectives.

Sa réponse sembla détendre le sportif.

— D'accord. Écoutez, nous allons passer tout notre temps ensemble jusqu'à notre départ de Floride. Donc, si on dîne ensemble, c'est normal. Ensuite, je voulais en profiter pour décompresser un peu et je me suis dit que vous seriez partante pour sortir un peu de cette maison. Mais je ne vous force à rien. Si vous n'avez pas envie, je vous ramènerai ici avant d'aller en boîte. Ça vous va ?

— Tout à fait.

Elle partit se changer dans sa chambre. Leur conversation avait été troublante, mais elle ne pouvait s'en prendre qu'à elle-même. Garrett ne voyait aucun mal à passer du temps avec elle. Pour lui, elle pouvait aussi bien être l'un de ses potes, rien de plus.

Mais en talons hauts.

Elle enfila une robe en coton à manches courtes et une paire de sandales compensées, puis féminisa son apparence avec une touche de maquillage et releva ses cheveux avec une pince de chaque côté, laissant tomber des mèches bouclées autour de son visage. Pour un ensemble glamour, elle ajouta un bracelet et des boucles d'oreilles, et se demanda aussitôt pourquoi elle tenait tant à être ainsi : glamour. Serait-ce justement pour que Garrett ne la voie pas comme l'un de ses potes ?

Attention, terrain glissant, Alicia.

Ignorant cette petite voix qui lui trottait dans la tête, la jeune femme quitta sa chambre pour rejoindre Garrett sur la terrasse, derrière la maison. Il s'était également changé et portait un jean délavé et une chemise à manches longues. Malgré cette tenue décontractée, il était particulièrement séduisant. Alicia s'efforça de reprendre une respiration normale et de le considérer, pour le coup, tel un pote, rien de plus.

Un pote vraiment sexy, qu'elle ne toucherait que pendant les séances de rééducation.

— C'est quand vous voulez.

Lorsqu'il se retourna, le regard admiratif qu'il lui lança ne put échapper à la jeune femme, qui en trembla de la tête aux pieds.

— Vous êtes très élégante, lui avoua-t-il en l'observant à nouveau d'un bref coup d'œil.

Quoique, pas si bref que cela.

— Merci, vous aussi.

— Ce n'est qu'un jean et une chemise, corrigea-t-il en riant.

Alicia baissa les yeux sur sa propre tenue.

— Ce n'est qu'une robe, rétorqua-t-elle.

— Les femmes sont plus élégantes.

— Oh, je n'en suis pas si sûre ! Cela dit, je suis plus apte à apprécier l'élégance d'un homme que celle d'une autre femme.

— C'est bon à savoir.

Après qu'elle eut récupéré un châle, ils montèrent en voiture. Garrett prit l'autoroute qui longeait la plage. Elle voulut admirer la vue, mais il faisait déjà nuit.

— Dommage qu'il fasse déjà si sombre, se désola-t-elle.

— Pourquoi ?

— J'aurais aimé voir l'océan.

— Notre séjour est loin d'être terminé. Je vous ferai faire une promenade en voiture le long des plages.

Son regard quitta l'horizon pour se poser sur Garrett.

— Avec plaisir ! J'aime tellement l'océan.

— Moi aussi. J'adore les vacances à la plage.

— C'est ce que je préfère aussi. Ce doit être parce que je vis loin des côtes.

— Il y a une rivière à Saint-Louis.

Elle émit un petit rire.

— Vous ne me ferez pas mettre un orteil dans cette rivière. Pour moi, les vacances sont synonymes de chaleur, d'océan bleu à perte de vue et de sable chaud.

— Vous avez déjà visité les Caraïbes ?

— Je n'ai jamais quitté les États-Unis.

Il leva soudain les yeux au ciel.

— Vous êtes sérieuse ?

— Oui.

— Il va falloir régler ce problème. Il y a tant de belles choses à voir.

— J'ai toujours voulu partir, mais mes études puis mon travail m'ont pris trop de temps.

— Vous êtes déjà allée à Hawaii ?

— Non plus. Mais je suis ici, en Floride, et c'est génial.

Garrett fronça les sourcils.

— Vous l'avez dit vous-même : ce ne sont pas des vacances.

Elle laissa échapper un léger soupir de satisfaction.

— Il y a la plage et l'océan, ça s'en rapproche assez pour moi.

Tournant au coin de la rue, le sportif rejoignit le parking du restaurant. Un voiturier prit le relais, et ils entrèrent dans l'établissement.

C'était un joli restaurant. L'ambiance y était chaleureuse, et l'endroit sentait bon le pain chaud. *Miam !* Alicia sentit son estomac gargouiller de plaisir anticipé.

Le menu était si alléchant qu'elle mit du temps à s'arrêter sur un plat.

— Vous prendrez du vin ?

Elle leva les yeux : Garrett lisait la carte des vins.

— Oui, avec plaisir.

Il lui tendit la carte.

— Je ne suis pas connaisseur, je vous laisse choisir.

— Merci.

D'un rapide coup d'œil, elle parcourut les différentes appellations et, lorsque le serveur s'approcha, elle commanda une bouteille de chianti.

— C'est un bon vin ? s'enquit le sportif.

— Je perpétue la tradition. Depuis toute petite, j'accompagne mes pâtes avec du chianti.

Garrett parut surpris.

— Depuis toute petite ?

Avec un rire, elle s'expliqua :

— Certaines familles italiennes servent du vin aux enfants, mais en très petites quantités et mélangé à de la limonade. Ma mère est attachée à ses origines italiennes, elle m'a fait goûter au vin très tôt.

— Intéressant. Je suis sûr que j'aimerais beaucoup votre mère.

Elle sourit.

— En tout cas, elle vous adorerait.

— Pourquoi ça ?

— Premièrement, parce que vous êtes sportif. Elle adore les grands hommes costauds. En particulier s'ils ont de l'appétit, comme mon frère, Cole. Si je ne m'abuse, vous mangez plutôt bien. Ma mère apprécierait.

— Me voilà percé à jour. Pourtant, on se connaît mal.

— Nos séances ont suffi à me faire comprendre que vous étiez un gros mangeur. Vous réclamez souvent une pause pour grignoter. À moins que ce ne soit une excuse pour vous épargner les exercices ?

Dès que le serveur posa la corbeille à pain sur la table, Garrett attrapa une tranche.

— Non, ce n'est pas une excuse. J'ai toujours faim.

Elle éclata de rire.

On leur servit les plats, et Alicia sirota le vin, qu'elle trouva délicieux.

— Maintenant qu'il est clair que vous êtes enfermée sur ce continent depuis toujours, faites-moi la liste de vos destinations de rêve, réclama Garrett tandis qu'ils entamaient la salade.

Elle leva les yeux.

— L'Italie arrive en tête. Mes grands-parents maternels étaient siciliens. J'aimerais beaucoup aller en Sicile un jour.

— L'Italie est un très beau pays.

— Vous y êtes déjà allé ?

— Oui, à Rome et à Milan. Deux villes magnifiques.

— Je suis verte de jalousie ! À part l'Italie, qu'est-ce que vous avez visité ?

Garrett secoua la tête.

— Vous n'avez pas terminé votre liste.

— Oh, très bien !

Tout en réfléchissant, elle s'essuya les lèvres avec un coin de serviette.

— L'Angleterre, reprit-elle, la France, l'Écosse, l'Irlande, les îles des Caraïbes et Hawaii – même si ça fait partie des États-Unis. Je n'ai jamais visité aucune île.

— Je suis allé sur une des îles d'Hawaii, mais jamais sur la plus grande. Il paraît que c'est sublime.

— Dites-moi où vous êtes allé.

— J'ai un peu voyagé.

D'un mouvement de fourchette, elle lui intima d'être plus précis.

— J'ai visité quelques villes d'Europe, et Hawaii, marmonna-t-il en haussant les épaules.

Tout en mâchant, elle lui lança un regard suspicieux.

— Vous minimisez vos voyages pour éviter de me rendre triste, c'est ça ?

Avec un sourire, il porta le verre de vin à ses lèvres.

— C'est possible.

— Eh bien, arrêtez. Je suis très heureuse de la vie que je mène.

— Bon, très bien. Hors saison, j'aime beaucoup voyager. J'ai vu l'Angleterre, le Portugal, l'Italie et la France, certains pays d'Amérique du Sud et quelques îles des Caraïbes. Il y a aussi Hawaii…

Garrett lui fit le récit de ses voyages, et Alicia écouta d'une oreille attentive. Elle était surprise de constater qu'il discutait naturellement et sans manières. D'autres sportifs avaient tendance à étaler leurs expériences, leurs prouesses et leurs statistiques, mais pas lui. Il semblait se sentir parfaitement à l'aise.

— Vous aimez les voyages.

Garrett sourit.

— Oui, j'aime rencontrer d'autres gens. C'est fou ce qu'on apprend en croisant d'autres cultures.

— Sans oublier d'où on vient.

— Je me sens bien chez moi, aussi.

— De quel État êtes-vous originaire ?

— Du Nevada. Les jeux d'argent, tout ça.

Alicia se mit à rire.

— Vous venez de Las Vegas ?

— Par là, oui.

— Votre famille y vit toujours ?

— La moitié. Mon père habite encore là-bas.

À peine eut-il prononcé ces mots qu'il se figea, le verre à mi-chemin vers sa bouche. Il lui cachait quelque chose.

— Attendez une minute, s'assombrit la kiné. Et votre mère ? Je croyais que vos parents vivaient encore ensemble.

Garrett reposa son verre sur la table en affichant un air innocent.

— Qui vous a dit ça ?

— Vous.

— Ah !

— Garrett ?

— Je ne me souviens pas de cette conversation.

— Pourtant, c'est bien ce que vous m'avez fait comprendre : je vous ai parlé de ma famille parce que vous étiez curieux d'en savoir plus, puis, lorsque je vous ai retourné la question, vous m'avez laissée penser que votre famille ressemblait à la mienne.

Il ne répondit pas et attrapa simplement un morceau de pain qu'il tartina de beurre.

— Maintenant que j'y pense, reprit Alicia, vous n'êtes jamais entré dans les détails.

Le regard baissé, son patient déchiquetait son bout de pain pour en laisser tomber les miettes sur son assiette.

— Au temps pour moi, marmonna-t-il sans lever les yeux. Mes parents ont divorcé lorsque j'avais dix-huit ans.

— Je suis désolée.

Il haussa les épaules.

— Ce n'est rien. Ils se disputaient sans arrêt, c'était la meilleure solution. Les tensions sont retombées depuis le divorce.

Le sujet semblait l'avoir beaucoup affecté, et pourtant il en parlait comme d'une banalité.

— Ça n'a pas dû être facile pour vous.

— C'est fini, tout ça.

Elle posa la main sur la sienne.

— Racontez-moi.

Voir cet homme encore bouleversé par le divorce de ses parents lui serra le cœur.

— Il n'y a rien de plus à en dire. Cela faisait longtemps que leur couple battait de l'aile.

Encore une fois, il baissa les yeux sur son verre de chianti, comme s'il espérait y trouver une réponse aux problèmes de l'existence. Elle lui serra doucement la main.

— Garrett, parlez-moi.

Il leva enfin la tête.

— Pas facile de faire des études et du base-ball alors que c'était un vrai bordel à la maison, mais j'ai fini par m'en sortir. Ils m'ont beaucoup encouragé. Ils ne voulaient pas que tout s'arrête pour moi juste parce que leur mariage était fini.

Alicia poussa son assiette sur le côté et but une gorgée de vin.

— Pourtant, vous avez dû en souffrir.

— À dix-huit ans, je n'étais plus un enfant, vous savez.

— Si, à cet âge, on est encore un enfant. Et puis, enfant ou non, ce n'est jamais facile de voir le mariage de ses parents s'effondrer.

Par-dessus son verre, Garrett l'observa un instant.

— J'ai survécu, ça va.

— Ça devait être vraiment une période traumatisante de votre existence. Pourquoi tenez-vous tant à en minimiser l'impact ?

D'abord silencieux, il prit la bouteille de vin et resservit la jeune femme avant de lui répondre.

— Je n'ai pas envie de ressasser tout ça. C'était une mauvaise période, j'en voulais à mes parents de se séparer et je voulais qu'ils se remettent ensemble, fin de l'histoire.

Elle comprenait mieux, à présent.

— Les parents de ma meilleure amie ont divorcé lorsqu'elle avait seize ans, raconta-t-elle. Elle était au fond du gouffre. Casey s'inquiétait de les voir se disputer constamment, mais le divorce ne lui était jamais venu à l'esprit. Quand ils ont pris cette décision, elle était sous le choc. J'ai été bouleversée de la voir dans un tel état.

— Ouais. Même si j'étais pris par mes études, en rentrant chez mes parents le week-end je voyais mon enfance voler en éclats, comme si elle n'avait plus d'importance…

Pour la jeune femme, ce n'était pas envisageable d'imaginer l'amour des deux personnes qui comptaient le plus au monde s'effondrer sous son nez. C'était suffisamment difficile étant enfant, ce devait l'être d'autant plus avec la maturité d'un adulte. Elle reposa sa main sur celle de Garrett.

— Pardonnez-moi.

Le sportif posa les yeux sur cette main, puis sur le visage d'Alicia.

— C'était il y a longtemps, ne vous inquiétez pas.

— Peut-être, mais vous ne vouliez pas aborder le sujet, et je vous ai forcé la main. Je suis désolée.

Garrett émit un petit rire.

— Mes parents ne sont pas morts, vous savez. Si on me pose des questions il faut bien que j'en parle.

— Changeons de sujet.

Elle voulut retirer sa main, mais il la retint.

— Non, parlons-en.

Malgré ses premières réticences, il devait avoir besoin de se libérer d'un poids.

— Vous m'avez dit que votre père vivait encore à Las Vegas. Et votre mère ?

— Elle est retournée en Californie du Sud, où vivent mes grands-parents.

— Ah, ce doit être bon pour elle de retrouver sa famille.

— Oui. Je leur rends visite hors saison et quand on fait des matchs en Californie.

— Et votre père ?

Il haussa les épaules.

— Je le vois moins souvent.

Il y avait anguille sous roche. Pouvait-elle le questionner ? Après tout, ils étaient arrivés jusque-là. Garrett pouvait toujours lui dire de se mêler de ses affaires s'il ne voulait pas répondre.

— Pourquoi le voyez-vous moins souvent ?

Les yeux rivés sur son verre de vin, il attendit un moment avant de balbutier :

— Il a trompé ma mère.

Laissant ses paupières se fermer, Alicia regretta d'avoir posé la question ; lorsqu'elle rouvrit les yeux, Garrett l'observait.

— Oh, bon sang ! Je suis désolée.

— Vous n'y êtes pour rien. Tout est la faute de mon père.

Voilà pourquoi il n'avait pas tenu à changer de sujet. La jeune femme se demanda s'il lui arrivait de trouver une oreille pour se confier. Après avoir bu une nouvelle gorgée de vin, elle se pencha légèrement en avant et se sentit soulagée de l'intimité que leur apportait l'ambiance chaleureuse de ce restaurant, où les voix ne portaient pas et où le bruit était juste assez constant pour leur permettre de parler sans craindre d'être entendus.

— Est-ce que vous en voulez encore à votre père d'avoir brisé son mariage ? demanda-t-elle.

Le lanceur faisait tout pour ne pas croiser son regard.

— De l'eau a coulé sous les ponts, ils ont tous les deux refait leur vie.

Elle se redressa.

— C'est-à-dire ?

— Ma mère s'est remariée il y a cinq ans, avec un type sympa rencontré au travail.

— Oh, tant mieux pour elle !

Il sourit. Enfin.

— Ouais, elle aime profondément Henry. Il la traite comme une reine.

— Si je comprends bien, vous l'acceptez pour beau-père.

— C'est un chic type, acquiesça Garrett avec un rire. Il aime le base-ball, donc il marque des points. Cela dit, c'est un supporteur de l'équipe de Los Angeles. Il redescend dans mon estime.

Alicia pouffa.

— Effectivement, ça fait baisser son score. En tout cas, il est bon de savoir que votre mère a retrouvé le bonheur.

— Oui.

— Et votre père ?

— Il s'est marié avec sa maîtresse. Moins d'un an après le divorce.

— Ah !

Se laissant le temps de digérer l'information, Alicia reprit son repas où elle l'avait laissé. Garrett n'en dit pas plus sur son père et sa belle-mère. Elle se demanda s'ils avaient coupé les ponts, mais ne souhaitait plus poser de questions ; puisqu'il n'avait plus envie d'en parler, elle ne le forcerait pas.

Lorsque leurs assiettes furent terminées, ils ne prirent pas de dessert, et Garrett paya l'addition. Sur le chemin du retour, il ne dit pas un mot. La jeune femme en conclut qu'il pensait à ses parents. Une telle douleur ne partait pas si facilement, en particulier si Garrett ne trouvait pas l'occasion de se confier.

À peine arrivé à la maison, il partit se chercher une bière dans le frigo et sortit sur la terrasse. Alicia ouvrit une bouteille d'eau et le rejoignit.

La nuit était douce. Toutefois, la brise légère la força à rentrer pour enfiler un sweat-shirt, puis elle ôta ses sandales et s'installa sur un transat, comblée par le bruit des vagues. Le dos tourné, Garrett avait le regard fixé sur la nuit noire, les coudes sur la rambarde, offrant à la jeune femme – sans le savoir – une vue magnifique sur ses fesses.

Alicia s'inquiétait pour lui. À la manière dont il sirotait sa bière, elle voyait bien qu'il était tendu. Ses épaules étaient crispées, sa posture rigide.

La tension était l'ennemi de la rééducation. Elle se leva de son transat et s'approcha de lui.

— Sentez-vous une tension dans vos muscles ?

Il tourna la tête vers elle.

— Si je vous dis non, vous me laisserez tranquille ?

Elle rit doucement.

— Je prends cela pour un oui. Venez, je vais arranger ça.

— Oh non ! gémit-il.

— Et si, pauvre petit, c'est comme ça.

Après avoir enfilé dans sa chambre un débardeur et un pantalon de yoga, pour être plus à l'aise, elle se dirigea vers la salle de sport. Garrett était déjà là, torse nu et en pantalon de jogging.

Même s'il lui faisait toujours de l'effet, elle prit une gorgée d'eau et s'efforça de chasser son excitation.

La kiné fit effectuer à son patient une série d'étirements pendant trente minutes. La mâchoire serrée, il s'exécuta sans broncher. Toutefois, son corps entier était en tension. Lorsqu'elle eut terminé, il attrapa une serviette et s'essuya le visage et le corps.

— Que diriez-vous d'un massage ?

Il la regarda d'un air surpris.

— Je croyais que ce n'était pas votre habitude.

— Tendu comme vous l'êtes, ça ne vous ferait pas de mal.

— Je vais très bien, grogna-t-il avant de vider une bouteille d'eau en deux gorgées.

Non, il n'allait pas bien du tout.

— Un massage vous aiderait à vous détendre. C'est un ordre de votre médecin.

Résigné, Garrett poussa un soupir.

— Bon, très bien.

Alicia installa des serviettes sur la table de massage.

— Installez-vous sur le ventre, la tête en bas, ordonna-t-elle.

Il lui décocha un sourire en coin.

— Quoi ?

— Rien, fit-il en secouant la tête. Rien de décent, en tout cas.

— Je ne comprends pas où vous voulez en venir.

— Je sais.

Pendant qu'il s'installait, la jeune femme alluma la radio et sortit une lotion aux huiles essentielles.

Garrett leva la tête et lui lança un regard noir.

— Vous êtes sérieuse ? Vous voulez me faire écouter cette musique de baba cool ?

— Figurez-vous que oui, c'est très relaxant.

— Mais je vais m'endormir.

— Il n'y a pas de mal à s'endormir pendant un massage.

— Je n'en ai pas du tout envie. Et si vous mettiez un CD plus rythmé ?

Les bras croisés, elle s'appuya contre la table.

— Le rythme, ce n'est pas relaxant, Garrett.

Il se releva sur un coude et afficha un grand sourire.

— Peut-être pas pour vous.

— Très bien, je vais vous trouver du rythme.

Parcourant les stations à sa disposition, elle tomba sur du rock.

— J'aime mieux ça, fit Garrett en se recouchant.

Faux, ce n'était pas du tout approprié. Mais s'il aimait mieux ça, alors tant pis.

— Je vais commencer par poser une compresse chaude sur votre épaule, l'informa-t-elle. Comme ça, lorsque j'arriverai à cette zone, elle sera prête.

Il releva la tête.

— Bon sang, Alicia ! Vous n'allez pas encore me triturer l'épaule, j'espère ?

Elle esquissa un sourire en coin.

— Non, je ne triturerai rien du tout. Ce sera un simple massage tout en douceur. Promis.

— Tant mieux.

Posant la compresse sur la blessure, Alicia se concentra sur sa respiration, qu'elle voulait régulière et maîtrisée. Elle chauffa la lotion dans la paume de sa main puis commença par le masser entre les omoplates avant de descendre petit à petit, en prenant soin d'éviter son épaule. Pour l'instant.

Cela aurait beau être douloureux, elle avait la ferme intention de débarrasser son patient de toute cette crispation dans les muscles. Et de l'aider à se détendre.

En revanche, pour elle, masser ainsi chaque muscle de Garrett n'avait rien de relaxant.

Au contraire.

Chapitre 12

Les massages, ce n'était pas son truc ; pourtant, la plupart de ses équipiers ne juraient que par ça. Ils soignaient leurs muscles endoloris chaque semaine grâce à cette pratique. De son côté, Garrett avait toujours préféré l'effet bénéfique des Jacuzzi ou des douches brûlantes. Sinon, il serrait les dents en attendant que la douleur s'estompe.

Pourtant, Alicia avait raison. Leur conversation au sujet du divorce de ses parents avait formé un nœud entre ses omoplates, et son épaule lui faisait plus mal que jamais. Sa douleur venait également de la manière dont sa kiné le martyrisait, il en était persuadé.

Mais il garderait cette observation pour lui. Ses précédents thérapeutes n'avaient jamais été aussi rudes qu'elle. Sa poigne lui faisait monter des larmes aux yeux chaque fois, mais il n'en laissait pas une couler.

Pourvu que tout ce travail mène à des résultats concrets. Il était prêt à supporter toutes les séances d'Alicia si cela devait lui permettre de retourner sur le terrain.

À cet instant précis, en revanche, ce qu'elle lui faisait relevait purement du plaisir. Ses mains parcouraient délicatement son dos et s'attardaient sur chaque muscle crispé jusqu'à avoir raison des boules de tension, d'une simple pression du poignet.

Garrett avait expérimenté le massage par le passé : chaque fois, la femme – souvent petite et menue – commençait doucement, mais finissait par adopter une technique digne du marquis de Sade, comme si elle s'était juré de faire plus mal à ses patients que ne le faisaient ses collègues.

Alicia s'y prenait différemment. Elle faisait courir ses doigts sur son dos jusqu'à lui tirer des gémissements de plaisir.

Le poing serré, elle parcourut toute la longueur de sa colonne vertébrale jusqu'à l'élastique de son jogging, baissé au milieu des fesses. Le sportif imaginait déjà ces mains habiles se promenant ailleurs, le caressant de la tête aux pieds, partout.

Tandis qu'elle retirait les compresses chaudes pour se concentrer à présent sur ses épaules, Garrett s'enfonça de plus belle dans la table matelassée.

— Vous avez des doigts de fée.

Elle rit doucement.

— Mais bien sûr !

— Je vous le jure, vous massez divinement bien.

— C'est parce que vos muscles se montrent coopératifs. Taisez-vous, maintenant. Vous devriez garder le silence jusqu'à la fin. Inspirez, expirez.

Effectivement, il ferait mieux de se taire. Mais il ne devait pas réfléchir non plus, encore moins penser à Alicia. S'il venait à penser à elle, à ses mains courant sur sa peau et à ce qu'elles pourraient lui faire dans ses fantasmes les plus fous, Garrett se retrouverait avec une érection.

Comme si les caresses ne suffisaient pas, il devait en plus garder son sang-froid en écoutant les bruits qu'elle faisait en le touchant. Il lui suffisait d'entendre la jeune femme respirer pour se sentir excité.

Son inspiration se rapprochait du soupir de plaisir et lui inspirait des images torrides, tandis qu'elle enfonçait les pouces dans sa peau. Et lorsqu'elle expirait…

Quelle torture !

Il était grand temps qu'il cesse de faire l'amalgame entre le sexe et Alicia. Dès qu'il se détendait et que son esprit apaisé avait libre cours, voilà les pensées qui lui venaient.

La musique était agréable, mais elle ne lui était d'aucun secours pour ses fantasmes malvenus sur Alicia, sur ses mains et sur ses soupirs. Il pourrait lui-même pousser la chansonnette, mais elle prendrait ses jambes à son cou en criant d'horreur, c'était donc une option à écarter.

Alicia se pencha légèrement pour s'attarder sur un muscle récalcitrant. Il en profita pour respirer son parfum. Non, ce n'était pas du parfum, mais plutôt du savon, ou du shampooing. Une odeur citronnée. Il inspira profondément.

La kiné se figea.

— Je vous ai fait mal ?

Il serra les dents.

— Non, non. Pas du tout.

Reposant les mains bien à plat, elle parcourut son dos de bas en haut.

— Parlez-moi, Alicia.

Peut-être qu'en parlant il chasserait les images imprimées sur ses paupières.

— Vous ne devriez pas parler, mais respirer lentement et régulièrement pour oxygéner vos muscles.

— Je ne veux pas parler mais vous écouter.

Elle marqua une pause.

— C'est si difficile pour vous de vous détendre ?

— Oui. J'aime la conversation.

— OK, dit-elle en souriant. De quoi voulez-vous parler ?

— Je ne sais pas. Je connais Gavin depuis que nous jouons dans la même équipe. Est-ce que c'est à cause de votre cousin que vous vous êtes intéressée à la médecine du sport ?

— Oui, en quelque sorte. Je baigne dans le sport depuis toute petite. Entre Cole et mon cousin Mick, qui jouent au football américain, et Gavin qui fait du base-ball, ma famille s'y connaît dans le domaine. Même les filles sont sportives.

— Les filles ?

— Ma cousine Jenna et moi.

— Quels sports est-ce que vous pratiquiez ?

— J'ai fait de la danse, du tennis et du golf.

Il tourna la tête.

— Vous jouez au golf ?

— Je me débrouille.

Garrett s'assit sur le côté de la table.

Elle fronça les sourcils.

— Je n'ai pas fini.

— Mes muscles vont très bien. Parlons de golf. En Oklahoma, vous ne m'avez pas dit que vous jouiez au golf.

Alicia haussa les épaules.

— Vous ne m'avez pas posé la question. Et puis je n'aurais jamais joué par un temps pareil. Il faisait trop froid.

Le sportif se mit à rire.

— Je suis bien d'accord. Alors, comme ça, vous vous croyez douée ?

— Non, je sais que je suis douée. Nuance.

— On devrait faire une partie.

Elle croisa les bras.

— Croyez-vous réellement que votre épaule soit prête pour un swing ?

— Je ne sais pas, c'est vous la kiné. Suis-je prêt ?

Après l'avoir étudié un instant, elle soupira.

— Il est vrai que ce pourrait être bénéfique, cela remettrait votre épaule sur le chemin du lancer. Nous devrions faire une partie.

La compétition était ce que Garrett préférait dans le sport.

— Parfait. Je prendrai mes dispositions et je vous préviendrai à l'instant tee !

— Je n'ai pas mes clubs.

— Moi non plus, donc nous serons à égalité.

— Très bien. Nous jouerons. Maintenant, recouchez-vous. Je n'en ai pas terminé avec vous.

— Je vous assure que je vais bien, grogna-t-il en faisant la moue.

Alicia pointa la table du doigt.

— Couchez-vous. Je ne vous ai pas montré toutes les facettes du massage selon Alicia Riley.

Pauvre de lui… Une minute de plus sous ses mains, et il se retrouverait dur jusqu'au petit jour.

— Non, s'il vous plaît.

Le regard noir qu'elle lui lança commençait à lui être familier : il insinuait qu'elle gagnerait quoi qu'il arrive et que ses efforts étaient vains.

— Bon, d'accord. C'est pas vrai !

Il s'allongea, et Alicia remit une noix de lotion dans ses paumes. Cette fois, elle commença par les biceps, ce qui ne déplut pas au sportif, loin de là. D'un geste d'expert, elle supprima définitivement les dernières tensions accumulées dans la journée. Toutefois, entre son contact et son parfum citronné, Garrett avait bien du mal à oublier l'effet qu'elle lui faisait.

— Voilà qui devrait suffire, déclara-t-elle.

Soulagé, il se leva et fit quelques étirements. Alicia le contempla rapidement puis se retourna.

— À présent, pendant que je range tout, vous devriez aller boire un peu d'eau.

— Pourquoi ?

— Les massages éliminent les toxines et vous font transpirer. Il est ensuite indispensable de se réhydrater.

— D'accord.

Il n'était peut-être pas le seul à se sentir mal à l'aise, finalement. Le regard qu'elle avait posé sur ses abdominaux, puis plus bas, ne lui avait pas échappé. À cette pensée, il sentit son sexe se réveiller, mais s'empressa de réprimer son désir. Avec ce jogging, il lui serait impossible de masquer une érection.

Garrett se dirigea alors vers la cuisine, où il se servit un verre d'eau qu'il vida en deux gorgées, puis sortit prendre l'air sur la terrasse.

Alicia avait raison. Il avait beaucoup transpiré, et l'air frais de la nuit lui fit beaucoup de bien.

— Tout va bien ?

Il se retourna.

— Oui, je me sens beaucoup mieux. Merci pour le massage.

— Je vous en prie.

En buvant un peu d'eau, elle s'assit sur un transat puis posa le verre sur la table.

Garrett s'installa sur la première marche qui menait à la plage et se plaça de biais, Alicia à sa gauche et l'océan à sa droite.

— Si j'habitais ici, je crois que je ne quitterais jamais la maison, avoua Alicia. Cet endroit est magnifique.

— Oui, c'est agréable. Mais à la longue vous vous ennuieriez.

Elle rit doucement.

— En comparaison de là où j'ai grandi, c'est le paradis. L'air marin, l'océan à perte de vue, les longues balades sur la plage, je ne pourrais jamais m'en lasser. Mais c'est aussi au-delà de mes moyens, hélas.

— On ne sait jamais. Vous pourriez vous faire une réputation de star dans la médecine du sport.

Et vous pourriez vous acheter cette maison en un claquement de doigts.

— Merci.

— Pourquoi ?

— Parce que vous me croyez capable de m'offrir un tel palace par mes propres moyens, sans avoir à épouser un homme riche qui s'en chargerait pour moi.

Stupéfait de cette réponse, Garrett éclata de rire.

— Vous êtes une force de la nature, Alicia. Vous n'aurez jamais besoin d'un homme pour prendre soin de vous, que ce soit sur le plan financier ou ailleurs.

— Encore merci. Vous vous déversez en compliments, ce soir.

— Au moins, je déverse quelque chose.

D'abord souriante, Alicia laissa son regard se perdre dans l'obscurité. Elle fit tourner ses poignets endoloris, et Garrett fronça les sourcils.

— Le massage vous a fait mal aux mains ?

Elle observa ses paumes puis les posa à plat sur ses genoux.

— Non, ça va. J'ai l'habitude, je dois simplement faire craquer mes doigts.

Se levant d'un bond, le sportif vint s'agenouiller devant elle et prit ses mains dans les siennes.

— Je refuse que vous vous fassiez mal en prenant soin de ma blessure.

Le petit rire qu'elle émit le fit frissonner.

— Je ne me fais pas mal, c'est mon travail.

— Votre travail n'épargne pas vos mains.

Il les massa doucement au niveau des poignets.

— Oh, j'avoue que c'est agréable, murmura Alicia. Qui est la masseuse, maintenant ?

Le bien-être de la jeune femme eut un effet étrange sur Garrett. Il se surprit à aimer lui faire du bien. Pour lui, il était inconcevable qu'elle se blesse pour l'aider à guérir.

— La rééducation est dure pour vous, non ?

— Que voulez-vous dire par là ?

— Ce que vous me faites, les étirements, les déchirements de tissu cicatriciel, tout ça demande une certaine force, et vous n'êtes pas vraiment costaude. Est-ce que la rééducation ne vous fait pas souffrir ?

— J'ai été formée à ça, Garrett. Mon corps ne souffre pas.

Il tourna ses poignets, paume vers le ciel.

— Peut-être, mais qui est-ce qui vous masse à la fin de la journée ?

— Je n'ai pas besoin de massage.

— Je parie qu'en fin de séance vous êtes épuisée. Les corps des sportifs sont durs comme la pierre, j'en sais quelque chose. Après ma blessure, j'ai fait des recherches sur l'anatomie. Vous travaillez sur nos tendons et nos capsules, ou un truc dans ce genre-là. Vous devez malaxer profondément nos muscles, et c'est pour ça que parfois ça me fait un mal de chien. Pas vrai ?

Elle l'étudia un instant.

— C'est une bonne chose que vous vous soyez informé. Mais, pour être honnête, mes mains vont très bien.

Elle les retira de celles de Garrett et remua les doigts.

— Vous voyez ? reprit-elle. Tout va bien.

Seulement, il n'en croyait pas un mot.

— Vous en êtes sûre ?

Lorsqu'elle voulut se lever, Garrett s'écarta de son chemin.

— Certaine. Les thérapeutes les plus expérimentés de l'équipe ont sans doute quelques séquelles, mais, moi, je prends soin de mon corps.

— Retournez-vous.

Elle fronça les sourcils.

— Pardon ?

— Retournez-vous.

— Pourquoi ?

— Je veux voir si vous êtes aussi tendue que moi en début de séance.

— Hors de question. Vous ne jouerez pas au kiné avec moi. N'inversez pas les rôles : c'est moi qui suis censée prendre soin de vous.

Garrett fit la sourde oreille, la força à se retourner et posa les mains sur elle sans qu'elle ait le temps de protester. Il n'était pas expert en la matière, mais ses pouces se placèrent instinctivement sur des nœuds de tension évidente entre sa nuque et ses épaules.

— C'est bien ce que je pensais. Vous êtes toute crispée.

Elle voulut se retourner, mais il la maintint fermement entre lui et la chaise.

— Garrett, je refuse que vous me massiez. Êtes-vous conscient de combien vaut votre bras ?

— Oui, mon agent l'a calculé pour moi d'après mes années d'expérience. Elle a été très minutieuse.

— Voilà.

— Mais si j'ai envie de faire un massage, je le fais. (Il appuya sur sa peau en s'aidant du pouce et du bout des doigts.) Voyez ça comme un nouvel exercice de rééducation pour mes bras.

— Vous ne m'écoutez pas !

— Exact, et je m'en fiche. Je ne suis pas un garçon docile.

La sentir ainsi contre lui était une forme de torture à la limite du soutenable. Le nez dans ses cheveux, il inhalait sans retenue son parfum citronné. Sa peau était douce, et ses fesses touchaient les cuisses du sportif, si bien qu'il dut opérer mentalement des formules mathématiques de points mérités au base-ball afin d'éviter une éventuelle érection.

Alicia respirait profondément, ce qui faisait balancer son corps contre le sien. Elle s'était arrêtée de parler. Ce n'était pas bon signe : cela signifiait qu'elle se concentrait sur les mouvements de ses mains sur elle. Soit elle appréciait pleinement le massage, soit elle remarquait ce qui se passait dans le pantalon de son patient. Il recula d'un pas, et, se raclant la gorge, Alicia repoussa les mains posées sur ses épaules et se retourna.

Grave erreur ! Elle était bien là, l'érection tant redoutée. Le regard de la jeune femme se posa directement dessus, pour se reporter brusquement, plein de stupeur et d'indignation, sur le visage de Garrett.

— Hum…, nous devrions coucher, balbutia-t-elle. (Il leva un sourcil.) Enfin, nous devrions aller nous coucher. Séparément, bien sûr. Je veux dire… Ce serait incorrect. Je vais dans ma chambre. Seule. Merci pour le massage. C'était très bien. Bonne nuit, Garrett.

Elle passa à côté de lui, frôlant accidentellement la bosse formée sous son jogging, et il se sentit à la fois terriblement bien et terriblement mal.

C'était comme retourner au collège et se faire surprendre dans le vestiaire avec une érection provoquée par la vue de Mlle Smith, la jeune prof de gym de vingt-trois ans qui rendait fous tous les garçons de sa classe. Combien de fois avait-il – avaient-ils – essayé de lui tourner le dos et de courir le cent mètres autour du terrain pour cacher leur excitation, pendant qu'elle était au centre, occupée avec les filles ?

Mais il n'était plus un adolescent, à présent. C'était un adulte, parfaitement capable de contrôler ses pulsions en présence d'une femme attirante, en particulier si la femme en question n'était liée à lui que par le travail.

Merde !

La main dans les cheveux, il descendit les marches qui menaient à la plage. L'air marin lui changerait sans doute les idées et calmerait sa testostérone.

Debout sur le sable, il constata que son sexe, encore dur et palpitant, était loin de vouloir mollir.

Génial. Si au moins il pouvait chasser de son esprit l'image du corps d'Alicia et le souvenir de son parfum, il débanderait.

Mais son corps entier vibrait encore de sa présence. S'il rentrait dans la maison encore dur et tombait sur Alicia, que lui dirait-il pour se justifier ? Elle était déjà nerveuse en sa présence ; s'il commençait à exhiber son désir pour elle, la kiné ferait définitivement ses valises. Il ne voulait pas la faire fuir.

Et s'il se soulageait là, au bord de l'océan ? Il n'y avait aucune habitation à des kilomètres à la ronde et aucun bateau en mer. Garrett était seul. La douleur était si intense qu'il mettrait peu de temps à jouir.

Il baissa son jogging jusqu'au milieu des fesses et prit fermement son sexe dans sa main, passant lentement le pouce sur son extrémité.

Une image d'Alicia le surprenant ainsi lui apparut à l'esprit. Il savait comment elle réagirait, mais il préféra orienter son fantasme sur la réaction qu'il désirait provoquer chez elle.

Il aimerait qu'elle s'agenouille devant lui et prenne son sexe entre ses lèvres. Plus bas, une réponse à cette pensée ne se fit pas attendre ; il la voyait déjà, enrobant le bout de son membre avec gourmandise, pendant que sa langue lécherait les gouttes qui en perleraient.

Sa bouche était magnifique. Depuis la fois précédente, il avait songé à l'embrasser encore – il n'arrêtait pas d'y penser. Puisqu'elle ne lui offrait que son toucher, Garrett s'était satisfait de la sensation que lui offraient ses mains, mais sa bouche… Oui, il avait terriblement envie de sentir ses lèvres sur sa peau, sur son cou…, sur son sexe.

Il agrippa son membre de plus belle, le parcourant de haut en bas, la tête rejetée en arrière et les paupières closes, jusqu'à se sentir au bord d'un gouffre salvateur. Mais imaginer Alicia à ses pieds était un fantasme si délicieux qu'il préférait faire durer le plaisir. Ne serait-ce qu'une minute de plus.

Alicia se passa un linge froid dans le cou et se mouilla le visage. Elle fit ensuite les cent pas dans la chambre avant d'ouvrir la fenêtre, dans l'espoir que l'air frais de la nuit ferait baisser sa température intérieure.

Mais rien n'y fit.

Les mains de Garrett posées sur elle n'avaient pas arrangé l'affaire ; elle avait eu beau lui demander d'arrêter, il n'avait rien voulu savoir, massant d'abord ses mains, puis sa nuque et ses épaules. Elle en avait eu la chair de poule.

En formation, Alicia avait souvent eu l'occasion de se faire masser par les autres kinésithérapeutes en herbe – certains étaient particulièrement charmants –, et cela ne l'avait jamais émoustillée. Pas une seule fois. Les massages faisaient partie de son travail, et elle n'avait jamais considéré les autres hommes, aussi séduisants soient-ils, autrement qu'en collaborateurs ou en patients.

Jusqu'à aujourd'hui.

Dormir dans la même maison que Garrett n'arrangerait rien. Quelle erreur monumentale ! Mais Alicia était une femme forte, elle saurait garder le contrôle de ses émotions et de ses pulsions. N'est-ce pas ?

Le visage brûlant enfoui dans ses mains fraîches, elle se demanda ce qui ne tournait pas rond chez elle. Il lui fallait se ressaisir et installer une distance entre elle et son patient, si elle ne voulait pas perdre ses capacités professionnelles.

Mais instaurer une distance physique était inconcevable. Donc, il fallait qu'elle arrive à poser les mains sur Garrett sans sentir aussitôt un brasier la consumer.

Alicia ouvrit la porte qui menait à la terrasse derrière la maison, et l'air marin vint enfin apaiser son ardeur.

Puis elle se figea, bouche bée, en apercevant Garrett sur la plage.

Impossible ! Elle devait rêver.

Mais ses yeux s'habituèrent à l'obscurité, et elle distingua bel et bien sa silhouette au bord de l'eau. Son jogging était baissé bien en dessous des hanches, et il tenait dans sa main son sexe, qu'il manipulait le poing fermé. La tête en arrière, il fermait les yeux et, manifestement, il se caressait.

Alicia en eut la gorge sèche. Elle ne pouvait ni déglutir ni bouger, de peur que le moindre bruit attire son attention. Elle voulut se retirer dans l'ombre et recula d'un pas. Elle avait honte de le surprendre au cœur d'une scène si intime, mais ce qu'elle voyait la fascinait ; alors elle resta immobile, incapable de détourner le regard.

Il était magnifique, torse nu et le dos courbé vers l'arrière, mimant l'acte sexuel avec une langueur envoûtante.

Alicia sentit elle-même son intimité réclamer son attention. Elle glissa une main dans son short et se caressa du bout des doigts.

Elle vit le tempo de Garrett accélérer, et sa propre respiration se fit plus haletante. Si seulement elle avait le cran de s'approcher de lui et de lui faire comprendre ce dont elle avait besoin !

De toute évidence, ils voulaient tous les deux la même chose, mais elle ne s'en sentait pas capable. Depuis sa cachette, elle éprouvait un délicieux sentiment d'interdit, mais il était particulièrement frustrant d'observer l'homme qu'elle désirait vraiment s'adonner au plaisir solitaire, juste là, sur la plage.

Garrett avait eu envie d'elle, l'évidence était indiscutable. Et elle avait tourné les talons. À présent, il se rabattait sur la masturbation alors qu'elle pourrait être là-bas, les genoux dans le sable, la bouche autour de son membre sublime de virilité, et l'accompagner jusqu'à l'extase. Partager avec lui l'apogée d'un orgasme.

Le corps tendu de désir et les jambes tremblantes, elle continua de caresser sa féminité, le pouls lancé à vive allure, puis glissa un doigt dans son sexe en imaginant Garrett l'allongeant sur le sable avant d'entrer en elle.

Elle laissa échapper un soupir, pendant que son intimité se resserrait autour de ses doigts humides. Elle contemplait le corps parfait de cet homme, beau comme un dieu de l'océan, auréolé de rayons de lune, la tête renversée en arrière.

Il n'était plus très loin de la jouissance. Elle non plus, se frottant avec la paume de la main.

Elle aurait voulu qu'il lui fasse l'amour, son corps musclé et en sueur dansant avec le sien dans un rythme soutenu jusqu'à la mener aux portes de l'extase.

Tandis que Garrett touchait enfin à la libération, se balançant en avant sous l'intensité de son orgasme, elle se mordit la lèvre et étouffa un cri de plaisir, ses doigts profondément enfouis dans l'antre de son fruit défendu. Des vagues d'ivresse se déclenchèrent en elle. Ils jouissaient ensemble, et tout ce qu'elle aurait souhaité, c'était de sentir Garrett la tenir fermement par les hanches et s'enfoncer en elle à intervalles réguliers.

Tremblante, en sueur, elle rentra s'adosser au mur. Elle retira sa main de son short en cherchant à reprendre sa respiration et ferma les yeux, encore étourdie par la puissance de son orgasme.

Après quelques minutes, Alicia osa un regard vers la plage. Garrett n'était plus là. Elle retourna dans sa salle de bains et se contempla dans le miroir. Les joues roses et la peau luisante, tout son corps frémissait encore.

Une douche bien fraîche ne pourrait rien pour la calmer. Elle avait les nerfs à fleur de peau. Ses seins pointaient toujours, et son désir était loin d'être rassasié. Demain, il serait difficile de faire face à Garrett comme si de rien n'était.

En fuyant ses avances ce soir, elle n'avait pas arrangé les choses. Au contraire, la situation avait empiré.

Chapitre 13

Garrett se leva tôt pour aller courir, puis se servit un verre de jus de fruits dans la cuisine et se dirigea directement vers la salle de gym pour une séance d'haltérophilie. Là, il retrouva Alicia en legging et débardeur.

— Puis-je me joindre à vous ? demanda-t-elle en installant une serviette et une bouteille d'eau près du vélo elliptique.

Sa petite séance en solitaire de la veille au soir n'avait pas arrangé l'humeur du lanceur. Il pensait pourtant que l'endorphine générée par son footing y remédierait, mais non.

— Faites ce que vous voulez. Il y a toutes les machines dont vous pouvez avoir besoin, ici.

— D'accord, merci, fit-elle sans le moindre signe de gêne.

Les écouteurs dans les oreilles, Alicia mit en marche ce qui devait être de la musique et commença ses exercices. De son côté, Garrett avait la ferme intention d'ignorer les mouvements de sa croupe pour se concentrer sur ses haltères. La musculation était l'une des seules choses qui gardaient son esprit à l'abri de toute distraction. Il travailla les parties de son corps qu'il était autorisé à solliciter en dehors de sa rééducation, à savoir les abdos et les jambes. Le haut de son corps devrait attendre d'être manipulé par un médecin professionnel, en l'occurrence Alicia.

La notion du temps lui avait échappé, mais pas la présence de la jeune femme, qui avait quitté le vélo pour passer aux poids.

Elle était solide. Pas une seule fois elle n'avait demandé à Garrett de l'assurer pendant qu'elle soulevait les haltères, même si ces derniers représentaient un poids considérable pour une femme mince comme elle. Impressionné, le jeune homme aimait contempler son corps dans l'effort.

Il devait pourtant s'abstenir puisque c'était justement ce qui l'avait mis de mauvaise humeur, et il ferait mieux d'oublier ses formes pour se concentrer sur sa propre forme.

— Vous êtes prêt à travailler le haut du corps avec moi ?

Tout en parlant, elle se passa la serviette sur le visage et le torse, ce qui attira le regard de Garrett sur sa poitrine. Ce n'était pas une poitrine généreuse, mais il avait tout de même une envie irrépressible de passer la langue dans son décolleté luisant de sueur et de la faire transpirer pour d'autres raisons que le sport.

Nue.

Bon sang!

— Bien sûr que je suis prêt.

Plus tôt la séance serait terminée, plus tôt il pourrait fuir sa présence. C'était là son nouveau plan d'attaque : la fuite.

— Commençons par un développé couché, histoire de vous chauffer.

Ils se dirigèrent alors vers le banc. Garrett se plia à l'exercice, puis attrapa sa serviette.

— Nous n'avons pas terminé, lui fit-elle remarquer.

Le sportif fronça les sourcils.

— C'est pourtant ce que nous faisons d'habitude.

— Justement, je me suis dit que nous pourrions faire évoluer nos habitudes et ajouter du poids.

— Vraiment ?

— Votre épaule a besoin d'être un peu bousculée. Il faut passer à la vitesse supérieure si vous voulez relancer un jour.

L'idée de lancer une balle lui fit un nœud à l'estomac. Depuis son accident, il ne pensait qu'à ça. C'était le seul but de tous les efforts qu'il avait fournis.

Et, en même temps, il était terrifié.

Cette peur ne devait pas prendre le dessus. Garrett refusait de faire marche arrière maintenant.

Soit il parviendrait à retrouver son maillot de joueur de base-ball, soit il devrait accepter la fin de sa brillante carrière de lanceur. Il n'y avait qu'un seul moyen de découvrir l'issue.

Le défi était de taille, et Garrett était impatient de le relever. En rejetant la serviette de côté, il s'aperçut que le jour se levait déjà.

— Très bien, c'est parti.

Deux heures plus tard, son enthousiasme était sérieusement ébréché. Entre les haltères et ces horribles exercices d'étirement – décidément, Alicia devait en tirer un plaisir sadique, il en était persuadé –, il se sentait aussi mou qu'une nouille trop cuite. Épuisé, il s'affala dans le canapé du salon pendant que sa kiné démoniaque prenait des notes sur sa tablette.

— Vous voulez ma peau !

Elle leva à peine les yeux de son écran et esquissa un sourire.

— Chochotte !

— Avouez : les équipes adverses vous ont payée pour m'anéantir.

Un nouveau regard en coin.

— Par pitié, arrêtez de vous plaindre. J'ai vu de bien pires blessures que la vôtre.

Sa remarque intima le silence à Garrett, qui la regarda se concentrer sur ses notes, taper quelques phrases, se mordre la lèvre, puis taper encore. Il remarqua qu'en pleine concentration Alicia s'isolait de tout, y compris des gémissements plaintifs de Garrett, qui tombaient manifestement dans l'oreille d'une sourde. Il se fatiguait lui-même.

Il décida alors de se lever et prépara des sandwichs pour le déjeuner.

— Eh ! finit-il par lui crier depuis la cuisine.

— Oui ?

— Le repas est prêt.

Alicia se leva et le rejoignit.

— Vous avez fait à manger ? J'aurais pu m'en occuper.

— Mais non, vous aviez du travail. Et puis faire des sandwichs à la dinde, ce n'est pas la mer à boire. D'ailleurs, le vôtre n'est pas à la dinde mais à l'avocat, à la salade et à tous ces trucs verts. J'espère que vous aimerez.

Elle éclata de rire.

— J'adore l'avocat.

Après s'être installée à table, elle mordit dans son pain et laissa échapper un soupir de plaisir qui fit frémir Garrett.

— Oh, vous avez un véritable don pour faire les sandwichs ! Merci, j'étais affamée.

— Vous aviez l'air plongée dans votre travail.

Elle hocha la tête et déglutit.

— J'ai de grandes ambitions pour vous.

À ces mots, l'épaule du sportif tressaillit.

— Super.

— Je vous promets que ça vous plaira.

Il en doutait fortement.

— Ce qui me plairait, c'est que les Rivers me reprennent dans la première rotation.

Mordant une nouvelle fois dans son pain, Alicia l'observa comme s'il était un rat de laboratoire. Aucun doute : elle réfléchissait à de nouveaux moyens de triturer sa pauvre épaule. Garrett acheva son sandwich en s'efforçant d'ignorer le regard qu'elle posait sur lui. Il devait bien admettre que ses yeux le troublaient.

— Comment vous êtes-vous blessé, Garrett ?

— Toute cette histoire doit être rabâchée dans mon dossier. Vous ne l'avez pas lu ?

— Si, mais le lire et l'entendre de votre bouche sont deux choses différentes. Je veux connaître votre point de vue et les réactions de votre corps à cet instant précis. Nous voulons éviter que vous refassiez les mêmes erreurs quand vous retournerez sur votre monticule.

Il haussa les épaules.

— Ce qui s'est passé ? Je lançais.

— Quel type de lancer était-ce ?

— Une balle glissante. J'ai rejeté mon épaule en arrière, j'ai lancé la balle et j'ai senti comme un pincement. Après ça, j'avais vraiment mal.

— Mais vous n'êtes pas tout de suite sorti du terrain.

— Non, j'ai fini la manche.

— Et relancé pendant une autre.

Il fit la grimace au souvenir du coup d'envoi, du coup sûr puis des trois *runs*, avant que le coach le sorte finalement du terrain. Cela avait été un véritable cauchemar. Il savait que son épaule était blessée et que ses balles rapides ne valaient plus rien, mais, lorsque le coach était venu le trouver après le coup sûr, Garrett lui avait juré qu'il était capable de continuer et de mettre hors jeu le prochain frappeur.

Les lanceurs et leur ego surdéveloppé… Ils n'acceptaient jamais de perdre. Mais cette fois c'était différent. Il était blessé et le savait, mais il avait insisté pour continuer. Toute son équipe avait payé pour son sale caractère.

— Le coach aurait dû vous faire sortir. Et vous, pourquoi ne pas avoir signalé votre blessure ? Votre équipe a perdu trois *runs* à cause de vous.

Elle lisait dans ses pensées.

— Eh bien, vous ne prenez pas de gants avec moi !

— À quoi bon vous ménager ? Vous savez pertinemment que j'ai raison. Avec mes patients, je travaille aussi sur la capacité d'écouter son propre corps. Une blessure peut guérir bien plus vite si vous vous arrêtez à temps.

Il leva les yeux au ciel.

— Franchement, Alicia ! Si je devais m'arrêter dès que je sens une douleur, croyez-moi, je changerais de métier.

— Épargnez-moi votre baratin. Vous savez parfaitement faire la différence entre une gêne, un coup de fatigue et un mouvement fatal pour votre corps. N'allez pas me faire croire que, ce jour-là, vous n'aviez rien senti !

Garrett resta silencieux.

Elle s'enfonça dans sa chaise, visiblement persuadée d'avoir raison.

— C'est bien ce que je pensais. Vous aviez peur qu'on vous sorte du terrain, c'est tout à fait normal. Je peux le comprendre. Mes cousins et mon frère sont aussi têtus que vous. Ils n'hésitent pas à jouer alors qu'ils sont blessés. C'est ce que vous faites tous. Pour être sportif, il faut se croire hors d'atteinte. Mais regardez où ça vous a mené ! Cette blessure vous a fait manquer la seconde moitié de la saison. Et encore, estimez-vous heureux que ça ne vous ait pas coûté votre carrière.

L'irritation commença à monter au nez de Garrett.

— Vous n'êtes pas la première à me faire la morale, vous savez !

— Je n'en doute pas. Mais je risque d'être la dernière si vous n'intégrez pas ce qu'on vous dit une bonne fois pour toutes. Vous forcez sur votre épaule, mais, à votre avis, pendant combien de temps va-t-elle le supporter ? Votre bras est une machine de guerre, et vos balles rapides battent des records. Mais une déchirure musculaire telle que la vôtre produit énormément de tissu cicatriciel. Refaites ce type d'erreur et vous pourrez dire adieu à votre carrière.

Cette fois, elle venait de lui faire rentrer le message de force dans le crâne, et en lettres capitales. Jusqu'à présent, les médecins n'avaient fait qu'arrondir les angles, avec des sourires et une attitude optimiste, en lui promettant qu'il serait vite de retour dans la rotation.

Seulement, il n'y était toujours pas retourné et, après tous ces mois, il n'était pas sûr de relancer un jour.

Il voyait approcher la nouvelle saison comme un nuage apocalyptique.

— Il vous reste encore quelques mots d'encouragement dans ce genre ou vous avez terminé ?

Elle poussa son assiette sur le côté.

— Écoutez-moi bien, Garrett. Vous ne m'avez pas choisie pour vous tapoter gentiment dans le dos en vous promettant que ce serait génial. Vous m'avez choisie parce que vous saviez que je serais aussi franche avec vous que le premier jour. S'il y a une chose pour laquelle vous pouvez compter sur moi, c'est bien l'honnêteté. Et je compte vous apprendre à être honnête avec vous-même. Ce qui veut dire écouter votre corps lorsqu'il tire la sonnette d'alarme.

— Je déteste qu'on me sorte du terrain.

— C'est normal, vous êtes un sportif et un excellent lanceur.

— Mais ce jour-là j'ai tout fichu en l'air, et ça m'a coûté un bras. Au sens propre du terme.

Elle sourit.

— Rien n'est définitif. Votre bras s'en remettra, et vous lancerez à nouveau. J'y crois, et vous devez y croire aussi.

Dès la fin du repas, Alicia s'éclipsa en prétextant des appels à passer. Garrett partit se promener sur la plage pour se changer les idées.

Revivre la scène de sa blessure n'était jamais une partie de plaisir. Il préférait l'oublier, car, lorsqu'il y repensait, il prenait conscience du salaud arrogant qu'il avait été ce jour-là.

Dès qu'il s'était aperçu de sa blessure, il aurait dû quitter le monticule. Mais non, il avait fallu qu'il se croie invincible et capable de gagner la manche, de gagner le match, sans que rien, pas même la douleur, puisse l'arrêter.

Quel sombre idiot ! Il avait trahi son équipe et lui-même dans la foulée.

Pourquoi fallait-il toujours qu'il commette une erreur pour apprendre la leçon ?

Alicia avait raison. Il devait apprendre à écouter son corps s'il ne voulait pas revivre ça.

De retour de sa promenade, Garrett la trouva sur la terrasse ; elle l'attendait. Elle s'était attaché les cheveux, avait mis des baskets et portait un sac de sport sur l'épaule.

— Vous partez ?

— Nous partons. Allez vous changer.

Il parut surpris.

— Pour mettre quoi ?

— Des vêtements de sport confortables.

Que lui réservait-elle, cette fois ? Devrait-il s'enterrer dans le sable et suer sous la chaleur ? Ou faire des tractions sur une barre ? Ou encore souffrir de nouveaux exercices d'étirement dignes des tortures médiévales ? Alicia savait faire preuve d'une imagination parfois effrayante.

— Où est-ce qu'on va ?

— Vous verrez plus tard.

Garrett partit se changer, puis ils montèrent en voiture. Il se tourna vers elle.

— Alors, où est-ce qu'on va ?

— Direction le stade de base-ball.

Il s'attendait à tout, sauf à ça. En démarrant le moteur, il se sentit à la fois excité et affolé. La phase d'entraînement avait déjà commencé, et il n'était pas de la partie, songea-t-il en s'engageant sur l'autoroute. Il donnerait tout pour les rejoindre.

— L'équipe n'a pas entraînement aujourd'hui, l'informa Alicia tandis qu'ils se garaient sur le parking. Ils ont un match à l'extérieur.

Garrett coupa le contact.

— Je connais leur emploi du temps.

En effet, il savait par cœur les dates, les villes, les adversaires, et il savait qu'il manquerait chacun de ces matchs. Chaque jour qui passait, la saison lui glissait un peu plus entre les doigts. L'entraînement du printemps avait démarré depuis un moment, et il passait totalement à côté. Le premier jour de la saison – date fatidique à laquelle il s'était promis de rejouer – approchait à grands pas et le menaçait, comme un monstre lui soufflant dans le cou, pour lui rappeler son échec imminent. Garrett n'en dormait plus la nuit.

Alicia sortit le sac du coffre et se dirigea vers l'entrée. Le gardien vérifia leurs justificatifs puis leur laissa libre accès au stade.

En approchant du terrain, Garrett se sentit soudain pris d'une sueur froide.

La kiné sortit un gant et une balle de son sac de sport, sous les yeux écarquillés du lanceur.

— Qu'est-ce que c'est ?

— Mon gant de base-ball et une balle. Ça se voit, non ?

Elle sortit ensuite le gant de Garrett et le lui lança dans les mains. Il fronça les sourcils.

— Où est-ce que vous avez trouvé ça ?

— Votre coach me l'a donné.

Le sportif n'avait pas apporté son gant, car il ne se pensait pas encore physiquement capable de lancer une balle.

— Je me suis dit que nous pourrions nous faire quelques passes.

— Des passes ? Vous êtes capable de les réceptionner ? demanda-t-il, sincèrement étonné.

— Évidemment.

— Les passes d'un lanceur professionnel ?

Alicia éclata de rire.

— Relax ! Vous n'êtes pas encore en mesure d'envoyer des balles rapides. Nous allons commencer petit à petit et travailler sur votre mécanisme corporel.

Elle se positionna derrière la boîte des frappeurs et attendit. Garrett regarda fixement son gant puis le monticule, là-bas sur le terrain.

— Alors ?

Il tourna ensuite le regard vers Alicia, qui s'amusait à lancer la balle en l'air avec impatience.

— Échauffons un peu ce bras, déclara-t-elle en lui lançant doucement la balle.

D'instinct, Garrett l'attrapa et se dirigea d'un pas lent vers le monticule.

Il se mit en position, tenant fermement la balle dans la paume de sa main, et observa sa cible trente mètres plus loin. Intérieurement, il était tiraillé entre le souvenir familier de cet instant et un sentiment d'exclusion. À l'époque, il était dans son élément sur ce monticule, qui devenait presque la propriété du lanceur, mais, à présent, il s'y sentait étranger. Comme s'il lançait une balle pour la première fois.

D'une certaine manière, c'était une première : Garrett n'avait pas lancé depuis l'accident, depuis qu'il avait senti cette légère douleur, qui s'était métamorphosée en vraie blessure et avait menacé de le mettre définitivement sur la touche.

La sueur perla sur son front. Il l'essuya du revers de la main et se concentra sur Alicia qui attendait patiemment un simple retour. Elle n'avait aucune idée de l'importance extrême de ce moment.

Après tout, était-ce vraiment si important ? Il se faisait une montagne de pas grand-chose.

Envoie cette foutue balle, ce n'est pas compliqué, espèce d'idiot !

— Tout va bien, Garrett ? lança Alicia d'une voix calme même s'il savait qu'elle s'inquiétait pour lui.

— Oui. Je… je me prépare, c'est tout. Je suis un peu rouillé.

— Prenez votre temps. Rien ne presse.

C'était par une journée chaude comme celle-ci – à cela près qu'il s'agissait d'un été à Cleveland, pas d'un printemps en Floride – qu'il avait lancé la balle glissante par laquelle tout avait commencé. Garrett tourna et retourna la balle dans sa main en se remémorant la scène, encore claire dans sa mémoire.

— Ne vous mettez aucune pression, Garrett. Nous ne faisons que quelques passes.

C'était bien plus que cela. Son avenir était en jeu, sa carrière également. S'il ne parvenait pas à faire ce simple mouvement, il pourrait tirer un trait sur le base-ball. Le poing toujours fermé sur la balle, il s'immobilisa, incapable du moindre geste.

— Voulez-vous qu'on remette ça à une autre fois ?

Alicia s'approcha de lui, mais il se redressa brusquement et tendit la main.

— Non, attendez. Donnez-moi une minute.

Elle se figea et hocha la tête.

— Bien sûr.

S'il ne pouvait pas simplement faire une passe à Alicia, il ne remonterait plus sur le monticule. Il fallait au moins essayer. Alicia avait raison : ce n'étaient que quelques passes.

Il déglutit avec peine tant sa gorge était sèche. Trempé de sueur, il en avait les jambes qui tremblaient, mais il releva le menton.

— OK.

— N'essayez aucun lancer tactique. Une simple passe suffira. N'essayez pas de lever le bras au-dessus de votre tête.

— Quoi ? Mais ce n'est pas du softball, Alicia.

— Je le sais bien. Tout ce que nous voulons, c'est chauffer votre bras, y compris tous les muscles que vous n'avez pas sollicités depuis longtemps. Commençons par des balles simples, nous verrons ensuite.

En tant que joueur de base-ball professionnel, ce n'était pas vraiment ce à quoi il s'attendait, mais il fallait bien commencer par quelque chose.

Garrett reprit difficilement sa respiration puis lança la balle d'un geste simple.

— Alors, comment vous sentez-vous ?

— Comme une fillette.

— Parfait. Continuez vos passes de fillette.

Il s'exécuta et constata que son bras souffrait moins qu'il ne l'avait craint.

— Je peux lancer en levant le bras, maintenant ?

— Non, pour ça je vous donnerai le feu vert.

Rongé par la frustration, il fit encore quelques passes. Des lobs de bas en haut, comme une fillette.

Vingt-six passes plus tard, Garrett serrait les dents si fort qu'il en avait mal à la mâchoire.

Alicia se redressa enfin.

— C'est bien. Maintenant, lancez en levant le bras. Tout doucement. Et je dis bien « tout doucement », Garrett.

— Si je comprends bien, vous voulez que je vous lance une balle rapide si puissante que vous en resterez sur le cul ?

Elle lui lança un regard noir.

— Pas si vous comptez rejouer cette année.

Peu à peu, Garrett sentit la tension retomber. Il sourit à la jeune femme.

— Vous n'avez pas d'humour.

— Pas au travail, non. Doucement.

Elle prononça ce dernier mot d'une voix très grave, comme si son patient était trop inconscient pour comprendre un tel concept. Mais il n'était pas idiot au point de balayer tous ces mois de rééducation pénible par un simple lancer irréfléchi. Il leva l'épaule – ce qui lui fit un bien fou – et lança la balle. *Doucement*.

Aucune douleur : c'était miraculeux. Certes, c'était un lancer de débutant, mais il n'avait pas eu mal.

— Comment vous sentez-vous ?

— Très bien.

— Pas de douleur ni d'élancements dans les muscles ?

— Rien du tout.

— Tant mieux. Recommencez, mais ne vous emportez pas.

Plein d'enthousiasme, Garrett répéta l'expérience en suivant minutieusement les recommandations d'Alicia. Aucune douleur.

Ils se passèrent ainsi la balle pendant une quinzaine de minutes, puis la kiné décida de faire une pause.

Le sportif quitta son monticule avec une pointe de frustration.

— Je commençais seulement à être chaud, gémit-il.

— Une courte pause ne vous fera pas de mal, répondit-elle en cherchant deux bouteilles d'eau dans son sac de sport.

Assis sur le banc de touche, Garrett se désaltéra en observant le monticule, déjà impatient d'y retourner.

— Je veux faire un vrai lancer, Alicia. Rien qu'un.

Elle secoua la tête.

— Vous n'êtes pas encore prêt.

— L'entraînement de pré-saison est presque terminé, et je n'y ai pas participé. Tout à l'heure, je n'ai pas eu mal du tout en lançant la balle.

Dans les yeux d'Alicia, il vit clairement qu'elle comprenait sa frustration.

— Faire des passes à trente mètres, ça n'a rien à voir avec la technique d'un lancer professionnel, vous le savez aussi bien que moi. Il n'y avait aucune vélocité dans nos passes, cela n'approche même pas vos anciens échauffements quotidiens. Nous ne faisons que réhabituer votre bras au mouvement d'un lancer.

Le regard vaguement posé sur le monticule, qui lui semblait à présent à des milliers de kilomètres, Garrett fut profondément déçu.

— Quand est-ce que je pourrai lancer ?

— Nous y retournons dans une minute, profitez-en pour vous reposer.

— Non, je parle d'un vrai lancer. Une balle courbe ou glissante.

— Et une balle rapide ?

— Oui, ça aussi.

L'envie d'injecter de la force dans ses mouvements le démangeait de plus en plus. Cela lui manquait trop, il voulait savoir comment cela se passerait.

— Vous pourrez vous y remettre plus tôt que vous ne le pensez.

— C'est-à-dire aujourd'hui. Mon bras se porte à merveille.

Alicia se leva et rangea les bouteilles dans le sac.

— Votre bras n'est pas prêt. Faisons encore quelques passes.

Garrett voulait se défendre, voire se disputer avec elle, et, quand il remonta sur le monticule, il eut envie de prendre son élan pour de bon et de projeter une véritable fusée dans le gant d'Alicia.

Au fond de lui, il savait bien qu'elle avait raison. La précipitation ne ferait que freiner sa rééducation. Mais il était terriblement pénible de se retenir et de lober ces balles ridicules.

Les minutes passèrent, et Garrett perçut plus clairement la sagesse des conseils de sa kiné. Une demi-heure de passes avait considérablement fatigué son bras. Pourtant, il n'avait pas envie d'arrêter, parce que, bon sang, il n'avait même pas pu faire un seul lancer digne de ce nom.

Ils jouaient à la balle, rien de plus.

Faisant preuve d'une intuition désarmante, Alicia se redressa et s'approcha de lui, la balle dans la main.

— Ça suffit pour aujourd'hui. Retournons à la maison pour refroidir votre épaule.

Garrett refusait d'admettre sa défaite.

— Je suis encore en forme, on peut continuer.

— Non, vous ne pouvez pas. Ce sera tout pour aujourd'hui.

Sans lui laisser le temps de se défendre, elle tourna les talons et partit ranger les affaires dans le sac.

Game over.

Il était remonté sur le monticule. Il avait lancé quelques balles.

Mais cette journée était pour lui un véritable échec.

Chapitre 14

En quittant le stade, Alicia avait bien lu le sentiment d'échec sur le visage de Garrett.

Elle pensait lui faire plaisir en l'amenant ici et en lui mettant une balle dans les mains, mais son envie de lancer une vraie balle, comme au bon vieux temps, l'avait prise au dépourvu. Elle ne s'attendait pas à ce qu'il ressente une déception aussi profonde.

En prenant place sur le monticule, Garrett avait paru terrifié et presque incapable de la moindre passe, par manque de courage. Mais il avait surmonté sa peur, et l'excitation était montée en lui. Une excitation qu'elle avait partagée par procuration, tant il semblait heureux. Jusqu'à l'instant où il s'était aperçu qu'il ne pourrait toujours pas relancer comme avant. C'est là que la colère était apparue. Même si cette frustration était compréhensible, Alicia savait ce qui était bon pour lui.

Les hommes et leur ego…

Ils reliaient déjà beaucoup trop leur dignité à leur virilité et ils avaient également ce problème de carriérisme. Le sexe et le travail, voilà les pires facteurs de rupture. Si un homme perdait ses capacités dans l'un de ces deux domaines, il était voué à l'errance. En tout cas sur le plan psychologique.

Au fond d'elle, Alicia était persuadée que Garrett était un dieu au lit. C'était en tout cas son fantasme. Mais sa carrière ? La question restait pour l'instant en suspens.

Elle aurait adoré le laisser lancer au moins une fois. Elle avait regardé les films de ses matchs. Au diable les films ! Elle avait vu Garrett à l'œuvre plus d'une fois en chair et en os. La beauté de ses gestes, de ses balles glissantes sournoises et de ses terribles balles rapides l'avait frappée. Elle voulait retrouver ce frisson.

Mais Garrett n'était pas prêt. Il refusait de l'admettre, mais il le savait bien. Alicia détestait le voir si déçu.

Il pourrait bientôt reprendre du service ; aujourd'hui, son bras n'avait montré aucune difficulté ni aucune douleur. Dans peu de temps, Garrett pourrait s'essayer à de véritables lancers.

Dommage que la patience ne soit pas son fort. La kiné devrait redoubler d'efforts pour l'encourager et lui imposer un calendrier précis afin qu'il ne soit pas tenté de précipiter les choses. Elle le savait impatient et refusait de laisser ce défaut freiner ses progrès. S'il reculait d'un pas, il ne s'en remettrait pas.

Lorsque les affaires de sport furent rangées, Alicia retourna dans la salle de gym pour retirer les compresses froides qu'elle avait posées sur l'épaule de Garrett. Elle se figea sur le seuil en l'apercevant, allongé sur un futon, le dos contre le mur. Il avait les yeux fermés et les jambes tendues devant lui.

Une barbe de trois jours recouvrait juste ce qu'il fallait de sa mâchoire d'athlète, ce qui attira le regard d'Alicia vers sa bouche.

Cette expression têtue qu'il avait en faisant la moue participait grandement à son potentiel de séduction.

Elle avait une envie folle de se lover contre lui et d'embrasser cette bouche virile, de goûter ses lèvres, ne serait-ce que pour observer sa réaction. Et puis elle s'allongerait sur lui et elle verrait combien de temps il lui faudrait pour lui donner une érection.

À force de rêver éveillée, elle avait reporté son attention sur l'entrejambe de Garrett ; la jeune femme redescendit brusquement sur terre et s'aperçut avec effroi que son patient avait ouvert les yeux. Il la dévorait d'un regard intense qui la fit frissonner jusqu'au bas-ventre.

La nuit passée, elle n'avait pas fermé l'œil et s'était mentalement forcée à se concentrer sur leur relation professionnelle, pour oublier tous ses fantasmes. Elle s'était interdit de considérer Garrett d'un point de vue personnel.

Il fallait croire que cette résolution n'avait pas tenu bien longtemps.

Tu es faible, ma pauvre Alicia.

Elle se racla la gorge et entra dans la pièce, en fixant du regard un point vague à trente centimètres au-dessus de son patient.

— Vos muscles ont assez refroidi, je pense.

Tandis qu'elle retirait la compresse, Garrett lui attrapa le poignet et la força ainsi à le regarder dans les yeux.

— Non, je n'ai pas refroidi.

Alicia s'assit à côté de lui et toucha son épaule pourtant fraîche.

— Auriez-vous mal quelque part ?

Il esquissa un sourire en coin.

— Oui, en quelque sorte.

— Où avez-vous mal ?

— Juste à l'endroit où votre regard s'est posé il y a une minute.

Pétrifiée, elle voulut s'écarter, mais Garrett la retint fermement par le poignet.

— Pourquoi est-ce que vous niez notre attirance ? Vous en avez autant envie que moi.

Elle le regarda enfin.

— Non, je n'en ai pas envie. Lâchez-moi.

Il libéra sa prise et la laissa s'éloigner. Elle eut le sentiment de s'être comportée en lâche.

Alicia savait qu'il disait juste. Elle avait envie de lui. Son désir était si fort qu'elle en tremblait de la tête aux pieds. Une fois enfermée dans sa chambre, elle s'allongea sur le lit et cacha son visage dans ses mains. Elle se sentait si ridicule d'avoir fui de la sorte.

Elle n'était plus une adolescente timide, incapable de discuter avec un représentant du sexe opposé. Et elle n'était plus vierge, tout de même. Elle aurait dû rester et entamer une conversation raisonnable avec Garrett, afin de tout remettre à plat, de mettre l'accent sur l'importance de sa carrière de médecin, qui ne devait en aucun cas pâtir de ses pulsions sexuelles. De son côté, Garrett devait se concentrer sur sa rééducation, qui était sa priorité absolue. Leurs désirs ne devaient pas se concrétiser.

Avec du recul, il était facile d'imaginer cette conversation. Ce n'était pas compliqué puisqu'il l'avait laissée partir dès qu'elle lui avait dit non. Garrett plus que quiconque pouvait comprendre qu'elle ait des ambitions professionnelles. Il se ferait à cette idée et il ne se passerait rien entre eux. C'était aussi simple que cela. Garrett était un homme, or les hommes étaient des êtres moins sensibles. Il s'y ferait.

Armée de ces nouvelles résolutions, Alicia quitta son lit pour partir à la recherche de son patient. Elle le trouva dans la cuisine, il fouillait dans le frigo.

— Garrett ?

Il ne leva pas le nez.

— Ouais.

— Il faut qu'on parle.

— Je préfère manger, je meurs de faim.

En refermant la porte du frigo, il regarda vaguement dans sa direction.

— J'ai envie d'un steak. Si vous voulez, je peux vous préparer une salade de tofu, ou quelque chose comme ça. Il y a aussi des pommes de terre.

Alicia prêta à peine attention à la liste qu'il lui dressait.

— Hum, oui. Merci. Mais j'aimerais qu'on parle.

— On peut parler en mangeant, quand mon estomac sera rempli. Je vais allumer un barbecue pour ma viande. Je peux vous laisser préparer la salade ?

Il quitta la cuisine et la laissa seule avec ses résolutions soudain ébranlées. De toute évidence, il s'était rapidement remis de leur gênante entrevue de tout à l'heure.

Ou peut-être se sentait-il rejeté et préférait-il cacher son amertume derrière une indifférence apparente ? À sa place, c'est ainsi qu'elle aurait réagi. Seulement, Garrett était un homme, il était moins à fleur de peau, et Alicia ne pouvait donc pas deviner ce qu'il pensait.

Quelle galère !

Le dîner passa sans qu'Alicia s'en aperçoive vraiment. Non pas que la nourriture ait été mauvaise, mais elle était plongée dans ses pensées et n'apprécia pas la salade à sa juste valeur.

La conversation qu'elle tenait à avoir avec Garrett ne tomberait pas aux oubliettes ; elle s'était d'ailleurs fait une liste de ce qu'elle voulait lui dire.

Toutefois, elle garda cela pour après le repas au cas où cela mettrait Garrett dans tous ses états. Elle ne voulait pas non plus gâcher leur dîner.

Et puis elle admettait volontiers qu'elle repoussait cet instant, car elle savait qu'ils seraient tous les deux mal à l'aise. Pour autant, cette soirée ne se terminerait pas tant qu'ils n'auraient pas joué cartes sur table.

Une fois le repas fini, ils débarrassèrent la table. À peine Alicia eut-elle reposé le torchon à vaisselle que Garrett avait déjà disparu. Elle éteignit la lumière de la cuisine et le trouva dans le canapé, qui zappait d'une chaîne à l'autre sans s'arrêter sur aucune d'entre elles. Rongée par l'angoisse, Alicia fit les cent pas pour finalement s'asseoir à côté de lui et travailler sur ses notes de la journée pendant que Garrett finissait par choisir un film.

Elle se servit un verre de vin et piqua des morceaux de chocolat dans un bol posé sur la table basse, regardant le film d'un œil distrait. Elle attendit. Et elle attendit encore.

Bien qu'elle ne veuille pas interrompre le film, Alicia savait que c'était un vieux classique que Garrett avait sans doute déjà vu.

C'était le moment ou jamais.

— Garrett.

Il fit la sourde oreille, mais elle insista.

— Garrett.

— Oui ? Quoi ? bougonna le sportif.

— Il faut qu'on parle.

Sur la défensive, Garrett la regarda un instant, puis se tourna vers la télévision et lança un nouveau coup d'œil à Alicia.

— Ça ne peut pas attendre ? Je regarde ce film.

Elle soupira.

— Si, bien sûr.

Une heure et demie plus tard, elle avait terminé deux verres de vin et plus de chocolat que prévu. Arrivée au milieu d'un livre, elle constata que le film de Garrett touchait à sa fin. Le lanceur reprit alors la télécommande et recommença à parcourir les chaînes.

Oh non, mais je rêve ! Hors de question de le laisser m'échapper.

Elle s'approcha de lui et lui piqua la télécommande.

— Eh ! Mais je…

— … vous esquivais ?

Garrett leva les yeux au ciel.

— Bon, très bien. De quoi est-ce que vous voulez parler ?

— De ce qui s'est passé tout à l'heure dans la salle de gym.

— Il ne s'est rien passé. Vous m'avez clairement fait comprendre ce que vous en pensiez. Je ne suis pas une tête, mais quand on me dit non je comprends ce que ça veut dire.

— D'accord, tant mieux. Merci.

— Pourtant, vous savez aussi bien que moi que, si votre raison disait non, votre corps pensait oui.

Elle tressaillit.

— Ce dont j'ai envie et ce qui arrivera en réalité sont deux choses totalement différentes. Je suis votre médecin. Et vous êtes mon patient. Votre rétablissement passe avant le reste. Si nous nous fréquentions, cela pourrait affecter notre relation professionnelle et avoir des conséquences dramatiques à la fois sur nos carrières et sur le plan personnel.

Garrett s'étira sur le canapé, montrant une paresse terriblement sexy.

— On n'est pas forcés de « se fréquenter », corrigea-t-il en mimant les guillemets avec ses doigts. En revanche, nous pourrions relâcher la tension et nous amuser un peu, à l'occasion.

— Je prends le sexe très au sérieux, Garrett.

D'un mouvement vif, il se redressa et s'approcha d'elle. Son souffle chaud caressait sa peau tandis qu'il jouait avec une mèche des cheveux de la jeune femme.

— Oh, croyez-moi, je le prends très au sérieux aussi, Alicia.

Bon sang, elle n'aurait jamais dû dire une chose pareille !

— Ce n'est pas ce que je voulais dire.

Sans la moindre gêne, il plongea son regard dans le sien et approcha ses lèvres à quelques centimètres des siennes.

— Alors expliquez-moi.

Elle déglutit, mais sa gorge était si sèche qu'elle pouvait à peine parler, son cœur battait si fort dans sa poitrine qu'elle pouvait à peine entendre. La présence de Garrett si près d'elle balayait la liste pragmatique qu'elle s'était dressée plus tôt. En posant la main sur son torse, elle voulut le repousser, mais la fermeté de son corps musclé attisait trop son désir. Au lieu de le pousser, elle attrapa son tee-shirt et planta les ongles dans ce mur de force virile, comme pour le tester, pour le tenter. Une image lui apparut : elle griffant sa peau nue pendant qu'il la possédait sur un rythme effréné…

— Alicia.

Sa voix soufflait doucement dans son cou.

Elle leva le menton et s'humecta les lèvres, sous son regard attentif, tel celui d'un animal qui traque sa proie.

— J'aime mon travail, Garrett. Je refuse de risquer de le perdre. Vous savez les conséquences qu'une relation entre nous pourrait avoir pour tous les deux.

— Je ne ferai jamais rien qui puisse vous faire perdre votre travail. Si vous n'en avez pas envie, j'arrête immédiatement.

— Vous devez vous concentrer sur le base-ball, sur votre rétablissement.

Il prit soudain un air grave.

— Je ne fais que ça depuis des mois. J'ai besoin de mettre mes soucis de côté et de penser un peu à autre chose. Comme à prendre une belle femme dans mes bras.

Alicia était totalement perdue, tiraillée entre sa raison et son désir pour lui, dont elle frémissait encore. Son corps se consumait pour lui. Elle déglutit avec peine. Cette bataille intérieure durait depuis trop longtemps, et sans aucun espoir de victoire. Une seule option possible : la capitulation.

— Et puis merde !

Il leva un sourcil.

— Je dois prendre ça pour un oui ou pour un non ?

Attrapant son tee-shirt à pleines mains, elle l'attira tout contre elle.

— Embrasse-moi.

Chapitre 15

— Je prends ça pour un oui.

Avec un soupir de soulagement, Garrett dévora la bouche de la jeune femme comme s'il attendait ce moment depuis des mois.

Il se délecta de la douceur de ses lèvres, tendres et humides, qu'elle lui offrait sans plus aucune retenue, et il glissa sa langue dans sa bouche pour mieux la goûter.

Son goût de vin et de chocolat était aussi doux et aussi attirant que ce que Garrett en attendait. Tandis qu'il l'amenait sur lui et l'enveloppait dans ses bras, il sentit son sexe se réveiller et durcir sous l'intensité de leur baiser.

Son corps frêle se moulait parfaitement contre le sien. Et cela faisait si longtemps qu'il rêvait de toucher sa peau, de faire courir ses mains sur ses jambes et sur ses hanches ! Alicia avait enlevé son jean pour mettre un short en coton, et ses cuisses, sous les doigts de Garrett, étaient terriblement douces. Garrett se demanda si elle avait autant de mal que lui à respirer.

Il n'avait jamais été fou d'une femme. Bien sûr, il aimait les femmes et aimait encore plus coucher avec elles. D'ailleurs, il avait toujours eu la chance de ne pas avoir à trop forcer pour se trouver une compagne d'un soir. Son physique et sa popularité l'aidaient beaucoup, il en était conscient.

Mais avec Alicia c'était différent, et ce, depuis le premier jour, où il l'avait remarquée parmi le groupe de médecins tous persuadés de savoir ce qui était bon pour lui. Il l'avait choisie, elle, malgré cet uniforme hideux, parce qu'il avait apprécié son franc-parler. Ces dernières semaines, chaque minute passée en sa présence n'avait fait qu'accroître son désir pour elle.

À présent, elle était dans ses bras, passait la main dans ses cheveux ébouriffés et gémissait doucement sous ses baisers. Oui, vraiment, il avait décroché le jackpot.

Le dilemme de la jeune femme ne faisait qu'ajouter à l'envie charnelle qu'elle inspirait à Garrett. C'était mal de se nourrir ainsi de son conflit intérieur, mais il n'y pouvait rien. Il avait envie d'elle, et elle avait dit oui. Sauf si elle changeait d'avis, le sportif s'apprêtait à explorer chaque parcelle de son corps, de la main, de la bouche et de la langue. Car, entre deux espoirs de relancer une balle un jour, Garrett n'avait pas cessé de penser à elle depuis leur rencontre.

Lorsqu'elle changea de position, son parfum l'envoûta de plus belle. Quels que soient l'eau de toilette ou le shampooing qu'elle utilisait, cette odeur le rendait fou à chaque séance de rééducation, et il se débrouillait toujours pour s'en rapprocher et le respirer. Sa poitrine se pressait contre son torse, et elle s'abandonna à leur baiser, les doigts glissant dans ses cheveux, les ongles lui effleurant la tête.

Dès qu'elle posait les mains sur lui, Garrett sentait toutes ses douleurs disparaître, comme si elle avait un pouvoir étrange sur son épaule. Il savait faire la différence entre le toucher d'une femme médecin et celui d'une femme rongée par le désir. Et, à cet instant, la tendresse avec laquelle Alicia le caressait n'avait rien à voir avec la médecine.

Ou peut-être avait-elle toujours eu ces doigts de fée sans que le lanceur, obnubilé par ses pensées, l'ait remarqué. Une chose était sûre : une sorte d'alchimie qu'il ne voulait pas définir opérait entre eux. Le contact de ses mains était un véritable bonheur auquel il n'avait aucune envie de se soustraire.

En s'écartant à peine, il observa la façon dont le regard d'Alicia avait changé. D'habitude, elle gardait toujours le contrôle de ses actes et de ses pensées ; maintenant son esprit dérivait, ses cheveux étaient décoiffés, et ses yeux mi-clos trahissaient la passion qui l'enivrait. Elle n'avait plus le contrôle de rien, et Garrett aimait la voir ainsi.

Si un scientifique pouvait voler un échantillon de ce regard et le vendre au plus offrant, il serait milliardaire ; car rien n'était plus excitant pour un homme que de voir sa partenaire dans un tel état d'abandon total. Cela ne lui donnait qu'une envie : allonger Alicia sur le canapé et enfoncer profondément son sexe en elle jusqu'à lui faire crier son nom.

— Tu n'as pas changé d'avis ? murmura-t-il en appuyant doucement son pouce sur la lèvre de la jeune femme, gonflée par les baisers.

Elle secoua la tête.

— Non.

— Tant mieux. Parce que nous sommes au point de non-retour. Si tu veux arrêter, c'est le moment.

— Ne t'arrête surtout pas, dit-elle dans un gémissement.

Il fit glisser une bretelle de son débardeur sur son épaule, puis l'autre, et contempla le spectacle sublime d'une femme à demi nue. Se penchant sur elle, il déposa un baiser dans son cou, ce qui la fit frissonner.

— Tu as froid ? s'enquit-il, le nez enfoui au creux de sa nuque.

— Non, continue.

— Comme ça ? grogna Garrett en lui mordillant l'oreille.

— Quoi que tu fasses avec cette bouche, je suis sûre que je vais adorer.

Il laissa échapper un rire.

— J'espère bien, parce que ma bouche va se promener partout sur ton corps jusqu'au petit matin.

Alicia s'agrippa à son tee-shirt comme si elle craignait de le voir s'échapper. Elle avait l'air folle de lui, et Garrett adorait ça.

Et ils n'avaient même pas encore commencé, même s'ils n'en étaient plus très loin. Sur un chemin de baisers, il arriva jusqu'à son épaule et mordilla sa peau, jusqu'à ce qu'elle en ait la chair de poule. Un sourire se dessina sur ses lèvres. Il était jouissif de constater à quel point le corps d'Alicia était réceptif à ses caresses. Il avait hâte d'arriver aux parties les plus fascinantes de son anatomie.

Garrett lui retira son débardeur. Un soutien-gorge très sexy, en satin noir et rose, avec un petit nœud de la même couleur au centre, retenait cette poitrine dont le spectacle faisait se tendre son pénis.

Il leva les yeux.

— Je suis prêt à parier que la culotte est assortie.

Avec un sourire coquin, Alicia hocha la tête.

— Vérifions, ajouta-t-il.

Il s'agenouilla et ne mit pas longtemps à retirer le short de la jeune femme, puis se releva pour admirer la vue.

— Waouh !

— Arrête, protesta Alicia.

— Tu es magnifique.

Surtout avec ces deux jolies taches roses qui apparaissaient sur ses joues et ajoutaient un charme supplémentaire à ce corps mince, à cette poitrine menue et à ces jambes de mannequin. Ses cheveux de jais tombaient en cascade sur ses épaules, et une boucle, en particulier, venait taquiner son sein droit. Garrett lui écarta délicatement les cuisses et se fraya un chemin entre elles, pour jouer avec cette mèche rebelle et le sein qu'elle frôlait. La poitrine de sa partenaire se soulevait au rythme de sa respiration saccadée. Lorsqu'il se pencha pour embrasser le bout de ses seins, elle laissa échapper un soupir.

Soudain curieux, il releva la tête.

— Depuis combien de temps tu n'as pas… ?

Alicia se mordilla la lèvre et hésita à donner le chiffre exact.

— Environ un an.

Sa réponse le surprit.

— Ça fait un moment, dis-moi.

— J'ai eu très peu de temps pour moi.

À peine posa-t-il la paume de sa main contre son sexe qu'elle entrouvrit la bouche avec un gémissement.

— On a toujours le temps pour une petite partie de jambes en l'air.

— Je n'ai pas dit que je n'avais pas eu d'orgasmes.

Comme il caressait son clitoris avec son pouce, Garrett écouta son gémissement imperceptible.

— S'en donner soi-même et laisser une autre personne vous en donner, ce sont deux choses différentes.

— J'en sais quelque chose.

— Ce soir, je vais m'occuper de toi, Alicia. Je t'en donnerai plus que tu ne l'imagines.

Oh, Garrett allait finir par la tuer à force de la faire languir ! Les promesses qu'il lui faisait de cette voix rauque et mystérieuse la faisaient fondre sur place. Elle pourrait en mourir. Ou elle pourrait jouir à force de l'écouter.

Sa décision était prise : à bas les réserves, les hésitations et les autres voix dans sa tête lui rappelant ses obligations professionnelles. Elle garderait sa terrible remise en question pour le lendemain matin.

Ce soir, Garrett serait tout à elle. Quoique, pour l'instant, ce soit Alicia qui était toute à lui. Sans même avoir encore retiré sa culotte, elle était à sa merci sous les petits cercles qu'il dessinait sur son sexe. Son corps se cabrait, ses hanches se soulevaient et s'arquaient vers l'origine du plaisir qu'il lui procurait.

Il n'aurait qu'à poursuivre pendant quelques minutes et il atteindrait son but. Au bord de l'implosion, elle était prête. Après tout, il était au cœur de ses fantasmes depuis longtemps. Son corps était un volcan de nervosité ; une seule autre caresse de ces doigts magiques, et ce serait l'éruption.

Au lieu de cela, les mains de Garrett remontèrent sur ses hanches, puis son ventre, menant l'intensité de son désir jusqu'à la frustration. Il la regardait comme s'il découvrait la beauté d'une femme pour la première fois – ce qui était faux, elle le savait bien –, puis il posa délicatement les doigts derrière sa nuque. Alicia admit volontiers que ce regard la faisait frémir de plaisir. Il faisait se soulever ses seins et se crisper son bas-ventre.

Dès qu'il fit courir la paume de sa main sur sa poitrine, Alicia se cambra pour offrir ses seins à ses mains ardentes.

D'un geste expert, Garrett dégrafa le soutien-gorge et écarta les bonnets, dénudant sa poitrine.

— Sublime, observa-t-il dans un souffle, avant de prendre la pointe de son sein entre ses lèvres.

La vue de cette pointe disparaissant contre la bouche de Garrett était une torture qui provoquait des tensions jusqu'entre ses cuisses. Elle n'avait jamais autant frémi pour un homme.

Mais il y avait tellement de choses qu'elle n'avait pas faites, et la liste des premières fois était longue : fantasmer sur un homme, violer son intimité en le regardant se masturber sur la plage ou encore mettre en péril la rééducation d'un de ses patients en dépassant les limites avec lui. Pourtant, elle avait brisé – et continuait de briser – tous ces interdits. C'était comme si elle perdait le contrôle de son corps et devenait une autre femme.

Le contrôle, elle l'avait cédé à Garrett, qui poursuivait l'exploration de sa poitrine et lui arrachait des soupirs qu'elle ne savait retenir.

Finalement, il s'écarta et la regarda droit dans les yeux pour lui décocher ce sourire coquin qu'elle trouvait si sexy. Ce fut lorsqu'il enfouit son visage entre ses seins puis caressa sa peau de sa langue, de plus en plus bas, qu'Alicia comprit qu'elle ne voulait rien rater de ce que Garrett allait lui offrir, quelles qu'en soient les conséquences.

— Tu sens si bon, Alicia, murmura-t-il en goûtant à sa douceur jusqu'à son nombril.

Dans un soupir, elle le laissa poursuivre son chemin jusqu'à l'élastique de son sous-vêtement. Il y déposa un baiser.

— J'aime voir ta bouche se promener par ici.

Il leva le menton.

— Tu l'aimeras encore plus lorsqu'elle sera un peu plus bas.

— C'est-à-dire bientôt ?

Il sourit.

— Tu es impatiente ?

— Oui.

— Tant mieux. Je vais te faire hurler de plaisir.

Pour le moment, elle n'était pas loin de hurler de frustration. Elle en avait une boule au ventre. Le souffle de Garrett la caressait de plus en plus bas, et, lorsqu'il déposa un baiser sur le tissu qui recouvrait son sexe, elle crut qu'elle allait bondir du canapé. Elle était humide, palpitante, aux portes de l'orgasme, et il n'avait pas encore commencé. Cette lenteur dans la séduction allait lui faire perdre la tête.

Mais elle n'y pouvait rien : Garrett contrôlait la situation. Elle ne voulait pas lui demander brutalement de lécher son sexe une bonne fois pour toutes, mais, bon sang, ça faisait vraiment trop longtemps. Maintenant qu'ils étaient tous les deux en bonne voie, Alicia ne voulait ni finesse ni subtilité, mais simplement prendre son pied.

Elle poussa un soupir de soulagement lorsqu'il commença enfin à retirer sa culotte. Comme il saisissait une fesse d'une main et caressait ses cuisses de l'autre, la jeune femme se mordit la lèvre en espérant ne pas se ridiculiser par un orgasme trop précipité. Elle était au bord de la folie et savait déjà que Garrett serait terriblement…

—Oh, Garrett ! Oui.

Sa bouche se plaquait contre son sexe, et il promenait le bout de sa langue, chaude et délicieuse, sur son clitoris. Elle tenta de ne pas trembler, mais il lui donnait des sensations qui la submergeaient. Cette bouche experte savait, comme personne jusqu'à présent, où se trouvaient les zones les plus érogènes de sa féminité. Il ne mordillait pas, ne la heurtait pas, mais passait simplement sa langue tiède autour de son sexe comme s'il le faisait depuis toujours, juste comme elle aimait.

Ses hanches roulaient de plaisir, et, lorsqu'il enfonça deux doigts en elle, elle ne put qu'imaginer ce qui allait se passer quand il la pénétrerait. Son esprit avait déjà rêvé cette scène. Sa bouche et ses doigts s'engagèrent dans une danse effrénée qui la libéra enfin de toute la tension accumulée ; elle céda sous la puissance fulgurante de son orgasme.

— Oh oui ! cria-t-elle en se cabrant contre son visage, sans l'ombre d'une gêne.

Garrett répondit par un gémissement contre son sexe et enfonça encore plus ses doigts, sans cesser de l'amener vers des vagues d'extase plus intenses les unes que les autres. Lorsqu'elles s'évanouirent peu à peu, Alicia se sentit légère et étourdie, mais pas encore rassasiée de lui.

Le sportif déposa un chemin de baisers de son bas-ventre à son nombril, puis sur tout son ventre, et s'attarda sur sa poitrine en taquinant la pointe de ses seins du bout de ses pouces. Déjà, le brasier en elle se réveillait.

Ce n'était que la mise en bouche. À présent, Alicia était prête pour le plat principal.

Elle était prête pour Garrett.

Chapitre 16

Le cœur d'Alicia battait à cent à l'heure contre son oreille, et c'était une intense satisfaction pour Garrett.

Son corps réceptif s'était abandonné au plaisir, et le jeune homme s'était délecté de l'écouter, de la goûter, de tenir fermement son corps frémissant contre sa bouche. Ce n'était encore que le début, et la nuit promettait d'être longue.

Il se leva et aida Alicia à quitter le canapé.

— Gardons la suite pour la chambre.

Avant qu'elle ait le temps de répondre, il la souleva et la prit dans ses bras.

— Je peux marcher, tu sais.

En l'emmenant dans le couloir, il lui décocha un sourire en coin.

— Ah non, je tiens à mon rôle de chevalier servant !

— Fais tout de même attention à ton épaule.

Il lui lança un regard en coin.

— Si je ne peux pas porter une femme aussi légère que toi, autant prendre tout de suite ma retraite.

— D'accord, j'abandonne, je ne risque pas de te blesser. Mais, quand même, je trouve que c'est un peu… cliché.

Garrett poussa du pied la porte entrouverte et allongea sa princesse sur le lit.

— Tu as gâché mon effet, Alicia. Le romantisme, ce n'est pas ton truc, si ?

Elle s'assit sur le côté du lit. Décidément, toute nue, elle était magnifique. Il avait hâte de voir ses longues jambes s'enrouler autour de sa taille.

La seule pensée de s'imaginer entrer en elle poussait son sexe à se tendre dans son jogging.

— Excuse-moi, fit Alicia avec un charmant sourire. Je t'ai trouvé très romantique. Maintenant, à ton tour de te déshabiller.

Avec un rire, Garrett constata qu'elle n'hésitait pas à aller droit au but. Avec elle, nul besoin de dîner aux chandelles pour en venir aux faits ; elle voulait du sexe, et c'est ce qu'elle obtiendrait. Les choses étaient si simples.

Et, avec son physique de mannequin, elle était terriblement sexy. Il avait adoré lui donner du plaisir. Voir son corps répondre aussi facilement à ses caresses lui donnait envie de la pénétrer sans autre forme de procès. Mais un homme se devait de faire preuve d'élégance dans certains contextes, et la première fois avec une femme était l'un d'eux. C'est pourquoi, que cela plaise ou non à Alicia, il prendrait son temps et lui offrirait tout ce dont il était capable.

À commencer par se mettre nu. Il se débarrassa rapidement de son tee-shirt et fit tomber le pantalon de jogging au sol. Avec un sourire admiratif, Alicia l'observa, radieuse.

Il la rejoignit sur le lit.

— J'ai un aveu à te faire, dit-elle.

— Oui. Quoi ? murmura Garrett en chassant une mèche de ses cheveux derrière son oreille.

— Je t'ai vu, l'autre soir. Sur la plage, quand tu te masturbais.

Le sportif sourit ; l'idée qu'elle l'ait regardé faire lui plaisait beaucoup.

— Tu es sérieuse ?

— Oui.

— Et ?

Le souffle d'Alicia se fit saccadé.

— Et ça m'a excitée.

Garrett la repoussa doucement pour l'allonger sur les draps et il caressa la peau douce de son ventre. Ses doigts se promenèrent jusqu'à sa poitrine qu'il titilla en la questionnant :

— Vraiment ? Et qu'est-ce que tu as fait en me regardant ?

— J'ai glissé une main dans ma culotte et je me suis caressée.

Son membre se réveilla lorsqu'il imagina Alicia en train de le regarder et d'éprouver un désir aussi pressant.

— Tu as joui ?

— Oui, répondit-elle, le souffle court.

— Montre-moi.

— Ce n'est pas pareil, dit Alicia avec un sourire malicieux. Je ne porte pas de culotte.

Il pinça doucement l'un de ses tétons.

— Ne fais pas la maligne avec moi. Montre-moi comment tu t'es caressée. Toi, tu m'as observé et pas moi. Enfin… J'ai moi aussi un aveu à te faire.

Les lèvres entrouvertes, la respiration hachée, la jeune femme glissa une main entre ses propres jambes. Garrett se sentit trembler de désir en la voyant écarter les lèvres de son sexe.

— Quel genre d'aveu ? susurra-t-elle.

— La fois où tu t'es enfermée dans ta chambre pour te masturber, j'écoutais à la porte.

Elle poussa un cri étouffé, non pas d'indignation mais de délectation. Elle souleva les hanches et fit glisser ses doigts sur son clitoris.

— Tu m'as entendue ? J'essayais pourtant d'être discrète.

— Pas assez, il faut croire. En passant dans le couloir, je t'ai entendue respirer fort. Pas comme une personne au bord de la crise d'asthme, mais bien comme une femme en train de se toucher. Crois-moi, ma belle, ajouta-t-il en recouvrant sa main indiscrète de la sienne, j'ai un véritable radar pour ce genre de choses.

Alicia poussa un soupir.

— Je m'en souviendrai. Est-ce que tu as savouré ce moment ?

En mêlant ses doigts à ceux de la jeune femme, qui caressaient doucement les lèvres de son sexe, Garrett sentit à quel point elle était excitée.

— En t'imaginant sur les draps de l'autre côté de la porte, je me suis senti durcir. Ça me rendait fou de t'entendre sans pouvoir te voir. J'ai dû faire preuve d'imagination.

Lorsqu'il glissa son index en elle, Alicia poussa un gémissement. Il frotta doucement son membre contre sa cuisse, n'y tenant plus de ne pouvoir se trouver en elle.

— Et qu'as-tu fait ensuite ?

— Ce soir-là, je me suis masturbé dans ma chambre.

— Que d'opportunités manquées, regretta Alicia en prenant son membre dans la main.

Garrett repoussa l'autre, qu'elle tenait contre son intimité, pour effleurer son clitoris. À la manière dont Alicia roulait des hanches, il savait qu'il pourrait la faire jouir à tout instant. Seulement, cette fois, il voulait la pénétrer pour son prochain orgasme.

— Il est temps que l'on couche ensemble au lieu de rester chacun dans son coin, déclara la jeune femme. Je te veux en moi.

Garrett était entièrement d'accord.

— J'aime ta manière de penser.

Il roula sur le côté et la dévora de baisers comme s'il avait faim d'elle. Avec une ferveur redoublée, Alicia l'attira au-dessus d'elle, l'extrémité du sexe de Garrett taquinant l'entrée du sien.

Il suffisait d'un simple mouvement pour qu'il s'enfonce en elle, mais Garrett s'écarta et sortit un préservatif du tiroir de la table de chevet.

En le regardant l'enfiler, Alicia se mordit la lèvre. Le sportif prit sa main, mêla ses doigts aux siens et la pénétra lentement, petit à petit.

— J'aime comme tu me parles, reprit-il d'une voix grave et basse, en entourant sa taille de ses bras.

J'aime ton honnêteté, j'aime quand tu me dis ce que tu penses, ce dont tu as envie ou besoin.

— Ce dont j'ai besoin, c'est de toi.

Garrett entra plus profondément encore, puis s'arrêta, tandis que son pouls accélérait au point de palpiter jusqu'à la moindre de ses extrémités.

— Moi aussi, j'ai besoin de ça. De toi. Tu es ce que j'ai toujours voulu depuis le premier jour, Alicia.

Il chassa une mèche de son visage d'ange.

— J'aime te sentir autour de moi, susurra-t-il.

À ces mots, tremblante d'excitation, elle se referma autour de lui.

Alicia s'attendait à un rapport rapide et bestial. Elle aurait joui en un instant, elle le savait. Au lieu de cela, il opérait de lents va-et-vient qui accroissaient progressivement son tourment, comme s'ils faisaient l'amour au ralenti.

La paresse de son rythme la rendait folle. S'il avait agi avec plus de sauvagerie et d'impatience, elle n'aurait livré aucun sentiment. Mais Garrett plongeait dans son regard avec une intimité presque insoutenable. Il l'obligeait à lui donner plus que ce qu'elle était prête à lui offrir. Les yeux clos, elle se concentra sur les sensations de ce roulement délicieux, qui la menaient de plus en plus près des portes de l'oubli et de l'extase.

— Alicia, regarde-moi.

C'était impossible. La libération était proche, et puis c'en était trop. Elle ne s'attendait pas à tant de tendresse. Pas avec Garrett, et pas si tôt.

Mais, lorsqu'il frôla ses lèvres des siennes, elle se laissa emporter par la passion de ce baiser, enroula ses jambes autour de sa taille et pressa sa main.

— Ouvre les yeux, insista-t-il dans un murmure contre sa bouche. Reste avec moi.

Elle soupira et ouvrit les paupières.

Les yeux de cet homme étaient si clairs, ils reflétaient une faim insatiable, égale à la sienne. Elle n'aurait pas dû le fuir, comme une lâche, mais il lui en demandait trop. Il poursuivit ses mouvements de hanches, toujours avec langueur, et, dans un cri étouffé, Alicia comprit qu'il la posséderait corps et âme, comme personne ne l'avait fait jusqu'à ce jour.

Sa manière de lui faire l'amour, lentement, intimement, la détruisait de l'intérieur. Elle s'était attendue à des ébats torrides, amusants, voire bestiaux, mais certainement pas à cette tendresse, qui ruinait la muraille derrière laquelle elle se cachait. Elle avait envie de crier son nom. Elle était au bord des larmes.

Le visage enfoui dans sa poitrine, léchant ses tétons, il la menait sur le chemin de voluptés qui, sans aucun doute, conduisaient, à une vitesse lente et languissante, vers un orgasme fulgurant.

— Garrett.

Son prénom lui échappa des lèvres dans un soupir. Le lanceur remonta jusqu'à sa bouche en s'attardant sur la nuque offerte. Il l'embrassa encore, lui tenant toujours la main, et se frotta contre elle avec juste ce qu'il fallait de pression. Elle se crispa.

— C'est ça, susurra Garrett avec une pointe de tension dans la voix. Laisse-toi aller.

Le souffle court, elle leva les hanches et suivit ses mouvements, comme pour le défier de la prendre plus sauvagement, de rendre leurs ébats plus impersonnels. Mais il ne se laissa pas faire et se frotta contre elle dans une caresse qui déclencha en elle un brasier incontrôlable.

Il la frôla d'un baiser, et elle ouvrit les yeux.

— Fais-moi confiance, lui murmura-t-il. Tu n'es pas seule.

Il savait. Lui aussi ressentait la même chose.

Elle se laissa aller. Il la regarda jouir, et elle le laissa faire. Dans cet orgasme, Alicia se dévoilait entièrement à lui, mais elle ne pouvait pas s'empêcher de lui offrir un tel degré d'intimité. Garrett accéléra brusquement le rythme, encore et encore, jusqu'à lui apporter autant de lui-même en retour, et parcourut les vagues de son orgasme sans la quitter des yeux. Jusqu'aux derniers tremblements, Alicia lui prit la main, qu'elle serra très fort. Jamais auparavant elle ne s'était sentie si proche d'un homme.

À bout de souffle, Garrett s'effondra sur elle, le visage au creux de son épaule, mais ne cessa pas de la parcourir de baisers et de lui tenir la main.

Alicia redescendit petit à petit de son nuage, obsédée par une question : que venait-il de se passer ?

Dans l'épuisement, elle ne put s'empêcher de repenser à l'intensité et à l'intimité de cet instant.

Pour elle, le sexe n'était synonyme que d'amusement, mais cette connexion avec Garrett la choquait profondément. Il roula sur le côté et l'attira tout contre elle. Elle entendait son cœur battre contre son oreille.

Lui n'avait pas encore prononcé un mot, et elle ne le ferait pas non plus. En tout cas, pas sur ce qui venait de se passer.

D'ailleurs, à cet instant précis, elle était allongée sur son épaule blessée.

Elle se releva d'un bond.

— Je t'ai fait mal ?

— Mon épaule va très bien, Alicia. (Il la reprit dans ses bras.) Pose ta tête ici et arrête de te ronger les sangs pour moi.

La réaction de la jeune femme était démesurée : elle le savait d'autant plus qu'elle connaissait les capacités de son patient. S'allonger contre son épaule ne lui ferait aucun mal. Était-ce une excuse pour prendre ses distances ?

Mais que venaient-ils de faire ?

Tout ça sortait tout droit de son imagination. Cela avait été une partie de jambes en l'air extraordinaire, mais certainement pas épique.

Le problème, c'était que si. Cet instant avait été épique. Et monumental.

C'est tout, rien de plus. Ils avaient couché ensemble, et cela avait été génial. Il n'avait pas rompu l'équilibre d'Alicia.

Non, il avait simplement provoqué un tremblement de terre dans sa vie.

C'était totalement ridicule. Alicia devait penser à autre chose qu'au corps de cet homme et revenir à la réalité. Pour cela, la première chose à faire était de quitter le lit. Ce n'était pas en restant nue contre lui qu'elle le sortirait de ses pensées et qu'elle cesserait de le voir comme un dieu du sexe. Ce qu'il n'était pas, bien sûr. Il était seulement un amant moyen – disons, un peu au-dessus de la moyenne.

Elle s'assit sur le côté du lit.

— Où est-ce que tu vas ?

Décidée à ne pas se comporter lâchement, elle se força à tourner la tête et à le regarder droit dans les yeux, d'un air détaché.

— Je retourne dans ma chambre.

— Pourquoi ? s'étonna Garrett.

— Pour dormir.

Il sourit.

— Je sens mauvais ?

Alicia pouffa.

— Non.

— Le sexe t'a paru… moyen ?

— Oh non, pas du tout ! Au contraire, c'était génial, Garrett. Vraiment.

Cette remarque le fit sourire, et il se leva afin de s'installer à côté d'elle. Il la força à s'allonger et la rejoignit sur le lit.

— Je suis d'accord, c'était carrément génial.

Rabattant la couverture au-dessus d'eux, Garrett attira la jeune femme contre lui.

Alicia avait le regard perdu vers la pleine lune.

— Je ferais mieux de dormir dans mon lit, Garrett.

— Pourquoi ?

Elle voulut répondre, mais se ravisa.

Aucune réponse valable ne lui venait à l'esprit.

— J'abandonne. Je ne sais pas.

— Parfait.

Il enroula ses bras autour d'elle.

— Parce que, si tu restes avec moi, je vais pouvoir faire ça.

S'approchant encore, il se frotta doucement contre elle, ranimant son membre éveillé. Une vague déferla en Alicia, et la pointe de ses seins durcit. Comme il prenait sa poitrine dans ses mains et glissait son sexe entre ses cuisses, elle se cambra, lui offrant sa croupe.

— Tu me donnes de drôles d'idées, susurra Garrett.

— Menteur ! Les idées, tu les avais déjà en tête.

— C'est vrai.

Du bout du pouce, il taquina l'un de ses tétons, jusqu'à lui faire pousser un soupir de plaisir, et mordilla son oreille, puis la peau douce de son cou.

— J'ai envie de te prendre comme ça… Ouvre-toi à moi.

Tandis qu'il enfilait un autre préservatif, Alicia écarta les cuisses. Elle voulait encore le sentir en elle. Il revint vite contre ses fesses et, cette fois-ci, s'enfonça d'un coup entre ses lèvres.

Contrairement à tout à l'heure, ils s'adonnèrent au sexe avec fièvre et passion, se mouvant dans un élan de frénésie charnelle ; Alicia glissa une main entre ses cuisses, et, en la voyant faire, Garrett ralentit soudain le rythme.

— Caresse-toi, acquiesça-t-il. Je veux te sentir tendue autour de moi.

Sa voix prenait un ton grave qui fit frissonner la jeune femme. Ce timbre l'excitait plus encore et l'approchait un peu plus de l'orgasme. Il se tourna légèrement pour l'installer sur ses genoux et acquérir ainsi un meilleur équilibre derrière elle. Alicia enfouit le visage entre les oreillers, la poitrine contre le matelas et les fesses ostensiblement offertes à son partenaire. Elle se languissait déjà de le sentir en elle le plus profondément possible.

Comme il reprenait ses assauts, elle reposa les doigts contre son clitoris. Garrett la tenait fermement par les hanches, les doigts s'enfonçant dans sa chair, pendant qu'une spirale de plaisir enivrait Alicia.

— Garrett, j'y suis bientôt, cria-t-elle en crispant les muscles autour du sexe de Garrett.

— Je compte bien t'accompagner, grogna le sportif en accélérant encore la cadence.

Pris d'un frisson commun, ils s'effondrèrent sur le matelas et se délectèrent ensemble des vagues orgasmiques.

Alicia reprit péniblement son souffle, et Garrett se leva pour leur apporter des serviettes, tant ils avaient transpiré dans l'effort.

— Merci, murmura la jeune femme avec un sourire.

— Tu m'as épuisé, répondit Garrett avec un petit rire. Comme toujours, d'ailleurs.

— Hum… Je t'en prie. Ou, plutôt, je suis désolée.

Se penchant sur elle, il l'embrassa délicatement.

— Pour ce type de fatigue, ne t'excuse jamais.

Et il l'embrassa à nouveau, mais, cette fois, avec une tendresse passionnée.

Alicia se sentit ridicule mais ravie, et tellement légère.

Le corps d'Alicia était recroquevillé contre lui sous les draps, et Garrett l'écouta respirer doucement.

Elle était tendue. Pourtant, les orgasmes à répétition auraient dû l'apaiser. De toute évidence, l'évolution de leur relation était loin de la rassurer.

Elle mit environ une demi-heure à s'endormir, puis son corps se relâcha enfin, et sa respiration se fit plus profonde.

Le sommeil ne lui était pas venu spontanément ; elle avait sans doute lutté pour le chasser. Un nouvel orgasme lui aurait peut-être permis de relâcher encore un peu de pression.

Alicia n'avait pas voulu rester dormir avec lui. Au lit, était-il moins bon que ce qu'il se plaisait à croire ?

Non, c'était autre chose. Voir Alicia s'abandonner ainsi à la jouissance avait ajouté à son propre plaisir. Lui faire l'amour lentement, en retardant son orgasme, avait été une véritable torture, mais il n'en regrettait pas une seconde. Il ne détestait pas les rapports brutaux et intenses, et il avait vraiment eu envie de jouir vite, mais il avait adoré explorer chaque centimètre de son corps, et cette féminité autour de son membre, qui s'était resserrée un peu plus sur lui chaque fois qu'il s'y enfonçait.

Il sentit son sexe durcir à la pensée de la connexion qu'ils venaient d'expérimenter.

Garrett avait couché avec bien des femmes, mais il ne leur faisait jamais l'amour. L'émotivité pendant l'acte, ce n'était pas son truc. Ce qui comptait pour lui, c'était de passer du bon temps. Mais, avec Alicia, il y avait ce je-ne-sais-quoi de différent, qui réclamait plus de lui qu'un simple rapport. Qu'il le veuille ou non, il s'était épris d'elle.

Leur relation ne durerait pas, il le savait bien. C'était sa kiné. Le travail s'immisçait déjà entre eux, et leurs chemins se sépareraient un jour ou l'autre. En tout cas, ce soir, ils s'étaient régalés, et Garrett en réclamait encore. Puisque sa rééducation n'était pas encore terminée, autant en profiter pour s'amuser autant que possible.

Pour lui, cela venait juste de commencer, et il n'était pas près d'y mettre un terme.

En plus, le sexe était bon pour sa rééducation. Les orgasmes n'étaient-ils pas réputés pour leurs effets sur le flux sanguin, ou quelque chose comme ça ?

Il en parlerait à sa kiné le lendemain.

En attendant, il ferma les yeux, le sourire aux lèvres.

Chapitre 17

Alicia s'était éclipsée avant le lever du jour, afin de s'épargner la scène du réveil à deux. Après la soirée qu'ils avaient passée ensemble, la situation ne pouvait que tourner au malaise. Avec la lumière du jour, elle avait repris ses esprits.

Elle ne regrettait pas ce qui s'était passé entre eux. En tant qu'adulte, elle assumait son choix de coucher avec son patient. Toutefois, cela ne se reproduirait pas. Leur relation resterait telle qu'elle était, car entamer une véritable relation, purement sexuelle ou plus personnelle, ne leur apporterait rien de bon. Pour le moment, Alicia ne garderait que son objectif en tête : ramener Garrett sur le monticule du lanceur, et rien ne la distrairait de son but. Ce n'était pas en batifolant avec son patient qu'elle parviendrait à respecter les délais qu'elle s'était fixés. Au contraire, leurs carrières en pâtiraient.

Pourvu que Garrett partage son avis ! Il se comporterait probablement en homme un peu cliché : un écart isolé ne faisait pas de mal, mais coucher plus d'une fois impliquerait une relation plus stable. Garrett était forcément partant pour se recentrer sur ses performances sportives et oublier ses performances sexuelles. Non ?

Alicia partit prendre une douche dans la salle de bains de sa chambre. En ressortant, elle ne trouva Garrett nulle part. Ravie de cet instant de répit, elle se prépara du café et travailla ses notes sur la table du salon. Elle était plongée dans son travail lorsque Garrett revint de son jogging matinal.

Il se dirigea vers la cuisine, et Alicia en profita pour lui lancer un bref regard. Lui tournant le dos, il cherchait un verre dans le placard pour boire son jus d'orange. Ses bras luisaient de sueur, et ses cheveux étaient humides après l'effort de la course. En short et débardeur, il laissait voir assez de ce corps pour permettre à la jeune femme de se remémorer le contact délicieux de ces bras musclés autour de son corps frêle.

Alicia s'efforça aussitôt de reporter son attention sur son programme thérapeutique.

— Quand je me suis réveillé, j'étais seul dans le lit.

Et zut ! Elle qui espérait éviter le sujet, c'était raté.

— Oui, je me suis levée tôt, je ne voulais pas te réveiller.

Garrett vint s'asseoir en face d'elle avec son jus d'orange.

— Les draps étaient encore chauds, on aurait pu reprendre là où on s'était arrêtés.

Ces mots lui provoquèrent une sueur froide. Il était encore tôt… Les draps étaient toujours chauds.

Non, elle ne devait plus y penser, et Garrett non plus, d'ailleurs. Autant aborder le sujet une bonne fois pour toutes. Elle leva les yeux.

— Tu sais que ce n'est pas une bonne idée.

Il sourit.

— Depuis quand le sexe n'est pas une bonne idée ?

— Tiens-tu réellement à me faire passer pour la méchante ?

Garrett finit son jus d'orange et reposa le verre sur la table.

— Apparemment oui, car je ne vois pas en quoi ce que nous avons fait hier est mal. Et je ne vois pas non plus où est le mal si nous recommençons aujourd'hui. On a passé un bon moment. Il n'y a pas eu de blessés. (Il fit des ronds avec ses bras.) Même mon épaule a survécu.

Pour réprimer un sourire, Alicia dut rassembler toute sa bonne volonté.

— Ce n'est pas une bonne idée. Concentre-toi sur ton poste de lanceur, pas sur les parties de jambes en l'air avec ta kiné.

Cela le fit encore sourire.

— Oh, dans ta bouche, ça a l'air encore plus coquin !

Levant les yeux au ciel, Alicia partit préparer le petit déjeuner dans la cuisine. De son côté, le sportif s'éclipsa, et elle en profita pour souffler et reprendre le contrôle de sa libido en éveil. Là encore, ses bonnes résolutions et ses envies charnelles n'étaient pas tout à fait sur la même longueur d'onde. Il lui faudrait du temps, mais, surtout, une importante dose de bonne volonté.

Les aventures d'un soir, elle n'en avait pas l'habitude. Elle n'avait jamais connu que des relations durables. Cette fois, il s'agirait d'un coup d'un soir, rien de plus. La soirée avait été magique, elle s'était libérée sexuellement et, à présent, elle pouvait tourner la page. D'ailleurs, elle n'y pensait déjà plus. Avec une telle force de caractère, elle parviendrait sans encombre à se remettre au travail avec Garrett, même si le toucher sans aller plus loin serait plutôt dur.

Dur comme lui, comme ses muscles tendus, et elle aurait aimé y promener les doigts pour…

— Laisse-moi t'aider.

Alicia sursauta et manqua de faire tomber un œuf.

— Non, je m'en occupe, balbutia-t-elle tandis qu'il s'approchait du plan de travail.

— Il n'y a pas de raison, j'en suis capable autant que toi.

Il cassa les œufs dans la poêle.

— Dans ce cas, je m'occupe du bacon, se résigna la kiné.

— OK.

Elle sortit une autre poêle pour le bacon, et ils cuisinèrent côte à côte. Elle fit griller du pain, et il servit les jus d'orange. L'instant était anodin, comme une matinée entre copains. Pourtant, l'attention d'Alicia se portait constamment sur la hanche du sportif, qui la frôlait dans l'espace restreint de la cuisine. Dès que Garrett la touchait, elle avait envie qu'il la pousse contre l'évier et la dévore de baisers comme il l'avait fait la veille.

Bon, d'accord, elle avait du mal à s'en remettre. De retour de la douche, il sentait bon le savon, et elle avait envie de promener sa langue sur lui, d'envelopper son membre de sa main et de le faire glisser en elle. Cette seule pensée la faisait frissonner.

Son odeur, la proximité de son corps, c'en était trop ; elle allait devenir folle. Alicia le désirait, un point c'est tout. La nuit dernière avait été un avant-goût, et elle voulait découvrir la suite.

Elle s'écarta de lui.

— Je ne mords pas, tu sais, s'amusa Garrett. Enfin, je peux mordre si tu aimes ça.

Elle s'adossa à l'évier, les mains derrière le dos.

— Je n'y arrive pas, Garrett.

— Tu n'arrives pas à quoi ? demanda le sportif, les sourcils froncés.

— Ça, toi et moi. La nuit dernière était une erreur, tu le sais très bien.

— Je ne suis pas d'accord, rétorqua-t-il.

Il s'approcha d'elle, mais elle s'écarta.

— Je suis sérieuse. Je tiens à te faire reprendre le base-ball ; c'est impossible si on…

— Si on… ?

— Si on couche ensemble.

— Et pourquoi ?

— Parce que je dois rester concentrée. Je dois te considérer comme un patient, pas comme un amant. Il m'est impossible de remplir mon rôle de médecin si les émotions s'en mêlent. Je ne peux pas.

— OK.

— Tu comprends ? murmura-t-elle en regardant ses pieds. Bon, je reviens tout de suite.

Elle s'éclipsa aussitôt pour s'enfermer dans sa chambre. En faisant les cent pas, elle tourna et retourna la situation dans sa tête, les bras autour de son ventre.

Leur conversation ne s'était pas déroulée comme prévu.

C'était ridicule. En tant que kiné, elle ne pouvait pas se cacher dans sa chambre dès qu'elle s'approchait de Garrett d'un peu trop près.

Il est temps de faire face, Alicia. C'est toi qui as instauré ces règles.

Elle avait été surtout la première à les enfreindre.

Après avoir pris une profonde inspiration, elle retourna dans la cuisine.

— Le petit déjeuner est prêt, déclara Garrett.

— Super, merci.

Ils remplirent leurs assiettes et se rendirent dans la salle à manger. Alicia accueillit avec plaisir la distance physique que le repas leur imposait, même si cela ne durerait pas : après, il serait l'heure de la séance de rééducation. De son côté, le sportif semblait enfin décidé à ne plus aborder le sujet sensible.

Une fois leurs assiettes terminées, la kiné fit la vaisselle pendant que Garrett allait s'échauffer dans la salle de gym en l'attendant. Alicia eut beau s'attarder longuement sur les taches inexistantes de la poêle à frire, il était temps de le rejoindre.

Elle se dirigea donc vers la salle de gym en attrapant sa tablette au passage. Garrett travaillait le développé couché.

— Tu devrais éviter ce type d'exercices lorsque tu es seul, le prévint-elle en s'approchant.

Il fit la sourde oreille. Le médecin toucha la barre qu'il soulevait.

— Tu as mis trop de poids.

Là encore, Garrett resta silencieux. Puisque ses muscles semblaient le supporter, elle le laissa tranquille avec les poids qu'il avait choisis, mais ne le quitta pas du regard pour autant. Après une série de douze, elle l'aida à reposer la barre. Le sportif se redressa et reprit son souffle.

— Comment réagit ton épaule ?

— Très bien. (Il tourna la tête vers la jeune femme.) Je n'ai pas mal.

— Tant mieux, mais n'ajoute pas de poids en mon absence.

— Tu ne me crois pas capable de sentir mes propres limites ? la provoqua-t-il.

— Si on t'a assigné une kiné, ce n'est pas pour rien. Et si tu me laissais faire mon travail et que tu agissais comme un patient ?

— Je pense que tu as été assez claire tout à l'heure sur les rôles qu'on doit remplir, toi et moi. Je n'ai pas besoin d'un dessin, Alicia. J'ai très bien compris.

Sur ce, il se leva pour prendre place près des poulies et attendit qu'elle le rejoigne. L'atmosphère s'était soudain refroidie. Entre eux, un mur de glace venait de s'ériger.

Bon, elle saurait gérer la situation.

Comme elle s'approchait et décidait du poids, il se mit à ronchonner.

— Ce n'est pas assez lourd. Rajoute quelques kilos.

Voilà un comportement digne d'un patient. Un sportif grognon et frustré. Elle connaissait la chanson et se retrouvait en terrain familier. Garrett était un patient comme les autres. Pas de sentiments.

Elle regarda ses notes et ajouta trois kilos. Le lanceur inclina la tête.

— Allez, Alicia !

— Fais d'abord douze tractions comme ça, on verra ensuite.

Il soupira et s'exécuta. Facilement.

— Tu vois ? Aucun problème. Donne-m'en plus.

Alicia ajouta trois kilos supplémentaires, qu'il souleva encore sans peine. Après deux nouvelles séries, elle se posta derrière lui et enfonça les doigts dans ses épaules afin d'y déceler la moindre tension.

Ses muscles semblaient supporter l'effort. C'était bon signe. Elle décida alors de lui faire poursuivre la séance avec une difficulté supplémentaire par rapport à leurs habitudes. Elle corrigea ses notes en l'observant effectuer ses exercices. Garrett faisait de gros progrès, mais le résultat ne serait évident qu'en fin de journée, lorsqu'elle constaterait les effets de la séance sur son corps refroidi.

Toutefois, l'envie de le refaire lancer la rongeait : il fallait essayer les rotations sur son bras. Le véritable test était là. Et elle ne se lassait pas de voir son corps dans l'effort.

Après les haltères, Alicia le fit poursuivre la séance sur diverses machines, en repoussant encore le niveau de difficulté. Garrett s'exécuta sans broncher. Ils retournèrent ensuite dans la cuisine et mangèrent des sandwichs dans une ambiance sinon froide, du moins distante.

Une fois le repas terminé, Alicia lança :

— Et si on retournait faire des lancers ?

Un haussement d'épaules fut sa seule réponse, puis le sportif partit se changer en silence.

Une relation strictement professionnelle, n'était-ce pas ce qu'elle réclamait ?

Sur la route du terrain de base-ball, Garrett ne prononça pas un mot. De toute évidence, il était de ces hommes qui n'aimaient pas se prendre une veste. Et alors ? D'ailleurs, c'était une veste plutôt gentille puisqu'ils continueraient de se voir tous les jours.

Voilà la preuve irréfutable que coucher et travailler ensemble, ça ne pouvait pas fonctionner. Alicia n'avait jamais couché avec un collègue auparavant, et encore moins avec un patient. Depuis toujours, elle s'efforçait de séparer clairement le personnel du professionnel, désireuse de s'épargner ce type de complications.

Elle aurait dû s'y tenir. Garrett était supposé faire confiance à son avis de médecin, mais était-ce encore possible, à présent, avec une telle tension entre eux ?

En arrivant sur le terrain, Alicia décida de garder ses doutes pour plus tard et recommença les passes d'échauffement qu'elle lui avait fait faire la veille.

S'ensuivirent quelques passes où le lanceur devait lever le bras.

Garrett ne cachait pas sa frustration, et elle voulut le mettre au défi. Puisqu'il faisait de gros progrès, elle décida – avant d'aller plus loin – de vérifier les mécanismes de ses anciens gestes de lanceur.

— Maintenant, prends un élan complet, mais ne lance pas fort. Lance-la haut, à peine plus fort que tout à l'heure. À peine. N'y mets pas trop de force. Seulement de la vitesse.

De son monticule, Garrett la dévisagea un instant.

— J'ai compris, Alicia. Pas la peine de me faire un dessin.

OK, il était clairement en colère. Elle se mit en position de réception de la balle, accroupie sur le marbre.

— Tu veux que je compte jusqu'à trois ?

— Très drôle.

Il y eut un silence concentré, puis Garrett prit son élan et lui lança la balle, qui atterrit bruyamment dans le gant de cuir. La réception fut légèrement douloureuse pour Alicia, mais elle avait l'habitude.

Elle se releva et fit quelques pas vers lui.

— Comment t'es-tu senti ?

— Bien. (Il secoua son gant dans sa direction.) Retourne sur le marbre, je veux lancer encore un peu.

— D'accord, mais n'y mets pas plus de force.

— Ouais, ouais.

Garrett enchaîna cinq lancers sans montrer le moindre signe de fatigue. Au bout du cinquième, Alicia se redressa.

— Tu as l'air en forme, comment te sens-tu ?

Il quitta le monticule.

— Assez bien pour enchaîner six manches.

En souriant, elle le rejoignit à mi-chemin de leurs bases respectives.

— Parfait. Recommence, toujours doucement.

Il fit « oui » de la tête, lui prit la balle des mains et retourna à son poste. Pendant près de trois quarts d'heure, le lanceur suivit les directives de sa kiné : effectuer les lancers avec le geste technique, mais en maîtrisant sa force. De son côté, Alicia observa avec attention ses réactions musculaires et vérifia qu'il ne sollicitait pas trop son bras droit ou qu'il ne semblait pas souffrir. Au bout d'un nombre de lancers qu'elle trouva satisfaisant, elle lui demanda d'arrêter.

— Ça suffit pour aujourd'hui.

Là encore, il n'opposa aucune résistance, lui lança une dernière fois la balle et quitta le monticule, soulagé de se rafraîchir en buvant un peu d'eau.

— Comment va ton épaule ? s'enquit-elle tandis qu'ils montaient en voiture.

— Bien. Elle me fait un peu mal, mais c'est normal après tous les efforts de cet après-midi.

— Nous y mettrons une compresse froide en rentrant. Ensuite, je la masserai.

— D'accord.

Cette coopération ne lui ressemblait pas. Il était docile mais également distant. Son comportement était celui du patient idéal selon Alicia. Mais il était à l'opposé des rapports qu'ils entretenaient depuis le début de leur collaboration. Il n'y avait plus ce ping-pong verbal qui l'amusait tant. En tuant dans l'œuf la relation qui s'était développée entre eux, elle avait également mis fin à leur bonne entente.

Elle devait l'admettre, cette ambiance lui manquait, mais c'était ainsi qu'ils devaient se comporter l'un envers l'autre : avec professionnalisme. Tant pis si elle en souffrait. Elle l'avait cherché.

En entrant dans la maison, elle posa le sac de sport par terre.

— Prêt pour la compresse froide ? (Il haussa les épaules en signe d'approbation.) Viens. Allons dans la salle de gym.

Garrett lui emboîta le pas. Comme ils marchaient dans le couloir, la jeune kiné se sentait observée. Elle voulut se retourner ou marcher au même niveau que lui, mais elle n'en fit rien. Au lieu de cela, elle ne s'arrêta pas avant d'atteindre la porte de la salle de gym. Son patient continua tout droit jusqu'à la table de massage, fit quelques étirements et attendit qu'elle le rejoigne.

Alicia sortit le pain de glace du congélateur – sans prêter attention à sa boule au ventre –, l'enroula dans un tissu et retrouva Garrett.

— Dix minutes, lui indiqua-t-elle.

— Compris, lâcha-t-il en mettant les écouteurs de son MP3 dans ses oreilles.

Le mur qu'il dressait ainsi entre eux aggrava encore le malaise d'Alicia. Elle quitta la pièce et partit à la recherche de sa tablette. Dans la cuisine, elle prit note des progrès de son patient.

Les dix minutes passèrent trop vite à son goût. En retournant dans la salle de gym, elle ne retrouva que la compresse de glace. Garrett n'était plus là. Alicia remit la glace dans le congélateur et quitta la pièce.

Il est dans sa chambre, sans doute. Elle remonta le couloir et trouva la porte entrouverte. Non, il n'y avait personne.

— Garrett ?

Pas de réponse, ni de bruit dans la salle de bains. Alicia sortit alors sur la terrasse et découvrit Garrett en bas, au bord de la plage, le regard perdu vers l'horizon. Elle s'approcha de la rambarde et l'observa.

L'instant méritait d'être immortalisé : il était pieds et torse nus sous les rayons du soleil, et la brise faisait danser quelques mèches de ses cheveux. À quoi pensait-il en regardant ainsi l'océan ? La journée avait été longue pour tous les deux, physiquement comme mentalement. Était-ce à cela qu'il songeait, et à l'irritation que lui inspirait Alicia ? Ou se posait-il des questions sur l'avenir de sa carrière ? Pensait-il à elle ?

Elle, en tout cas, avait beaucoup pensé à lui aujourd'hui, et pas seulement à son épaule.

La nuit précédente, cet homme avait été à la merci de ses mains : chaque courbe, chaque parcelle de son corps d'athlète. Il l'avait possédée, l'avait menée jusqu'à l'extase – plus d'une fois. Pourtant, chacun avait à peine commencé à découvrir le corps de l'autre.

Peu importent les beaux discours sur le professionnalisme et la relation platonique à préserver ; la vérité, c'était qu'elle se sentait frustrée. Elle en voulait encore et désirait profondément en apprendre plus sur Garrett, ses envies, ses besoins, ce qui l'excitait, ce qui le transportait.

Les mains refermées sur la rambarde, elle laissa le désir monter peu à peu en elle. Jamais aucun homme n'avait éveillé un feu si intense en elle. Un seul regard de sa part, et elle s'embrasait. Toutes les barrières qu'elle s'était érigées dans la journée s'effondraient autour d'elle.

Il avait raison. Quelle différence cela ferait-il de coucher ou non avec lui ? Elle connaissait son métier et savait ce dont son patient avait besoin pour retourner sur le terrain. Des nuits torrides passées ensemble ne l'empêcheraient pas de faire son travail correctement.

Pourquoi fuir ? Garrett ne voulait pas de relation stable ; une fois sa rééducation terminée, il consacrerait tout son temps au base-ball. Et puis elle non plus ne cherchait pas de petit ami. Certainement pas ! Sa carrière passerait avant toute chose tant qu'elle n'aurait pas sa place dans le métier.

Ils étaient d'accord sur ce point.

Une fois son travail achevé et lorsque la saison de base-ball aurait repris, Garrett et Alicia n'auraient plus de raison de se revoir, à moins que le lanceur ne se blesse une nouvelle fois. Elle pouvait garder son travail, si elle faisait en sorte que personne ne sache.

Elle était adulte, et lui aussi. Ils étaient capables de gérer leur relation. Elle en était capable.

Alicia enleva ses chaussures et descendit les marches jusqu'à fouler le sable.

Chapitre 18

Une tempête approchait. Garrett observait les nuages se rassembler peu à peu au-dessus de sa tête, assombrissant le ciel, qui se fit menaçant et orageux.

Il connaissait ce sentiment. Lui-même avait senti son humeur s'assombrir au fil de la journée. Pour cela, il ne pouvait s'en prendre qu'à lui-même. Alicia n'y était pour rien. Elle l'observait depuis la terrasse, il le savait, mais il ne se retourna pas. Si elle voulait lui parler, elle n'aurait qu'à le rejoindre.

Toute la journée, il s'était efforcé de garder une distance professionnelle avec elle. C'est ce qu'elle lui avait demandé, et il s'était exécuté, car il savait combien son travail importait aux yeux de la kiné.

Pourtant, c'était dur. Alicia le rendait dur. Ce serait mentir que de dire qu'il ne la désirait pas ; la veille n'avait été qu'un échantillon de ce qu'il voulait vivre avec elle. Toutefois, si elle ne partageait pas cette envie, il ne la forcerait pas.

Malgré tout, il ne pouvait s'empêcher de constater qu'elle était hésitante, et qu'il serait facile de la faire changer d'avis. En y mettant du sien, le sportif savait se montrer particulièrement convaincant. Mais ce serait se comporter en salaud, et il estimait qu'il valait mieux que cela. C'est pourquoi il avait fait marche arrière en se concentrant sur la rééducation. S'il devait supporter une érection à chaque séance, c'était son problème à lui, pas celui d'Alicia. Il finirait bien par passer à autre chose.

Et puis, ces derniers temps, il avait d'autres soucis en tête que celui d'attirer Alicia une seconde fois dans ses filets ; son avenir de lanceur, par exemple. Ce devait être son seul sujet de préoccupation.

Ainsi, lorsqu'il vit Alicia quitter la terrasse pour le rejoindre, il se prépara à retourner à la salle de torture pour une série de ces horribles étirements dont elle avait le secret. Il se retourna et attendit qu'elle parle.

Mais elle ne dit rien. L'océan leur envoya une bourrasque qui fit voler les mèches brunes de ses cheveux devant son visage, mais elle ne les chassa pas. Le regard intense qu'elle rivait sur celui de Garrett ne cachait pas son intention. Il reconnut dans ses yeux la même flamme que celle qui le dévorait depuis l'aurore. Le désir évident d'Alicia eut l'effet d'une bombe.

Garrett ne comprenait pas ce revirement soudain. Pourquoi avoir pris la peine de construire un mur infranchissable entre eux, si c'était pour le démolir d'un seul regard ?

Mais, il s'en rendit compte tout de suite, au fond de lui il se fichait de connaître le pourquoi du comment. Il n'avait besoin de poser qu'une seule question.

— Tu es sûre de toi ?

— Oui.

Sa réponse était franche, il n'avait besoin de rien de plus.

Chassant délicatement les mèches rebelles, Garrett approcha ses lèvres de la bouche de la jeune femme. Il avait tellement envie de l'embrasser... Il n'était plus question de comprendre ce qui se passait entre eux, ce sentiment qui le rendait fou, et qui devait la rendre folle, elle aussi. La seule chose qui comptait était son attirance presque animale pour cette femme. Le vent se leva avec la même force que leur désir, les projetant l'un vers l'autre, et Garrett dut la prendre fermement par la taille pour les faire tenir debout.

Les premières gouttes tapotèrent sa joue : le lanceur mit fin à leur baiser, prit Alicia par la main, et ils s'élancèrent au pas de course sous le ciel qui se déchaînait. Malgré la courte distance jusqu'à la terrasse de la maison, ils se retrouvèrent trempés jusqu'aux os.

Alicia leva les yeux, les cheveux plaqués autour de son visage, le débardeur collé à son corps dégoulinant d'eau de pluie. Garrett n'avait jamais eu autant envie d'une femme qu'à cet instant précis.

Au-dessus de leurs têtes, les éclairs zébraient les nuages noirs qui cachaient le jour, accompagnés d'un tonnerre assourdissant. La maison en tremblait sur ses fondations. La pluie tombait avec une telle force que Garrett ne distinguait plus les gouttes les unes des autres. La puissance de la tempête se mêlait en lui à la violence de son désir ; il poussa Alicia contre le mur de la maison et la dévora de baisers.

Alicia les lui rendait avec la même intensité, à croire que l'orage réveillait leurs désirs primaires. Garrett lui retira son débardeur et fit courir ses mains partout sur son ventre, la tenant fermement contre lui. Elle poussa un gémissement et lui mordilla la lèvre.

Dans un grognement, le lanceur jeta son débardeur trempé et dégrafa son soutien-gorge, saisi d'un désir brutal. Ils étaient seuls, sans aucun voisin à l'horizon. Et puis, avec cette pluie, ils étaient à l'abri des regards. Alicia se dévêtit sans l'ombre d'une hésitation, avant d'en faire autant avec les habits de Garrett.

Debout sous le porche, tous les deux laissaient s'exprimer la bestialité que réveillait la tempête qui éclatait autour d'eux. Le froid ne le dérangeait pas, mais Alicia avait la chair de poule. Il l'entoura alors de ses bras pour la protéger du vent et la réchauffa de baisers et de caresses redoublées. L'une de ses mains recouvrit son sein, dont la pointe, qu'il titilla du pouce, était déjà durcie par la fraîcheur humide.

Dans un frisson, la jeune femme glissa la langue dans la bouche de Garrett avec une maîtrise qui le laissa haletant. C'en était trop, il s'écarta et la dévora du regard. Les lèvres d'Alicia tremblaient.

— J'ai besoin de ton corps.

— Oui, souffla-t-elle. Maintenant.

S'ils avaient eu un préservatif, il ne se serait pas fait prier et l'aurait possédée là, sur la terrasse, sous une pluie battante. Au lieu de cela, il la prit par la main et se précipita dans la maison, projetant des gouttes d'eau derrière eux tandis qu'ils rejoignaient la chambre. Garrett fit tourner les robinets de la douche et, lorsque la température fut bien chaude, y fit entrer Alicia.

— Réchauffe-toi, je reviens.

Il partit chercher un préservatif, qu'il posa sur l'étagère de douche avant de rejoindre la jeune femme sous le jet. Les yeux clos, elle laissait l'eau couler sur son visage. Lorsqu'elle aperçut Garrett, elle repoussa ses cheveux en arrière et attira son amant dans ses bras.

Ce dernier était frigorifié, mais, dès qu'il retrouva sa bouche délicieuse et sa poitrine qui se pressait déjà contre son torse, il sentit remonter sa température. Leurs lèvres se retrouvèrent dans un baiser ardent, qui le fit frissonner, et pas de froid. Garrett fit courir ses mains dans son dos et retrouva avec délices les souvenirs de la veille.

Il n'avait pas été rassasié de son corps à ce moment-là. Maintenant, il explorait chacune de ses courbes, en se demandant jusqu'où il irait avant de s'estimer repu. Dans un brouillard de vapeur, Alicia entoura son membre de sa main et opéra de lents va-et-vient qui ne firent qu'accroître l'insoutenable impatience de son partenaire. Garrett la plaqua contre le mur de la douche et glissa une main entre ses cuisses. Elle était aussi douce que les pétales d'une fleur. Comme il redoublait de tendresse en parcourant son sexe de la main, Alicia enfonça les ongles dans son bras.

— Oh, Garrett, oui ! Mets tes doigts en moi et fais-moi jouir.

Il adorait son franc-parler, en particulier pendant l'acte. Son corps frêle avait beau sembler fragile sous ses caresses, elle demandait plus qu'un tendre affleurement. Garrett accentua la pression et écouta avec une délectation presque douloureuse les soupirs de sa partenaire. Toujours plaquée contre le mur, Alicia laissait échapper des gémissements de bonheur tandis qu'il se frottait contre sa hanche, les doigts en mouvement, sa paume parcourant toujours son point sensible.

— Ohhh ! susurra-t-elle, la tête rejetée en arrière.

Ses muscles se crispèrent autour de la main de Garrett, et, lèvres ouvertes, griffant légèrement le bras de son partenaire, elle se laissa emporter par l'orgasme.

Le sportif récupéra le préservatif posé sur l'étagère, déchira l'emballage et se recouvrit du latex avant d'écarter les cuisses de la jeune femme.

— Tu te rends compte de l'effet que ça me fait de te voir jouir ?

Elle déglutit et se mordit la lèvre.

— Non, décris-moi ce que ça te fait.

— Mon sexe durcit comme jamais. Je meurs d'envie de retrouver la sensation de ta peau autour de lui. Et de bouger en toi, longtemps, lentement.

Malgré le bruit de l'eau qui continuait de couler, il entendit clairement le souffle saccadé de la jeune femme.

— Oh, ça me plaît ! J'ai eu envie de toi toute la journée, Garrett. Ton corps m'a manqué.

Il ramena ses bras au-dessus de sa tête et entra en elle. Bouche contre bouche. Alicia émit un gémissement et l'emprisonna en mettant sa jambe autour de sa taille.

Bon sang, il était si bon de se retrouver tout contre cette femme, de sentir ses seins frotter contre son torse ! songea Garrett tout en amorçant des mouvements de va-et-vient. Leurs doigts s'emmêlaient tandis que leurs langues s'élançaient dans une danse passionnée au rythme du roulement de leurs hanches.

Garrett rejeta la tête en arrière et savoura la vision de cette femme tressaillant à chacun de ses assauts. Peu à peu, il glissa la main entre leurs corps pressés l'un contre l'autre et parvint jusqu'à son clitoris. Là, il titilla son désir par de petits ronds avec son pouce. Il voulait qu'elle atteigne l'orgasme, qu'ils y arrivent en même temps.

— Oui, continue, susurra Alicia en reprenant possession de sa bouche. Fais-moi jouir encore.

Il l'embrassa de plus belle alors que sa féminité se resserrait autour de lui. Il respira son souffle haletant jusqu'à se trouver, lui aussi, aux portes de l'extase. Il la maintint fermement contre lui et se laissa emporter au même instant qu'elle, relâchant toute la pression de son être en un seul frémissement.

Il reprit son souffle, pendant que le sexe d'Alicia était encore parcouru de spasmes de jouissance.

— Tu finiras par me tuer, dit-il avec un sourire.

Alicia reposa son front contre le sien.

— Ne t'inquiète pas, je n'ai plus la moindre énergie.

Il rit doucement. Après avoir pris une douche digne de ce nom, ils quittèrent la cabine et se séchèrent. La kiné se dirigea vers sa propre chambre, mais

Garrett la retint par le poignet et la fit s'allonger sur son lit.

— Ça te pose un problème de dormir avec moi ? Est-ce que je vais devoir t'attacher à la tête de lit ?

L'air sceptique, elle se lova tout de même contre lui.

— Ton idée excite ma curiosité. Je ne savais pas que tu avais ce type d'option dans ton catalogue.

— Vous ignorez encore beaucoup de moi, mademoiselle Riley.

Elle promena ses doigts le long de son bras.

— Vraiment ? Alors dis-m'en plus.

— Reste dans mon lit, et je te montrerai.

Elle ne prit pas la fuite. Au lieu de cela, elle lui tourna le dos et frotta doucement ses fesses contre lui, avec un soupir de satisfaction.

Il n'avait peut-être pas gagné la guerre, mais cette bataille se terminait en sa faveur.

Pour ce soir, ce serait suffisant.

Chapitre 19

La tempête avait grondé toute la nuit, mais le petit jour se leva sous un ciel bleu, caressé par une brise fraîche.

Alicia estima la journée idéale pour une partie de golf ; après tout, elle avait mis Garrett au défi en affirmant être plutôt douée. Ce sport avait également l'avantage de faire travailler son épaule juste comme il le fallait.

Se réveiller dans le lit de son patient avait été une expérience étrange. Et excitante. En particulier lorsque Garrett l'avait sortie du sommeil en caressant sa poitrine et en logeant son sexe en érection entre ses cuisses. Ils avaient commencé à faire l'amour doucement, pour petit à petit se laisser enivrer par l'instant, elle sur lui, dans un élan de fièvre.

Ils s'étaient ensuite douchés, dans une humeur enfantine, l'un savonnant le corps de l'autre jusqu'à déclencher une bataille de mousse dans toute la salle de bains.

La journée s'annonçait plutôt bonne.

Plus tard, Alicia retrouva son rôle de kiné en observant les gestes de Garrett pour le dix-huitième trou sur le terrain de golf. Son swing était maîtrisé, et il ne faisait pas la moindre grimace de douleur. Ce qui était très bon signe.

— Comment te sens-tu, champion ? lui lança-t-elle comme il plaçait la balle sur le tee.

Le regard de Garrett se reporta sur la kiné.

— Tu essaies de me distraire ?

Elle prit appui sur le manche de son club.

— Idiot, avec tes dix trous d'avance, tenter de te distraire me paraît particulièrement futile.

Avec un sourire sexy, il tenta son coup : la balle vola en arc de cercle régulier jusqu'au milieu du fairway.

Le salaud !

Ce fut le tour d'Alicia, mais sa balle – malgré un joli swing – était loin d'atteindre la distance de l'autre. Clubs en main, ils s'empressèrent de rejoindre leurs balles.

Plus ils approchaient le green, plus Alicia voyait grandir ses chances de réussir un par. Garrett, quant à lui, n'était qu'à deux mètres du trou ; il pouvait faire un birdie.

Il le manqua de quelques millimètres.

— Merde ! jura-t-il, avant de pousser la balle, pour atteindre seulement le par.

Alicia rata le sien et ne réussit qu'un bogey.

— Pareil, grommela-t-elle.

De retour au club-house, ils commandèrent à déjeuner.

— Tu disais vrai, fit remarquer Garrett après s'être rafraîchi d'une longue gorgée de thé glacé. Tu es plutôt bonne au golf.

— Je n'étais pas au meilleur de ma forme, admit la jeune femme en dégustant sa soupe. Je n'ai pas joué depuis longtemps. Mais toi, tu n'es pas mauvais non plus. Comment réagit ton bras ?

Il roula des épaules.

— À ma grande surprise, très bien. Surtout sachant que je n'ai pas joué au golf depuis deux ou trois ans.

— C'est très encourageant. Maintenant que ton épaule se remet, le golf sera excellent pour la suite de ta rééducation. Tu devrais jouer plus souvent.

Il attaqua sa salade.

— Et toi, tu devrais jouer avec moi.

— Non, ma fierté en prendrait un coup. Je préfère jouer avec quelqu'un que je peux battre.

— Quelle mauviette ! la taquina Garrett.

— Attends de voir ta prochaine séance de rééducation, et on reparlera de qui est la mauviette, le provoqua-t-elle.

— Tu oserais me faire souffrir après dix-huit coups de golf infligés à ma pauvre épaule ?

— Je te rappelle que c'est mon travail.

— Et il te fait tellement plaisir !

— Tu ne crois pas si bien dire.

Il lança à Alicia un regard de défi par-dessus son verre.

— Tous les kinés sont un petit peu sadiques, j'en suis persuadé.

— Tu crois ?

Après avoir couché avec Garrett, la jeune femme s'attendait à traverser de longs moments de silence embarrassant. Mais ce n'étaient que ses propres peurs, et elles ne se concrétisèrent jamais. Ils étaient parfaitement à l'aise et partageaient de bons moments.

Ses inquiétudes n'avaient pas lieu d'être.

De retour à la maison, Alicia partit prendre une douche puis changer de tenue pour leur séance de rééducation. Son patient était déjà dans la salle de gym et, lorsqu'elle le rejoignit, il était allongé sur un banc avec une compresse de glace sur l'épaule. Elle s'appuya sur l'une des machines alentour.

— Voilà que tu fais mon travail, maintenant ?

Garrett baissa le menton vers la glace puis releva les yeux en lui décochant un sourire malicieux.

— Je prends des habitudes, à force.

— Vraiment ? Dans ce cas, tu n'as plus besoin de moi.

— Oh si ! D'ailleurs, je souffre à cet instant précis.

Dans le regard qu'il lui lança, Alicia lut de quelle souffrance il voulait parler : ça n'avait aucun rapport avec son épaule. Un feu bouillonnant se déclencha en elle. Elle s'approcha.

— Ah bon ? Où as-tu mal ?

Il posa la main sur son entrejambe.

— Juste là. Crois-tu pouvoir faire quelque chose pour moi ?

En s'installant sur lui à califourchon, la kiné sentit la bosse sous le jogging de Garrett appuyer contre son intimité.

— J'ai ma petite idée, oui.

Le sportif se redressa et la saisit par les hanches, puis la fit se frotter doucement contre lui. Les mains posées sur son torse, Alicia s'humecta les lèvres.

— Je pourrais jouir comme ça, déclara-t-elle d'une voix suave.

Aux yeux de Garrett, il n'y avait rien de plus beau qu'une femme sublime à cheval sur lui, en train de jouir. La position d'Alicia, assise sur lui, tout habillée, l'avait fait passer de légèrement aguiché à totalement excité en un quart de seconde. Il pensait à elle depuis qu'il avait mis la glace sur son épaule. Sur le terrain de golf, il l'avait trouvée plus sexy encore que d'habitude ; c'était d'ailleurs la première fois qu'il avait associé le golf au sexe. Alicia avait une façon bien à elle de préparer un swing, et ses vêtements moulants n'avaient fait qu'accentuer ses courbes divines. Garrett ne s'était pas gêné : il l'avait laissée marcher devant lui afin d'admirer sa croupe à loisir, tandis qu'elle passait d'un parcours à l'autre.

Le golf, un sport de charme ? Qui l'eût cru ? À cet instant précis, la position d'Alicia à califourchon sur lui faisait fondre les packs de glace plus rapidement que prévu.

D'un haussement d'épaule, Garrett se débarrassa de la compresse, enlaça la jeune femme et lui donna un baiser qui déclencha en lui une décharge de désir. Elle se laissa enivrer par leur baiser et passa les doigts dans ses cheveux, provoquant chez son amant des frissons qui le rendirent plus dur que les barres de traction de cette salle de gym.

Tout à coup, il la vit s'écarter de lui puis se mettre à genoux.

— Ramène tes jambes ici, lui ordonna-t-elle avec assurance.

Garrett se tourna sur le côté du banc et s'assit, les pieds à plat sur le sol. Alicia se fraya un chemin entre ses genoux et abaissa le jogging du sportif, puis retira son boxer.

Sans le quitter des yeux, elle s'empara de son membre viril. Elle commença à le caresser de haut en bas, et le lanceur se pencha afin d'embrasser cette bouche tremblante de désir. Bon sang, elle était si excitante ! Il voulut approfondir leur baiser, mais Alicia s'écarta de lui.

— Laisse-moi te savourer, murmura-t-elle en titillant le bout du sexe de Garrett avec son pouce.

Dans un tressaillement, il se pencha en arrière, les mains à plat derrière lui sur le banc, et s'offrit à elle tout entier. Il avait la gorge sèche et observait d'un regard de braise la langue d'Alicia pointer entre ses lèvres.

Elle lécha le dessous de son membre, de bas en haut. Puis elle l'enveloppa du bout des lèvres et passa sa langue sur la peau du jeune homme. Garrett ne put retenir un grognement de plaisir ; il ne s'était jamais senti si près du but. Son impatience se faisait presque douloureuse et, quand elle changea de position pour l'enfermer tout entier dans sa bouche, il finit par laisser échapper un juron.

Alicia le possédait. Il était à sa merci, il lui donnerait tout ce qu'il possédait tant qu'elle continuerait de faire glisser sa langue et d'entourer son sexe de cette bouche douce et chaude.

Garrett chassa les mèches de la jeune femme, qui l'empêchaient de profiter pleinement du spectacle de ses lèvres. Elle exerçait juste ce qu'il fallait de pression pour le mener au bord de l'implosion, les talons fermement plantés dans le sol pour contenir son impatience autant qu'il le pouvait. Des gouttes de sueur perlèrent sur son front comme il accompagnait les mouvements de sa bouche avec ses hanches.

— Je vais jouir, ma belle, l'avertit Garrett, incapable de contrôler les mouvements de son bassin. Bon sang, tu me rends fou !

Il lui laissait la possibilité de se retirer, mais Alicia l'attrapa plus fermement et le fit entrer plus profondément dans sa bouche. Garrett n'en pouvait plus ; il attrapa la chevelure d'Alicia à pleines mains et laissa s'évacuer son désir, avec un frisson et un cri.

Frissonnant dans son orgasme, il ne lâcha pas sa prise jusqu'à s'écrouler vers l'avant.

La kiné reposa la tête contre sa cuisse et le laissa reprendre son souffle. Lorsqu'il fut enfin en mesure de parler, il ne dit rien de plus que :

— Oh, c'était génial !

Alicia lui lança un regard coquin et s'humecta les lèvres. Son sexe se réveilla aussitôt. Bon sang, elle le rendait insatiable !

— Tu vas finir par me tuer, ajouta-t-il.

— Serait-ce ton excuse pour ne pas enchaîner avec une séance de rééducation ?

Il rit doucement.

— Non, mais j'aimerais un peu d'eau.

— Moi aussi, acquiesça-t-elle en se relevant. Je vais nous chercher des bouteilles. Rhabille-toi pendant ce temps.

Avant de la laisser filer, Garrett la rattrapa par le poignet et la fit s'asseoir sur ses genoux.

— Merci, susurra-t-il après un baiser passionné.

— Tout le plaisir est pour moi.

— Non, ton plaisir viendra tout à l'heure.

Elle sourit.

— Mais j'y compte bien.

Tandis qu'il rassemblait ses vêtements, Alicia revint avec de l'eau et lui tendit un verre. Garrett engloutit le liquide en deux gorgées.

— J'étais sérieuse au sujet de la séance, tu sais ? dit-elle en sirotant son eau tranquillement.

— Je sais, mais je dois d'abord reprendre mon souffle. Je devrais peut-être aussi grignoter quelque chose, tu as aspiré toute mon énergie.

Alicia pouffa.

— Il va falloir t'y faire, nous travaillons aussi sur ton endurance, figure-toi.

— Tu veux ma peau, j'en suis sûr.

Finalement, elle lui accorda une trêve, et ils partirent manger un morceau avant de reprendre la séance. Garrett admettait volontiers qu'il trouvait la rééducation bien plus agréable après le sexe, même si son membre ne se calmait pas lorsqu'il s'imaginait toutes les possibilités qu'offrait la salle de gym pour explorer le corps de sa kiné. Cette dernière surprit le désir évident de son patient et lui lança un regard sévère.

— Une érection pendant la séance, ce n'est pas bon : ton sang ne circule pas au bon endroit, il doit retourner dans ton épaule.

En travaillant les poulies, Garrett haussa les épaules.

— Je n'y peux rien, cette pièce me fait penser à te pousser contre le banc. Ou à te faire l'amour dans le futon.

— Eh bien, arrête ! lui ordonna Alicia avec un manque évident de conviction. Pour l'instant, on travaille. Tout à l'heure, nous pourrons nous remettre au sexe.

— C'est une sorte de récompense après l'effort ?

— Si je dis oui, tu arrêteras d'y penser pendant la séance ?

— Peut-être. Mais ce serait encore mieux si je pouvais avoir un avant-goût maintenant.

Il quitta les poulies et s'approcha d'Alicia, qui recula de quelques pas.

— Arrête, Garrett. Il faut travailler.

Il continua d'avancer.

— Juste un peu. Ensuite, promis, je me remets au travail.

Tandis qu'il la pressait contre le mur, Alicia se mit à glousser.

— Je suis sérieuse.

— Moi aussi, je suis très sérieux quand je promets de glisser mes mains dans ton short et…

— C'est une nouvelle forme de kinésithérapie ?

Garrett fit volte-face et sentit mourir son désir sensuel en apercevant la seule personne qu'il n'avait pas du tout envie de voir à cet instant précis.

Son agent, Victoria Baldwin.

Chapitre 20

Alicia se décomposa. La personne qui venait de les interrompre était une femme d'une beauté sublime, en tailleur, les cheveux parfaitement coupés au carré. La kiné se sentit prise d'un sentiment d'infériorité, en particulier après s'être fait surprendre dans une telle position.

Garrett, lui, ne sembla pas surpris de voir quelqu'un entrer dans sa maison de vacances sans s'annoncer. Il s'éloigna tout de même d'Alicia.

— Victoria ! On ne t'a jamais appris à frapper à la porte ?

La femme esquissa un sourire sournois.

— J'ai frappé, Garrett. Mais personne n'a répondu. Puisqu'il y avait ta voiture, j'ai pensé te trouver sur la plage, alors j'ai fait le tour de la maison. La baie vitrée était ouverte, je suis entrée. Je ne pensais pas que vous étiez… occupés.

Elle dirigea son affreux sourire vers Alicia.

Cette dernière sentit ses joues s'empourprer. Elle n'avait aucune idée de qui était cette femme, mais une chose était sûre : Victoria était proche de Garrett.

— Bon, puisque tu es là…

Le lanceur se retourna.

— Alicia Riley, je te présente mon agent, Victoria Baldwin. Alicia est ma kinésithérapeute. Elle travaille pour les Rivers.

La main tendue, Victoria s'approcha de la jeune femme.

— Ravie de vous rencontrer, Alicia.

Oh ! Son agent. Génial. Et c'était cette femme qui les avait pris sur le fait au milieu de la salle de gym. Ça n'aurait pas pu être pire. Alicia était maudite.

— Enchantée, Victoria. Puis-je vous offrir quelque chose à boire ?

L'agent secoua la main.

— Ne vous dérangez pas, je venais simplement voir si Garrett faisait des progrès. Je n'imaginais pas interrompre autre chose.

Si Alicia avait pu se transformer en petite souris à cet instant précis…

— Ça ne me dérange pas, et vous n'interrompez rien du tout. Je vais nous préparer du thé glacé.

Ils se rendirent dans la cuisine. Puisque la kiné ne pouvait pas s'éclipser d'un claquement de doigts, elle dut se résoudre à faire face.

— Alors, comment ça se passe ? demanda Victoria à son protégé. Et plus important encore, comment va ton bras ?

— Mon bras se porte à merveille. Alicia fait du très bon travail.

— Oui, susurra l'agent avec un sourire malicieux. C'est ce qui m'a semblé.

En préparant le plateau de boissons, Alicia tressaillit. Elle se trouvait au plein cœur de ce qu'elle avait voulu éviter en restant professionnelle avec Garrett. Elle ignorait si cette Victoria était une personne de confiance, mais une chose était certaine : il fallait à tout prix éviter que Max et Phil apprennent qu'elle couchait avec l'un de ses patients.

Elle était maudite. Maudite, renvoyée, déshonorée, et elle ne retrouverait plus jamais de travail.

Alicia se força à sourire avant de se retourner vers son invitée.

— Le thé est nature, vous avez du sucre en morceaux ou des sucrettes sur le plateau, ainsi que des tranches de citron. Et si nous passions au salon ?

En posant le plateau sur la table basse, la jeune femme essuya discrètement ses mains moites sur son pantalon. L'agent de Garrett les avait surpris en train de s'embrasser passionnément dans la salle de gym. Au pire moment…

Alicia avait envie de vomir.

De son côté, Victoria sirotait tranquillement son thé, les observant tour à tour avec un regard qui semblait dire : « Je sais parfaitement à quel petit jeu vous jouez, tous les deux. »

Qu'on m'achève, par pitié !

Alicia devait se ressaisir, afficher un professionnalisme à toute épreuve et garder la panique pour plus tard.

— L'épaule de Garrett connaît des progrès très encourageants, déclara-t-elle, incapable de supporter ce silence plus longtemps. Il a même effectué quelques lancers sans signe de fatigue. Je suis ravie de constater la qualité de ses performances.

— Vous parlez bien des performances de son épaule ? s'enquit Victoria en levant un sourcil.

— Tori ! la réprimanda Garrett d'un ton sévère.

Victoria gloussa.

— Ça va, Garrett. Je plaisante.

— Alicia ne te connaît pas aussi bien que moi.

— Tout va bien, le rassura Alicia avec amertume.

S'il y avait une chose qui l'agaçait, c'était que l'on parle d'elle comme si elle n'était pas dans la pièce.

— Je suis sûre que si Victoria a quelque chose à dire, elle n'hésitera pas à nous le faire partager.

— Ma chérie, fit l'autre, ce que vous faites avec Garrett en dehors du programme thérapeutique ne me regarde pas. Je connais le lascar depuis longtemps. Lorsqu'il a signé un contrat avec moi, il n'était encore qu'un adolescent en crise avec plus de caractère que de talent.

— Eh ! s'indigna l'adolescent en question.

Victoria l'ignora et resta le regard rivé sur Alicia.

— Nous sommes très proches, reprit-elle. Ce qui se passe entre vous ne regarde que vous. De mon côté, je ne m'intéresse qu'aux progrès de son épaule. Il doit retourner sur le terrain.

Alicia se détendit à peine.

— C'est mon objectif premier, confirma-t-elle.

— Je suis ravie de l'apprendre, acquiesça l'agent avant de se tourner vers Garrett. Tu es sûr que ton épaule se porte bien ?

Garrett brassa l'air des deux bras.

— Parfaitement.

Il commença ensuite à énumérer les différentes stratégies thérapeutiques suivies par sa kiné.

— Parfois, c'était assez surprenant : l'escalade, par exemple.

Victoria parut stupéfaite.

— Vous l'avez fait grimper un mur avec son épaule blessée ?

Alicia hocha la tête.

— C'est excellent pour les tendons et les muscles. Une personne blessée aura tendance à se concentrer sur sa blessure ; mon objectif est de le faire recourir à son bras entier sans rester enfermé dans les exercices classiques. Les activités telles que le golf, la natation ou l'escalade sont parfaites pour lui faire utiliser son bras sans y penser.

Visiblement impressionnée, l'agent hocha la tête.

— Je suis stupéfaite par vos talents, Alicia. Il avait besoin qu'on le bouscule un peu.

— Je ne fais que mon travail.

— Et vous le faites bien, j'en suis certaine. Garrett doit reprendre le base-ball.

— C'est mon objectif.

— Et c'est la seule chose qui importe.

Dans ce cas, pourquoi Alicia était-elle si inquiète ? Et sur la défensive ? Et affolée à l'idée que tout pourrait changer ? Il était temps de reprendre la situation en main.

— Êtes-vous venue voir d'autres clients, Victoria ?

L'autre lui sourit.

— Oui, j'ai quelques sportifs à qui j'aimerais rendre visite. Ensuite, j'irai en Arizona pour en rejoindre d'autres.

— Vous devez être très prise. De combien de joueurs des Rivers vous occupez-vous ?

— Seulement deux : Garrett et Raul Hermosa, le nouveau voltigeur.

— J'ai entendu parler de lui. Il est rapide comme une flèche, et son bras a une force surhumaine.

Victoria leva le menton avec orgueil.

— C'est mon petit protégé. Techniquement, il dépend des Rivers, mais il reste ma fierté.

— C'est un bon gamin, renchérit Garrett. D'après Gavin, ce petit cumule force dans le bras et puissance de la batte. J'ai hâte de le voir en action.

— Si tu veux le voir en action, grouille-toi de revenir lancer, le provoqua son agent.

Garrett s'adossa dans le canapé.

— Compte sur moi.

— Tu as changé de disque depuis la dernière fois que je t'ai vu.

— Vraiment ?

— Oui. Tu te lamentais sur ta carrière, tu croyais ne plus jamais lancer une balle.

— J'ai guéri, depuis. La rééducation m'a beaucoup aidé, ajouta-t-il en lançant un regard en coin à Alicia.

— Et il a d'ailleurs doucement repris les lancers, précisa cette dernière. Il trépigne d'impatience à l'idée de retrouver son équipe.

Maintenant que la conversation se recentrait sur Garrett et son épaule, la kiné se sentait bien plus à son aise.

— Vous l'en croyez vraiment capable ? demanda Victoria.

En croisant le regard de Garrett, Alicia trouva le même espoir que dans celui de son agent.

— Oui, je le pense capable de les rejoindre pour l'entraînement.

Victoria se leva.

— C'est la meilleure nouvelle que j'ai entendue de la journée.

— Tu craignais pour mon contrat, pas vrai ? Ou pour sa prolongation ?

— Je suis payée pour ça, non ?

Garrett haussa les épaules.

— Oui.

— Alors ne t'inquiète pas. D'une, personne n'a parlé de ton contrat. De deux, j'ai confiance en toi, et en Alicia. Tu reprendras vite du service, et ton contrat ne sera pas en danger.

Alicia aimait bien cette femme. Elle trouvait les mots justes pour rassurer Garrett. S'il y avait une chose dont le sportif avait besoin, c'était bien d'optimisme.

— Merci, Tori. Tu as raison. Je ne veux plus me prendre la tête.

— C'est pour ça que je suis là et que tu me paies si cher.

Garrett éclata de rire.

— Ce n'est pas faux.

— Bon, je vais vous laisser pour rendre visite à mes autres protégés.

— Déjà ! gémit Alicia. Vous êtes sûre de ne pas vouloir rester dîner ?

— Vous êtes adorable, mais je ne peux pas.

— On ne peut vraiment pas te convaincre ? renchérit Garrett. Je ne suis pas fin cuisinier, mais je sais faire griller des steaks au barbecue.

— Merci, Garrett. C'est gentil. Tu as déjà cuisiné pour moi. C'étaient des hamburgers au barbecue, si je me rappelle bien, et je n'ai pas été malade. Hélas, je dois vraiment partir. On se tiendra au courant quand tu reviendras jouer le match d'ouverture.

Elle posa la main sur son bras.

— Et je t'attends au tournant.

Garrett lui décocha un grand sourire.

— Je ferai de mon mieux.

— Je n'en doute pas.

Ils la raccompagnèrent à la porte. L'agent se tourna alors vers Alicia.

— J'ai été ravie de vous rencontrer.

— Moi de même.

— Ne ménagez pas la bête, d'accord ?

— Je m'y attelle déjà.

Victoria lui fit un clin d'œil.

— Je suis sûre de pouvoir vous faire confiance sur ce point. Je sens que Garrett a besoin de quelqu'un comme vous – et pas seulement pour guérir son épaule.

La kiné ne fut pas certaine de bien comprendre ce qu'elle voulait dire par là ; mais la femme n'entra pas plus dans les détails et s'en alla en leur faisant un signe de la main.

— Eh bien ! Je la trouve intéressante, déclara Alicia après le départ de Victoria.

— C'est un agent en or. Elle n'exagère pas en disant que c'est elle qui m'a sorti de l'anonymat. J'étais encore un gosse quand elle m'a donné une chance de faire mes preuves avec les Rivers. Je lui dois énormément, et nous sommes devenus amis.

Une fois la porte refermée, Alicia s'y adossa.

— Ton amie nous a surpris en flagrant délit dans la salle de gym.

— C'est vrai. Mais elle gardera notre secret, tu peux lui faire confiance. Ne t'inquiète pas pour Manny, Phil ou Max, ils ne sauront rien.

Il lisait dans ses pensées. La jeune femme ferma la porte et suivit son patient jusqu'à la salle de gym.

— Ce qui devait l'inquiéter, c'est l'idée que je m'intéresse plus à ton sexe qu'à ton épaule.

— Victoria a pu voir à quel point je me sens mieux que la dernière fois qu'elle m'a vu. Et puis crois-moi : si elle avait eu un doute, elle l'aurait dit au lieu de partir si vite. Elle nous aurait fait la leçon pendant des heures sur l'importance de ma rééducation, et elle aurait invité Max et Phil.

Tandis qu'elle rangeait son matériel thérapeutique, Alicia se figea et leva les yeux.

— Tu crois ?

— Oui. Victoria est une dure à cuire lorsqu'il s'agit de ses protégés. Elle n'hésite pas à donner des coups de pied dans la fourmilière si ça n'avance pas comme elle veut. Alors, tu peux me croire : elle a confiance en tes capacités et elle se fiche éperdument de ce qui se passe entre nous.

Elle se détendit légèrement.

— Bon, très bien.

— Oui, très bien, répéta Garrett. Maintenant, j'ai une question à te poser.

Occupée avec les poulies, Alicia ne leva pas la tête.

— Oui ?

— Je suis vraiment capable de rejoindre l'équipe pour l'entraînement ?

Cette question, elle l'attendait.

— Je ne dirais jamais ce genre de choses si je n'en étais pas persuadée, Garrett. Dès le retour de l'équipe, c'est-à-dire demain, nous te réintégrerons à leur entraînement.

Sur le visage du sportif, l'excitation était évidente. Elle posa une main sur son bras.

— Ne te fais pas trop d'illusions. Tu n'es pas encore prêt à lancer. Il s'agira de te remettre en forme petit à petit.

— J'ai compris. Mais je serai avec les autres, et pour moi, c'est un pas en avant. Je sais que je lancerai tôt ou tard.

Alicia espérait que son programme thérapeutique ferait ses preuves. Si son bras ne récupérait pas toutes ses capacités ou si elle se révélait incapable de l'aider, la déception de Garrett serait une nouvelle blessure, dont il ne se remettrait sans doute jamais.

Chapitre 21

Garrett raffolait de l'odeur des stades. Celui-ci, en Floride, n'avait rien d'un parc de ligue majeure, mais cela restait un stade de base-ball. L'odeur de la terre et la sensation de l'herbe sous ses crampons lui faisaient penser au premier match de la saison, à ce pour quoi il s'entraînait chaque printemps depuis ces huit dernières années.

Au fond de lui, il avait été terrorisé à l'idée de rater l'ouverture de la saison pour la première fois depuis la fin de ses études et de devoir rester assis sur le banc de touche.

Rien n'était gagné, bien sûr, mais, pour la première fois depuis bien longtemps, Garrett avait espoir. C'était l'élément qui lui avait manqué pendant ces longs mois de rééducation. Au début, il avait eu peur, puis, comme son bras ne montrait aucune amélioration, il s'était senti abattu et démoralisé par l'avenir incertain de sa carrière. Les médecins avaient beau s'affairer autour de lui, il avait perdu toute motivation.

Et puis Alicia était arrivée. Elle s'était montrée consciente des efforts qu'il aurait à fournir pour atteindre son objectif. Toutes les clés étaient là, devant lui, et il n'avait qu'à les saisir.

La route était encore longue, Garrett le savait. Mais, à ses yeux, ce n'était pas seulement l'occasion de retourner au travail ; c'était surtout celle de revenir dans un stade, entouré de ses pairs. Et du public. Bon sang, il aimait ses supporteurs et les hurlements d'encouragement comme de déception lors des bons et des mauvais matchs.

Il était à l'écart depuis si longtemps qu'il était prêt à se faire huer par une foule en colère, pourvu qu'il retourne sur le terrain.

La présence d'Alicia contribuait à son entrain. Même s'il n'était pas au centre de la pelouse avec ses équipiers, il lançait toutefois quelques balles avec elle pour s'échauffer. Il devait rester concentré sur sa rééducation – tant pis pour les lancers de fillette par lesquels il fallait passer – et pas sur Walter Segundo, son ultime rival au redoutable bras droit, pressenti pour jouer lors du match d'ouverture.

D'ailleurs, Walter était sur le monticule et lançait l'un de ses boulets tout droit dans le gant du receveur. Il était d'une précision sans précédent, et sa moyenne de points mérités n'était pas loin de celle de Garrett dans la période précédant sa blessure. Ce dernier savait qu'il était lui-même le meilleur lanceur que les Rivers aient jamais eu, mais ça, c'était avant de se tirer une balle dans le pied. Ou plutôt dans l'épaule.

Retrouverait-il un jour sa forme d'avant ? Vaste question.

— Hé !

Alicia l'attendait, un genou à terre et son gant en cuir à la main.

— Quoi ?

— On se réveille, Garrett ! Tu dois regarder mon gant, pas Walter ni les autres. Tu veux mériter d'être ici ? Alors concentre-toi.

Une remarque lui brûlait les lèvres sur son envie de regarder son joli fessier plutôt que son gant, sur ses habits, dont elle pouvait très bien se passer, et autres remarques déplacées, mais ses équipiers n'étaient pas loin. Il préféra hocher la tête.

— Compris. Le gant.

— Bien. Envoie-moi une balle lente.

— Je ne fais que ça depuis une heure.

— Eh bien, continue et arrête de te plaindre !

Derrière lui, ses copains riaient sous cape, mais Garrett n'y prêtait aucune attention. Ce n'était pas la première fois qu'ils se moquaient les uns des autres pendant l'entraînement. Après tout, si Manny ne les enguirlandait plus à longueur de journée, ils auraient l'impression que leur coach ne les aimait plus. En comparaison, Alicia était un ange.

En parlant du coach des Rivers, ce dernier en profita pour rejoindre Garrett et sa kiné pendant que les autres faisaient une pause. Alicia se décomposa en voyant Manny arriver, ce qui amusa beaucoup Garrett. Même dans cet état, elle arrivait à rattraper ses balles, et il l'en admirait un peu plus. Manny les observa pendant un moment, puis s'approcha du lanceur.

— Je vois qu'elle te fait enfin lancer.

— Oui. Ce ne sont que des passes, mais je m'y remets petit à petit.

— Elles sont ridicules, tes passes, observa le coach.

Alicia sembla horrifiée, mais Garrett afficha un grand sourire.

— C'est vrai, oui. Mais ce sont les premières depuis ma blessure. Et mon bras est en pleine forme.

Manny les regarda tour à tour. Lorsqu'il les scrutait avec cet air inquisiteur, Garrett trouvait toujours qu'il faisait penser à un vieux pirate à la retraite. Le coach finit par acquiescer et donna une tape dans le dos de son protégé.

— C'est bien. Continue comme ça.

Dès qu'il s'éloigna, Alicia s'avachit et laissa tomber son gant à terre. Garrett la rejoignit et se pencha vers elle.

— Tu as survécu ?

Elle leva le menton.

— Je ne peux pas m'empêcher de paniquer dès que je vois Manny approcher.

— Toi ? La femme qui s'est dressée seule devant moi pour me dire de « me sortir les doigts du cul », puis qui s'est tournée vers Manny, ton patron et le reste de l'équipe médicale pour déclarer que leurs méthodes étaient nulles ? Toi, tu as peur de Manny ?

Mal à l'aise, Alicia donnait des coups de pied dans une motte de terre.

— J'ai été prise d'un instant de folie, je ne savais plus ce que je disais.

— Si je comprends bien, tu n'as aucune idée de ce qui est bon pour moi.

Elle lui lança un regard noir.

— Je sais très bien ce qui est bon pour toi.

Lorsqu'elle sortait les griffes, Garrett la trouvait particulièrement séduisante. La colère mêlée à l'arrogance donnait un cocktail détonant de sensualité.

— Parfait. Alors arrête de te laisser intimider par Manny.

Alicia marqua une pause.

— Tu sais quoi ? Tu as raison.

— Évidemment, j'ai raison.

Elle leva les yeux au ciel.

— Revenons-en au cœur du sujet : comment va ton bras ?

— Plutôt bien.

— Bien, lance-moi une balle plus forte. Par « plus forte », je ne veux pas dire une espèce de fusée qui te...

— Bon sang, Alicia ! J'ai compris. J'y mets plus d'effort, mais ce ne sera pas un vrai lancer de match. Une balle à peine plus forte que les autres.

Elle hocha la tête.

— C'est à peu près ça.

Garrett tourna les talons.

— Pas la peine de me faire un dessin, marmonna-t-il. Je ne suis pas débile.

— Je t'ai entendu.

Il se retourna brusquement.

— Parfait, parce que je l'ai dit juste assez fort pour que tu m'entendes.

— Tu comptes parler encore longtemps ou tu vas me faire une passe ? grogna la jeune femme en se mettant en position.

Derrière eux, les sportifs ricanaient de plus belle, mais le lanceur secoua la tête et se concentra : il prit un peu d'élan et lança une balle juste assez forte pour la faire grimacer à la réception.

Après ça, elle ferait moins la maligne. Avec un regard noir, Alicia lui rendit la balle sans broncher.

— Pas si fort, idiot ! dit-elle finalement.

D'autres rires de ses équipiers, mais toujours dirigés vers lui.

Génial. Il avait raté son effet.

Une fois Garrett parti rejoindre les autres lanceurs, Alicia en profita pour mettre ses notes à jour.

— Quel air sérieux avec ta tablette ! Une vraie thérapeute.

Elle se retourna et sourit à son cousin Gavin avant de l'enlacer.

— Et toi, un vrai joueur de base-ball ! Comment ça se passe ?

— Bien. Et comment se passe la rééducation de Garrett ?

— Très bien. Il progresse.

— C'est ce qu'on m'a dit. Entre autres choses.

Alicia arqua les sourcils.

— Entre autres choses ?

— Oh, tu sais, les rumeurs vont bon train dans un club de base-ball.

Merde !

— Qu'est-ce qu'on t'a dit ?

— Les gars semblent dire que ça se passe très bien entre vous. Vous riez ensemble, entre autres choses…

— Quelles « autres choses », Gavin ?

— Écoute, tu sais que les potins, ce n'est pas mon truc. Mais je vous ai observés tous les deux aujourd'hui. Il est évident que vous communiquez avec une sorte de langage corporel.

— Un « langage corporel » ?

Elle savait bien qu'elle ne faisait que répéter tout ce que disait son cousin, mais elle se sentait sombrer, incapable de trouver le moindre argument pour se défendre. Elle ne pouvait que retarder l'inévitable.

— Je sais que ça ne me regarde pas, mais est-ce qu'il y a quelque chose entre Garrett et toi ?

À quoi bon mentir à Gavin ? Il finirait par l'apprendre de la bouche de Liz, qui n'avait aucun secret pour lui.

— Hum… En quelque sorte.

C'était au tour de son cousin de lever le sourcil.

— Mais encore ? On n'est plus au collège, Alicia. C'est oui ou non. Tu sais que je ne répéterai rien aux gars de l'équipe. Fais-moi confiance.

Gavin n'avait qu'une parole, elle le savait bien.

— Oui, il y a quelque chose entre nous. Je ne sais pas encore quoi exactement, mais ce que je sais, c'est que je te serais reconnaissante si tu pouvais étouffer les rumeurs qui courent au sein des Rivers. Je tiens à garder mon travail.

— Je ne suis pas venu à la pêche aux ragots, tu le sais.

Elle baissa les yeux.

— Je sais, et c'est pour ça que je te confie la vérité.

Gavin regarda Garrett qui discutait plus loin.

— C'est un type bien.

— Oui, je sais. Mais mon principal souci reste sa guérison, pas notre relation. Enfin, on ne sort même pas ensemble. Mais il nous est arrivé de… (Elle s'interrompit et observa Gavin un instant.) Je ne parlerai pas de ça avec toi.

Son cousin semblait aussi horrifié qu'elle.

— Ouf! Heureusement, parce que je n'ai pas envie de parler de sexe avec toi.

Alicia rit doucement.

— Heureusement que Liz est en ville, reprit Gavin. (Il retira sa casquette et se passa la main dans les cheveux.) Tu pourrais peut-être lui parler de tout ça. Et si vous veniez dîner à notre maison de vacances, un de ces soirs ?

— J'aimerais beaucoup voir Liz, acquiesça Alicia avant de marquer une pause. J'espère que tu n'en profiteras pas pour cuisiner Garrett sur notre relation.

— Aucun risque. Ça pourrait nous amener à parler de sexe, et c'est bien le dernier sujet que j'ai envie d'aborder avec ton mec.

Son « mec ». Ce n'était pas vraiment son mec. Si ?

— Bon, d'accord. Je parle de ton invitation à Garrett et je te rappelle.

Il déposa un baiser sur sa joue.

— À plus tard.

Une fois les échauffements terminés, Alicia et Garrett assistèrent au match depuis le banc de touche. La kiné garda un œil sur son patient afin de voir comment il réagissait au fait d'être relégué en position d'observateur. Heureusement, son poste de lanceur impliquait qu'il ne soit pas dans toutes les rotations ;

il était donc habitué au banc. D'ailleurs, il semblait le prendre bien et encouragea ses équipiers face à Atlanta. Les Rivers l'emportèrent à trois contre deux.

Garrett gérait la situation ; il partit d'ailleurs encourager les lanceurs de relève dans leur enclos d'échauffement pour les dernières manches et laissa Alicia sur le banc.

À la fin du match, tandis que les gradins se vidaient progressivement, elle retrouva l'équipe de médecins et se renseigna sur les derniers événements qu'elle avait manqués. Anna-Marie – la seule femme de l'équipe avec Alicia – était également présente. Toutes les deux avaient rejoint les Rivers à la même période et s'étaient très vite entendues, au milieu de l'océan de testostérone qui les entourait. Anna-Marie était une femme au caractère bien trempé, qu'Alicia avait toujours trouvée magnifique. Son insolence allait à merveille avec le métissage que lui donnaient ses origines italo-germano-mexicaines. Les cheveux d'Alicia avaient beau se rapprocher de la couleur de ceux d'Anna-Marie, il était impossible de les confondre. Bien souvent, la belle femme tressait sa tignasse épaisse afin de dégager son visage. Sa peau hâlée était douce et son regard intense. Quant à son corps de mannequin, nul uniforme de médecin, aussi laid soit-il, n'en pouvait cacher la sensualité. Entre les deux femmes, une amitié s'était rapidement tissée, leur permettant de faire bloc en tant que minorité.

— Tu m'as manqué, s'exclama Anna-Marie en prenant place près de son amie sur le banc. On ne s'est plus revues depuis qu'on t'a assignée au cas de Garrett. Quelle chance, ce type est canon !

Alicia pouffa.

— Oui, son cas est plutôt intéressant.

— Comment s'en sort-il ?

— Il fait de beaux progrès.

— Passer autant de temps seul à seul avec lui, c'est une opportunité de rêve pour ta carrière. Ton poste attire tous les regards dans l'équipe. Je me sens jalouse.

— Oui, mais j'attire tous les regards dans l'équipe… si tu vois ce que je veux dire.

Anna-Marie inclina la tête sur le côté et prit un air sérieux avant de reprendre :

— Je comprends. Ça fait de toi une cible idéale.

— Exactement. Si je ne parviens pas à lui rendre ses anciennes capacités, je peux dire adieu à mes ambitions.

Anna-Marie se tourna légèrement sur le banc pour la regarder droit dans les yeux.

— Arrête de te faire du souci. Je t'ai déjà vue à l'œuvre : tu es très douée. Tu as un sixième sens pour les thérapies, et tes pourcentages de réussite sont énormes. As-tu des doutes sur la reprise de Garrett pour cette saison ?

Le premier jour, à Saint-Louis, quand Garrett lui avait demandé son avis, elle se croyait sérieusement capable de le guérir. Elle n'avait pas changé d'avis depuis.

— Non, je n'ai aucun doute.

— Tu vois, c'est là que ton avis diffère de celui des autres médecins de l'équipe. Moi-même, je ne m'en sentirais pas capable à ta place. Il me reste tellement à apprendre ! Alors que toi, tu as toujours gardé confiance en toi. Pour chacun de tes patients, tu te jettes tête baissée, persuadée d'arriver à concrétiser ton objectif : remettre ton joueur sur pied sans la moindre séquelle.

Alicia regarda son amie avec perplexité.

— Je n'avais jamais vu les choses sous cet angle. Quelle bêtise de ma part ! Je me gonflais de certitudes, alors que tant de facteurs restent hors de portée, y compris le mental des joueurs. Tu sais comme moi que leur rétablissement dépend presque entièrement de leur implication.

Anna-Marie éclata de rire.

— Bien sûr que je le sais, c'est pourquoi j'ai bien moins d'assurance que toi. Si tu veux mon avis, tu as confiance parce que tu sais comment les convaincre de s'investir dans leur propre guérison. Regarde comme ça fonctionne sur Garrett. Ensemble, vous avez fait des progrès immenses, pas vrai ?

— Oui, je suppose.

C'était la vérité. Et la plupart venaient uniquement de la volonté de Garrett. Elle ne lui avait pas fait de cadeaux, et lui-même avait donné tout ce qu'il avait pour se remettre de sa blessure.

— Alors ne change rien et continue comme ça : ça fonctionne.

La kiné serra la main d'Anna-Marie.

— Merci. J'en avais besoin. Tu viens de recharger mes batteries de confiance.

Anna-Marie laissa échapper un rire.

— Les amis et les collègues, c'est fait pour ça. Appelle-moi quand tu veux. Pour l'instant, c'est un peu la panique, mais, dès que cette période sera terminée, on se fera un restaurant toutes les deux. Tu m'as beaucoup manqué.

— Tu m'as manqué aussi.

En regardant son amie partir, Alicia repensa à ce qu'elle venait de lui dire. Ses mots de réconfort l'avaient également déstabilisée. Était-elle vraiment cette kiné intrépide dans ses programmes et dans sa manière de gérer les sportifs ?

C'était le cas avec Garrett. Jusque-là, son optimisme avait porté ses fruits ; alors pourquoi changer de stratégie ? Elle balaya les alentours du regard. Où était-il d'ailleurs, son patient ? Alicia s'aperçut qu'elle avait discuté avec Anna-Marie si longtemps que le stade s'était entièrement vidé.

— Nous allons éteindre les lumières, mademoiselle. Vous comptez rester là ?

Derrière elle, un technicien du stade attendait sa réponse.

— En réalité, j'attends un joueur. Il me semble qu'il est encore dans l'enclos d'échauffement. Garrett Scott. Il doit être là-bas avec un entraîneur.

L'employé sortit son téléphone de sa poche en soupirant. De toute évidence, il n'avait pas de temps à perdre ici.

— Si vous avez besoin de partir, nous nous occuperons de fermer le stade, lui proposa-t-elle. Je suis sûre que Garrett ou l'entraîneur avec qui il discute pourront vous remettre les clés demain. De toute manière, nous devrons revenir tôt le matin ; j'ai quelques exercices de lancers à lui faire faire avant l'arrivée des sportifs.

— Vous êtes sûre ?

— Oui, ne vous inquiétez pas. Rentrez chez vous.

Soulagé, l'employé hocha la tête.

— Très bien. Merci. Je m'occupe des lumières du stade en partant. Vous n'aurez qu'à éteindre celles-ci, derrière le banc de touche.

Il lui tendit les clés, et Alicia l'accompagna jusqu'aux grilles qu'elle referma derrière lui.

Plongé dans le noir, le banc de touche était un peu effrayant. Alicia attendit là, pensant que Garrett sortirait lorsqu'il s'apercevrait que les lumières étaient éteintes.

Mais il n'y eut personne.

Tous les deux s'étaient rendus au stade dans la même voiture. Il ne serait tout de même pas parti sans le lui dire.

Elle se rendit au vestiaire, mais il était vide. D'un pas rapide, elle rejoignit le parking ; la voiture était là, mais pas de Garrett à l'horizon.

Alicia retourna au vestiaire, puis derrière les lignes de touche.

Au loin, elle s'aperçut que l'enclos d'échauffement était éclairé. Elle s'empara du téléphone installé sous l'abri de touche pour que l'entraîneur appelle les lanceurs de relève.

Après plusieurs sonneries, Garrett décrocha enfin.

— Oui ?

— Dis-moi, j'espérais que tu serais sorti pour me retrouver. C'est toi qui m'as amenée, à l'aller.

— Désolé. Oui, je suis encore là.

— Qu'est-ce que tu fais ?

— Je réfléchis.

— Tu es seul ?

— Oui.

Ah !

— À quoi réfléchis-tu ?

— À des trucs.

Dans quel état d'esprit se trouvait-il ? Alicia commençait à s'inquiéter.

— Tout va bien ?

— Oui, ça va. Je discutais avec les autres. Quand ils sont partis, je me suis aperçu que je n'avais pas envie de quitter le stade.

La jeune femme s'assit sur le banc.

— Ah. Tu veux en parler ?

Un léger rire à l'autre bout du fil.

— Parler de quoi ?

— Je ne sais pas. C'est à toi de me le dire. Nous pouvons parler de ta rééducation. Tu fais de gros progrès, Garrett.

— Je n'ai pas envie de parler de ça ni de mon épaule. Ni de quoi que ce soit dans le genre. J'ai décidé de penser à autre chose, juste pour ce soir.

— D'accord. Dans ce cas, nous pourrions parler du match.

— C'était un beau match. Désolé de t'avoir abandonnée, j'avais envie de retrouver les gars.

— Nous ne sommes pas obligés de rester collés l'un à l'autre. Tu as eu raison de les rejoindre, ta place est auprès des autres lanceurs.

— Merci. Ça m'a fait du bien d'y retourner. Le match t'a plu ?

— Oui, je suis contente que les Rivers aient gagné. Ils sont bien partis pour la saison.

— C'est vrai.

Cette conversation ne menait à rien. Quelque chose n'allait pas, et Garrett n'arrivait pas à le lui dire.

— Garrett… Tu les rejoindras bientôt. Ce n'est encore que la pré-saison.

Un silence.

— Je sais, murmura-t-il finalement.

Alicia voulait cesser de penser au base-ball et aux capacités de son patient. Elle en avait assez.

— Sinon… qu'est-ce que tu portes ?

Il éclata de rire.

— Seriez-vous en train de jouer au téléphone rose avec moi, mademoiselle Riley ?

— Peut-être.

— On est seuls ?

— Oui. Les employés du stade sont tous partis.

— Dans ce cas, je suis entièrement nu.

Si seulement c'était vrai !

— Vraiment ? Puisque tu es nu, je veux que tu prennes ton sexe dans ta main et que tu le caresses en pensant à moi.

Dans le combiné, il y eut un soupir.

— J'en suis capable, figure-toi. À une condition : que tu glisses ta main dans ton jogging et que tu te touches.

C'était au tour d'Alicia de manquer d'air. Ils étaient seuls, et il faisait noir. Personne ne la verrait. Doucement, elle glissa les doigts jusque sous le tissu de sa culotte. Garrett était tout proche d'elle, mais il ne la voyait pas non plus.

— Touche-toi, Garrett. Fais-le pour moi.

— Je suis déjà dur, ma belle. Je vais te rejoindre et te faire l'amour.

Tremblante d'excitation, elle caressa du bout des doigts son sexe, déjà humide à cette idée.

— Dans ce cas, dépêche-toi. Je t'attends.

— Je raccroche.

Alicia raccrocha également et resta assise sur le banc. De l'autre côté du terrain, la lumière de l'enclos s'éteignit, plongeant le reste du stade dans l'obscurité. Elle entendit une porte grincer, puis à peine une minute plus tard, la silhouette de Garrett se dessina sur le terrain, qu'il traversait au pas de course.

Elle attendit qu'il descende les quelques marches jusqu'au banc de touche. Là, elle se leva. Garrett la prit dans ses bras pour l'embrasser.

La passion qu'il insufflait à ses baisers ne manquait jamais d'allumer un feu en elle. Dans ces instants de désir impatient, elle n'avait qu'une envie : se trouver nue dans ses bras et le sentir entrer en elle le plus tôt possible. Elle enleva ses chaussures et déboutonna son pantalon avec fébrilité tandis que Garrett la retournait pour se coller contre son dos.

Il épousa son menton avec la paume de sa main et lui fit pencher la tête en arrière. Alicia laissa tomber son pantalon au sol.

— Sincèrement, je déteste cet uniforme, Alicia, déclara-t-il en lui léchant la nuque.

— Moi aussi, répondit-elle en tremblant.

— Tu aurais dû porter une jupe, ce soir. Ou une robe. Je l'aurais retroussée pour enfoncer mon sexe en toi.

L'image se forma dans l'esprit de la jeune femme, et elle sentit un frisson parcourir son intimité en retirant sa culotte.

— Tu vas me rendre folle.

Garrett s'assit sur le banc de touche et ouvrit sa braguette.

— Eh bien, figure-toi que je suis dur comme la pierre. Assieds-toi sur moi.

Heureusement, elle avait des préservatifs dans son sac. Si cela n'avait pas été le cas, elle en aurait pleuré. Elle plia les genoux et s'installa sur lui à califourchon, une jambe de chaque côté du banc.

— Tu as déjà fait l'amour dans un stade ?

Elle rit doucement.

— Non, c'est la première fois.

Les mains sur les cuisses de sa jolie kiné, Garrett l'aida à maintenir son équilibre tandis qu'elle descendait langoureusement sur son sexe.

— J'aime être une première fois, susurra-t-il en glissant ensuite ses mains sous son tee-shirt.

Il était sa première fois pour tant de choses.

— Oh, mon Dieu ! gémit Garrett, les mains sur sa poitrine comme il s'enfonçait doucement en elle.

Il caressa la pointe de ses seins avec son pouce puis approcha le visage pour les mordiller. À peine avait-il soufflé dessus qu'elle se sentit brûler de désir. Elle attrapa ses bras et approcha l'un de ses tétons des lèvres de son partenaire.

— Recommence, lui ordonna-t-elle dans un souffle.

Avec un sourire en coin, il prit le bout de son sein entre ses lèvres et le caressa avec sa langue. Un geste d'une sensualité presque douloureuse.

Au cœur de cette nuit étouffante, aucune brise ne venait rafraîchir le brasier qui consumait la jeune femme, tandis que son sportif la prenait sur un banc de touche. Elle s'agrippa à ses épaules, se souleva à peine et redescendit sur lui en se laissant enivrer par le tourbillon de plaisir qui croissait au bas de son ventre.

— Ta peau semble plus douce encore sous le clair de lune, lui chuchota-t-il à l'oreille avant de voler sa bouche.

Sa manière de lui faire l'amour donnait des frissons à Alicia. Elle enfonça les ongles dans sa peau et se laissa guider par le rythme soudain effréné de leurs corps emmêlés, lancée dans la course jusqu'à l'orgasme. Garrett s'écarta à peine, et elle en profita pour se cambrer, s'offrant à lui jusqu'à ses parties les plus intimes. Il caressa son clitoris, et elle se sentit exploser, le corps parcouru de vagues d'extase.

— Alicia…

Il enroula les bras autour de son corps frêle, s'enfonça profondément en elle et se laissa porter, laissant échapper des grognements dans la nuit noire.

Encore fermement agrippée à lui, Alicia reprit son souffle en caressant le dos humide de son partenaire. Ce dernier déposa un baiser au creux de sa nuque et l'aida à se lever.

Elle reposa la main sur son épaule.

— J'ai les jambes qui tremblent. Et je crois que j'ai perdu ma culotte.

Garrett eut un petit rire.

— On ferait mieux de la retrouver si on ne veut pas avoir à s'expliquer avec les employés du stade, demain matin.

— Tu as raison. En parlant d'employés, l'un d'eux m'a donné les clés du portail, ce qui veut dire que nous devrons venir travailler aux premières heures du jour.

Il la prit dans ses bras, les yeux encore mi-clos du plaisir qu'il venait d'assouvir.

— Oui, mais ça en valait la peine, tu ne crois pas ?

— Si, répondit-elle en souriant et en posant les mains sur son torse. Je n'avais jamais fait l'amour sur un banc de touche.

— Moi non plus.

Dans un élan de tendresse, il l'embrassa avec une passion redoublée et glissa les doigts dans ses longs cheveux. Ce seul baiser suffit à rallumer le brasier qu'il provoquait si facilement en elle, mais il valait mieux partir avant que quelqu'un les surprenne. Il aurait été étonnant de tomber sur un promeneur au milieu du stade à une heure pareille, mais on ne savait jamais.

Ils retrouvèrent finalement la culotte d'Alicia sous le banc. Après s'être rhabillée, elle sortit les clés de sa poche, et ils quittèrent ensemble le stade de base-ball.

Sur le chemin du retour, la conversation avec son cousin lui revint en mémoire.

— Au fait, Gavin nous propose de dîner tous ensemble.

Garrett ne cacha pas sa surprise.

— Il sait pour nous deux ?

— Oui. Apparemment, les rumeurs vont bon train dans l'équipe sur notre relation.

— Ah bon ?

Il ne semblait pas vraiment embêté. Peut-être devrait-elle en faire autant. Gavin avait promis de rester discret. Et puis, de son côté, Alicia ferait en sorte de garder ses distances avec son patient. En public, en tout cas.

— Enfin bref ! Liz est en ville, et il aimerait nous inviter chez eux.

Pendant quelques minutes, Garrett resta silencieux. Craignait-il les conséquences que pouvaient entraîner de simples rumeurs ?

— Gavin va essayer de me cuisiner pour en savoir plus sur nous, tu ne crois pas ?

La kiné rit doucement.

— Non. Il sait qu'on… couche ensemble et il m'a affirmé qu'il ne voulait pas parler de ça avec toi. Tu ne risques rien.

— Tant mieux. Dans ce cas, je veux bien dîner chez lui.

— Pourquoi « dans ce cas » ? Tu as peur de mon cousin ? Ou de devoir parler de nous ?

— Oui et non, balbutia-t-il en lui lançant un bref regard avant de le reporter sur la route.

Ce n'était pas une réponse très claire. Alicia ne savait pas comment le prendre. Au fond, elle pouvait comprendre qu'il se sente mal à l'aise. Après tout, Gavin était son cousin. La famille, c'était compliqué. Elle-même ne savait pas comment définir leur relation. Si relation il y avait. Garrett et elle couchaient et travaillaient ensemble, il n'y avait rien de plus entre eux.

N'est-ce pas ?

Chapitre 22

Ce fut pris d'une certaine angoisse que Garrett monta les quelques marches qui menaient à la maison de Gavin Riley.

Gavin était, après tout, le cousin d'Alicia. La famille a le rôle de protéger les siens. Sans compter le lien qui unissait les deux hommes : les Rivers. Ils jouaient dans la même équipe depuis des années et ils avaient passé de nombreuses soirées ensemble. Ils s'entendaient bien, et Garrett savait qu'il pouvait compter sur Gavin pour atteindre la première base et surveiller ses arrières. Les rapports au base-ball déterminaient tout. Et la confiance également.

Tout cela, il n'y avait pas songé avant d'attirer la cousine de Gavin dans son lit. Il avait eu d'autres choses en tête que son équipier au moment de déshabiller la jeune femme.

— Tout va bien ? s'inquiéta cette dernière lorsqu'ils furent devant l'entrée.

Garrett cessa de contempler la porte pour regarder Alicia. Ce soir, elle était particulièrement jolie ; des mèches de ses cheveux étaient ramenées sur le côté, et le reste retombait en cascade dans son dos. L'envie le démangeait d'enfouir le visage dans sa chevelure soyeuse et d'y entortiller ses doigts, mais il préféra maintenir une certaine distance.

— Oui, ça va. Pourquoi ?

— Tu sembles nerveux. Je t'ai pourtant dit de ne pas t'inquiéter, ce sera amusant.

Ouais, super amusant. Se faire décapiter, aussi, ça doit être amusant.

La porte s'ouvrit sur Elizabeth Riley qui les accueillit avec un grand sourire. Garrett l'avait déjà rencontrée plusieurs fois, soit avec Gavin, soit avec Victoria, qui la connaissait personnellement.

— Eh bien, on a failli attendre ! s'exclama l'hôtesse.

— Nous ne sommes pas en retard, rétorqua Alicia en prenant son amie dans ses bras. Tu connais déjà Garrett ?

— Oui, cette garce de Victoria est votre agent, c'est bien ça ? Vous ne seriez pas fâché contre elle, par hasard ?

— Non.

— Dommage, répondit-elle avec un sourire et un clin d'œil au sportif. Je vous sers à boire ? J'ai de la bière, du vin ou du thé.

— Une bière pour moi, répondit Garrett en suivant Elizabeth dans la cuisine.

En corsaire et petit haut de soie sans manches, la jeune femme assumait ses talons particulièrement hauts et sa longue chevelure rousse. Marié à cette femme au corps de mannequin, Gavin était un homme chanceux.

Elle tendit sa bière à Garrett.

— Merci, Elizabeth.

— Appelez-moi Liz. Je trouve mon prénom trop formel.

Gavin apparut par la porte qui menait au jardin.

— Eh, vous voilà ! Comment ça va ?

Il serra chaleureusement la main de son équipier et prit sa cousine dans ses bras.

— Tu es bronzé, fit remarquer cette dernière.

— Aujourd'hui, j'ai profité de notre jour de congé pour faire une promenade en bateau.

— Moi qui suis rouquine, je ne peux pas en dire autant de ma peau blanche comme un cachet d'aspirine. J'ai été forcée de m'étaler trois couches de crème solaire sur le corps pour ne pas griller au soleil. Bon sang, il faisait tellement chaud !

— Pauvre chochotte ! la taquina Gavin.

— N'empêche que c'est moi qui ai attrapé le plus de truites, se défendit Liz.

— Tu as raison, ma sublime femme si peu bronzée. Et tu ne manqueras pas de me le rappeler, pas vrai ?

— Compte sur moi.

Perplexe, Alicia se mit à rire.

— Tu as pêché ?

Liz leur indiqua les chaises autour du bar.

— Mettez-vous à l'aise. Oui, j'ai pêché. D'ailleurs, je deviens assez douée.

— Elle a même appris à préparer son appât sans se mettre à crier, renchérit Gavin en sirotant sa bière.

— Et sans avoir envie de vomir en voyant les asticots, ajouta Liz.

— Exact.

— Je suis fière de toi, Liz, déclara Alicia. Nous devrions aller au lac toutes les deux, cet été. J'adore la pêche.

Garrett lui lança un regard surpris.

— Tu adores la pêche ?

Elle tourna la tête.

— Évidemment. Dans ma famille, c'est une institution. Mon frère, Cole, mon père et moi, nous partions camper, et mon père nous apprenait à pêcher. Et toi ?

— Ça m'est arrivé, à l'occasion.

— Dans ce cas, tu viendras avec nous.

À l'entendre, on aurait dit que Garrett ferait toujours partie de sa vie cet été. Vraiment ? Jusque-là, il n'avait pas réfléchi à l'avenir. Depuis toujours, il vivait au jour le jour. Les relations stables, il n'en avait pas connu, ce qui correspondait parfaitement à son caractère comme à sa carrière de sportif constamment sur les routes. De plus, il ne savait jamais si les femmes l'aimaient pour sa personnalité ou pour sa célébrité et son travail.

Pourtant, Alicia était différente. Leur relation n'avait rien du couple classique. Et puis ils n'étaient jamais officiellement sortis ensemble. Garrett ne savait pas quoi penser de ce qui se passait entre eux. Il ressentait quelque chose pour elle et, côté sexe, il était loin de se plaindre. Mais comment décrire ce type de relation ?

Il était grand temps qu'il se pose la question. Sa rééducation était la seule excuse qui leur permettait de se voir ; une fois qu'ils auraient terminé, il ne leur resterait qu'à…

Quoi ?

— Je vous ai mis des steaks sur le barbecue, dit Gavin. Sauf pour Alicia. Liz a préparé une délicieuse salade de pâtes rien que pour toi.

La kiné afficha un grand sourire.

— Ah, Liz ! Tu as cuisiné ?

— Correction : j'ai fait bouillir de l'eau et j'y ai jeté des pâtes. De nous deux, c'est Gavin le cuistot.

— Ne l'écoute pas, riposta son mari. C'est un véritable chef. Garrett, que dirais-tu de prendre ta bière et de m'accompagner surveiller le barbecue ?

Et merde ! Le moment tant redouté de l'interrogatoire approchait.

— Avec plaisir.

La soirée s'annonçait douce et calme. Le ciel était parsemé d'étoiles qui brillaient d'autant plus que c'était la nouvelle lune. Garrett suivit Gavin sur le côté de la maison, où le barbecue était installé. En buvant une longue gorgée de bière, il examina la situation actuelle de sa vie.

S'il ne lançait plus jamais, que se passerait-il ? Que ferait-il de sa vie ? Même s'il savait qu'il ne jouerait pas au base-ball indéfiniment, il n'avait jamais réfléchi à l'avenir. Si son bras ne se remettait pas, Garrett devrait bien trouver quelque chose à faire. Le temps était venu de développer une stratégie avant de se trouver au pied du mur.

— Tu manques à toute l'équipe, mon vieux.

La voix de Gavin le tira de ses pensées.

— Et l'équipe me manque, répondit Garrett. Comment se passe l'entraînement ?

L'autre haussa les épaules.

— Comme toutes les pré-saisons. Il y a des hauts et des bas. Si tu étais là, on serait meilleurs.

Garrett sirota sa bière.

— Je me déchire pour revenir le plus tôt possible.

— Comment va ton épaule ?

— Beaucoup mieux, mais je n'ai toujours pas relancé en situation de match. Il me reste encore du chemin à parcourir.

Gavin s'adossa à la rambarde de la terrasse.

— C'est effrayant, je sais. On sait tous ce que tu ressens. Pour nous tous, il suffirait d'une blessure pour qu'on ne sache plus quoi faire de nos vies.

— Oui, et je me remets en question en envisageant le pire. Jusqu'à présent, je ne voulais pas savoir que mon bras pourrait ne jamais guérir, mais il est temps pour moi de préparer un plan de secours.

— Aucun de nous n'est prêt à envisager l'avenir sans base-ball, soupira Gavin. Tu as déjà une idée, pour ton plan de secours ?

Garrett rit doucement.

— Pas encore, mais je devrais y réfléchir.

— Tu relanceras. Ma cousine fait du très bon travail, elle ne lâchera pas le morceau tant que tu ne seras pas retourné sur ton monticule en pleine forme.

Cela faisait du bien à Garrett de voir que son équipier croyait en Alicia.

— Elle est douée, c'est vrai. Personne ne m'a jamais poussé comme elle le fait. Même moi, je n'aurais pas pensé qu'on pouvait me bousculer comme ça.

Un sourire apparut sur les lèvres de Gavin, et il s'empressa de le cacher derrière sa bière.

— C'est Alicia tout craché. « Non » et « je n'y arriverai jamais » sont bannis de son vocabulaire. Depuis son arrivée dans l'équipe médicale, je sais que si je devais me blesser je la voudrais pour kiné.

— Tu es sérieux ?

— Très sérieux. Depuis toujours, elle ne vit que pour aider les autres. Dès le lycée, elle voulait faire ce métier et elle harcelait notre entraîneur de foot pour qu'il la mette en apprentissage avec le directeur sportif. Elle voulait connaître le terrain avant de commencer ses études. C'est son rêve de petite fille : rendre leurs aptitudes aux sportifs blessés. Ce n'est pas un simple travail, c'est une vocation.

— Oui, j'ai vu qu'elle mettait du cœur à l'ouvrage. D'ailleurs, je lui suis profondément reconnaissant de ce qu'elle a fait pour moi. J'ai beaucoup de respect pour elle.

Laissant s'installer un bref silence, Gavin retourna les steaks puis leva les yeux.

— C'est un sujet délicat, vu qu'on est amis et qu'Alicia est ma cousine. Ce qui se passe entre vous ne me regarde pas. Je ne dirai qu'une chose : je ne veux pas voir Alicia souffrir.

Garrett s'attendait à ce type d'élan protecteur de la part d'un membre de la famille. Lui-même entretenait trop peu de rapports avec la sienne pour comprendre ce sentiment, mais, d'après ce qu'Alicia lui avait confié au sujet des Riley, il les savait très proches les uns des autres. La réaction de Gavin ne le surprenait pas.

— Moi non plus, je ne veux pas qu'elle souffre et je ferai tout pour que ce ne soit pas le cas.

Gavin l'observa une minute, puis hocha la tête.

— Je te crois. Tu n'es pas un salaud.

Le lanceur éclata de rire.

— Non, en effet. Et ne t'inquiète pas pour ta cousine. Ce qui se passe entre nous ne la fera pas souffrir.

— OK. Le sujet est clos. Maintenant, parlons plutôt de la raclée qu'on va mettre à Baltimore demain.

Alicia voulait espionner les garçons depuis la fenêtre de la cuisine, mais elle ne vit rien d'autre que l'obscurité du jardin et ne pouvait rien entendre à cette distance – ce qui était plutôt bon signe : cela prouvait qu'ils ne se disputaient pas.

— Qu'est-ce que tu regardes ? demanda Liz tandis qu'elles sirotaient du vin, assises au bar.

La kiné détourna le regard de la fenêtre pour le poser sur son amie.

— J'essaie de savoir s'ils en sont venus aux mains.

Liz pouffa.

— Tu couches avec Garrett, d'accord, mais ce n'est pas pour ça que Gavin va lui casser la figure.

Alicia ouvrit de grands yeux. Inutile de mentir. Liz la cuisinerait jusqu'à obtenir ce qu'elle voulait.

— Tu es au courant ?

— Je t'en prie, c'est évident. Il n'y a qu'à voir ton air paniqué. Et puis Gavin m'a tout dit. Tu as peur qu'il joue au cousin ultraprotecteur face à Garrett, c'est ça ?

— Peut-être.

Liz agita la main.

— Tu ne risques rien. Le dernier sujet que Gavin a envie d'aborder, c'est bien ta vie sexuelle.

La jeune femme se détendit à peine.

— Tu as sans doute raison.

— Comment ça se passe, entre vous ?

Alicia but un peu de son vin et lui décocha un sourire timide.

— Son épaule se remet bien. Il recommence à lancer.

— Belle tentative, mais tu sais que ce n'était pas ma question.

Elle le savait, mais ça ne coûtait rien d'essayer.

— Je ne comprends pas ce qui s'est passé, répondit-elle avec un soupir.

— Moi, je comprends très bien. Tu es sexy et lui aussi. C'est chimique, tu n'y peux rien, ma chérie.

— C'est une erreur monumentale. Il faut qu'il se concentre sur sa blessure, pas sur le sexe.

Liz laissa échapper un rire malicieux.

— Le sexe est excellent pour la rééducation. Il facilite la circulation du sang. Ce n'est pas à toi que je vais l'apprendre. Et puis un sportif de bonne humeur, c'est encore mieux, non ? Ce que je veux dire, c'est que ça participe à sa guérison.

— Oui, c'est vrai. Mais son sexe et son épaule ne sont pas liés.

— Arrête ton cinéma, Alicia. Je suis sûre que plus tu le soulages, mieux il aborde ses exercices de rééducation. Depuis que vous couchez ensemble, il est moins tendu. Pas vrai ?

Avec un regard noir, Alicia ne put qu'admettre qu'elle avait raison.

— Et d'où tu sors tout ça, toi ? s'exclama-t-elle. Tu n'es pas médecin du sport, que je sache.

Liz éclata de rire.

— Ma chérie, je n'y connais rien en médecine. Mais le sexe, j'en connais un rayon, en particulier lorsqu'il s'agit de combler un homme. Une fois qu'il est comblé, il peut jouer au base-ball comme un dieu, mais pas avant. Donc, arrête de trop réfléchir sur ta relation avec Garrett et profite.

Alicia servit à Liz un nouveau verre de vin.

— On t'a déjà dit que tu étais particulièrement intelligente ?

— Pas assez souvent à mon goût, dit l'agent en trinquant avec un sourire.

Et si elle avait raison ? Si le sexe améliorait les résultats de son patient ? Dès le début, Alicia lui avait recommandé de respirer, de cesser de se tourmenter s'il voulait observer des progrès dans sa rééducation.

Pour cela, quoi de mieux que le sexe ?

Pour elle comme pour lui, il n'y avait que des avantages à ce type de relations.

La soirée se déroulait dans une ambiance conviviale. Pour changer, Alicia se sentait légère. De toute évidence, c'était également le cas de Garrett : en rentrant de son tête-à-tête avec Gavin, il passa un bras autour de ses épaules et se permit de l'embrasser devant son cousin. Pour Alicia, c'était un événement. Elle estima d'ailleurs que cette soirée avait tout d'un premier rendez-vous.

Garrett riait, buvait et parlait de base-ball avec une aisance qu'elle n'avait encore jamais observée chez lui. Tout au long du repas, il était resté auprès d'elle et l'avait parfois discrètement frôlée. Des gestes qui ne l'avaient pas laissée indifférente ; même s'il ne s'agissait que d'innocentes caresses dans la nuque ou sur le dos de sa main, elle n'en avait pas moins secrètement désiré se trouver seule avec lui, pour le toucher de façon plus intime et lui faire ressentir les mêmes sensations qu'elle.

— Qu'est-ce que tu fais ? lui demanda-t-elle discrètement lorsque, plus tard dans la soirée, il posa la main au creux de ses reins et laissa ses doigts glisser dangereusement jusqu'à ses fesses.

Garrett lui décocha un sourire ravageur et lui murmura à l'oreille :

— Je ne vois absolument pas de quoi tu veux parler.

Il savait parfaitement ce qu'il faisait. Pour lui rendre la monnaie de sa pièce, Alicia posa à son tour une main sur la cuisse du sportif, l'air de rien, et approcha dangereusement le bout des doigts de son entrejambe. Elle se mit à pianoter des doigts sur sa jambe, sans interrompre sa conversation avec Liz. Il avait l'air moins à l'aise, tout à coup.

Chacun son tour.

En fin de soirée, au moment où ils remontèrent en voiture, la jeune femme bouillait de désir accumulé tout au long de la soirée. Garrett avait beau paraître nonchalant et conduire sans le moindre signe de tension, elle mourait d'envie de lui arracher ses vêtements et d'enfourcher son corps. Le sportif était arrivé à ses fins. Dans sa tranquillité se cachait le triomphe d'un homme qui était parvenu à mener sa partenaire au bord de l'implosion. Mais elle ne le laisserait pas le deviner et elle préféra feindre l'indifférence en regardant défiler le paysage.

Jusqu'à ce qu'il insère doucement ses doigts sous la robe de la jeune femme pour la retrousser à peine au-dessus de sa cuisse.

D'un geste vif, Alicia remit sa robe en place et lui lança un regard noir.

— Qu'est-ce que tu fais, au juste ?

— Moi ? fit-il d'un air innocent. Je te touche parce que j'aime ça. Tu veux que j'arrête ?

— Oui. Enfin, non. Je ne sais pas.

Il leva un sourcil.

— Tu pourrais être plus claire ?

— Tu m'as rendue folle, ce soir.

— Ah bon ?

— Oui.

— D'accord. Eh bien, avoue que tu ne m'as pas épargné non plus !

Elle lui avait fait de l'effet, donc ! C'était bon à savoir.

— J'aime lorsque tu me touches, dit-elle.

— Dans ce cas, laisse-moi faire. Recule ton siège, étends tes jambes.

Elle regarda brièvement par la vitre.

— Nous sommes en voiture, Garrett. Je te rappelle que tu conduis.

— Il y a deux voies et presque personne sur la route. Fais-moi confiance.

Alicia avait confiance en lui. Le désir était déjà palpable au bas de son ventre.

— Alicia, laisse-moi te toucher.

— Concentre-toi plutôt sur ta conduite.

Il esquissa un sourire en coin.

— Je sais faire deux choses à la fois.

Avec une profonde inspiration, elle se dit qu'elle n'en doutait pas.

— Et si je surveillais la route pour toi ? suggéra-t-elle.

— Tu n'y arriverais pas. Mes caresses occuperont toute ton attention.

— C'est un défi ?

Avec un petit sourire coquin, il ne quitta pas la route des yeux.

— Recule ton siège, ma belle.

Alicia se mordit la lèvre et baissa son siège, puis tendit les jambes.

— Remonte un peu ta robe, je veux voir tes sous-vêtements.

Elle s'exécuta et révéla sa culotte rose en satin assortie à sa robe d'été rose pâle et blanc.

— Sexy, observa Garrett.

Ce fut le seul regard qu'il posa sur elle. Ensuite, sans quitter la route des yeux, il avança les doigts sur la cuisse d'Alicia, puis entre ses jambes, jusqu'à provoquer un léger tressaillement chez elle en atteignant son intimité. Elle ne put s'empêcher de rouler des hanches.

— Tu m'excites, Alicia. J'ai une liste entière de choses à te faire dès que nous serons arrivés.

Son érection se voyait sous son jean.

— Laisse-moi te caresser.

— Non, refusa-t-il. Pour l'instant, laisse-toi faire.

Afin de lui faciliter l'accès, elle se tourna légèrement vers lui, la respiration hachée. Garrett en profita pour glisser les doigts sous le tissu de soie et toucher sa peau nue.

Alicia ne sut dire si le fait d'être ainsi à la portée des regards l'excitait plus que de raison, mais elle guida le poignet du sportif jusqu'à son clitoris, dans un accès d'impatience.

— Tu en as envie, remarqua Garrett en souriant et le regard vif, tandis qu'il parcourait ses lèvres du bout de l'index. Je compte te faire jouir.

— Oui, murmura la belle en accompagnant son geste avec ses propres mains, enfonçant les doigts de Garrett en elle. Plus fort, ajouta-t-elle dans un souffle.

La gorge sèche, elle ne prêtait plus aucune attention à la possibilité de croiser quelque voyeur.

Elle ondula contre sa main et se laissa emporter en laissant échapper un cri.

— Oh oui ! soufflait Garrett.

Mais elle ne l'entendait plus.

Des vagues extatiques puissantes et sans fin parcoururent son corps, puis elle se laissa retomber, tremblante et brûlante. Garrett attendit qu'elle reprenne son souffle avant de retirer sa main.

Il se lécha les doigts un à un, et le trajet parut durer une éternité aux yeux d'Alicia.

— Ravi de constater que tu as surveillé la route pour moi, fit remarquer Garrett.

À regret, Alicia admit intérieurement que Godzilla aurait bien pu leur barrer soudain la route, elle n'y aurait vu que du feu. Elle remit sa robe en place.

— J'avoue m'être laissée distraire.

— Ça me plaît.

C'était à son tour. Elle se pencha vers lui et laissa errer sa main aux alentours de cette bosse qu'elle ne voulait pas voir disparaître.

En arrivant sur le petit chemin qui menait à la propriété, Garrett avait la mâchoire si crispée qu'il risquait une crampe. Alicia n'était pas peu fière de le mener au bord de la folie, lui qui avait su la ravir quelques minutes plus tôt. S'il n'avait pas conduit, les doigts de la jeune femme auraient eu raison de la fermeture Éclair, et elle ne se serait pas gênée pour y aller de ses lèvres gourmandes. Toutefois, elle préférait savoir qu'il restait concentré sur la route et se satisfit de la torture qu'elle lui infligeait.

Garrett était un excellent conducteur, on ne pouvait pas le nier.

Le moteur à peine éteint, il sortit, fit le tour de la voiture et l'aida à se relever avant de la plaquer contre le capot du véhicule. Il l'embrassa et saisit ses fesses à pleines mains, puis, pressant contre elle son corps en feu, il lui fit comprendre l'urgence de sa demande.

L'idée lui plaisait plutôt bien. Mais elle posa les mains sur son torse et l'écarta légèrement.

— Et si nous rentrions ?

Il lui mordilla l'oreille.

— Je n'ai pas envie d'attendre.

Leur désir était réciproque, et elle adorait ça. Si la lumière du porche ne les avait pas éclairés comme en plein jour, elle aurait sans doute accepté qu'ils fassent l'amour ici et maintenant, parce qu'il était déjà en train de se frotter. Quelques minutes de plus, et ce serait l'orgasme.

Mais il préféra se diriger à pas rapides jusqu'à la maison. À peine la porte d'entrée fut-elle refermée qu'il s'allongea au sol et attira sa partenaire à lui, la robe remontée jusqu'aux hanches. Garrett saisit l'occasion de caresser la peau nue de ses fesses sous le tissu soyeux.

— J'ai eu envie de toucher ta peau toute la soirée.

Alicia se redressa et reposa ses bras sur son torse.

— Allons plutôt dans la chambre. J'ai ma petite idée sur ce que je veux te faire.

Il secoua la tête.

— C'est trop loin. Fais-le ici.

— Déshabille-toi.

Une poignée de secondes lui suffit pour se débarrasser de son tee-shirt et exposer ainsi le dessin parfait de ses abdominaux. Alicia les parcourut sans gêne et déposa un baiser sur les tétons du lanceur.

Il lui lança un regard insistant.

— Ce n'est pas là que j'aimerais sentir ta bouche.

— Vraiment ?

Elle l'embrassa dans la nuque.

— Et là ?

— Non, plus bas.

De la pointe de la langue, elle dessina un chemin jusqu'à son nombril.

— Par ici ?

— Tu n'es plus très loin, descends encore un peu.

Dès qu'elle entoura son membre de ses doigts, il se crispa.

— Oui, ici. Avec ta bouche.

L'aisance avec laquelle il lui faisait part de ses envies la ravissait. Elle libéra le bouton puis descendit lentement la fermeture de son pantalon. Tandis qu'il ôtait ses chaussures et le reste de ses vêtements, elle s'éloigna juste assez pour le laisser faire.

Maintenant qu'il était nu, elle se délectait de la vision de son corps. Pour elle, c'était une source d'exaltation que de pouvoir le parcourir librement.

— À ton tour, susurra-t-il.

Sa robe fut vite retirée, puis elle enleva ses sous-vêtements, un pied de chaque côté du corps de Garrett, toujours allongé sous elle.

Il lui attrapa les chevilles pendant qu'elle jetait sa culotte au-dessus du reste de ses vêtements empilés au sol. Dans un sourire, il observait avec délectation la vue qui le surplombait. Alicia savait ce qui attirait son attention. Bien qu'elle ne soit pas vraiment pudique, le regard avec lequel il la contemplait la fit rougir.

— Quelle vue magnifique! Viens t'asseoir sur moi.

Elle s'accroupit et s'assit sur les cuisses de son sportif afin de saisir son sexe des deux mains.

— C'est moi qui profite d'une belle vue, rectifia-t-elle. J'aime parcourir ton corps.

— Et moi, j'aime lorsque tu me touches. J'ai encore plus envie de toi.

Elle enroula son membre de ses doigts, et le visage de Garrett se crispa en réponse. Elle se pencha sur lui, ses cheveux se déployant autour de son partenaire, qui en saisit une poignée.

— Suce-moi, Alicia.

Un frisson de désir et d'excitation la parcourut, et elle s'empressa d'entourer de ses lèvres son érection impatiente.

— Oh, mon Dieu! s'écria-t-il en se soulevant de plaisir.

Empoignant son membre, Alicia le suça jusqu'à l'enfoncer dans sa gorge. À présent, elle avait la situation sous contrôle. D'après les grognements de Garrett, elle s'y prenait bien. Elle n'avait qu'une envie: le faire jouir aussi fort qu'elle dans la voiture. Elle pressa le bout de son sexe contre son palais et accentua la pression de ses lèvres.

— Tu prends des risques, écarte-toi si tu ne veux pas que je jouisse là, tout de suite.

Mais elle s'agrippa à ses cuisses et le laissa pousser des grognements extatiques, ses hanches se soulevant contre sa bouche. Alicia le tint fermement et se délecta de l'entendre crier son nom. Enfin, il retomba au sol, haletant. La jeune femme déposa un baiser sur son ventre et s'allongea auprès de lui en attendant qu'il reprenne son souffle.

— J'arrive à peine à respirer, fit Garrett d'une voix rauque.

— Je vais nous chercher un peu d'eau, dit Alicia en caressant son torse encore moite.

— Rendez-vous dans la chambre.

Lorsqu'elle le rejoignit, un verre d'eau dans chaque main, Garrett avait ôté les couvertures du lit, déclenché le ventilateur de plafond et entrouvert la baie vitrée afin d'aérer la pièce. Lui était là, allongé sur le lit. Elle lui tendit l'eau qu'il avala en quelques gorgées, puis grimpa sur le matelas afin de se lover contre lui.

— Je ne suis pas sûr d'avoir la force de te faire l'amour, regretta Garrett.

— Ce n'est pas grave. Et puis tu m'as déjà fait l'amour ce soir.

Il reposa le verre sur la table de chevet avant de se tourner vers elle.

— C'étaient les préliminaires.

En une fraction de seconde, il l'attira sous lui et la couvrit de son corps brûlant, pour entourer de ses mains son visage.

— Je veux que tu me donnes autant que tu es capable de me donner, Alicia.

Il ne lui disait pas tout. Il ne lui disait pas qu'il voulait profiter de leur tête-à-tête avant leur retour à Saint-Louis, avant le début de la saison, avant que la vie reprenne son cours normal et force leurs chemins à se séparer.

Alicia savait que leur relation était temporaire et profitait de chaque instant passé avec lui comme d'un fantasme devenu réalité. Sur le plan théorique, tout était clair dans sa tête : tant de raisons faisaient qu'ils ne resteraient pas indéfiniment ensemble, ne seraient-ce que leurs carrières respectives.

Elle caressa sa barbe de trois jours ; ce geste déclenchait toujours en eux des envies coquines. Les questions existentielles attendraient. Pour l'instant, il était tout à elle, et elle comptait bien en savourer chaque seconde. Lorsque viendrait le moment, elle tournerait les talons, pour le bien de sa carrière professionnelle comme de celle de Garrett. En tant qu'adultes responsables, ils sauraient gérer la situation.

Elle saurait gérer la situation.

Pour le moment, elle ne voulait qu'une chose : se concentrer sur le corps de l'homme qui se mouvait sur elle – et en elle – et sur les sensations qu'elle éprouvait. L'étincelle ne mettait jamais longtemps à jaillir en sa présence. Qu'elle le veuille ou non, le sportif avait un effet surprenant sur elle. Alicia se sentait passionnée et libre.

Comme ils cheminaient ensemble, main dans la main, sur la route de l'orgasme, la jeune femme décida d'admettre ce qu'elle ressentait vraiment.

C'était un homme exceptionnel, et, à ses côtés, elle était différente.

Elle était amoureuse de Garrett.

Ce seul sentiment suffirait à compliquer sa décision de tourner les talons le moment venu.

Chapitre 23

Garrett attendait le retour à Saint-Louis avec un mélange d'excitation et de terreur.

L'entraînement de pré-saison touchait à sa fin, et, malgré quelques retours ponctuels auprès de son équipe, il n'avait toujours pas participé à un match. Au fond de lui, il avait espéré en être capable avant cette date.

Évidemment, Alicia ne lui avait fait aucune promesse et lui avait même fait comprendre qu'il ne devait pas se faire de faux espoirs. Elle ferait de son mieux, lui avait-elle dit, pour lui permettre de retourner sur le terrain au cours de la saison.

Garrett avait noté qu'elle n'avait pas parlé de le refaire jouer dès le début de la saison, malgré ce qu'elle lui avait dit le jour de leur rencontre. Il n'avait pas voulu lui rappeler cette déclaration, que, à l'époque, il avait prise pour une promesse.

En la croyant sur parole, Garrett avait fait des progrès considérables qui tenaient presque du miracle. Les lancers représentaient la prochaine étape. Cela devrait lui suffire.

La saison allait bientôt reprendre : c'était le moment de vérité. S'il ne pouvait pas lancer le premier, il ferait au moins en sorte d'intégrer la rotation en cours de match.

Son épaule se portait à merveille. Alicia avait fait du très bon travail. Ils étaient allés plus loin encore que leurs passes d'échauffement : Garrett avait recommencé à s'échauffer avec ses entraîneurs. Il avait même lancé quelques vraies balles.

Tout se passait bien. Peu à peu, il retrouvait ses anciens réflexes et se sentait mieux dans sa peau. Les séances de thérapie étaient toujours douloureuses, mais il les supportait de mieux en mieux. Alicia lui avait promis que ce ne serait qu'une question de temps.

Pourvu que ce ne soit pas un discours tout fait, prévu pour rassurer ses patients, parce qu'il sentait au fond de lui qu'il approchait du but.

Aujourd'hui, accompagné d'Alicia et du coach – qui ne manquait aucun de ses gestes –, Garrett s'échauffait avec les autres lanceurs et s'entraînait sur le terrain en position réelle. Le sportif prit de l'élan et lança une balle courbe dans le gant du receveur. Bobby Sloane, l'entraîneur des lanceurs, fit grise mine.

— Recommence.

Il recommença, et Bobby fronça les sourcils.

— Encore.

Malgré un nouveau lancer, l'entraîneur demeura sceptique. Ce n'était pas le genre d'homme à rire souvent, mais, si son lanceur se débrouillait bien, Bobby s'en allait persécuter une autre victime. Cette fois, il restait là.

— Ta courbe n'est pas correcte ; tu n'atteins pas la zone de prise. C'est à cause de ton épaule ?

Garrett fit des ronds avec ses bras.

— Non, tout va bien.

— Lance quelques balles glissantes.

Il enchaîna avec des changements de vitesse et des balles rapides en suivant méticuleusement les instructions de son coach.

Ce dernier observa, puis secoua la tête. Il ne s'adressa pas à Garrett mais à Alicia :

— Il n'est pas prêt, Alicia. Je n'aime pas ses lancers, ils ne portent pas la marque du Garrett Scott qu'on connaît.

Alicia s'approcha en hochant la tête.

— Je retourne en salle de soins avec lui. Cela fait longtemps qu'il n'a pas lancé, son bras met du temps à se réveiller. À force de travail, il va retrouver son niveau.

Bobby s'éloigna, et la kiné retrouva son patient.

— Tu as mal ?

— Non.

— Tu as beaucoup lancé, aujourd'hui. Comment se porte ton bras ?

Il quitta son monticule.

— J'en ai marre de cette question ! Je ne veux plus jamais que tu me la poses.

Elle sourit.

— Eh bien, tu sais quoi ? Les entraîneurs et moi, nous ne sommes pas près d'arrêter de te la poser, alors fais-toi une raison.

— Ouais, ouais.

Son humeur était massacrante, il en avait conscience. Son impatience de reprendre du service, au même niveau qu'avant, n'avait jamais faibli, mais ses espoirs semblaient vains. Voilà pourquoi il était en colère, mais ce n'était pas une raison pour s'en prendre à Alicia.

— Attends, lança-t-il en s'arrêtant devant le couloir qui menait aux vestiaires. Excuse-moi.

Elle inclina la tête sur le côté.

— Pourquoi tu t'excuses ?

— Parce que je me suis énervé après toi.

Alicia ne put retenir un rire.

— C'est une période très importante pour toi, Garrett. Tu as le droit d'être tendu.

Elle le comprenait. Après tout, c'était logique ; à ce moment précis, elle était celle qui le connaissait et qui savait ce qu'il traversait mieux que quiconque. En déposant un baiser sur ses lèvres, il lui chuchota à l'oreille :

— Merci.

La scène aurait été parfaite si ses équipiers n'avaient pas choisi cet instant précis pour se rendre aux vestiaires.

— Waouh, Garrett ! s'exclama Tommy Maloney, un autre lanceur des Rivers, en donnant une tape dans le dos de son équipier. Les hôtels, ça existe !

— Les dérange pas, Tommy, ricana Dedrick Coleman en croisant les bras, son gant de receveur pendu à son doigt. Laisse-nous profiter du spectacle.

— Va te faire voir, Deed, souffla Garrett.

Il ne semblait pas plus gêné que cela de s'être fait surprendre avec Alicia dans le couloir.

Avec un rire, les deux trouble-fête reprirent tranquillement le chemin des vestiaires.

— Désolé ! Ce sont deux idiots, soupira le lanceur en se tournant vers Alicia.

Cette dernière ouvrait des yeux grands comme des soucoupes.

— Oh, mon Dieu ! C'est la pire chose qui puisse arriver.

Il fronça les sourcils.

— Quoi ? Oh, tu parles de ces types ? Ne t'inquiète pas pour ça.

— Tu plaisantes ? S'il y a une chose qui ne doit surtout pas arriver, c'est bien que mon patron apprenne qu'on… apprenne ce qu'on fabrique tous les deux. (Elle recula de deux grands pas.) Ça ne doit plus jamais se reproduire. Je te retrouve dans la salle de soins.

Stupéfait, Garrett la regarda disparaître en se demandant ce qu'elle entendait par « ça ». S'embrasser en public ou avoir une relation ?

Ces quelques jours d'intimité en Floride avaient frôlé la perfection : tout ce temps passé seul à seul, à pouvoir la toucher, à lui faire l'amour sans craindre les regards indiscrets… Mais, dès qu'ils entraient dans le stade, elle remettait sa casquette de médecin et retrouvait sa distance professionnelle.

Mis à part cet instant isolé, sur le banc de touche…

À ce souvenir, Garrett sourit et repensa à son corps délicieusement réceptif à ses caresses, aux gémissements d'Alicia dans l'orgasme.

Il aimerait beaucoup recommencer. Ici, derrière ces lignes de touche. Ou dans l'enclos d'échauffement.

Il sentit son désir s'éveiller, mais il le mit de côté pour garder en tête la panique d'Alicia. Elle avait peur, et lui ne pensait qu'à coucher encore avec elle.

Il devait respecter les limites qu'elle souhaitait leur imposer.

En rejoignant la salle de soins, il trouva sa kiné plongée dans son éternelle tablette, à prendre des notes sur je-ne-sais-quoi. C'était sans doute en rapport avec lui puisqu'il était son seul patient actuellement.

Elle leva les yeux.

— Je vais te faire faire quelques étirements. Tu as travaillé dur, aujourd'hui.

— D'accord.

Garrett se changea, puis Alicia réchauffa son épaule à l'aide d'une compresse avant d'étirer son bras dans des positions qui, il n'y avait pas si longtemps encore, s'apparentaient pour lui à de la torture. À présent, ces étirements lui faisaient un bien fou, et il adorait le contact de ses mains. Pourtant, elle fuyait son regard et se concentrait sur sa tâche ; en se penchant afin d'exercer une pression sur ses muscles endoloris, elle ne leva pas les yeux une seule fois. Pourtant, leurs visages étaient si proches qu'il suffisait d'un simple geste pour l'embrasser.

— Alicia ?

— Oui ?

— Tu peux me regarder, tu sais.

Elle lui lança un bref regard, mais le détourna aussitôt.

— Je te fais mal ?

— Non.

Dans la salle de soins, ils n'étaient pas seuls. La scène avec Derrick et Tommy l'avait mise dans tous ses états, et Garrett préférait ne pas aborder le sujet tant que de nombreux sportifs et médecins s'affairaient dans la pièce.

Ils en discuteraient plus tard.

Sauf que plus tard, une fois qu'ils eurent quitté les lieux – et le lanceur ne manqua pas de remarquer l'urgence avec laquelle Alicia s'était éclipsée –, Garrett avait tenté de la joindre afin de lui proposer de passer chez lui. Elle n'était pas disponible et avait prétexté quelque réunion de famille, puis avait raccroché précipitamment.

Un nœud se forma dans son ventre.

Elle disait sans doute vrai. Ou alors elle prenait ses distances avec Garrett, pas seulement sur son lieu de travail, mais bien de manière générale.

Pour Garrett, ce n'était pas envisageable.

Le lendemain, il retenta sa chance. Après les derniers exercices de la séance, il s'assura qu'ils étaient seuls et lui demanda :

— Tu as quelque chose de prévu ce soir ? Nous pourrions aller dîner.

Au milieu d'un dernier étirement de son bras, Alicia s'arrêta net.

— Hum… quoi ?

Il fit la moue.

— Un dîner, reprit-il. Ce moment où les gens mangent. Je commande, on mange, on parle. Ça te dit quelque chose ?

— Oui, évidemment ! Mais je ne peux pas. D'ailleurs, j'allais justement te proposer quelque chose pour ce soir.

— Vraiment ?

— Oui. La nouvelle boîte de ma cousine Jenna ouvre ses portes ce soir. Toute la famille sera là pour fêter l'événement, et je voulais t'inviter.

Ce fut au tour de Garrett de s'immobiliser. Il se redressa sur le banc et posa les pieds au sol.

— Quoi ?

— Je voudrais que tu m'accompagnes à la soirée d'ouverture de la boîte de ma cousine.

Il voulait passer du temps avec elle. Seul à seul. Pas avec sa famille entière. Les réunions familiales, il les fuyait comme la peste, à cause de ses expériences personnelles.

— Oh ! Non merci.

La réaction d'Alicia ne se fit pas attendre.

— Pourquoi pas ?

— C'est ta famille, je ne veux pas m'imposer.

— Il ne s'agit pas d'une soirée privée, Garrett. C'est une ouverture au public. Ma famille n'est là que pour célébrer l'événement. Jenna et Ty… Tout le monde, même, a travaillé dur pour ce projet. J'aimerais que tu sois là.

— Ouais, mais les réunions de famille, ce n'est pas mon truc. C'est sympa de m'inviter, mais non merci.

Derrière un regard vide, Alicia cacha sa déception.

— OK. Recouche-toi, je n'ai pas fini de t'étirer.

Il l'avait blessée. Alicia s'était recroquevillée dans sa coquille, Garrett avait insisté, et, maintenant qu'elle faisait l'effort de revenir vers lui, c'était lui qui se fermait.

Quel idiot !

Bon sang ! Ne pouvait-il pas simplement expliquer que les réunions de famille le mettaient mal à l'aise ? Sa mère avait beau avoir retrouvé le bonheur avec son nouveau mari, Garrett ne pouvait s'empêcher de repenser au drame émotionnel qu'avait causé le divorce de ses parents. Quant à son père, il ne le voyait presque jamais. Enfermé dans sa bulle avec la femme pour laquelle il les avait tous abandonnés, il vivait sa vie et avait d'autres chats à fouetter.

Gavin, le cousin d'Alicia, était un type bien. Et puis ils jouaient déjà ensemble avant que Garrett rencontre la jeune femme. Mais peut-être Garrett n'avait-il jamais pensé que ce qu'ils vivaient tous les deux avait un autre objectif que celui d'être heureux au jour le jour. Dans son esprit, le long terme était proscrit, et rencontrer la famille l'était encore plus.

— C'est bon, nous avons terminé. Je vais chercher la glace.

— Alicia.

Elle s'arrêta.

— Oui ?

— À propos de ce soir, laisse-moi t'expliquer.

Un sourire autrement plus fade qu'à l'accoutumée se plaqua sur son joli minois.

— Je n'ai pas besoin d'explications, Garrett. Je reviens tout de suite.

Merde ! D'un geste nerveux, il se passa la main dans les cheveux. Ce problème devait être réglé au plus vite. Il ne voulait pas la blesser, mais, bon sang, il n'avait pas envie de se retrouver au milieu des Riley ce soir-là.

Pourtant, après s'être montrée froide comme la glace, voilà qu'elle proposait de faire des concessions.

Et lui, sans gêne, piétinait tous ses efforts sans le moindre scrupule.

Il devait se rendre à l'évidence : il était un salaud.

Chapitre 24

Alicia n'avait pas l'habitude de s'habiller pour sortir en boîte. De plus, le club de Jenna n'était pas réservé à une clientèle huppée ; le lieu se voulait convivial et ouvert à tous, dans l'esprit du *Riley's*, le bar qui servait de quartier général à toute la tribu.

Toutefois, c'était une soirée très spéciale puisqu'il s'agissait de l'ouverture. C'est pourquoi Alicia opta pour une nouvelle robe de soirée et des sandales à talons hauts, aussi chères que sexy, dans la même veine que sa robe, moulante et plus courte que celles que la jeune femme avait l'habitude de porter.

Le *Riley's Club* était à présent officiellement ouvert, et la queue s'étendait déjà à l'entrée. Jenna devait être folle d'excitation. Alicia n'avait toujours pas eu l'occasion de discuter avec la jeune propriétaire des lieux ce soir, si ce n'était pour la saluer en arrivant. Elle avait tout de même remarqué que sa cousine portait une superbe robe noire et des bottes assorties qui lui allaient jusqu'aux genoux, et avait toujours sa coupe courte, avec des piques et des pointes violettes. Son oreille gauche était ornée d'une multitude de piercings, et les tatouages sur son corps témoignaient d'une vie entière d'expériences exaltantes.

Naguère enfant à problèmes, Jenna avait trouvé auprès du hockeyeur Ty Anderson le calme apaisant dont elle avait besoin ce soir. Avec un sourire, Ty entourait l'amour de sa vie d'un bras protecteur tandis qu'elle saluait ses visiteurs.

— Ils forment un couple magnifique, tu ne trouves pas ?

Alicia acquiesça à la remarque de Savannah Brooks, la petite amie de son frère, Cole – ou plutôt sa fiancée. En rentrant de leurs vacances en amoureux, Savannah portait un énorme diamant autour de son annulaire et affichait un grand sourire. La kiné devinait que leur séjour s'était déroulé sous le signe du romantisme.

— Ils semblent aussi fous l'un de l'autre que mon frère et toi.

Le visage de Savannah s'illumina.

— Ce type me fait grimper aux rideaux. Pardon, tu es sa petite sœur, mais, vraiment, c'est l'homme de mes rêves.

Alicia lui prit la main.

— Lui aussi a beaucoup de chance, Savannah. Tu as sauvé sa carrière.

— Non, il ne le doit qu'à lui-même.

— Oh, je suis sûre que tu étais toujours derrière lui, prête à lui donner des coups de pied aux fesses avec tes sublimes escarpins !

Savannah sourit d'un air complice.

— De temps en temps, c'est vrai. Mais il a fait ses preuves et il s'est toujours surpassé. C'est un homme exceptionnel.

Aux yeux d'Alicia, il s'agissait là de la plus belle preuve d'amour : savoir aimer l'autre malgré ses défauts et le soutenir quoi qu'il arrive. Elle se demanda si elle connaîtrait un jour ce sentiment.

Elle n'avait jamais été amoureuse. Ses études et sa carrière avaient toujours empêché ses relations d'évoluer.

Jusqu'à sa rencontre avec Garrett. Elle avait laissé cet homme s'emparer de son cœur. N'était-ce pas une monumentale erreur ? Après tout, elle ne savait rien de lui.

Par exemple, pourquoi avait-il peur des réunions de famille ? Il n'avait pourtant pas semblé souffrir pendant la soirée avec Liz et Gavin. Il fallait bien admettre que le petit comité était bien plus rassurant que l'immense tribu des Riley réunie ce soir. Mais Jenna était au centre de l'attention ; si Garrett était venu, on lui aurait fichu la paix.

En prenant du recul après l'incident du couloir, Alicia avait pris conscience de l'excès de sa réaction. Depuis, aucun supérieur n'était venu lui remonter les bretelles, et les sportifs qui les avaient surpris avaient d'autres chats à fouetter. Soit Garrett leur avait demandé d'oublier ce qu'ils avaient vu, soit elle était la seule à en faire toute une histoire.

L'invitation à l'ouverture du club de Jenna n'avait eu pour but que de passer une soirée agréable en compagnie de Garrett. Le lieu était bondé, il leur aurait été facile de se faire oublier au milieu de la foule, et, en même temps, il aurait rencontré sa famille.

Pourquoi avait-il refusé l'invitation ? Parce qu'il n'aimait pas l'idée de rencontrer sa famille ? Pensait-il que cela représentait un pas en avant dans cette relation qu'il ne voulait pas voir évoluer ?

Dans un soupir, Alicia partit se commander un verre de vin au bar, un comptoir à l'ancienne. L'un des barmans, Eric, avait des cheveux blonds mi-longs qui lui tombaient sur le front et un regard azur qui semblait lire jusqu'au fond de son âme. Avec un sourire charmeur, il lui servit son verre de vin. Penny s'occupait de l'autre moitié du comptoir ; en pin-up des temps modernes, elle assumait pleinement ses longues jambes de mannequin et sa poitrine généreuse.

Jenna savait choisir les meilleurs barmans de la région, ceux qui feraient couler l'alcool à flots autant que les pourboires.

— Ton avis, Alicia ? lui demanda tante Kathleen tandis que la kiné faisait le tour de ses proches.

— Je pense que c'est un nouveau succès pour la famille Riley. Ce lieu rassemble à la fois les curieux et les chanteurs en herbe, c'est une idée brillante qu'a eue Jenna.

Oncle Jimmy afficha un sourire qui s'étira jusqu'aux oreilles.

— Je suis si fier d'elle ! Elle a travaillé dur pour cette soirée. Des journalistes ont même annoncé l'événement.

— J'ai lu l'article. Vous pouvez être fiers d'elle. Et j'ai hâte d'entendre Jenna prendre le micro. Il paraît qu'elle a une voix magnifique.

— Oui, elle chante très bien, confirma sa tante en retenant des larmes de joie (Elle chercha un mouchoir dans son sac à main.) Je sens que je vais passer la soirée à pleurer.

Alicia la tapota doucement dans le dos.

— Toi aussi, tu mérites ce bonheur, tante Kathleen.

La musique résonnait déjà dans les enceintes. La liste de morceaux disponibles était longue, et un jeune homme tentait sa chance sur une chanson country qui poussait le public à envahir la piste de danse.

Après avoir discuté quelques minutes avec son oncle et sa tante, Alicia reprit son petit tour de ses cousins et des amis de la famille. Toutefois, le public n'était pas seulement constitué de connaissances. Nombreux étaient les visages inconnus, venus honorer l'ouverture de ce nouveau club déjà populaire. Les affaires s'annonçaient excellentes pour la nouvelle entreprise.

Elle décida de se frayer un chemin jusqu'à l'entrée, où elle pourrait féliciter Jenna avant que celle-ci soit trop occupée pour discuter.

Malheureusement, les gens agglutinés devant elle lui bloquaient le passage. Fatiguée de jouer des coudes, Alicia décida que les félicitations attendraient et s'appuya contre une poutre afin de siroter son vin tranquillement.

— Tu as besoin d'un garde du corps pour te frayer un chemin ?

Avec un rire, elle tourna la tête et, stupéfaite, découvrit Garrett juste derrière elle.

Plus séduisant que jamais, il portait un jean sombre et une chemise blanche qui mettait en valeur les formes délicieuses de son torse musclé.

— Qu'est-ce que tu fais là ?

— On m'a invité, tu te rappelles ?

— Oui, je me rappelle surtout que tu as décliné l'invitation.

— J'ai été idiot. Excuse-moi.

Elle avait envie de lui demander pourquoi il n'avait pas voulu venir, mais le brouhaha qui les entourait l'obligeait à parler fort, et ce n'était pas l'endroit idéal pour aborder ce sujet.

— J'aimerais que tu m'expliques pourquoi, mais je te propose de remettre cette conversation à plus tard.

— Excellente idée.

Bouteille de bière à la main, il était si charmant qu'elle n'avait qu'une envie : se lover contre lui et ne plus jamais s'en éloigner.

— Merci d'être là.

— Je ne regrette pas d'être venu. Présente-moi à ta famille.

— Tu es sûr de toi ? Il y a beaucoup de monde, nous pourrions nous isoler incognito au fond de la pièce.

Il la prit par la main.

— Alicia, présente-moi à ta famille.

Elle sentit son cœur fondre.

— D'accord.

Les Riley étaient éparpillés aux quatre coins de ce club, où tout le monde était au coude à coude, mais elle vit ses parents, son oncle et sa tante non loin de là. Ils seraient donc les premiers.

Lorsque sa fille lui présenta Garrett, la mère d'Alicia lui décocha un grand sourire.

— Vous êtes donc le patient dont elle s'occupe actuellement ? Comment se porte votre épaule ?

Garrett lui répondit sur un ton professionnel :

— Très bien. Votre fille a fait un travail formidable. J'ai l'espoir de relancer bientôt.

Cette remarque fit sourire à son tour le père d'Alicia.

— Je suis ravi de l'entendre. Cette blessure, l'année dernière, m'a fait une sacrée frayeur.

— Croyez-moi, monsieur Riley, j'ai eu très peur aussi.

— Je suis heureuse qu'Alicia vous ait invité, reprit la mère. Gavin et vous, vous êtes amis ?

— Oui, nous nous entendons très bien.

— J'espère que vous passez une agréable soirée, en tout cas. Merci d'être venu soutenir Jenna. Tenez, la voilà qui prend le micro.

Ils se tournèrent tous vers la scène.

— Je tiens à vous remercier d'être venus ici ce soir. Grâce à vous, l'ouverture du *Riley's Club* est un véritable succès. Je ne vais pas m'éterniser… Faire des discours, ce n'est pas mon truc. En revanche, que diriez-vous d'un peu de musique ?

Des applaudissements retentirent. Le groupe joua alors les premières notes, et Jenna commença à chanter. Alicia savait que sa cousine écrivait ses propres compositions. Ce morceau entraînant et rythmé plut aussitôt à la foule qui s'empara de la piste, et tout le monde se mit à taper dans les mains et à danser au rythme de sa voix. À la fin de la chanson, le public en réclama une autre.

— Ta cousine a une voix magnifique, observa Garrett.

Gonflée de fierté, Alicia sourit.

— Oui, c'est vrai. Je suis si heureuse pour elle. Pas seulement pour cette boîte, mais parce qu'elle a réalisé son rêve. Il était temps.

Garrett fronça les sourcils.

— C'est une longue histoire, reprit Alicia. Je te la raconterai.

— OK, dit-il avant de se retourner vers les parents de la jeune femme. Toutes mes félicitations. Cette boîte aura beaucoup de succès.

Tante Kathleen rayonnait.

— Nous l'espérons tous. Jenna chante bien, vous ne trouvez pas ?

— Si, et je me demande d'ailleurs pourquoi elle chante ici, alors qu'elle est bien plus douée que tous ces artistes qu'on entend à la radio.

— C'est ce que je lui répète sans arrêt, affirma l'oncle d'Alicia. Mais elle me répond toujours que c'est ici qu'elle veut être.

Comme ils s'éloignaient, Garrett tourna vers Alicia un regard surpris.

— Pas d'interrogatoire ?

— Si je t'avais invité au repas du dimanche, ils t'auraient tous cuisiné les uns après les autres. Mais, puisqu'il y a beaucoup de bruit et de monde ici ce soir, ils te fichent la paix. C'est par pure politesse.

— J'ai du pot, répondit-il avec un sourire, en caressant les pommettes d'Alicia avec le dos de sa main.

La jeune femme vit son frère approcher, le regard noir.

— Mes parents te laisseront tranquille, mais…

Garrett aperçut Cole à son tour et se raidit ; il ne semblait pas se sentir menacé pour autant, car il passa son bras autour de la taille d'Alicia.

— Je te cherchais partout ! fit Cole à sa petite sœur en tenant Savannah par la main.

— Pourtant, je suis arrivée il y a un moment. On a dû se croiser. Cole, je te présente Garrett Scott. Garrett, voici mon frère, Cole, et sa fiancée, Savannah Brooks.

Savannah lui serra la main.

— Enchantée. On m'a dit beaucoup de bien de vous.

Cole lui serra la main ensuite.

— Tu es son patient, pas vrai ? Le blessé à l'épaule ?

— Ouais.

— La rééducation est terminée ?

— Pas encore.

— Tu penses lancer cette saison ?

— J'espère bien, oui. Et si j'y arrive ce sera grâce à Alicia.

À ces mots, la kiné ressentit un pincement au cœur et leva les yeux vers Garrett.

— Merci.

Cole lançait un regard noir à Garrett, le genre de regard qu'un frère pose sur un homme avec qui sa sœur… fait ce qu'ils faisaient ensemble. Alicia était consciente qu'il essayait de la protéger, mais il n'avait aucune idée de ce que vivait sa sœur et pouvait d'ores et déjà mettre au placard son comportement d'homme de Néandertal.

— J'ai lu un résumé de votre parcours, s'imposa Savannah pour dissiper la tension qui planait dans l'air. En tant que conseillère en image, je m'intéresse de près aux sportifs comme vous. Votre carrière est exemplaire.

— Merci. Pourvu que ça dure !

— La saison reprend bientôt, fit remarquer Cole.

Quel fin observateur !

— Ouais, dit Garrett. Alicia et les entraîneurs travaillent au maximum pour me faire rejouer.

— Vraiment ? Et ça se passe bien ?

— Ces derniers mois, j'ai traversé un véritable enfer. Tous les regards étaient tournés vers moi, c'était épuisant.

Le visage de Cole sembla soudain s'adoucir.

— Mon vieux, je sais ce que c'est. Enfin, je n'ai pas été blessé, mais… (Il lança un bref regard à Savannah avant de terminer sa phrase.) Se sentir observé comme ça, je suis passé par là, et c'est affreux. En plus, avec une blessure, ça doit être terrifiant. Tous ces doutes, ces remises en question…

— Ouais, ça craint.

Le grand frère reprit un ton enjoué.

— Mesdemoiselles, ça vous dirait de nous asseoir ? Je boirais volontiers une bière.

— Moi aussi, renchérit Garrett avant de se tourner vers Alicia. On se trouve une table ?

La glace avait enfin fondu entre Garrett et son frère. Alicia en fut profondément soulagée. Elle hocha la tête.

— Avec grand plaisir. Ces chaussures me font un mal de chien !

Il la prit par la main.

— Allons nous trouver un coin tranquille.

— Bonne chance avec cette foule.

— Venez, lança Cole. Jouons la carte des VIP : Jenna nous trouvera une table.

Effectivement, Jenna remplit son rôle et les installa à une table qu'elle réservait pour ses proches, près de la scène. Ainsi, Alicia trouva l'occasion de présenter son patient à Ty et à Jenna dans le court laps de temps que la jeune propriétaire leur accorda avant de filer sur scène pour annoncer les prochains musiciens. Au moins, ils avaient une table et pouvaient s'asseoir auprès de sa famille. Tara était surexcitée par cette occasion de passer une soirée sans Sam, mais elle envoya tout de même de nombreux textos à son aîné, Nathan, qui servait de baby-sitter à son petit frère. Mick avait beau la rassurer en disant que leur adolescent était parfaitement capable de s'occuper du bébé – qu'ils avaient nourri et couché avant de sortir –, la mère inquiète n'en gardait pas moins les yeux rivés sur son téléphone.

Garrett semblait supporter d'être entouré de tous ces Riley. Il parvenait même à sympathiser avec Cole, comme lui grand amateur de golf.

— Il est sacrément sexy, chuchota Savannah à l'oreille de sa jeune et future belle-sœur.

Elles pouvaient bien faire bande à part puisque les garçons ne se privaient pas d'en faire autant.

— Qui ? Mon frère ? Je ne veux pas le savoir, merci.

Savannah lui lança un regard noir.

— Très drôle. Tu sais très bien que je parle de ton séduisant petit ami.

— Ce n'est pas mon petit ami. C'est…

Comment le décrire ?

La conseillère fronça les sourcils.

— Continue. C'est quoi ? Un simple patient que tu as décidé d'inviter à un événement familial ?

Sous le regard complice de Savannah, Alicia comprit qu'il n'y avait aucune raison de s'inquiéter.

— Je l'admets, il y a quelque chose entre nous, mais je ne saurais pas te l'expliquer.

— Pourquoi est-ce que c'est si difficile à décrire ?

— Je ne sais pas. Nous n'avons encore rien défini. C'est arrivé comme ça, mais il n'y a rien de sérieux.

Au moment où elle l'exprimait, elle se rendit compte que son explication sonnait faux.

— On dirait que ça te fait peur, devina Savannah avec un sourire apaisant. (Elle fit glisser le bout de son doigt sur le bord de son verre.) Tu émets des réserves sur votre relation ?

— Nous travaillons pour la même équipe, je suis son médecin : forcément, ce n'est pas bon.

— Je te comprends, tu peux me croire. Nous avons traversé le même type de complications avec Cole. Pas de la même manière, mais c'est tout comme. Cela dit, si ce que vous partagez vaut la peine d'être vécu, ne cours pas le risque de le perdre. (Elle marqua une pause et regarda Alicia droit dans les yeux.) Penses-tu que ça en vaille la peine ?

Alicia jeta un coup d'œil à Garrett, qui était plongé dans une conversation avec son frère. Le simple fait de le regarder lui provoquait des frissons. En si peu de temps, cet homme avait chamboulé son quotidien proprement organisé. À présent, elle n'envisageait plus son avenir sans lui.

Elle reporta son attention sur Savannah.

— Je suis folle amoureuse de lui.

L'autre sourit.

— Et il le sait ?

— Oh non ! Nous n'en sommes pas encore là.

— Eh bien, crois-en mon expérience : Cole et moi, nous avons tout fait de travers et nous avons payé le prix fort. Parle-lui. Dis-lui ce que tu ressens.

Quelque part, Alicia avait le sentiment qu'il n'était pas encore prêt à l'entendre. En l'invitant à rencontrer les Riley, elle avait franchi un pas qu'il avait finalement accepté en la rejoignant ici ce soir.

Pour l'instant, ce n'était déjà pas mal.

La famille d'Alicia n'était peut-être pas aussi intimidante qu'il l'avait craint. Une fois les premières gênes dissipées, Garrett et Cole s'étaient même rapprochés en parlant de golf et de poker, puis avaient embrayé sur une conversation autour de leurs jeux vidéo favoris. Il aurait sans doute passé la nuit entière à discuter avec lui si Savannah, sa fiancée, ne l'avait pas tiré de ses griffes en réclamant un slow sur le morceau que le groupe sur scène venait d'entamer.

Garrett prit conscience à cet instant qu'il avait plus ou moins abandonné Alicia, même si cette dernière semblait très occupée à papoter avec sa future belle-sœur. Il se tourna sur sa chaise pour la regarder.

— Excuse-moi de t'avoir laissée. Je m'entends bien avec ton frère.

Elle sourit.

— J'avais remarqué. Et je pense qu'il t'aime bien.

— M'accorderais-tu cette danse ?

La surprise se lut sur son visage.

— Tu aimes danser ?

— Pas vraiment, non. Mais j'aime poser mes mains sur toi, et la danse est le seul moyen pour moi de te toucher en présence de ta famille.

Elle éclata de rire.

— Dans ce cas, allons danser !

Garrett l'entraîna par la main jusqu'à la piste, où la foule s'agglutinait, et il la prit dans ses bras. Le groupe, à dominante de cuivres, jouait un morceau jazzy qui se prêtait parfaitement au slow. Le sportif promena sa main dans le dos de sa cavalière et apprécia pleinement sa robe de soirée. Court et sexy, le vêtement moulait ses formes et mettait en valeur ses belles jambes. Il n'avait pas encore eu l'occasion de la complimenter à ce sujet.

— Ça me plaît, murmura-t-elle.

— Quoi donc ? Le groupe ou mes mains sur ton corps ?

— Tes mains sur moi, évidemment. Mais le groupe n'est pas mal non plus, maintenant que tu le dis.

Au milieu de tout ce monde, il n'était pas facile de manœuvrer ; ce qui arrangeait bien Garrett qui n'était pas un grand danseur. Il préféra donc se balancer légèrement en rythme. Une seule chose lui importait : sentir le corps de la jeune femme se presser contre le sien. Ses talons la rehaussaient assez pour permettre à Garrett de ne pas avoir à se pencher pour se plonger dans ses yeux.

— Je te trouve silencieux.

Il sourit.

— Je fais l'inventaire.

— De quoi ?

— Du contact de ta peau, de ta beauté, de ton parfum. Je te trouve magnifique dans cette robe, mais je n'ai pas encore trouvé l'occasion de te le dire.

— Waouh ! Merci. Je te retourne le compliment, même si ce n'est pas une surprise pour moi de te voir en costume. Par exemple, j'ai vu une publicité où tu poses en smoking… pour un parfum, je crois.

Garrett fit la grimace.

— Une des pires séances photo de ma carrière.

— Oui, avec toutes ces top-modèles, ça devait être un calvaire.

— Je suis sérieux. Les séances duraient des heures, et bonjour l'hostilité des mannequins. Entre les séries, elles buvaient de l'eau et elles écrivaient des textos avec l'air de s'ennuyer à mourir. Évidemment, elles se fichaient bien de savoir qui j'étais et me prenaient pour un petit nouveau dans le métier.

Alicia éclata de rire.

— Vraiment ?

— Bien sûr. D'ailleurs, c'était embarrassant. Mais pas autant que le shooting pour une marque de rasoir : j'ai passé la journée nu, une serviette autour de la taille et le visage recouvert de mousse à raser.

— Ah oui, j'ai vu cette publicité ! Tu étais super sexy avec cette serviette à peine accrochée autour de ta taille. Tu me donnais des idées.

Son visage s'illumina.

— Vais-je briser ton fantasme si je t'avoue que je portais un caleçon sous cette serviette ?

— Oui, complètement.

— Pas question de me retrouver tout nu devant vingt techniciens. Le tournage de ce genre de pubs n'a rien de sexy, contrairement au produit fini. L'ambiance est strictement professionnelle.

— Oh, mon pauvre petit !

Il lui pressa la main et la fit tourner sur elle-même comme la musique accélérait peu à peu.

— Je vois que tu n'as pas l'intention de me plaindre.

— Pas du tout, acquiesça-t-elle dans un rire. Quel malheur d'être célèbre !

— Si je ne relance pas très vite, je serai dépassé.

— Tu oublies que tu as déjà recommencé à lancer.

— Les échauffements, ça ne compte pas. Tant que je ne lance pas au moins six balles en match officiel, j'émets des réserves.

— Serait-ce un défi ?

— Si je dis oui, ça accélérera le processus ?

— Non, je n'accélérerai pas la cadence. Nous faisons déjà de notre mieux, Garrett.

— Je le sais bien. Mais on parle de ma carrière…, de toute ma vie, en fait.

Alicia se libéra brusquement de ses bras.

— Tu crois que je ne le sais pas ? Me crois-tu vraiment capable de te traiter différemment de mes autres patients ? D'après toi, je ne prends pas ta rééducation au sérieux, c'est ça ?

Elle quitta la piste de danse, talonnée par Garrett.

— Alicia, tu m'as mal compris.

Elle se retourna.

— Dans ce cas, qu'essayais-tu de me dire ? Tu vois, le problème est là, entre nous.

Comment étaient-ils passés de la danse à la rééducation, pour en arriver à un problème dans leur relation ?

— De quel problème tu parles ?

— De ça. De ce qu'on fait. À tes yeux, depuis qu'on a… (En marquant une pause, elle regarda brièvement autour d'elle.) J'ai l'impression que tu crois que mon travail n'est plus le même depuis qu'on couche ensemble. Comme si j'étais en vacances, que je passais du bon temps avec toi au lieu de me démener au travail.

— Je n'ai jamais dit ça !

Elle pointa l'index sur son torse.

— Écoute-moi bien. Je t'ai donné tout ce que j'avais à offrir, et plus encore. Beaucoup plus.

Sur ces mots, Alicia fit volte-face, récupéra son sac à main et prit le chemin de la sortie, abandonnant Garrett sous les yeux sceptiques de la famille Riley.

Merde !

Une seule personne s'approcha de lui, mais il s'agissait de Cole.

— Qu'est-ce qui se passe ?

Garrett se passa la main dans les cheveux.

— Je n'en sais rien du tout. On parlait des publicités que j'ai tournées, et d'un coup elle s'est mise en colère et elle est partie en claquant la porte.

Cole suivit le regard du lanceur vers la porte empruntée par sa petite sœur.

— Ah, les femmes ! De temps en temps, elles sont incompréhensibles. En particulier ma sœur. J'aimerais t'aider, mais elle a toujours été un mystère pour moi.

C'était étrange : Garrett aurait juré que Cole allait lui donner un coup de poing pour avoir mis sa sœur dans tous ses états.

— Je ne comprends pas. Qu'est-ce que j'ai fait de mal ?

Le frère lui décocha un sourire malicieux.

— Ne t'inquiète pas. Parfois, je suis capable de la faire passer de l'ange adorable au démon furieux en un temps record.

Il exagérait, sans doute.

— J'ai forcément dit ou fait quelque chose qui l'a énervée. J'aimerais m'excuser, mais d'abord je dois trouver mon erreur. Ensuite, seulement, j'irai lui parler.

Avec un rire, Cole lui assena une tape amicale dans le dos.

— Ouais, eh bien, bonne chance !

Chapitre 25

Les hormones, voilà l'excuse. Elle devait avoir ses règles : Alicia ne trouvait aucune autre explication à son comportement de lunatique.

Elle avait quitté la boîte en furie et avait rejoint sa voiture bouillonnant de colère, mais, quand elle était rentrée chez elle, le voile s'était dissipé devant ses yeux, et elle avait alors mesuré l'ampleur de la situation.

Elle avait vraiment honte d'avoir laissé ses émotions prendre le dessus et d'être partie du club en trombe sans dire au revoir à sa famille, sans remercier Jenna et sans la féliciter pour le succès de son ouverture.

Alicia devait à Jenna de plates excuses. Pour cela, il lui faudrait sortir de chez elle. Après la honte qu'elle s'était infligée, elle n'était pas sûre de pouvoir montrer le bout de son nez de sitôt.

Le pétrin dans lequel elle s'était mise illustrait parfaitement ce pour quoi la jeune femme s'était lancée à corps perdu dans sa carrière en mettant les hommes de côté : les hommes rendent les femmes folles à lier. Ou, en tout cas, ils rendaient Alicia folle à lier. Ou peut-être était-ce un homme en particulier.

Assise à la table de sa cuisine, une tasse de thé bien chaud dans les mains pour se remettre les idées en place, Alicia repensa à sa conversation avec Garrett et chercha ce qui avait déclenché sa réaction.

La présence de Garrett lui avait fait sincèrement plaisir, et le voir s'entendre aussi bien avec sa famille – en particulier son frère – l'avait rendue folle de joie. Ensuite, il lui avait proposé une danse, et elle avait été ravie de se rapprocher de son corps d'athlète. Puis ils avaient papoté, Garrett l'avait amusée avec ses histoires de séances photo, jusqu'au moment où ils avaient abordé le sujet de la rééducation.

Les choses s'étaient alors corsées, et Alicia était partie au quart de tour lorsque son patient avait remis en question ses capacités professionnelles. Les avait-il vraiment remises en question ? Au milieu du club bondé, avec le bruit de la musique et des conversations, il aurait aussi bien pu lui vanter les mérites de la dernière marque de fromage de chèvre, elle n'aurait rien entendu.

C'était la faute du vin, voilà. L'alcool rend les gens idiots. Mais, avec les deux verres de vin bus en quatre heures et entrecoupés de nombreux verres d'eau, l'excuse ne tenait pas la route. Elle n'était pas soûle, même pas légèrement éméchée.

Elle devait se rendre à l'évidence : elle avait totalement dramatisé.

— Ma pauvre Alicia, tu n'es qu'une idiote !

Elle laissa son front tomber contre la table et prit la décision de devenir ermite. Elle abandonnerait sa carrière et hibernerait jusqu'à nouvel ordre.

De toute manière, faire les courses sur Internet ne l'avait jamais dérangée.

Au plein cœur de sa scène tragique, elle entendit frapper à la porte. Un coup d'œil à son téléphone lui indiqua qu'il était tard. Qui pouvait bien venir à une heure pareille ? Inquiète, elle garda son téléphone à la main, au cas où, et s'approcha de la porte à pas de loup afin de regarder par le judas.

Garrett.

Elle appuya son front contre la porte. Que pouvait-elle bien lui dire ? Qu'elle s'était comportée en imbécile ? Non, elle n'était pas encore prête à lui faire face.

Quand est-ce que j'arrêterai de tout dramatiser ? À ce rythme-là, je finirai vieille fille.

— Alicia, je sais que tu es là. J'ai entendu tes pas.

Encore mieux, voilà qu'elle n'était même pas fichue d'être discrète. Heureusement qu'elle n'était pas cambrioleuse. Sans trop savoir quoi dire à Garrett, mais consciente qu'elle ne pouvait pas le laisser sur le palier, Alicia ouvrit la porte.

Il était là, les mains fourrées dans les poches, l'air mal à l'aise. Il ne souriait pas.

— Salut, dit-il simplement.

Elle le salua timidement.

— Je peux entrer une minute ?

Incrédule quant à ce qui le poussait à vouloir la revoir, Alicia recula pour le laisser entrer.

— Bien sûr.

Elle referma la porte derrière eux, mais ne s'en éloigna pas, au cas où Garrett lui redemanderait bientôt de la rouvrir.

Lorsqu'il se retourna, il semblait aussi abattu qu'elle.

— Je suis désolé, Alicia. Je me suis comporté comme un salaud. Je n'aurais jamais dû remettre tes capacités en question. Ce que tu fais pour moi et tout ce que tu as fait jusque-là, ça tient pour moi du miracle.

Génial. Elle se sentait encore plus mal. Elle avança d'un pas.

— Non, c'est moi qui suis désolée. J'ai agi comme ces femmes qui me tapent sur les nerfs en jouant les divas dès que ça ne marche pas comme elles veulent. Si tu savais comme je regrette ma réaction excessive…

— Ce n'était pas une réaction excessive. J'ai été idiot.

— Ne dis pas ça. Je ne fais que mon travail, et tu es libre d'avoir des doutes, des craintes pour ton avenir professionnel. J'ai tout ramené à moi, comme une égoïste. Pire encore, j'ai tout ramené à nous. Vraiment, c'est ridicule.

D'un geste hésitant, Garrett chassa une mèche derrière l'oreille d'Alicia.

— Tu as raison de parler de nous, parce qu'il y a un « nous ».

Un nœud se forma dans le ventre de la jeune femme.

— C'est vrai ?

— Pour moi, oui. Et toi ?

— Je ne sais plus quoi penser, Garrett. Tout ça me fait un peu peur.

— Mais c'est normal, moi aussi, j'ai peur. J'ai peur de tout. J'ai peur de ne plus jamais retourner sur un terrain. Et puis me retrouver au milieu de toute ta famille, autant dire que c'était terrifiant. Surtout vu les rapports que j'ai avec la mienne. Toi et moi, ça m'effraie aussi. Notre dispute de ce soir, ça n'était rien en comparaison de cette peur.

Alicia était heureuse qu'il soit aussi honnête avec elle. Cela l'aidait à mieux le comprendre, maintenant qu'elle savait ce qui lui faisait peur et que leur relation était en haut de la liste. Elle ressentait la même chose. Si les sentiments qu'elle nourrissait pour cet homme la déstabilisaient, c'était parce qu'ils la rendaient vulnérable.

— Tu as raison. J'ai mal géré mes sentiments, ça n'arrivera plus.

Il lui décocha un sourire taquin.

— Ne fais pas de promesse que tu ne peux pas tenir.

Alicia se mit à rire.

— D'accord, je ne te promets rien. J'ai préparé du thé. Tu en veux ?

— Non, ce que je veux, c'est t'embrasser.

Sur ces mots, Garrett la prit contre lui, glissant une main derrière sa nuque et déposa ses lèvres contre les siennes. Dans ce baiser puissant, elle sentit une passion désespérée, qui la foudroya.

Peut-être était-ce dû à leur réconciliation, mais Alicia avait décidément l'impression que chacun de leurs rapports était plus intense que le précédent.

Ou était-ce dans sa tête, seulement dû à l'évolution de ses sentiments pour lui, qui grandissaient de jour en jour, et c'était pour cela que ses caresses, ses baisers, sa présence éveillaient en elle encore plus de passion. Et, lorsqu'il lui caressait la nuque comme il le faisait à cet instant, elle en avait toujours des frissons.

Les doigts de Garrett s'insérèrent progressivement dans ses cheveux, et il libéra l'élastique qui les retenait, avant de chercher la fermeture Éclair de sa robe.

La robe à moitié ouverte, Alicia suivit Garrett jusque dans la chambre, où il alluma la lampe de la table de chevet avant de reprendre possession de sa bouche, dans un baiser qui lui coupa le souffle.

— J'ai attendu toute la soirée l'instant où je te retirerais cette robe, pour voir ce que tu portes dessous, lui chuchota-t-il à l'oreille en terminant ce qu'il avait commencé avec sa robe.

Comme elle faisait glisser le vêtement jusqu'au sol avant de s'en libérer les chevilles, le regard de Garrett se promena avec délices sur le soutien-gorge noir et le string assorti. Elle ne s'était pas attendue à le voir ce soir, mais elle avait malgré tout choisi cet ensemble en pensant à lui, au cas où.

— Waouh ! s'écria-t-il. Et ces talons hauts ? Encore waouh !

Elle sentit le sang affluer à ses joues.

— Merci. À ton tour.

Il déboutonna sa chemise et s'en débarrassa d'un mouvement d'épaules, puis retira dans la foulée ses chaussures et son pantalon. Son boxer noir fut dévoilé.

— Sexy, observa-t-elle en partant d'un petit rire.

— Et tu n'as encore rien vu.

Sans plus attendre, il se mit entièrement nu et laissa son érection libre de déclencher de nouvelles ardeurs chez la jeune femme.

Il s'approcha et taquina la pointe de ses seins du bout des doigts.

— Ces sous-vêtements sont terriblement sexy. Tu les as choisis pour moi en espérant me voir ce soir ?

— Oui.

— J'aime beaucoup. Merci. Je te propose de t'allonger sur le lit pour me laisser te montrer à quel point j'apprécie le geste.

Elle s'assit sur le matelas pour retirer ses escarpins, mais Garrett l'arrêta dans son élan et lui saisit les chevilles.

— Ah non, les chaussures, tu les gardes ! Je veux que tu enfonces les talons dans mon dos pendant que je te ferai l'amour.

Tous les muscles de la jeune femme se crispèrent à ces mots. Elle posa les mains à plat sur les draps et se pencha en arrière.

— Si tu savais, Garrett… Tu trouves toujours les bons mots pour m'exciter.

— J'aime savoir que je t'excite.

Lorsqu'il la poussa légèrement, elle se laissa tomber sur le matelas, les jambes ballantes sur le côté du lit. Garrett les souleva et embrassa ses mollets.

— J'adore vraiment ces chaussures, Alicia. Tu devrais les porter plus souvent.

Il caressa encore ses chevilles, ses mollets, puis ses cuisses, revint aux genoux, et ignora toujours l'ultime partie sensible de sa partenaire, que parcouraient pourtant des frissons de désir.

L'impatience d'Alicia grandit encore quand Garrett lui retira son string avec une lenteur déroutante, puis traça un chemin de baisers de son genou à sa hanche, tout en évitant toujours de trop s'approcher de la partie qui intéressait pourtant le plus la jeune femme.

— Garrett, gémit-elle dans un tressaillement.

— Mmh ? répondit-il simplement en atteignant les rondeurs de sa poitrine.

Brûlante de désir, Alicia regretta de porter encore son soutien-gorge tandis que Garrett titillait de la langue la peau de ses seins au bord des bonnets. Finalement, il se décida à dégrafer le vêtement et à dénuder ses tétons.

— Je passerais ma journée à admirer la beauté de tes seins. J'ai tellement envie de les lécher…

Ses mots alimentèrent encore le brasier intérieur de la jeune femme. Elle le regarda prendre un téton entre ses lèvres et le sucer langoureusement. N'y tenant plus, elle glissa une main entre ses cuisses, mais Garrett l'attrapa par le poignet et l'obligea à reposer sa main sur les draps.

— Hum, hum ! fit-il avant de reprendre possession de cette pointe durcie qu'il mordilla tendrement.

— C'est de la torture, gémit Alicia.

Garrett leva le menton pour lui décocher un sourire malicieux, puis se redressa et dévora sa bouche, d'un baiser qui dissipa le peu de raison qui restait à Alicia.

Elle n'était qu'un corps enflammé, dont chaque partie voulait supplier Garrett de lui apporter la jouissance. Elle dut retenir un cri de joie quand le jeune homme se remit lentement à descendre le long de son corps.

Il se mit à genoux entre ses cuisses, reposa les jambes de la jeune femme sur ses épaules, l'approcha au bord du lit et fit doucement glisser sa langue au creux de ses cuisses.

Dès lors qu'il posa enfin la bouche contre son sexe, elle se sentit chavirer de plaisir. Elle se redressa sur les coudes pour ne rien manquer de la sensualité de la scène qu'il lui offrait à voir.

— Je ne tiendrai pas longtemps, Garrett. Je vais jouir, gémit-elle.

Sans écarter sa langue de son sexe, le sportif murmura quelque chose, et les vibrations que ces mots provoquèrent eurent raison des dernières lueurs de conscience de sa partenaire.

S'agrippant aux cheveux ébouriffés de Garrett, elle se laissa emporter par un orgasme fulgurant. Elle cria son prénom, le corps cambré contre sa bouche, montrant sans la moindre honte le bonheur qu'il lui procurait. Puis elle retomba sur le lit, vidée de toute énergie, avant de retrouver peu à peu une respiration normale.

Mais Garrett n'en avait pas terminé avec elle ; il s'approcha de son visage, qu'il prit entre ses mains, et ralluma le feu à peine endormi en elle, frottant son érection contre sa hanche en la faisant pivoter sur le lit.

Peut-être restait-il à Alicia un semblant d'énergie, finalement ; les baisers de Garrett réveillaient déjà ses désirs charnels. Il promena ses mains partout sur son corps, en s'attardant sur ses tétons, puis la retourna sur le côté pour qu'elle puisse le toucher à son tour.

Alicia adorait parcourir chaque courbe de son corps d'athlète. Elle caressa son épaule, y déposa un baiser, la mordilla doucement.

Répondant par un grognement, il l'allongea ensuite sur le dos et mit un préservatif.

— J'ai besoin d'entrer en toi.

Elle le saisit alors par les épaules et le guida en elle. Quel moment délicieux que celui où leurs intimités se rencontraient ! Ils se comblaient l'un l'autre, ils ne faisaient plus qu'un, et cette émotion la chamboulait tant sur le plan physique qu'émotionnel. Elle voulut lui faire partager cette pensée, lui avouer ses sentiments, mais ce n'était pas le moment, pas quand la passion sensuelle envahissait son esprit. Garrett lui replia la jambe contre son torse et caressa tendrement sa cuisse. Quand sa main arriva jusqu'à ses chevilles, il lui décocha un sourire en coin.

— Vraiment, je suis fou de tes chaussures.

C'est alors qu'il enfonça son sexe dans sa féminité, tout doucement, pour nourrir encore la folie de la jeune femme, pour la pousser aux portes de l'orgasme, en entrant si profondément qu'elle crut en mourir de plaisir.

Tandis qu'elle s'agrippait à ses cheveux, il poussa un grognement et s'enfonça plus encore. Un nouvel orgasme n'était pas loin, mais, cette fois, Alicia avait la ferme intention d'emporter son partenaire avec elle. D'ailleurs, elle comprit que Garrett frôlait la limite lorsqu'il accéléra le rythme et ferma à demi les paupières.

— Jouis en moi, Garrett, murmura-t-elle.

Il se pencha sur elle, attrapa ses fesses et la souleva légèrement sous lui, ramenant ainsi leurs corps l'un contre l'autre dans un élan de sensualité frénétique.

La sueur gouttait à ses tempes, et les veines de ses bras gonflaient sous l'effort, mais il ne ralentit pas. Il l'embrassa lorsqu'elle poussa un cri et laissa échapper un gémissement contre ses lèvres au moment où il jouit en elle. Dans un frisson partagé, ils atteignirent l'orgasme ensemble, pantelants comme s'ils venaient de courir un marathon.

Alicia laissa sa tête reposer contre le torse de l'athlète et écouta les battements de son cœur. Elle voulait lui dire ce qu'elle ressentait. Elle avait tant de choses à exprimer... Mais elle préféra savourer leur satisfaction mutuelle.

Leur grande conversation attendrait.

Pour le moment, il était temps de dormir.

Chapitre 26

Après une longue journée d'entraînement, Manny Magee appela dans son bureau le sportif exténué.

Les Rivers retourneraient à Chicago dès le lendemain pour l'ouverture de la saison. Garrett espérait qu'il pourrait participer à ce match. Une seule chose était sûre pour l'instant : il ne serait pas le lanceur partant. On avait confié la balle à un autre. Mais il voulait tout de même lancer, à un moment ou à un autre. Il se sentait prêt.

Alicia avait également été convoquée. Il ne savait pas vraiment comment le prendre. En la retrouvant devant la porte, elle lui signifia d'un regard qu'elle ne comprenait pas non plus l'intérêt de sa présence.

Manny leur ouvrit la porte. Il y avait également Bobby – l'entraîneur des lanceurs –, ainsi que Phil et Max.

Manny qui n'était pas du genre à rester assis derrière son bureau préféra s'y adosser, les bras croisés, face à son auditoire, qui prenait place sur les chaises.

— Je ne vais pas passer par quatre chemins, Garrett. On va te réintégrer dans la rotation.

L'estomac du lanceur se noua. L'excitation lui fit affluer le sang jusqu'aux joues. L'instant tant attendu arrivait enfin.

— Pour le moment, on pense te faire lancer à la relève, dans la deuxième manche. De notre point de vue, tu n'es pas encore prêt à démarrer la rotation. Quelques balles et deux ou trois manches par match, ça suffira pour te remettre dans le bain.

Merde! Ce n'était pas ce qu'il avait envie d'entendre.

— Je peux être lanceur partant, coach. Mon bras est en pleine forme. Je suis prêt.

— Bobby et moi, on pense que la relève correspond mieux à ton état actuel.

— D'après l'IRM et les différentes radios, tu as bien récupéré, ajouta Phil. C'est très bon signe. Tu n'es plus très loin de recouvrer l'ensemble de tes capacités.

— Mais je les ai retrouvées, mes capacités! s'insurgea Garrett en regardant Manny droit dans les yeux. Tu sais que j'en suis capable.

— Oui, c'est vrai. Quand tu auras joué deux ou trois matchs en lanceur de relève, on te remettra au début de la rotation. Travaille la technique avec Bobby et poursuis la rééducation avec Alicia.

Manny se redressa avant de reprendre:

— Tu y es presque.

S'il y avait bien une chose qui ne se faisait pas, c'était de remettre la parole de Manny Magee en question. Une fois qu'il avait décidé du sort d'un joueur, il n'en était pas autrement. Si le joueur n'était pas content, il n'avait qu'à retourner en ligue mineure, ou à abandonner le base-ball.

La réunion était terminée, Garrett le sentait.

— Très bien, je donnerai tout ce que j'ai.

Manny lui assena une tape amicale dans le dos.

— J'en doute pas, petit.

Encore déboussolé par ce qui venait de se passer, Garrett quitta le bureau.

Lanceur de relève ? Quelle poisse ! Il aurait préféré le poste de stoppeur. Il aurait préféré ne pas jouer du tout, même.

— Tu es en colère, observa Alicia comme ils remontaient ensemble le couloir.

Il lui lança un regard en coin.

— Non, tu crois ? lança-t-il amèrement.

— Garrett…

Il marchait à grandes enjambées, si bien qu'Alicia peinait à suivre la cadence. Pas maintenant. Il n'était pas d'humeur à discuter. Une seule chose l'obsédait : passer sa colère sur un punching-ball en salle de soins. Et pourquoi pas quelques kilomètres sur le tapis de course ? Ce qui l'animait, ce n'était pas un élan de motivation mais bien un accès de fureur pure et simple.

Alicia l'attrapa par le bras et le força à s'arrêter.

— Attends. Tu vas enfin lancer, Garrett. Tu reprendras des habitudes. C'est tout ce qui importe.

— Des habitudes ? Je m'en fiche.

Elle ne relâcha pas son bras.

— Je sais que tu espérais plus que ça.

— Oui, effectivement. Ce que j'espérais, c'était d'être lanceur partant, comme avant.

— Et tu y arriveras si tu arrêtes de faire des caprices de bébé.

Là, elle captait son attention. Il lui lança un regard noir.

— Tu as déjà vu un lanceur reprendre du service après une blessure et se retrouver aussitôt premier de la rotation ? poursuivit-elle. Tu as déjà beaucoup de chance de participer à un match. La plupart des blessés restent sur la touche pendant des mois avant de relancer. Ton bras est en pleine forme, mais ta mécanique est rouillée, alors laisse-lui le temps de se remettre. C'est le meilleur moyen de retrouver toute ta technique. Arrête de t'apitoyer sur ton sort et suis les conseils de ton coach : continue de travailler sur ton épaule avec moi, et en route pour le monticule. Comme ça, tu seras bientôt lanceur partant. (Il tourna les talons.) Garrett !

— Je vais en salle de soins, lui lança son patient sans même se retourner. Viens avec moi. Les exercices d'aujourd'hui m'ont complètement crispé l'épaule.

Il n'y avait rien de plus humiliant que de se faire rappeler à l'ordre par sa kiné.

Le pire, c'est qu'elle avait raison. Il avait mal pris la nouvelle parce qu'il voulait tout de suite le poste de lanceur partant et certainement pas celui de relève. Mais il retournait sur le terrain. Alicia disait vrai : il aurait pu être condamné à la touche.

Il changea de stratégie : il serait le meilleur lanceur de relève que les Rivers aient jamais connu, et ils le remettraient très vite à son poste de partant.

Il se laissait une semaine. Dans sept jours, il ouvrirait la rotation.

Une semaine plus tard, Garrett lançait toujours en relève. Il avait marqué des buts sur balles, il avait sorti quelques batteurs et en avait immobilisé d'autres sur leurs bases. En revanche, il en avait laissé deux faire des *runs*, ce qui était moins glorieux.

Mais il retrouvait la forme, son bras allait bien, et il lançait. En relève.

Merde, ce fichu poste le rendait fou !

Comme si ça ne suffisait pas, les médias l'assaillaient de questions sur son état de santé et son poste de relève. Soutenu par le coach, il leur avait patiemment expliqué que ce n'était qu'une étape temporaire de sa rééducation et qu'il reprendrait très bientôt son poste en ouverture de rotation. L'explication avait suffi aux journalistes pour relancer leur excitation : ils spéculèrent sur l'état peu satisfaisant de son épaule, estimant déjà que sa carrière était sur le déclin.

Devant cette dernière déclaration, Garrett avait vu rouge. Ses propres incertitudes ne suffisaient-elles pas sans que les médias en rajoutent une couche ?

— Tu es prêt pour les étirements ?

Devant lui se tenait Alicia, les poings sur les hanches. Plusieurs sportifs s'échauffaient autour de lui sans que Garrett ait remarqué qu'il n'était plus seul dans la salle d'entraînement.

Le match d'aujourd'hui était le premier à domicile de la saison. Normalement, c'était l'instant où il ne tenait plus en place à l'idée de jouer dans son stade, devant son public de Saint-Louis. Normalement, il lançait le premier.

Aujourd'hui, c'était Walter Segundo qui ouvrirait la rotation. Avec un peu de chance, Garrett lancerait effectivement à la relève. Mais Segundo était un joueur au bras puissant et se montrait capable d'enchaîner huit ou neuf manches. Garrett pouvait aussi bien ne pas jouer du tout.

— Garrett, répéta Alicia, allons étirer ton épaule.

Il leva les yeux et se demanda s'il avait fait le bon choix, quelques mois plus tôt, en réclamant Alicia comme kiné attitrée. Peut-être aurait-il mieux valu rester avec Max, le chef des médecins du sport.

Il se sentit soudain coupable de penser cela de la jeune femme. Grâce à elle, il reprenait peu à peu du service alors que, il n'y avait pas si longtemps, il était encore persuadé que sa carrière était finie.

Il relançait, mais pas comme il l'avait espéré. Ce n'était pas la faute d'Alicia. Ou peut-être que si. Après tout, elle était responsable de sa guérison, non ? Elle lui avait promis de le ramener sur le monticule et elle y était parvenu, mais pas de la manière qu'il avait espérée.

Et merde... Il ne savait plus quoi penser.

— Garrett ?

Il se leva finalement.

— Ouais, j'arrive.

Une fois allongé sur la table, il ferma les yeux et se concentra sur son bras, sur le travail que ce bras était censé fournir.

— Tu es silencieux aujourd'hui, fit remarquer Alicia tout en lui étirant les muscles.

— Je réfléchis.

— Au match ?

— Oui.

— J'espère que tu auras l'occasion de jouer. Mais limite les tensions dans ton bras.

— Je n'ai pas besoin de toi pour savoir quoi faire dans l'enclos des lanceurs.

Après cela, elle ne dit plus rien, et Garrett n'en fut pas mécontent. Cette semaine, à cause des nombreux matchs, ils ne s'étaient vus que pour les séances de rééducation. Ils s'étaient parfois croisés derrière les lignes de touche ou dans les salles d'entraînement, mais les matchs et les interviews prenaient tout le temps libre du lanceur. En tournée, Alicia partageait sa chambre avec l'autre femme de l'équipe médicale, et Garrett avec l'un de ses équipiers.

La dernière fois qu'ils s'étaient adressé la parole en dehors de la rééducation remontait au jour où Garrett s'était mis en colère parce qu'il se retrouvait au poste de relève.

Ce n'était pas plus mal. Ces derniers temps, il avait envie d'être seul.

D'ailleurs, une fois rentré à Saint-Louis, il n'avait pas rappelé Alicia. Il avait bien trop de soucis en tête. La kiné devait le ressentir ; elle n'avait plus abordé le sujet sensible et s'était contentée de remplir ses fonctions médicales avec son sourire habituel, comme si rien n'avait changé. Sauf que, pour Garrett, tout avait changé.

Il ne méritait pas une femme comme elle dans sa vie.

Ses mains étaient toujours aussi douces et parvenaient, par de subtils massages du dos et des épaules, à chasser la tension qu'il accumulait. En tout cas, la tension physique.

Pour ce qui était des incertitudes de son patient, elle ne pouvait rien y changer.

— C'est bon, relève-toi, dit-elle.

Il renfila son tee-shirt sous le regard d'Alicia.

Malgré son uniforme, décidément hideux, elle était magnifique, et le sportif se demanda comment il ne l'avait pas remarquée des mois plus tôt.

Elle lui sourit.

— Tu vas te surpasser, aujourd'hui.

— Si on me fait jouer !

Après avoir brièvement regardé autour d'elle, Alicia frôla le genou de Garrett du bout des doigts.

— Sois patient. Le rétablissement total prend du temps, mais ça viendra.

— Mais bien sûr.

Puis, sans un mot, il se leva et quitta la pièce.

Le match commença, et Garrett observa les premières manches depuis l'enclos d'échauffement. Grâce à son redoutable bras droit, Segundo joua huit manches d'affilée, et Maloney boucla la boucle juste après lui. Garrett n'entra pas sur le terrain.

De toute sa vie, il n'avait jamais eu autant envie d'y retourner que pendant ce match. S'il avait joué à la relève, il aurait tout donné.

Au fond de lui, il était si fatigué d'attendre de retrouver le poste de premier de la rotation qu'il en avait mal à l'estomac.

Une fois le match terminé, Garrett retourna dans les vestiaires, prit une douche, s'habilla et resta assis un moment devant son casier. Pourvu que les médias se focalisent sur Gavin, Dedrick et Stan, les véritables meneurs de ce match, ou sur Segundo, qui avait encore brillé par sa puissance musculaire, mais qu'ils oublient Garrett et son absence sur le terrain. S'il devait leur faire face, il ne saurait pas quoi leur dire.

Max apparut dans le vestiaire et s'assit sur le banc à côté de lui.

— Ça va ?

Il leva à peine les yeux et hocha la tête.

— Ouais.

— Ton épaule va mieux. Maintenant, on va passer à la vitesse supérieure.

Garrett fronça les sourcils.

— C'est-à-dire ?

— Cela fait un moment que tu travailles avec Alicia, et tu en es là grâce à elle. Mais il est temps que je prenne le relais pour finir le boulot.

— Finir le boulot ?

— Tu n'es pas encore au top de ta forme. Je pense pouvoir apporter quelques nouvelles techniques qui supprimeront définitivement le reste de tissu cicatriciel. Dès lors, on te remettrait à l'ouverture de la rotation.

En gros, il devait laisser tomber Alicia.

— Alicia m'a littéralement sauvé, dit-il. Sans elle, je n'en serais pas là aujourd'hui.

— Oh, mais je n'en doute pas ! D'ailleurs, elle s'en est mieux sortie que ce que j'aurais cru. Maintenant, laisse-moi finir le travail.

Garrett avait la gorge serrée. Sa carrière devait passer avant tout le reste. Avant la sensibilité d'Alicia. Elle n'était pas renvoyée, on lui assignerait simplement un autre patient. Dans cette histoire, elle avait accompli son devoir, et Garrett lui en était reconnaissant. Mais si Max pouvait le hisser jusqu'au poste de lanceur partant…

— Très bien. Je suis prêt à suivre tes instructions.

Chapitre 27

Quelque chose n'allait pas. Alicia ne savait pas encore clairement ce qui tourmentait Garrett, mais ce devait être en rapport avec son poste de relève. Rester bloqué à ce stade le déprimait.

Son épaule faisait encore des progrès remarquables : il avait recouvré l'amplitude de ses mouvements et ne montrait aucun signe de douleur en lançant une balle. Malgré tout, il s'était totalement fermé et refusait de lui parler. Un patient renfermé sur lui-même, ce n'était jamais bon. C'était le cas de Garrett au début de leur collaboration, et elle avait mis du temps à le libérer de ce blocage.

Malheureusement, ils n'avaient pas trouvé l'occasion de se voir seul à seul, entre la tournée des matchs et les médias qui réclamaient constamment des interviews à Saint-Louis. Cette période de stress devait fatiguer Garrett ; Alicia n'avait pas envie d'en rajouter avec des histoires de cœur.

Plus tard, ils prendraient le temps de discuter de leur relation. Pour l'instant, elle s'inquiétait surtout de la carrière du joueur et de ce qui lui trottait dans la tête. Elle devait à tout prix lui faire comprendre que son poste actuel était temporaire et ne l'empêcherait pas d'évoluer jusqu'en début de rotation.

Le travail qu'ils avaient accompli ensemble porterait ses fruits, elle y croyait dur comme fer. Garrett avait besoin d'y croire, lui aussi.

Arrivée sur le terrain, elle s'approcha des lanceurs en plein échauffement et se prépara à travailler avec son patient et l'entraîneur des lanceurs. Bobby et Alicia avaient pris l'habitude de diagnostiquer les capacités de Garrett et de travailler sur des ajustements susceptibles d'influencer la position du sportif dans la rotation. Bobby s'assurait auprès de la kiné que tel ou tel mouvement ne fatiguait pas l'épaule du patient.

Ces derniers jours, il ne laissait voir aucun signe de douleur et montrait des résultats encourageants, mais ce n'était qu'en séance de rééducation qu'Alicia pouvait vérifier l'impact des lancers à répétition sur son ancienne blessure. Reculer d'un pas dans la progression était bien la dernière chose à faire.

Ce matin, Max était là, et Garrett lançait déjà. La jeune femme vérifia l'horaire sur sa tablette. Non, elle n'était pas en retard.

— Bonjour, Max ! lança-t-elle en s'approchant des garçons.

— Ah, te voilà ! fit Max. Garrett, tu veux bien venir un moment ? Laisse-nous une minute, Bobby.

— Pas de problème, répondit l'entraîneur des lanceurs en rejoignant un autre de ses protégés.

— Garrett et moi, nous avons pas mal discuté hier, expliqua Max. Tu as fait du très bon travail, Alicia.

Mais, pour aller plus loin encore, il est temps que les choses changent.

Alicia se tourna pour observer Garrett, mais ce dernier ne la regardait pas dans les yeux et laissait son regard se perdre dans le vague.

— Je ne comprends pas, dit-elle.

— Il faut passer à la vitesse supérieure. J'ai deux ou trois idées d'exercices pour supprimer définitivement les dernières traces de tissu cicatriciel dans son épaule, et pour rendre à Garrett son poste de lanceur partant.

— Moi aussi, Max, j'ai mes idées, rétorqua Alicia en tournant vers lui sa tablette. Sur mon rapport…

Mais Max l'interrompit en agitant la main.

— C'est fini, Alicia. Je reprends les rênes. Tu m'enverras ton rapport sur Garrett par e-mail. Et si tu allais voir Cleron ? Il se plaint de douleurs à la cheville.

— Mais…

— Il n'y a pas de « mais ». Tu n'es plus responsable du cas de Garrett.

Elle se tourna vers le joueur qui hocha brièvement la tête.

— Je suis sûr que Max m'aidera à retourner sur le monticule en lanceur partant. Merci pour tout ce que tu as fait, Alicia.

« Merci pour tout ce que tu as fait ? » *C'est tout ?* Comme s'ils étaient des étrangers l'un pour l'autre… Un gouffre se creusait entre eux, agrandissant encore la distance qui les séparait depuis quelque temps, mais qu'elle s'était efforcée d'ignorer.

Elle afficha un sourire professionnel et acquiesça devant Max.

— OK, Max. Pas de problème. Je t'envoie mes notes dans la journée.

Sur ce, Alicia tourna les talons et partit dans le vestiaire récupérer des bandages pour la cheville de Cleron. Chaque pas qui l'éloignait de Garrett creusait encore le vide qui lui rongeait l'estomac.

Malgré sa profonde souffrance, les sentiments personnels ne devaient pas entrer en jeu. Les changements de patients faisaient partie de son travail, un point c'est tout.

D'ailleurs, un peu de distance entre elle et Garrett ne leur ferait pas de mal. Lui devait se concentrer sur ses lancers et elle sur son travail, à savoir remplir les fonctions que l'équipe médicale lui confiait.

Leur histoire touchait à sa fin. Ou peut-être était-ce terminé depuis deux ou trois semaines déjà, et Garrett avait été le seul à s'en apercevoir tandis qu'elle s'acharnait à remettre son bras en condition en oubliant ce qu'elle-même ressentait. Depuis le début, elle avait mis l'accent sur la carrière de Garrett, en prenant soin de ne pas toucher aux sentiments du sportif.

Lui, en revanche, venait de piétiner son cœur sans le moindre scrupule.

Les larmes commencèrent à monter, mais elle les chassa du revers de la main, pour ne pas se comporter en petite fille. Elle était sur son lieu de travail, et, bon sang, c'était en professionnelle qu'elle agirait ! Ici, Garrett n'était pas son amant mais son patient.

Dès leur première nuit ensemble, Alicia avait su que mêler les sentiments à leur collaboration ne leur apporterait rien de bon.

Il valait mieux mettre un terme à leur couple. Elle en avait conscience, et, manifestement, Garrett le savait aussi. Depuis le début, il était évident qu'une fois son patient rétabli elle n'aurait plus de raison de le fréquenter. Une relation ne pouvait pas naître entre eux alors qu'ils faisaient partie de la même équipe. Alicia avait travaillé dur pour intégrer les Rivers, et il était hors de question de tout gâcher maintenant. Sans compter que son cousin jouait dans l'équipe, et que cela l'avait déjà mise dans une position inconfortable. Si ses patrons apprenaient sa relation avec Garrett, Alicia pourrait dire adieu à sa carrière.

Leur histoire devait rester à l'état d'interlude romantique, dont elle se souviendrait avec tendresse mais qui n'avait aucun avenir.

C'était fini. La page était tournée. Le dossier refermé.

Sur sa tablette, elle sélectionna le dossier de Garrett et l'envoya à Max, puis sortit du vestiaire et se dirigea tout droit vers le banc où l'attendait Cleron. Pas une fois elle ne leva le menton pour chercher Garrett du regard. Il était temps de marquer une séparation nette avec lui, qui lui permettrait de s'occuper de son nouveau patient l'esprit libre.

Elle se mit à genoux devant Cleron.

— OK, Jeff. Voyons cette cheville.

Garrett observa Alicia qui s'occupait de Cleron. Elle n'avait pas levé les yeux une seule fois, pas même pour regarder brièvement par-dessus son épaule.

À quoi s'attendait-il après ce qu'il venait de lui faire subir ? Lorsque Max avait annoncé à la kiné qu'il prenait la relève, le sportif avait lu le choc dans les yeux de la jeune femme. Puis la tristesse avait envahi le visage d'Alicia quand Garrett lui avait fait froidement comprendre qu'ils n'avaient plus rien à faire ensemble. Il avait encore mal au ventre en y repensant, comme si on venait de lui donner un coup de poing dans l'estomac.

— Garrett, tu n'es pas concentré ! Six balles lancées et pas une seule en zone de prise ! protesta Bobby.

Garrett quitta le monticule, l'esprit décidément ailleurs. Il devait cesser de penser à Alicia. C'était sa dernière chance de faire évoluer sa technique, de laisser Max terminer sa rééducation et de retrouver – enfin ! – son poste de partant. Ses sentiments ne devaient pas entrer en jeu. Et ceux d'Alicia non plus.

Mais, pour elle, ce devait être difficile ; elle avait sans doute pris leur séparation professionnelle pour une rupture personnelle.

Quel idiot ! Il retira sa casquette et se passa la main dans les cheveux.

Ce n'est pas comme ça qu'on traite la femme qu'on aime.

Quoi ?!

Qu'on aime ?

Il se retourna brusquement vers le banc de touche.

Alicia n'était plus là. Cleron était retourné dans le champ extérieur, mais Alicia n'était plus là.

Son absence créait déjà un immense vide en lui.

— Tu vas flemmarder encore longtemps, Scott, ou tu me lances une balle ? cria Bobby.

Garrett regarda une dernière fois autour de lui. Toujours aucune Alicia en vue. S'il la voyait, il ne savait pas comment il réagirait.

Il avait tout fichu en l'air et n'avait pas la moindre idée de la manière dont il pourrait se rattraper. Au lieu de faire quoi que ce soit, il se retourna, remonta sur le monticule et se mit en position.

— C'est bon, coach. Je suis prêt.

Chapitre 28

S'il y avait bien une chose dont Alicia avait horreur, c'était la fuite. Elle préférait la franchise ; rien de tel qu'une bonne conversation à cœur ouvert pour mettre les choses à plat. Ce qu'on gardait enfoui finissait toujours par ressortir, et en pire.

Et c'était par amour de la communication qu'elle se trouvait chez sa tante, un dimanche après-midi, devant la retransmission du match des Rivers, alors qu'elle devrait être au stade.

— Tu ne travailles pas, aujourd'hui ? lui demanda son père en mâchant un bretzel tandis que la famille se réunissait autour de la télévision.

— Il m'arrive d'avoir des jours de repos, tu sais.

— Oui, mais seulement lorsque toute l'équipe est en repos, riposta le père.

Alicia leva les yeux au ciel.

— Les médecins sportifs sont nombreux, papa. On ne travaille pas tous pendant chaque match. Aujourd'hui, je ne travaille pas.

— Mais tu peux aller gratuitement aux matchs, si tu veux, pas vrai ? renchérit Jenna.

La kiné lui lança un regard noir qui voulait clairement dire : « Ferme-la. »

— Oui, mais je n'avais pas envie d'y aller, se défendit-elle.

— Hum ! fit Jenna.

— Oui, hum ! s'immisça Savannah.

— D'ailleurs, c'est l'anniversaire de papa, argumenta encore Alicia. J'ai demandé ma journée pour la passer ici, en famille.

Son père se servit encore un bretzel.

— Je ne sais pas, ma puce. À ta place, je préférerais assister au match.

Cole eut un petit rire.

— Moi aussi. Alicia aurait dû nous donner ses tickets d'entrée.

— Je te les aurais donnés si tu me l'avais demandé. Et puis Gavin peut t'en avoir aussi.

— Elle a raison, la défendit son oncle. Mais on est mieux dans nos fauteuils.

— Rien de tel que de voir le match en direct à la télé, déclara Jenna.

Alicia aurait préféré rester chez elle, à regarder un vieux film à l'eau de rose en pleurant sur un énorme pot de glace aux pépites de chocolat, mais c'était l'anniversaire de son père. Elle était obligée de répondre présente à l'invitation de son oncle et de sa tante, qui organisaient un barbecue pour l'occasion. C'était soit la famille, soit le stade ; or, si elle allait au match, elle se trouverait près de Garrett, et c'était le dernier endroit où elle voulait être.

— Tante Kathleen, il y a quelque chose à faire en cuisine ?

N'importe quoi, pourvu qu'elle n'ait pas à regarder le match.

— Non, c'est gentil. J'ai préparé les salades hier soir, et les côtelettes sont mises à tremper dans la sauce. Tout est prêt.

— Je pourrais faire griller les côtelettes.

Son oncle lui lança un regard noir.

— Ah non, ça, c'est mon travail ! N'y pense même pas.

Jenna se mit à rire.

— Si tu veux, je papoterais bien deux minutes à l'étage.

Merci, Jenna.

— D'accord.

Savannah se leva.

— Je viens avec vous.

— Moi aussi, fit Tara en tendant à Mick leur bébé.

Le papa prit son enfant avec tendresse.

— Liz sera triste d'apprendre qu'elle a manqué ça, elle assiste au match, aujourd'hui, fit remarquer Tara lorsqu'elles furent installées dans la chambre de tante Kathleen.

— Apparemment, Alicia avait besoin de s'éloigner de l'univers du base-ball, dit Jenna en se tournant vers Alicia pour la laisser démarrer la conversation.

Cette dernière n'avait pas l'intention d'aborder le sujet devant sa famille, mais, lorsqu'elle se retrouva devant ses confidentes, les mots se déversèrent en un flot continu. Elle leur raconta toute l'histoire entre Garrett et elle, jusqu'au dernier épisode où son patient l'avait libérée de ses fonctions.

— Quel salaud ! s'exclama Jenna. Quand je pense à tout ce que tu as fait pour lui !

— Les hommes peuvent être tellement bêtes, parfois, se lamenta Savannah. Tu lui as parlé, depuis ?

— Non. Il a essayé d'appeler, mais je n'ai pas répondu. Je ne vois pas l'intérêt.

Tara, qui s'était assise près d'Alicia sur le lit, tapota doucement sa main.

— Tu ne peux pas l'éviter indéfiniment. Vous devrez discuter tôt ou tard.

La kiné poussa un soupir.

— Je sais, mais je ne me sens pas encore prête. Tout ça, c'est compliqué. Et puis il doit se concentrer sur ses lancers.

— Arrête ton baratin ! s'insurgea Jenna. Après ce qu'il t'a fait subir, il ferait mieux de venir sonner à ta porte et de se mettre à genoux pour implorer ton pardon.

Alicia rit doucement.

— Je n'irais pas jusque-là. Il fait ce qu'il estime être le mieux pour sa carrière.

— C'est toi, la clé de sa réussite, rétorqua Jenna, prête à soutenir sa cousine coûte que coûte.

Voilà pourquoi Alicia l'aimait tant.

— Max est le chef de l'équipe médicale, répliqua-t-elle pourtant. Ce n'est pas un débutant, il sait ce qu'il fait.

— C'est pourtant grâce à toi que Garrett est de retour dans la course, insista Savannah. Et si, à cause de sa frustration de ne pas être lanceur partant, il avait rejeté la faute sur toi ? Ça aurait fait de lui une cible idéale pour ce Max, qui l'a convaincu de changer de kiné. Au départ, c'est toi qui as coupé l'herbe sous le pied de Max… Ça n'a pas dû lui plaire, si ?

Effectivement, Savannah marquait un point.

— Tu as raison.

— Donc, déclara Tara, Max a sans doute monté son stratagème dans son coin pour récupérer le patient que tu lui as volé. Ensuite, quand Garrett retrouvera son poste prestigieux, qui récoltera les lauriers, d'après toi ?

— Max, probablement, admit Alicia.

Tara hocha la tête.

— C'est bien ce que je pensais. Jenna et Savannah n'ont pas tort, ma chérie. Tu dois parler à Garrett.

En silence, Alicia les observa les unes après les autres.

— Pour lui dire quoi ? Que je lui en veux de m'avoir évincée ? C'est pourtant son droit. Il peut choisir le kiné qu'il veut. Et Max est un bon choix.

Tara prit un air dubitatif.

— Un bon choix pour Garrett ? Ce ne serait pas plutôt toi, le bon choix pour lui ?

— Si, c'est ce que je pense. Avec moi, il a arrêté de se lamenter sur son sort. Bon sang, il relance ! Mais pas comme il l'avait espéré, c'est tout. Et je suis capable de lui rendre son poste de lanceur partant.

— C'est à lui que tu dois dire ça, fit remarquer Jenna. Et tant que tu y es, dis-lui qu'il s'est comporté comme un salaud.

— Il doit déjà s'en rendre compte, suggéra Savannah.

La kiné poussa un soupir. Que faire ? Une chose était pourtant certaine : elle n'irait pas quémander des excuses à Garrett. S'il s'apercevait qu'elle lui manquait, tant mieux, sinon tant pis. Alicia avait d'autres patients dont elle devait s'occuper et son travail qu'elle devait préserver.

Tout comme son cœur.

— Ce n'est pas seulement une question de principes, mais de sentiments, pas vrai ? insinua Tara pour encourager la jeune femme à aborder le sujet qui la tracassait vraiment.

— Peut-être.

— Pas peut-être : sûr. Tu l'aimes, non ?

Alicia se tourna vers Jenna.

— Oui. Je l'aime. Ou je croyais l'aimer.

— Et c'est réciproque ? s'enquit Savannah.

— Je ne sais pas. Nous n'en avons jamais parlé.

D'après la moue de Savannah, elle doutait.

— Tu ne lui as jamais fait part de tes sentiments pour lui ?

— Ce n'était jamais le bon moment.

Grognement désapprobateur général.

Alicia se recroquevilla sur le lit, les genoux ramenés contre sa poitrine.

— Qu'est-ce que je dois faire ? Je ne peux pas lui avouer mes sentiments pour lui, il croirait que je le supplie de me rendre mon poste.

— C'est vrai, ne lui dis pas tout de suite, acquiesça Savannah. La balle est dans son camp. Il reviendra à toi. C'est la moindre des choses.

— Alors je dois attendre, c'est ça ?

Jenna hocha la tête.

— Puisque tu es amoureuse de lui, j'imagine que l'attente est la meilleure option. Les filles ont raison : ce n'est pas à toi d'aller le voir. Pas avec ce que tu ressens pour lui. Sinon, si vous vous remettez ensemble, tu ne sauras jamais quels sont vraiment ses sentiments pour toi. C'est à lui de faire le premier pas. S'il en vaut la peine, l'attente ne devrait pas être longue.

— Et s'il ne vient pas ?

Un voile de compassion couvrit le regard de Tara.

— Dans ce cas, c'est qu'il n'en valait pas la peine, ma chérie.

Chapitre 29

C'était une journée comme Garrett les aimait. Ses lancers leur avaient fait gagner deux points. Tout se passait bien. Il travaillait encore avec Max, et ce dernier semblait trouver la rééducation efficace.

D'après Manny, ses balles gagnaient en puissance et portaient leurs fruits, et, si tout se passait bien, Garrett ouvrirait la rotation dès le mois suivant.

Il finissait par voir le bout du tunnel.

Pourtant, ce grand vide persistait en lui. Alicia n'était plus là pour prendre toute la place dans sa vie.

Ça craint.

Malgré les quelques textos qu'il lui avait envoyés après que Max avait récupéré son dossier, Alicia n'avait pas redonné signe de vie. En lâche qu'il était, Garrett n'avait pas insisté et s'était lancé corps et âme dans le sport, en se persuadant que c'était pour le mieux, que leur histoire resterait un agréable souvenir, mais qu'il devait aller de l'avant.

Le problème, c'est que, dès qu'il se retrouvait seul le soir ou sur la route entre deux matchs, elle occupait toutes ses pensées. Une fois rentré à Saint-Louis, il voulait la revoir, la sentir près de lui. Il voulait vivre avec elle, dîner avec elle, regarder des films avec elle sous une couette l'hiver. Il la voulait dans son lit.

Alicia lui manquait. Qu'il le veuille ou non, elle faisait partie de sa vie, et cela n'avait aucun rapport avec la kinésithérapie. Son épaule était guérie, et il avait quasiment recouvré l'ensemble de ses capacités. Au bout d'un moment, de toute façon, le travail n'aurait plus été une excuse valable pour se voir.

Mais son cœur s'était ouvert à elle, et, depuis, il avait besoin de sa présence. Il devait le lui dire. Il ne pouvait pas laisser ses peurs le priver d'un être qu'il chérissait.

Depuis leur séparation professionnelle, Alicia était très prise par ses nouveaux patients ; ils n'avaient pas eu l'occasion de discuter pendant le traitement et les échauffements.

Lors d'un jour de repos, Garrett se rendit devant chez elle et attendit qu'elle rentre ce soir-là ; il frappa à sa porte, en croisant les doigts pour qu'elle n'ait pas tourné la page et rencontré un autre homme.

Alicia lui ouvrit, vêtue de son pantalon de yoga et d'un tee-shirt à manches longues. Bon sang, elle était magnifique ! Il aurait rêvé de la serrer dans ses bras et de l'embrasser, mais il ne pouvait pas. À cause de sa profonde stupidité, il avait perdu ce droit.

En le découvrant derrière sa porte, Alicia écarquilla les yeux.

— Oh, salut.

— Salut. Je sais, j'aurais dû prévenir, mais puisque tu ne répondais pas au téléphone j'ai décidé de venir te voir.

— Oui, je sais. Désolée. Lorsque tu as rompu notre contrat, j'ai été un peu vexée.

Aux yeux de Garrett, l'honnêteté de la jeune femme était une véritable qualité.

— Je peux entrer ?

Elle sembla hésiter. Que faire si elle lui disait non ?

— Bien sûr.

Il entra dans le salon, puis se retourna.

— J'ai l'impression de passer mon temps à te présenter mes excuses. (Elle resta silencieuse.) C'est sans doute parce que j'enchaîne les boulettes. Je ne suis pas doué pour les relations amoureuses… J'ai connu quelques femmes mais jamais de relation sérieuse. Toi et moi… Ce qui nous unit est magique, et j'ai l'impression que je suis en train de le perdre.

— Ce n'est pas ça. Tu mélanges professionnel et personnel.

Garrett prit une profonde inspiration.

— Mais c'est intimement lié. Ou ça l'était. Pour moi en tout cas.

Il se passa la main dans les cheveux avant de reprendre.

— J'ai pris l'habitude de te voir tous les jours, de te laisser prendre soin de moi. Depuis que tu n'es plus là…

Elle fronça les sourcils.

— Donc, tu es fâché parce que je ne suis plus ta kiné !

Là encore, il partait sur la mauvaise piste. Il secoua la tête.

— Non. Enfin, oui. Ce que tu as fait pour moi… Ton impact sur ma carrière et sur ma vie… Je ne te remercierai jamais assez. Manny pense que je retournerai en début de rotation très bientôt.

— Ravie de l'apprendre. Je n'en ai jamais douté, tu sais.

— Je le sais. En reprenant les lancers petit à petit, j'ai voulu que tout me tombe du ciel tout de suite. Quand j'ai compris que ça ne serait pas si facile, j'avais besoin de faire porter le chapeau à quelqu'un.

Alicia croisa les bras.

— Je tombais bien, pas vrai ?

De toute évidence, elle n'allait pas lui rendre la tâche facile.

— Oui, j'imagine. Tu étais responsable de mon dossier, c'est toi qui devais me pousser à me surpasser pour me faire retourner sur le terrain. Lorsque les choses ont ralenti, je t'en ai voulu. Et puis Max est arrivé avec ses belles paroles, alors j'ai sauté sur l'occasion.

— Max n'est pas meilleur médecin que moi, Garrett.

— Je sais. C'est ce que je lui ai dit. Il maîtrise son domaine, mais il n'est pas toi.

Soudain inquiète, Alicia avança d'un pas.

— Qu'est-ce que tu lui as dit, exactement ?

— Je lui ai expliqué que j'appréciais de travailler avec lui mais que j'avais pris mes habitudes avec toi et que je souhaitais que tu récupères mon dossier.

— Tu ne lui as pas dit ça ! s'écria-t-elle, horrifiée.

— Si. Il m'a répondu que ça ne le dérangeait pas.

Alicia plissa les lèvres.

— Si, bien sûr que ça le dérange !

— Alors je m'en fiche. Ce qui m'intéresse, c'est ce que tu ressens.

La distance qui les séparait fut vite réduite à néant. Garrett s'approcha de la jeune femme pour lui prendre les mains. Quel délice de retrouver sa peau douce !

— Ce jour-là, je t'ai fait beaucoup de mal. Et je t'ai laissée partir sans chercher à te retenir. Je suis désolé. Tu m'as tellement manqué.

— Tu… tu m'as manqué aussi, Garrett.

— Je t'aime, Alicia.

Elle ouvrit de grands yeux.

— Vraiment ?

— Oui, et ça me terrifie. Le divorce de mes parents m'a laissé un goût amer. J'ai du mal à croire à l'amour et à la stabilité d'un couple. Tu as déjà vu comment je réagissais à l'idée d'une réunion familiale. Lorsque je suis avec mes proches, ça me met tellement mal à l'aise que je ne les vois presque jamais. Trop de souvenirs douloureux remontent à la surface. Mais j'ai ensuite découvert ta famille, avec tout l'amour que vous vous portez, et ça me redonne espoir. Peut-être que cette forme d'amour existe, finalement. Et je veux vivre ça avec toi.

Tant d'émotions différentes submergeaient la jeune femme : le soulagement de revoir Garrett et d'apprendre ce qu'il avait réellement sur le cœur, et la panique de découvrir qu'il était amoureux d'elle.

Il s'était même excusé de l'avoir blessée. Tous les hommes n'étaient pas capables d'une telle preuve d'humilité.

Alicia posa les mains sur son torse et observa longuement les traits de ce visage qu'elle aimait tant.

— C'est vrai, tu m'as fait du mal. Je me suis investie à cent pour cent dans ta rééducation, et tu as tout fichu en l'air parce que tu avais la trouille.

Cette fois, Garrett ne détourna pas le regard.

— Oui, je suis désolé.

— Tu ne peux pas fuir dès que la situation se corse. Ce n'est pas parce que tu n'ouvres pas la rotation pour l'instant que tu ne l'ouvriras jamais. Tu finiras par y arriver, Garrett. J'ai confiance en toi. Depuis le début.

Il tressaillit sous ses doigts et saisit sa main pour l'embrasser avec tendresse.

— Tu croyais déjà en moi, même quand j'avais perdu tout espoir.

— C'est vrai.

— Merci. Mais, maintenant, il y a une question que je tiens à te poser. Est-ce que tu me pardonneras un jour de t'avoir blessée, même si je ne le mérite pas ? Parce que je t'aime, Alicia, et je veux rester à tes côtés.

— Mais ça ne peut pas fonctionner. Je ne peux pas être à la fois ta kiné et ta petite amie.

Garrett eut l'air perplexe.

— Pourquoi pas ? Rien ne t'empêche de travailler pour les Rivers et de fréquenter un membre de l'équipe.

— Bien sûr que si. C'est interdit par mon contrat.

Le lanceur recula d'un pas.

— Tu es sérieuse ?

— Tout à fait sérieuse. Je pensais que tu le savais. Ça doit être dans ton contrat aussi. Je ne peux pas me rapprocher personnellement d'un patient ou d'un collaborateur sans perdre mon travail. D'après toi, pourquoi est-ce que je me suis mise dans un état pareil quand tes équipiers nous ont surpris ensemble ?

— C'est une blague ? Pourquoi tu ne me l'as pas dit plus tôt ?

Elle haussa les épaules.

— J'étais persuadée que tu le savais déjà. Et puis je ne savais pas si c'était sérieux entre nous. En cachant bien notre jeu, nous pouvions vivre une histoire temporaire sans que ça se sache. Mais maintenant...

La déclaration d'amour de Garrett l'avait totalement déstabilisée.

Ce dernier s'assit sur le canapé.

— Ça craint.

— Oui.

— On doit faire quelque chose.

Il sortit son téléphone de sa poche et composa un numéro. Tout en écoutant la tonalité, il regarda fixement Alicia.

— Victoria ? C'est Garrett. Nous avons un problème.

Chapitre 30

L'attente semblait durer une éternité. Dans la salle de conférences, Alicia se mordillait la lèvre en regardant nerveusement Garrett, puis son agent, Victoria Baldwin, et Lucas Birdwell, un avocat convoqué par Liz pour défendre la kiné.

Le patron, Max, Manny Magee ainsi que les avocats de l'équipe étaient également présents.

Alicia avait la gorge sèche. Le soir où, au téléphone avec son agent, Garrett avait demandé à quitter les Rivers pour une autre équipe, la jeune kiné avait cru s'évanouir sur le parquet de son salon.

— Puisque nous venons de vous expliquer le problème, vous comprendrez aisément pourquoi Garrett a demandé son affectation dans une autre équipe, déclara Victoria.

À côté de cette femme sublime dans son tailleur bleu marine assorti à des escarpins aux motifs dorés, Alicia se sentait banale avec sa robe et ses talons hauts noirs. Pourtant, elle ne regrettait pas sa tenue : elle ne tenait pas du tout à attirer l'attention. Elle ne portait aucun bijou et avait simplement remonté sa chevelure en queue-de-cheval. L'agent Baldwin devait attirer les regards ; en effet, son élégante coupe au carré, sa manucure parfaite et son maquillage sélectionné avec finesse lui permettaient de retenir toute l'attention de son auditoire.

Victoria poursuivit son plaidoyer avec une assurance à toute épreuve.

— Ne serait-ce pas plus simple que Mlle Riley cherche à intégrer un autre poste ? demanda un avocat des Rivers, dont Alicia n'avait pas retenu le nom puisqu'ils étaient cinq à défendre l'équipe.

— Plus simple, oui. Mais Garrett a fait une demande de mutation pour que, justement, Mlle Riley n'ait pas à perdre un travail dans lequel elle excelle. Son poste au sein des Rivers lui plaît beaucoup, et elle ne veut pas s'en séparer.

— Attendez, intervint Manny, le visage grave. Si j'ai bien compris, Garrett et Alicia sont tombés amoureux, c'est ça ?

— C'est ça, Manny, répondit Victoria.

— Et où est le problème ?

— Il est clairement spécifié dans le contrat de Mlle Riley qu'elle ne peut en aucun cas nouer une quelconque relation intime avec l'un des joueurs, expliqua l'avocat d'Alicia.

— Quelle tuile ! soupira Manny. Et si on réécrivait le contrat ? Elle reste, Garrett reste, et tout le monde est content.

Victoria attendit une réponse des avocats. Celui dont le nom échappait à Alicia prit la parole.

— Si nous modifions son contrat, monsieur Magee, nous devrions en faire autant pour tous les joueurs.

— Et alors ? Vous pensez qu'ils vont tous se mettre à « nouer une quelconque relation intime » ? Je vous rappelle qu'à part Mlle Riley il n'y a qu'une autre femme dans l'équipe médicale, et elle est mariée.

— C'est exact, confirma Max. Anna-Marie est mariée.

Manny s'enfonça dans son siège.

— Dans ce cas, le problème est résolu, dit-il. Garrett est l'un de mes meilleurs lanceurs. Je ne vais pas le perdre juste parce qu'il est tombé amoureux d'une femme de l'équipe. Si vous voulez mon avis, cette règle est débile. Qui écrit ces fichus contrats ?

Aucun des avocats des Rivers ne répondit à cette question.

— Peut-on revoir le contrat de Mlle Riley ? s'enquit Lucas, l'avocat d'Alicia.

Les autres acquiescèrent à l'unanimité, puis M. Teers – son nom lui revint enfin en mémoire – répondit au nom de tous :

— C'est une possibilité, dans la mesure où ils se conforment à l'arrêt de leur collaboration directe : Mlle Riley ne doit plus être chargée du dossier de M. Scott.

— Je ne suis pas d'accord, intervint Garrett. Quelle différence cela fait-il qu'elle soit ma kiné ou non ? C'est grâce à elle que je retourne sur le monticule.

— Garrett, l'interrompit Alicia en posant la main sur la sienne, tu ne peux pas tout avoir. Ce n'est pas grave.

— Elle a raison, renchérit Victoria. Prends cela comme un soulagement : Alicia ne perd pas son travail, et tu restes parmi les Rivers. Tu trouveras bien un médecin assez compétent pour la remplacer, ne t'inquiète pas.

— C'est vrai, dit Alicia en se tournant vers Max, qui avait pris soin de garder son avis personnel pour lui. Travaille avec Max.

Garrett poussa un profond soupir.

— Bon, très bien.

— Parfait, problème résolu, se félicita Lucas.

Après quelques arrangements juridiques, la séance fut levée. Cette réunion avait épuisé Alicia, qui avait encore du mal à croire que Garrett avait envisagé une mutation pour rester avec elle.

Elle remercia Lucas pour l'avoir défendue puis retrouva Garrett et Victoria dans le couloir.

— Merci, Tori, fit Garrett. Je savais que je pouvais compter sur toi.

— Arrête tes compliments. Tu me donnes envie de sombrer dans l'alcoolisme.

Il rit.

— Je me doutais qu'ils ne m'abandonneraient pas comme ça. Je ne suis peut-être pas lanceur partant, mais je reste un excellent élément de l'équipe.

D'un geste taquin, Victoria lui tapota la joue.

— C'est pour ça que je t'adore : ton ego surdimensionné, se moqua-t-elle avant de se tourner vers Alicia. Maintiens son corps en forme… Tout son corps.

Alicia éclata de rire.

— Je ferai de mon mieux. Merci pour tout.

— Je t'en prie, ma chérie.

La kiné prit ensuite Garrett par le bras, et ils s'apprêtèrent à sortir du bâtiment, mais Max et Manny apparurent dans le couloir. Garrett retint fermement la main qu'elle essayait de retirer.

En face, Max avait les lèvres pincées, mais Manny souriait.

— Tout est bien qui finit bien, dit ce dernier. Mais les choses auraient été plus simples si tu nous en avais parlé dès le début.

Garrett haussa les épaules.

— Ce qui m'inquiétait, c'était qu'Alicia perde son travail.

En regardant Max, il le vit esquisser un sourire en coin.

— Nous ne licencions pas nos meilleurs médecins sur un coup de tête, tu sais. Nous aurions trouvé une solution. À demain, Alicia.

Stupéfaite, la jeune femme les regarda s'éloigner sans en croire ses oreilles.

— Max t'aime bien, fit remarquer le lanceur.

— Il faut croire. Ou bien il cherchait à me caresser dans le sens du poil.

Avec un rire, Garrett prit un air dubitatif.

— Je ne pense pas que les compliments soient naturels chez lui.

— Je ne sais pas. En tout cas, le cauchemar est enfin terminé. Rentrons chez nous.

— Chez toi ou chez moi ?

— Peu importe.

— J'ai une idée. Et si nous affichions notre amour en public ?

Garrett emmena Alicia dans un restaurant italien nommé *Charlie Gitto's*. Elle commanda une immense assiette de *penne primavera* et lui un steak avec des pâtes, le tout accompagné d'une excellente bouteille de chianti. Lorsqu'ils quittèrent le restaurant, Alicia était repue.

— J'ai besoin de marcher un peu.

La nuit était fraîche, mais peu importe. Garrett la prit par les épaules, et ils se promenèrent dans le quartier.

— J'avoue que c'est agréable de ne pas se soucier du regard des gens, dit-elle.

S'arrêtant un instant, Garrett rabattit les pans de la veste de la jeune femme autour de son corps et l'embrassa.

— Je t'aime. Tu n'as plus à t'inquiéter d'être surprise avec moi. Sauf si on me renvoie parce que je ne peux plus lancer.

Avec un rire, il voulut se remettre à marcher, mais Alicia l'arrêta dans son élan.

— Mon amour pour toi n'a aucun rapport avec ta notoriété, j'espère que tu en es conscient.

— Ouais, je sais. Tu m'aimes malgré mon affreuse popularité.

À son tour, elle rit aux éclats.

— Voilà, c'est ça.

Une fois que leurs corps eurent digéré la lourdeur du dîner, ils retournèrent à la voiture. Alicia s'attendait à se faire conduire chez lui ou chez elle, mais, à sa grande surprise, Garrett ne quitta pas le centre-ville et se gara sur l'immense parking du *Lumière*, un hôtel casino.

Ce n'était pas Las Vegas, mais le bruit des machines à sous et des cartes sur les tapis réveilla aussitôt l'instinct de joueuse qui sommeillait en Alicia.

Ils se dirigèrent tout droit vers la salle de poker, et Garrett lui donna des jetons. Quatre heures passèrent en un claquement de doigts. Ensemble, ils s'en sortaient plutôt bien. Après avoir accumulé un butin de quelques centaines de dollars, Alicia voulut se dégourdir les jambes ; ils se promenèrent un peu, tentèrent leur chance aux machines à sous, mais perdirent chaque fois.

— Je ferais mieux de m'en tenir au poker, observa-t-elle.

— Tu as raison. Tu es bien meilleure aux cartes.

Avec un rire, elle le prit par le bras, et ils marchèrent ensemble entre les tables.

— Merci pour cette soirée, Garrett. Je m'amuse comme une folle.

— Attends, la nuit n'est pas encore terminée.

Il se rendit à l'accueil, présenta sa pièce d'identité, et on lui tendit une clé.

Comme ils s'éloignaient, Alicia lui lança un regard surpris.

— Tu as réservé une chambre ?

— Oui. On nous apporte nos bagages. J'ai demandé à Savannah de te préparer une valise pour la nuit. J'espère que ça ne te dérange pas. Après la réunion de cet après-midi, même si je n'en connaissais pas encore l'issue, j'ai pensé qu'on aurait besoin de se retrouver un peu seuls tous les deux.

— C'est une excellente idée. Merci.

La chambre était en réalité une suite qui donnait sur le Gateway Arch, le bâtiment le plus célèbre de Saint-Louis, et sur les berges de la rivière. C'était magnifique et spacieux. Alicia était aux anges. Elle pouvait enfin être seule avec Garrett et l'aimer librement sans risquer de perdre son travail.

Tout était si simple, à présent.

— J'aime beaucoup ce fauteuil, remarqua le sportif en pointant du doigt un vieux voltaire rembourré, installé près de la fenêtre.

— Vraiment ? Pourquoi ?

— Je t'imagine penchée au-dessus, appuyée sur les accoudoirs.

L'image se forma aussitôt dans son esprit.

— Avec ou sans ma robe ?

Il l'attira à lui et enflamma d'un baiser le désir qui venait de naître en elle. Il souleva sa robe au-dessus de ses hanches et en profita pour caresser la soie rouge des sous-vêtements qu'elle avait choisi de porter ce jour-là.

— Sans ta robe, bien sûr, murmura Garrett en la contemplant des pieds à la tête. Retourne-toi.

Dans son dos, il fit descendre la fermeture Éclair, et le vêtement glissa le long des bras de la jeune femme. Garrett embrassa l'une de ses épaules, puis l'autre, et libéra ses cheveux attachés ; il les chassa sur un côté et déposa un baiser dans son cou ainsi dégagé. Alicia frissonna.

— Tu as froid ?

— Non, au contraire. Je suis brûlante.

Il fit descendre la robe le long des hanches d'Alicia, jusqu'à ce qu'elle tombe au sol, et sa partenaire se retrouva en escarpins et sous-vêtements.

— Ça me plaît, dit-il.

Il prit ses seins dans ses mains et taquina leur pointe à travers la soie du soutien-gorge. Alicia s'adossa à lui et observa ses mains se promener sur elle. Elles semblaient si larges sur sa poitrine. Le contact de la peau de Garrett était si délicieux qu'elle posa la main sur la sienne. Il écarta les bonnets du soutien-gorge et effleura ses tétons du bout des pouces.

— J'aime lorsque tu me touches.

Garrett fit rouler la pointe de son sein entre son pouce et son index.

— Comme ça ?

Elle eut un sursaut.

— Oui. Plus fort.

Comme il exécutait sa demande, elle frotta ses fesses contre son érection déjà bien présente.

— Et moi, j'aime lorsque tu te frottes contre moi. Penche-toi en avant, Alicia. Tiens-toi aux accoudoirs.

Un ordre qui lui coupa le souffle. Alicia se pencha, et il caressa avec une douceur extrême la peau douce de sa croupe. Dès qu'il claqua l'une de ses fesses, elle poussa un petit cri de surprise.

— Tu as mal ?

— Non.

— Je recommence ?

— Oh oui…

Une deuxième claque s'ensuivit et alluma un brasier en elle, puis il retira sa culotte et recommença. Alicia raffolait de la tournure coquine que prenaient leurs ébats.

— Ça m'excite de te voir penchée en avant.

Lançant un regard par-dessus son épaule, elle esquissa un sourire en coin.

— Moi aussi.

— Tant mieux. J'aime savoir que tu m'attends.

Et elle l'attendait. Il claqua encore sa fesse, cette fois avec plus de force. Le cri qu'elle poussa n'était que le fruit de son plaisir, et Garrett caressa la zone endolorie avant d'y déposer un baiser.

— Avec ta culotte rouge autour de tes chevilles et tes fesses empourprées, tu me rends fou. Je ne savais pas que tu aimais ça.

— Moi non plus.

— Tu es assez excitée ?

— Oui, susurra-t-elle.

Il passa une main entre ses cuisses pour prendre son intimité dans sa paume. Elle crut mourir de délice.

— En effet, constata-t-il, avant d'enfoncer les doigts en elle et de dessiner de petits ronds sur son clitoris avec son pouce.

— Oh oui ! soupira Alicia en rejetant la tête en arrière.

La folie monta peu à peu tandis qu'il gardait ses doigts en mouvement tout en claquant sa fesse de l'autre main. Elle sentait les muscles de son sexe se resserrer comme un étau sur les doigts de Garrett.

— Tu aimes ça, pas vrai ?

Le souffle court, elle ne put répondre immédiatement, sous la pression d'un orgasme imminent.

— Fesse-moi. Caresse-moi et fesse-moi. Tu me feras jouir.

C'est ce qu'il fit, et la puissance de son extase la prit de court. Elle poussa un cri sauvage et s'agrippa à sa main en espérant qu'il ne la retirerait pas encore.

Les vagues orgasmiques ne l'avaient pas encore quittée lorsque Garrett s'empara d'un préservatif, dont il déchira l'emballage. D'un mouvement bref et puissant, il entra en elle, les mains retenant fermement ses hanches.

Encore étourdie, Alicia se délecta du grognement que laissa échapper son sportif en s'enfonçant dans sa féminité. Il resta immobile un instant.

— Je resterais comme ça des heures, murmura-t-il.

Puis Garrett se retira à peine et entra à nouveau, répétant ce mouvement jusqu'à la ramener sur le chemin de l'extase. Elle se demanda d'ailleurs si ses jambes n'allaient pas se dérober. Il poursuivit ses va-et-vient tout en se penchant sur son dos pour mordiller la peau de son cou.

Elle adorait ce Garrett animal, sauvage et passionné. Elle adorait tout chez lui. D'un coup de hanches, elle se colla contre lui et imposa qu'il approfondisse encore son exploration. Dans un gémissement, il s'agrippa de plus belle à ses hanches et augmenta le rythme d'un cran, en une danse effrénée.

L'orgasme ne devait pas se faire attendre ; n'y tenant plus, Alicia glissa une main entre ses cuisses.

— Alicia, gémit-il, au bord de l'implosion.

— Jouis en moi, Garrett. Je suis toute à toi.

Elle grimpa à genoux sur le fauteuil et lui présenta encore sa croupe. Garrett passa un doigt contre sa féminité puis le ramena vers son anus.

— Oh oui ! frissonna la jeune femme. Encore.

Sans ralentir le mouvement de ses hanches, le sportif inséra un doigt entre ses globes ainsi présentés à lui. Alicia caressa son clitoris, et la sensation d'être possédée à la fois par son doigt et par son sexe la mena aux portes de l'extase.

— Fais-moi jouir ! cria-t-elle.

Elle ne pensait plus à rien. Tout son corps vibrait du plaisir débridé que lui donnait son partenaire.

Garrett était hors de contrôle, et, lorsqu'elle sentit qu'il frôlait la libération, elle se laissa emporter, et ils poussèrent un cri de concert sur le chemin d'un orgasme fulgurant.

Essoufflé, Garrett se retira et retourna le corps frêle de sa belle partenaire pour l'embrasser et la serrer dans ses bras, encore enivré par les derniers soupirs de leur plaisir.

— Ce sera toujours comme ça ? demanda Alicia contre ses lèvres.

— Comme quoi ?

— Aussi intense. Chaque fois que je te fais l'amour, je perds un peu plus la raison.

— Je sais. Oui, ce sera toujours comme ça.

Son assurance la fit sourire.

Ensemble, ils prirent une douche puis se glissèrent sous les draps. Garrett commanda un dessert et un café au lit, puis, installés au milieu d'un océan d'oreillers, ils regardèrent un film. C'était une comédie romantique qu'Alicia avait vue cent fois mais que lui ne connaissait pas – c'était ce qu'il disait, en tout cas.

Plongeant un doigt dans la mousse de son café, Garrett dessina une moustache sur le visage de sa jolie kiné. Dans un rire, Alicia se servit de sa moustache de mousse pour ajouter un bouc au menton de son lanceur puis s'essuya sur une serviette en papier.

— Le bouc te va bien, observa-t-elle. Tu devrais le laisser pousser.

— Si je le fais, on couchera ensemble plus souvent ?

— Peut-être.

— Alors c'est comme si c'était fait.

Elle pouffa.

Garrett se tourna vers la télévision.

— Tu aimes ces trucs à l'eau de rose ? s'enquit-il en glissant une fraise recouverte de chocolat dans la bouche d'Alicia.

Elle savoura le mélange exquis des saveurs.

— Oui, j'adore ces films, admit-elle, avant de boire une gorgée de cappuccino. Pas toi ?

Il acheva la dernière part de cheese-cake et reposa l'assiette sur la table de chevet.

— Joker ! répondit-il. En tout cas, je parie qu'il la retrouvera sur le quai de la gare alors qu'il prétendait avoir accepté le poste en Europe.

Elle se redressa dans le lit.

— Tu as déjà vu ce film ?

— Non, je ne l'ai jamais vu, mais ce genre de films, c'est prévisible. Un garçon rencontre une fille, ils partagent une histoire romantique en se persuadant de ne pas tomber amoureux, mais à la fin du film ils ne peuvent plus se passer l'un de l'autre et ils se débrouillent pour finir ensemble.

Alicia s'affala à nouveau dans les oreillers et frotta ses pieds contre ceux de Garrett.

— On dirait notre histoire.

Avec un regard de tendresse, il sourit et emmêla ses doigts avec les siens.

— Si la personne que tu aimes en vaut la peine, tu dois déplacer des montagnes pour que ça fonctionne.

Décidément, son cœur appartenait à cet homme. Il n'était peut-être pas le cliché du héros, mais il en valait la peine.

Alicia se lova contre son torse et regarda la fin heureuse de sa comédie romantique, le sourire aux lèvres.

Épilogue

Le jour du match des Rivers, Alicia était en congé. Au lieu de travailler, elle était installée aux places qui surplombaient le banc de touche, grâce aux tickets que lui avait dégottés son amant au corps de dieu grec.

Liz était à ses côtés, ainsi que ses parents et ceux de Gavin, tous assis sur la même rangée.

Liz lui serra la main.

— Tu es nerveuse ?

— Non, pas du tout. Je dirais plutôt terrifiée.

— Détends-toi. Garrett s'en sortira très bien.

Pourvu que ça soit vrai… Il avait beau travailler avec Max, Alicia ne pouvait s'empêcher de promener ses mains sur Garrett, que ce soit en privé ou pour des massages thérapeutiques.

— Il est en forme, observa son père.

— Oui, c'est vrai.

— Il est prêt, ça se voit, ajouta l'oncle. Il va tous les écraser.

Alicia sourit. Cela faisait un mois qu'ils travaillaient dur avec Garrett, depuis ce jour où il avait proposé de changer d'équipe pour rester avec elle.

À présent, il était le premier lanceur de la rotation, un poste qu'il retrouvait pour la première fois depuis sa blessure de l'an passé.

Garrett lui avait annoncé la nouvelle deux jours plus tôt, dès la fin du match contre Atlanta ; il avait lâché le morceau en haussant les épaules, comme s'il s'agissait d'une banalité. Depuis, elle ne savait pas qui était le plus nerveux : elle ou lui.

En apprenant la nouvelle, Alicia s'était jetée dans ses bras en poussant des cris de joie. Le soir même, ils avaient fêté l'événement au restaurant puis dans une chambre d'hôtel pour une nuit brûlante et mémorable.

— Le voilà, s'exclama Liz.

Les clameurs s'élevèrent dans les gradins. Alicia sauta sur ses pieds et se laissa griser par le tonnerre d'applaudissements qui accueillit l'entrée de Garrett sur le terrain.

Le voilà qui s'approchait du monticule, grand et élancé, dans son maillot des Rivers. Il semblait prêt à tout affronter.

L'instant était magique, et il le méritait : il avait travaillé si dur. Alicia espéra en silence que l'adoration de son public s'ajouterait à la rage de vaincre qui brûlait en lui depuis sa blessure.

Elle l'aimait si fort. Pourvu qu'il triomphe aujourd'hui. C'était tout ce qu'elle souhaitait.

Il réussirait, elle avait confiance en lui.

Ce serait mentir que de dire que Garrett ne ressentit rien en occupant le monticule sous les cris d'encouragement de son public de Saint-Louis : il était si heureux qu'il en avait la chair de poule. Il avait l'impression d'attendre cet instant depuis une éternité. Maintenant qu'il y était, il se servirait de cette balle, dans ses mains, pour sortir définitivement Houston de la course.

Toutefois, lorsque le premier frappeur s'installa sur le marbre, Garrett sentit ses genoux trembler.

Il ferma les yeux et, nerveusement, fit tourner la balle dans la paume de sa main.

Concentre-toi sur ce que tu connais. Tu as fait ça presque toute ta vie, mon vieux. C'est aussi banal pour toi que de te brosser les dents.

Tu peux y arriver.

Il ouvrit les yeux. Son receveur, Sanchez, lui donna un signal pour dire quel lancer il souhaitait. Garrett hocha la tête, prit une profonde inspiration, se mit en position et propulsa une balle rapide qui fendit l'air tout droit jusqu'au gant de Sanchez.

Yes !

Le receveur réclama à présent une balle courbe. Garrett s'exécuta, et le frappeur renvoya la balle au sol, tout droit sur Gavin. Ce dernier toucha la première base, empêchant le coureur d'y accéder.

Premier retrait.

Le frappeur suivant se mit en place et renvoya la balle rapide de Garrett en chandelle dans le champ droit.

Deuxième retrait.

Soudain plus détendu, Garrett essaya une balle tombante sur le frappeur suivant. Ce dernier parvint à la rattraper, il relança une balle rapide.

Premier strike.

Sanchez voulut retenter une balle tombante. Le lanceur s'exécuta. Fausse balle pour le frappeur.

Deuxième strike.

Cette fois-ci, Garrett n'y tenait plus : il devait sortir ce frappeur. Sanchez réclama une balle courbe, mais le lanceur fit « non » de la tête. Sanchez demanda alors une balle rapide, et Garrett acquiesça. Il se mit en position, prit de l'élan, et la batte du frappeur fendit l'air.

Mais rien d'autre que l'air.

Retrait sur trois strikes.

La foule explosa de joie, et Garrett quitta son monticule.

La première manche s'achevait sans difficulté.

Les huit manches suivantes, il resta concentré ; seuls deux coups sûrs lui échappèrent, mais pas de *home runs*. La douleur revenait dans son bras, et il avait de plus en plus de mal à le cacher. Dans la huitième manche, il marqua deux buts sur balles, et Manny l'avertit de ne pas trop solliciter son épaule. L'envie le démangeait de lancer pendant tout le match, mais il ne voulait plus se blesser. Le coach appela Maloney pour prendre la relève.

— Quel exploit, Scott ! le félicita Manny en lui reprenant la balle. Ça fait plaisir de te retrouver parmi nous.

Un sourire en coin se dessina sur le visage de Garrett.

— Merci, coach.

Sous les cris hystériques de la foule, il quitta le monticule.

Un instant de bonheur à l'état pur.

Les Rivers remportèrent le match quatre à zéro. Les sportifs se retrouveraient en boîte le soir même pour célébrer leur victoire. Dès la fin du match, les journalistes se pressèrent afin de recueillir les impressions du lanceur, de retour au poste de premier de la rotation.

— C'est le pied ! répondit simplement Garrett.

Il souligna ensuite le rôle joué par l'ensemble de ses équipiers, depuis les frappeurs jusqu'aux coureurs, y compris Maloney qui avait clos le match avec brio.

Ensuite, il retrouva Alicia sur le parking du stade. Elle se jeta dans ses bras et l'embrassa.

— Je savais que tu y arriverais !

Garrett lui rendit son baiser avec ferveur et la garda dans ses bras une minute, comme pour l'avoir pour lui tout seul.

— Tu as cru en moi depuis le début, même quand je doutais de moi-même.

En s'écartant, Alicia lui serra doucement les bras.

— Et ton épaule ?

— On dirait un spaghetti trop cuit.

Elle éclata de rire.

— C'est normal. Tu n'avais encore jamais enchaîné huit manches depuis ta blessure. Ce soir, je te ferai un massage.

— Un massage thaïlandais ? Tout nus ?

— Ton problème est là : tu penses avec ton sexe.

— Et alors ? s'enquit-il en levant le sourcil. D'habitude, les orgasmes n'ont pas l'air de te déranger.

— Hum, tu marques un point ! Mais mes parents, mon oncle et ma tante nous invitent à dîner pour fêter ta victoire.

Garrett soupira.

— Bon, d'accord. Le dîner d'abord, le massage tout nus ensuite.

Le sourire aux lèvres, il passa un bras autour des épaules d'Alicia et la conduisit jusqu'à sa voiture.

Ce soir, ils avaient fait un beau match. Il était revenu à son poste de lanceur partant. Et il avait une femme sublime à son bras. Sa vie frôlait la perfection. Le méritait-il vraiment ? *Peu importe*, songea-t-il. Il attira Alicia contre lui et l'embrassa avec tout l'amour qu'elle lui inspirait, en remerciant en silence le destin qui avait fait entrer cette femme dans sa vie. Elle avait sauvé sa carrière et gagné son cœur.

Grâce à elle, il reprenait confiance en l'amour, et il n'y avait rien de plus important à ses yeux.

— Je t'aime, susurra-t-il à son oreille.

Alicia leva le menton et lui sourit.

— Je t'aime aussi, Garrett. Finissons-en avec ce repas de famille. Je te veux nu sous mes draps dès la fin du dessert.

Garrett esquissa un sourire. Vraiment, elle était parfaite.

Milady Romance

Découvrez aussi chez Milady Romance :

Émotions

24 avril 2015

- **Jane Graves**, *Lune de miel & Gueule de bois*

29 mai 2015

- **Camille Adler**, *Le Scénario parfait*

Sensations

29 mai 2015

- **Tracy Wolff**, Backstage, *Enlève-moi*

The Fell Types are digitally reproduced by Igino Marini.
www.iginomarini.com

Achevé d'imprimer en février 2015
Par CPI Brodard & Taupin - La Flèche (France)
N° d'impression : 3009799
Dépôt légal : mars 2015
Imprimé en France
81121421-1